BRUT

DALIBOR FRIOUX

BRUT

ÉDITIONS DU SEUIL
25, bd Romain-Rolland, Paris XIVᵉ

ISBN : 978-2-02-103061-7

www.seuil.com

Pour Sonya et grâce à elle.

« Ce n'est pas la nécessité mais son contraire, le "luxe", qui pose à la matière vivante et à l'homme leurs problèmes fondamentaux. »

Georges BATAILLE, *La Part maudite*,
© 1949, Les Éditions de Minuit.

À présent qu'aucune nation ne saurait prétendre à la place éminente que notre royaume occupa durant plus d'un demi-siècle, à présent que nous partageons le fardeau d'infortune de l'humanité, respirons le même air, buvons la même eau, à présent que les meilleures machines ne peuvent qu'exhiber les profondeurs béantes de la Terre, que ces temps difficiles ont ravivé l'amère fraternité de nos aïeux pêcheurs et bûcherons, on pourra juger utile de disposer d'une chronique de ce que les esprits les moins prévenus ont jugé être un funeste tournant.

*Passé le prologue, ce récit s'inspire fidèlement de faits survenus à quelques mois des élections générales norvégiennes d'avril 20**. Pour plus de détails, le lecteur est invité à se reporter à la presse de l'époque et aux nombreux ouvrages parus sur cette période, dont un grand nombre ont été traduits en anglais.*

Le chroniqueur a prié l'éditeur d'adresser ses plus sincères remerciements, pour leur accueil, leur collaboration et leur patience, à Son Ex-Majesté Tormod Ier, aux conseillers auliques Gjurd Vethe et Janne Holm-Haagensen, à Olav Tønseth, Henryk Larsen, Geir Lund, Karl, Katrin et Sigrid Halden. Les services de la mairie d'Oslo (en particulier Mme Alvestad) et la cellule communication du ministère du Pétrole et de l'Énergie ont apporté une aide des plus précieuses.

Prologue

Black February

Jane sanglotait, se tordait mains et poignets, les doigts groupés en moufle, projetant l'ombre d'un animal inconnu sur les murs d'une salle de réunion du Townhouse Galleria de Milan. Telle une grosse cylindrée, elle était capable de passer en quelques secondes d'un sourire silencieux à une crise de nerfs. Avant d'essuyer ses larmes, elle attendait que le maquillage du studio coule sur ses joues en noires traînées terrifiantes, grâce auxquelles elle rejoignait la tribu des personnes inintelligibles et intenses. Elle n'osait s'effondrer dans des vêtements de marque, mais savait que ses humeurs pouvaient charrier quelques grammes de Guerlain. Tour à tour debout ou assises dans les fauteuils de toile, travaillant leurs déhanchements et leurs moues, la Russe, la Canadienne, les deux Italiennes et Katrin la Norvégienne contemplaient la performance de leur collègue avec une neutralité bienveillante.

On ne perdait pas trop de temps. Le ciel couvert de février avait reporté à l'après-midi le *shoot* en extérieur. Prostrée par terre, une chaussure, deux colliers et un petit haut vert fluo traînant sur la moquette, Jane leur montrait l'état de l'art, jusqu'où l'on pouvait aller par convenance personnelle. La veille au soir, après que son *boyfriend* londonien lui eut téléphoné qu'il arriverait le lendemain, elle leur avait annoncé sa crise pour la fin de matinée. Elle se devait de profiter de l'absence de l'intraitable styliste de *Vogue* Italie.

Pour la deuxième fois, elle tentait de se relever en balbutiant. Ensuite, elle se détournait violemment de leurs regards, s'appuyait contre un placard, le bras relevé au-dessus de la tête, et tenait la pose. Ces lieux communs de la détresse devaient inspirer une pitié communicable par téléphone aux décideurs.

Accroupi à côté d'elle, Sean, le photographe, marmonnait et frottait sa main contre sa barbe de trois jours. Il avait la trentaine, ce qui restait insuffisant pour faire face aux manœuvres d'une *covergirl* de vingt et un ans. Tout d'abord il testa la manière forte, à l'aide de verres d'eau, de Kleenex et d'apartés dans les toilettes. Il fit l'erreur de laisser Jane raconter son histoire de surmenage et d'insomnie, d'erreur de dosage de Telnex, un médicament contre la spasmophilie. Il n'osait profiter de ses reniflements pour la contrer.

Il essaya en vain de joindre l'agence, appela un médecin, consulta les lunettes Chanel derrière lesquelles s'abritait Doris, la styliste adjointe, plongée dans des devis et qui ne voulait pas en entendre parler. Il prit donc sur lui d'autoriser Jane à retourner vingt-quatre heures dans sa suite Vivaldi Junior. L'énervée tint parfaitement son personnage, laissa s'écouler un délai de décence avant d'empocher son congé et de regagner le hall. Katrin la regarda partir, à peine moins droite que dans un défilé. Comme les autres, elle savait ce que ferait Jane : douche, démaquillage et crème La Prairie pour le visage, sieste ou film sous la couette, entourée de sachets de rats en gélatine et de crocodiles biphasés, en attendant l'arrivée discrète de William.

Âgée d'à peine deux ans de plus, l'Anglaise impressionnait Katrin comme une prestigieuse aînée, même si la Norvégienne faisait elle aussi partie de l'avant-garde des filles, des tueuses, des condensées d'époque, dignes d'être hébergées dans le grand hôtel milanais moyennant un supplément prélevé sur leur rémunération, alors que le commun des belles s'entassait dans des *residenze* assiégées par des minets gominés.

L'après-midi fut ensoleillé. Elles sautillèrent en bottines, mini-châle, étole et sac à main au milieu des grandes artères de Milan dont le trafic automobile était suspendu par les hurlements de trois policiers galvanisés.

« Allez-y, j'en fais une affaire personnelle », avait marmonné l'un d'eux en faisant barrage de son corps, l'œil rivé sur la Russe, dans un échange de violences.

Puis elles migrèrent dans la cour intérieure de la pinacothèque de Brera, où on les encouragea à imiter la posture du Napoléon de Canova. Elles transpiraient, s'ennuyaient et commençaient à concevoir du ressentiment à l'égard de la déserteuse. Pour qu'elles aient quelque chose à raconter aux parents, on les conduisit enfin devant la *Cène* de Léonard de Vinci, et le guide leur fit remarquer le mauvais présage du sel répandu devant Judas.

Vers 18 h 30, tout le monde s'engouffrait lentement dans le minibus quand le M-Phone de Doris signala un flash d'actualités. « Attentats au port de Rotterdam. Douze morts, cinquante blessés, bilan provisoire. » Pendant que les autres changeaient de chaussures et demandaient au chauffeur de monter le volume du morceau de techno, Katrin effleura son M-Phone pour visionner le clip d'une minute vingt. Un long panache de fumée noire sortait d'une tour de contrôle éventrée par une explosion, et la légende indiquait « Botlek Center ». Dans une autre séquence, deux supertankers, arrivés du Golfe après vingt-neuf jours de mer, gisaient coques retournées et presque coupées en deux, bloquant sur toute la largeur le canal noirci de pétrole et de débris calcinés. Le ciel délavé fourmillait d'hélicoptères et de câbles.

Les filles étaient arrivées près de la galerie Victor Emmanuel II et s'attardaient devant les vitrines de Prada tout en piochant dans des paquets de réglisses et de tétines citriques.

Responsable du groupe, Sean avait prié le réceptionniste du Townhouse Galleria de lui indiquer quelles personnes demanderaient la suite où logeait Jane. Le lendemain matin, la commande de deux petits déjeuners continentaux dans la chambre fut une faute de débutante que Katrin n'aurait pas commise, toute naïve qu'elle fût avec ses dix-neuf ans.

Attablées dans la salle à manger, la Canadienne et la Russe étaient sorties en boîte de nuit et s'échangeaient des pots de Crème de Huit Heures Elizabeth Arden et d'autres recettes miracles d'Estée Lauder, entre leurs mueslis toutes céréales et leurs œufs brouillés. Sean téléphonait à Jane d'un air furieux. Il obtint qu'elle descende dans le quart d'heure. Les filles frissonnaient à la perspective du spectacle, partagées entre l'attente d'une quelconque justice et l'apprentissage de nouvelles techniques de surenchère. Jane sortit de l'ascenseur sans maquillage, l'air concentré. Dans un anglais impeccable, juridique, qu'elle opposait à l'américain indolent de Sean, elle prit de haut son comité d'accueil :

– Ce qui se passe en dehors des heures de travail ne vous concerne pas. Nous faisons un métier suffisamment difficile, ce n'est pas pour être surveillées. Si cela devait continuer, je téléphonerais à mon agence et je donnerais votre nom directement.

Les filles étaient émerveillées par tant d'aplomb. Elles ne connaissaient pas les aînées dont Jane héritait les phrases, la détermination et le culot. Elle devait savoir ce qu'elle faisait. Il fallait un éclat ici et là pour sortir du lot et être payées cinq fois plus. Même rebelles, ces tigresses continuaient à faire travailler leur physique. S'excitant une seconde, l'Italienne et la Canadienne rêvèrent à plusieurs façons de se créer une légende, avant de renoncer et de finir leurs cafés grand cru.

Furieuse, Jane repartit, privant le monde de centre et de repères.

Un minuscule spitz allemand aboya violemment en direction du petit écran plasma inséré au-dessus des centrifugeuses. Sur CNN, une multitude de logos clignotaient, et le bandeau du bas de l'écran titrait : « Deux attentats à São Paulo : destruction des bâtiments du BM&F Bovespa et de trois héliports. »

Un Sud-Américain en robe de chambre couleur chair demanda qu'on monte le son un instant. La vieille dame propriétaire du spitz ouvrit la bouche pour protester, mais un serveur avait déjà appuyé sur la télécommande. Pressés par la concurrence, les journalistes ne semblaient pas avoir disposé d'images moins dures : un couple d'Argentins passant dans la rue avait pu filmer les trois jeunes enfants tués net par le souffle des explosions au rez-de-chaussée d'une entrée secondaire. D'autres explosions auraient retenti dans les sous-sols ; l'immeuble s'était ensuite effondré sur lui-même. Au petit matin, il était par bonheur quasiment vide : manquaient seulement à l'appel quinze vigiles d'une société privée. Selon toute probabilité, la plate-forme informatique Mega Bolsa et le Global Trading System étaient anéantis. Quant aux héliports détruits, ils paralyseraient une partie du trafic de la ville, mais sans conséquences lourdes. Personne ne s'expliquait une telle faille dans la sécurité du pâté de maisons abritant la troisième Bourse mondiale.

Katrin ne mangeait plus. Une panique floue la gagnait. Elle ne comptait pas étaler son angoisse : Jane avait occupé le terrain et elles étaient toutes condamnées à la bonne humeur pour les *shoots* dans une villa des environs de Milan. Rien ne l'empêchait d'honorer son contrat de modèle, mais elle se sentait poisseuse, obligée de surveiller ces images qui tournaient en boucle.

Durant le trajet, elle ne décolla pas les doigts de son M-Phone. La journée fut pénible, ses sourires sur fond de campagne lombarde devant les Konica et les Canon restèrent crispés. Le lendemain matin, le réveil face aux 320 morts de Shanghai fit l'effet d'un serpent glissé sous ses draps. On avait cette fois visé trois des plus grands centres commerciaux de l'artère de Nanjing Road, haut lieu de la consommation chinoise. Les explosions s'étaient produites simultanément, en milieu d'après-midi. Le bilan était lourd, les blessés innombrables, des dizaines de personnes restaient disparues sous les décombres. On comptait plus de trente nationalités parmi les victimes, et chaque correspondant local dénombrait les siennes.

Du fond du lit *king size* du Townhouse Galleria, Katrin augmentait et diminuait la luminosité de l'image, incapable d'éteindre. Elle n'éclaircissait l'écran qu'à l'apparition du visage enfariné d'un expert, militaire ou historien, qui tentait de deviner l'identité des auteurs, car il ne faisait plus de doute que les attentats avaient été coordonnés.

Elle appela ses parents à Oslo. Elle espérait tomber sur sa mère. Dès que le père eut décroché et entendu sa fille, sa voix se voila. Katrin devina les plis de sa bouche s'affaisser et se ramollir, regretta soudain de disposer de son forfait infini.

– Et tu es où aujourd'hui ?

– À Milan, papa.

– Tu t'amuses au moins ?

– Pas toujours, c'est fatigant.

– On ne t'embête pas ?

– Non.

– On te verra quand cette fois ?
– Normalement c'est *Vogue* Italie, en avril.
– Je demandais quand on te reverrait à la maison.
– On rentre dans une semaine.
– Et que fais-tu le soir ?
– On se promène, on va au restaurant.
– Qui ça ? Les autres filles ?
– Il y a aussi des gens de l'agence.
– Des gens de l'agence.
– Et toi ? Vous avez choisi où vous partez en vacances ?
– Tiens, ta mère est revenue du jardin. Je te la passe.
– À bientôt.
– Allô, chérie ? Tu es toujours à Milan ? C'est beau là-bas, non ?

Pour devenir mannequin, Katrin avait suspendu ses études, se contentant d'un enseignement à distance. Son père ne comprenait pas comment il avait pu accéder à cette demande. Les cadeaux ou l'argent qu'elle pouvait leur offrir lui arrachaient à peine un merci. Il y voyait les fruits d'un trafic de fantasmes sur le corps de sa fille, l'occasion d'être déshonoré, particulièrement aux yeux des hommes de son âge qui pouvaient feuilleter ces magazines futiles chez leur dentiste. Les avions et les agences avaient brisé portes et fenêtres, il avait perdu sa mission de gardien de la beauté de sa fille. On l'avait frustré de la fierté du géniteur, du contrôle informel des prétendants par le recueil des confidences à la table du dîner, de l'ascendant naturel d'un chef de famille à huis clos.

La mère de Katrin avait vu les journaux télévisés. Elle se demandait si la série noire se poursuivrait. Allait-elle bien ? Après tout, il n'y avait aucune raison pour que le royaume ou l'Italie fussent visés. Les photos qu'elle leur avait envoyées de Milan étaient très belles. Elle l'embrassait.

Ce samedi matin, à 9 h 30 passées, Katrin n'avait toujours pas faim. Elle ralluma l'écran de télévision encastré dans le mur. Une chaîne pour enfants diffusait un dessin animé Disney du siècle dernier. Ailleurs, la plupart des chaînes passaient sans discontinuer les images des trois attentats. Les plateaux les mieux dotés allaient et venaient, en virtuoses, du Brésil aux Pays-Bas et à la Chine, recueillant les témoignages traduits en direct, faisant défiler des précisions sur deux rubans au bas de l'écran, des numéros de téléphone pour les familles, quelques bribes d'autres nouvelles qu'il eût été indécent de développer, des indices boursiers en chute, de rares éléments de langage des dirigeants politiques et du secrétaire général des Nations unies. On devinait les vivants refroidis par l'angoisse, et la matière morte tournant à plein régime, informatique, satellites, câbles sous-marins, écrans et pupitres de mixage heureux de donner toute leur mesure. Pour s'y retrouver, une grande chaîne européenne avait conçu un logo pour chacun des attentats : la silhouette épurée d'un pétrolier brisé en deux pour Rotterdam, un tas de ruines surmonté de chiffres pour la Bourse de São Paulo et l'idéogramme signifiant Shanghai éclaté en trois morceaux.

On percevait une recherche inhabituelle dans l'expression des journalistes, conscients de parler devant l'Histoire, heureux d'être à l'antenne ce jour-là, craignant néanmoins d'être visés à leur tour par une actualité qu'en temps normal ils fabriquaient eux-mêmes. De petites mains basculaient d'un duplex à l'autre, les minutes de satellite en direct étaient louées au prix fort par les chaînes ayant les plus gros revenus publicitaires. La couverture des trois tragédies se trouvait ainsi parrainée par deux multinationales du soda et du divertissement. Un infographiste allemand avait cartographié, dans un dégradé de rouges, la structure des réseaux informatiques des Bourses mondiales. Une chaîne câblée californienne avait représenté l'importance du commerce chinois à l'aide de graphiques transparents qui permettaient de ne pas perdre de vue les visages cireux et les lèvres presque immobiles des présentateurs. Épisodiquement, un blanc, une flopée de neige, une mauvaise qualité du son offraient un effet de réel, une manière de compatir au désordre du monde. Dans le même temps, entre deux douches emportant la sueur, une joie fiévreuse habitait la profession dont les antennes, les disques durs et les mémoires flash codaient les veines ouvertes des sociétés. Pour au moins quelques semaines, les médias se redonnaient du lustre aux yeux du public et des annonceurs. Ils savaient faire tourner l'horreur comme un joint dans une soirée conviviale. Sur les marchés, les actions des entreprises d'audiovisuel prirent entre 3 et 8 % en deux jours.

Avec sa télécommande, Katrin passait de la télévision à Internet. Le choix des internautes du site de *La Repubblica* s'était porté sur un film de trente-deux secondes. Sur un quai du port de Rotterdam, on y voyait prendre feu un homme à moitié enduit de pétrole. Puis il se jetait dans un canal. L'eau du canal était recouverte d'une épaisse couche noire, que le corps enflammait comme une allumette. L'homme se débattait quelques secondes dans une mer de flammes, et la caméra amateur se détournait. De São Paulo, les images étaient aussi calmes que celles des ruines d'un temple grec : quel que fût l'angle, la Bourse ne cessait d'être effondrée, immobile, substrat minéral d'une génération spontanée de cadavres. À quelques mètres des corps enfouis, le maire de la ville, les directeurs de la place financière, le président brésilien consolidaient leurs carrières en se laissant sobrement interviewer, un casque de chantier sur la tête. De Shanghai, Katrin ne voulait rien voir : les hurlements suffisaient à la terroriser. Ils la poursuivaient de chaîne en chaîne – seules les thématiques calmaient son cœur en parlant continûment téléachat, cuisine, enfants, cinéma. Ni la raison, ni le silence, ni le cours de sa vie n'étaient à même d'apaiser le choc de l'actualité, il lui fallait continuer à regarder.

Elle se repassa les images de l'homme de Rotterdam, comme si elle voulait assister pour de bon à cette mort. Les cinq premières secondes, il se tenait sur le quai, à peine agité malgré la pâte noire qui couvrait la moitié de son costume-cravate marron ; probablement un cadre de l'autorité portuaire ayant pris sa faible part des vicissitudes dans lesquelles étaient englués ouvriers et marins. À ses côtés se tenait un homme en bleu de travail, les mains sur la tête, contemplant les navires disloqués hors champ. Sans transition, la nappe s'enflammait chaque fois sur la jambe droite du costume. L'homme se contentait alors de froncer les sourcils comme à une mauvaise plaisanterie. Il commençait chaque fois à se secouer dans tous les sens, se grattant même la tête. L'homme en bleu de travail lui donnait une bourrade à l'épaule comme pour l'éloigner ou lui montrer qu'il avait compris la blague. La caméra du M-Phone le quittait un instant, l'auteur du film semblait chaque fois vouloir aider son sujet. Puis l'image revenait sur l'homme qui courait se jeter en contrebas, dans une eau qu'il imaginait encore pure. Chaque fois le vent de sa course allumait du jaune jusqu'au cou et lui tirait des jurons. La caméra le retrouvait invariablement, quatre mètres plus bas, sous la forme d'une boule et de deux tubes noirs s'agitant dans une nappe de petites flammes bleues et stables. Au loin se dressait la tour de contrôle éventrée du Botlek Center et son panache de fumée noire. Cette image de fin faisait le tour des rédactions et la une de nombreux journaux : en un seul plan les spectateurs disposaient d'un contexte global, d'un drame individuel, et peut-être d'une tragédie qui les attendait tous.

Posé sur une des tables de nuit, le M-Phone sonna. C'était Deborah, la Canadienne. Derrière elle on entendait pouffer la Russe.

– Tu pourrais dire quand tu ne viens pas manger. Tu as vu la télé ? Horrible ! On voulait se changer les idées, ça te dit de louer une voiture pour aller voir Bergame ?

– Je ne suis pas très bien. Vous me raconterez.

– OK. Tu y crois, toi, à ce que dit Anissia ?

– Que ce sont des islamistes africains ?

– Non, que Préparation H est super contre les cernes ?

– C'est quoi, Préparation H ?

– Une crème contre les hémorroïdes !

– Ça a l'air tellement débile que j'y crois.

– J'essaie demain matin. C'est samedi, on va se faire un max de cernes ce soir.

– Amusez-vous bien !

– OK, bye. Dis, ça va ?

– Ça va, t'inquiète pas.

– Alors by-ye, conclut la Canadienne avec cette modulation des syllabes qui tenait lieu de chaleur aux gens pressés.

Le son de la télévision accompagnait Katrin jusque devant les miroirs où elle s'apprêtait, autour de l'îlot central d'une salle de bains remplie de serviettes et d'échantillons de shampooing, de gels et de crèmes pour les mains. Entre les parois de verre dépoli de la cabine de douche, un panel d'experts américains de la côte Est s'interrogeait gravement : « Quelle mouvance a pu organiser de tels attentats ? » Interrompus par d'onéreux interludes publicitaires – seuls de grands lessiviers et des géants de l'agroalimentaire pouvaient acheter ce temps maudit –, leurs regards fuyaient comme des balanciers de pendules. Un nouveau réseau islamiste, implanté en Indonésie, avait fait parler de lui ces dernières années. Aucun spécialiste ne pouvait cependant expliquer l'acquisition soudaine d'une telle force de frappe. D'autres pistes, tout aussi sérieuses, conduisaient à des mouvements marxistes noirs africains qu'on croyait en sommeil, à un terrorisme international que la jeune dictature égyptienne ou la junte colombienne financeraient en sous-main. Quelles que soient les hypothèses, comment une organisation avait-elle pu trouver les complicités nécessaires à la destruction du Bovespa, à la connaissance opérationnelle de l'infrastructure du port de Rotterdam, un des tout premiers terminaux pétroliers du monde ? Quant aux attentats de Shanghai, les plus meurtriers, ils restaient à la portée de n'importe quel groupuscule extrémiste, et malheureusement la Chine postcommuniste n'en manquait pas.

Katrin descendit rafler ce qui restait de viennoiseries dans les salons de l'hôtel, prit un café et un jus de mangue, puis remonta dans sa chambre pour grignoter face à l'écran. Devant elle, les miettes de pâte feuilletée tombant sur le couvre-lit prenaient des airs de gravats, d'effets personnels, de membres laissant suinter leur graisse dans le tissu. Dans une semaine, elle retrouverait la Norvège, son pays de poche, sa chambre et les yeux défraîchis du hamster en peluche que son père lui avait offert pour ses trois ans. Elle pleura en imaginant ses parents silencieux, déchiquetés et aussi répandus que ses reliefs, pleura en les sachant là-bas, protégés par la mer, miraculeusement préservés, vivant au-dessus du monde, craignant le pire pour elle, ensemble et ne se disant rien.

Dehors, il faisait beau. Le soleil de Milan créait des reflets et des taches jaunes sur l'écran plat. Katrin baissa les volets électriques et plongea sa chambre dans la pénombre. Elle fixait le plafond pastel et faisait varier l'éclairage du bout des doigts sur le *dimmer*. Du regard, elle extrapolait une minuscule fissure en haut du mur, dézippait le plafond qui lui tombait dessus comme une robe Dior lacérée par un jeune créateur en quête de gloire. Tout le mobilier de la chambre semblait dériver vers elle, se masser autour du lit, sauf l'écran qui s'éloignait. Elle le retint en pressant les boutons de la télécommande, en changeant les chaînes. Puis elle s'enfuit faire couler un bain qu'elle oublia et laissa refroidir. Elle avait acheté une petite histoire de l'art, un magazine, trois romans américains. Elle en prit un au hasard et le lut à haute voix contre le son de la télé. Elle augmenta d'un point le volume et haussa la voix. Elle continua jusqu'à six, retourna dans la salle de bains pour donner plus d'écho à sa lecture, plongea ses pieds dans l'eau du bain, puis monta jusqu'à huit en beuglant pour couvrir les voix des Américains interrogés à la sortie des autoroutes par un reporter de ABC News, le bruit d'une publicité pour un lot de pelles en acier, enfin les longues phrases d'un économiste expliquant la panique et le report des capacités de raffinerie européennes sur Le Havre-Antifer, Fos-sur-Mer, Gênes. À neuf, elle lâcha le livre, quitta la salle de bains, coupa le son, resta prostrée une dizaine de minutes sur le lit, cherchant une source de paix, et, presque à son insu, glissa ses doigts entre ses jambes et se mit lentement à se caresser. Sa jouissance nettoya la planète de ses miasmes et lui fit rouvrir les volets.

Le soleil était monté et n'attaquait plus l'écran. Elle reprit la télécommande, alla de chaîne en chaîne, marchant à petites foulées sur la moquette. Elle était maintenant avide de rattraper son retard sur les événements de Shanghai. Elle se remplit des sanglots sortant des Chinois, enfin devenus des individus distincts grâce aux dessins de leurs rides, à leurs gencives que découvrait leur détresse, au chant hésitant de leurs mots. La plupart des images étaient floutées, il appartenait au téléspectateur d'imaginer la couleur d'une jambe projetée au milieu de la rue et celle du ventre à travers le T-shirt en charpie d'un enfant sans tête. Katrin était terrorisée par ces amas. Son métier supposait des attaches gracieuses entre les membres, et tout cela se trouvait dégommé sur l'étal d'un trottoir. Témoin direct de ces atrocités, elle aurait ressenti une empathie qu'elle imaginait plus douloureuse encore que le souffle de l'explosion, et son corps, faute d'écran, n'aurait fait que tomber en pièces. Vers 11 heures, elle refusa l'entrée de sa chambre à la femme de ménage venue effacer les traces, nier tous les crimes et disperser les odeurs. *Do not erase.* Vers 17 heures, ses yeux gonflés d'images se fermèrent sous le sommeil, et vers 23 heures elle se réveilla en sursaut, terrorisée par le thème aigrelet d'un bulletin météorologique. Elle sortit engloutir, à prix d'or, un des dix plats de la carte brasserie.

Après quelques tâtonnements, les journalistes anglophones, friands de formules de deux mots, se fixèrent médiocrement sur le terme de *Big Three*, trois attaques dans la même semaine, celles dont on n'avait pas besoin, disait-on pudiquement. Puis les médias inventèrent l'appellation qui s'est imposée depuis : *Black February*. La concomitance des attentats frappa l'économie de plein fouet, alors que s'achevait une grave crise de la finance chinoise qui avait miné la croissance américaine, et que la production pétrolière avait depuis longtemps atteint son plateau. Dans les jours qui suivirent, les premiers effets notables furent une chute de près de 60 % du trafic aérien, la pire du XXIe siècle.

Katrin rentra à Oslo, dans leur barre d'immeubles ternes. Son père la garda dans ses bras une seconde de plus que d'habitude. Comme toujours, sa mère lui fit couler un bain chaud et lui massa le dos, ce métier d'avaleuses de balais leur faisait vraiment des nœuds dans les muscles. Le regard des parents s'assombrit à la fin du déjeuner, quand leur fille leur apprit qu'elle avait plu à une attachée de presse et qu'elle repartait pour un défilé et plusieurs séances photos à Moscou. L'oncle et la tante présents pour l'occasion secouèrent la tête. Armée de trois énormes verrues au cou, la tante se perdit dans des détails sur le prix des billets d'avion, les trente-cinq personnes déterrées à Shanghai et les retouches photographiques.

– Et surtout, là-bas, habille-toi en blanc. Les Russes raffolent du blanc.

Seule sa mère eut la sagesse de se préparer à d'autres départs. Sous le visage éteint de son père, le M-Phone de Katrin sonnait toutes les cinq minutes : ses meilleures amies, son agence pleine de zèle pour les nouveaux contrats et les billets à venir chercher le lendemain. La carrière de Katrin battait son plein. Les blondes se faisaient toujours plus rares, son physique de Nordique était à la mode en Asie, on ne lui connaissait pas de caprices, et elle ne songeait pas à faire monter ses prix. On avait bien noté qu'elle ne se droguait pas ni ne fumait. Elle était le type de beauté saine qui équilibrait le plastique et le strass, se fondait merveilleusement dans des matières incertaines comme le lin et le bois. À Oslo, son agent roux aux mille taches de rousseur lui passait le bras sur l'épaule, l'emmenait au café, lui demandait où en était sa vie amoureuse dans des termes vagues et inattaquables au civil comme au pénal.

– Ne le prends pas mal, mais tout se sait et on apprécie aussi ta vie nocturne.

Les mois passant, Katrin voyait son épargne s'approcher du prix du beau deux-pièces qu'elle voulait s'offrir en centre-ville. Elle fêta ses vingt ans deux fois à Oslo, une fois à Dubaï avec une dizaine de ses collègues. Les mains remplies de lassos à la pêche et de brochettes de guimauve, Katrin entrait ainsi, après tant d'autres, dans la dizaine fatidique de sa retraite. À Dubaï plus qu'ailleurs, elles étaient photographiées, complimentées et rémunérées avec empressement, elles servaient de faire-valoir aux tours, aux hôtels-aquariums et aux revêtements fluorescents des autoroutes à six voies. Dans ces périples en groupe flottait une atmosphère d'hospice doré hébergeant les derniers feux de leur beauté. Emballés comme des médicaments, leurs cosmétiques portaient des noms qu'on eût dit volés à une aristocratie moribonde : Solbécour, Antinesse ou Coralude. Les filles avaient en commun avec les veuves la peur du temps qui passe, une façon d'avoir anéanti les hommes (même sous les draps, ils ne faisaient que flotter au loin), et un personnel spécialisé employé dans des institutions à l'écart du monde. Seul le temps leur ferait abdiquer leur perfection globale, les féconderait puis les abaisserait à vivre, dans un cercle restreint, la tendresse, l'amour, la pitié.

Aux États-Unis, les services de Shirel, une psychologue israélienne, leur avaient même été proposés. Elle entrait et disait à chacune, en aparté, que c'était un métier difficile et qu'il ne fallait pas se dévaloriser. Les filles, peu versées dans la connaissance de leur âme, comprirent qu'il ne fallait pas lésiner sur le maquillage, le fil dentaire et les caprices façon Jane.

Une nuit, à Dubaï, elles rentrèrent dans un de ces minibus économes, hybrides et si légers que le vent s'ajoutait à la traction électrique. Katrin se sentait partout en danger. Se faufilant entre les voitures, le véhicule accélérait sur la voie rapide d'un nouveau quartier gagné sur la mer. La route en construction était encore mal éclairée, partageant le sommeil des essaims de travailleurs qui s'entassaient à quelques kilomètres de là. Le moindre clignotant perçait la pénombre et semblait exprimer une détresse. Tous ces conducteurs pensant à autre chose qu'à la mort, se transportant dans des ambulances banalisées, ces blocs si nombreux, si proches, si rapides : il ne manquait qu'une étincelle, une trop bonne blague à la radio, pour les faire s'écraser en pleine course, tous à la fois. Ma vie est insignifiante, mais ma mort le sera plus encore. Telle était la prière de Katrin sur l'autoroute.

Le pétrole renchérissait comme jamais. Il devait à présent se cacher, être escorté, entouré des fastes dus à un souverain. Les flambées des années 1970 ou 2000 paraissaient dérisoires. Le baril avait atteint les 310 dollars et n'en démordait pas depuis près de six mois. Du fond de ses chambres d'hôtel, Katrin, fascinée, regardait les diagrammes clignotants des experts expliquant les lois de la formation des prix, soulignant que le monde avait basculé dans une ère inédite de récession. Elle voulait comprendre la valse des chiffres. La demande et la spéculation étaient telles que le marché spot menait la danse, transactions de gré à gré à court terme, contrebalancées par les pressions des États et les nationalisations de plusieurs grandes compagnies pétrolières. Il semblait qu'avec 310 dollars on eût dépassé le prix permettant de calmer la demande et de satisfaire les pays producteurs. Une bulle psychologique digne de l'an mille soutenait le baril 20 à 30 dollars trop haut. Le brut de qualité Dubaï à destination de l'Asie restait le plus prisé, suivi par le Brent de la mer du Nord que livrait la Norvège.

À de tels tarifs, les avions s'étant vidés des deux tiers de leur clientèle, on ne voulait plus payer la classe affaires à ces demoiselles. Pour les filles moyennes, l'incrustation de paysages et la retouche numérique suffiraient amplement. De Moscou à Madrid, de Los Angeles à Shanghai, ni l'agence ni les clients ne rognaient cependant sur leur hébergement, sans doute parce que les hôtels de luxe étaient ceux où la surveillance informelle était la plus facile. Les contrôles aux aéroports et à l'entrée des villes devenaient interminables et énervaient tout le monde. Il devenait presque impossible de faire des *shoots* romantiques devant les monuments célèbres, tant ils étaient encerclés de barrières.

Le mouvement était devenu suspect. Les attentats avaient durci les lois antiterroristes, la plupart des moteurs thermiques, voitures et avions, restaient cloués au sol. Être une bande de jeunes femmes belles, riches et prophétisées une semaine à l'avance restait un des derniers moyens de s'éviter contrôles et suspicion dans tous les lieux publics. Les transports collectifs bénéficièrent du triple des crédits autrefois accordés à la route. On s'avisa que la plupart des emplois pouvaient en partie être exercés à domicile, que la semaine de quatre jours était idéale pour les enfants et l'équilibre personnel, puisqu'elle permettait d'économiser des millions de barils.

Dans les quelques avions remplis de cadres dirigeants, d'artistes et de hauts fonctionnaires qui la prenaient pour une hôtesse, Katrin promenait un regard blasé sur la marqueterie des territoires qui changeaient à son insu, vidés de carburants. Le long des ex-grands axes, les marginaux et les sourds repeignaient leurs crépis noircis, n'avaient plus à fermer les triples vitrages et à hurler sur les enfants qui jouaient au ballon sur le bitume ; partout, l'étalement urbain était gommé par les bulldozers, les banlieues lointaines remplacées par des jardins communautaires, des parcs, des forêts haut de gamme ; les villes se pelotonnaient, prises dans une force centripète ; des pionniers de l'exode urbain aidaient à retaper de vieilles fermes auxquelles une quatre-voies avait autrefois ôté toute dignité ; municipalités et agents immobiliers écumaient les terrains nouvellement constructibles, les immeubles soudain vivables, s'arrachaient les parcelles désormais agréables autour des aéroports ; avec des allures de princes, les sans-domicile défendaient contre la spéculation leurs taudis de chiffons et de journaux cimentés sous l'échangeur autoroutier ; comme les touristes, les matières premières peinaient à voyager ; les mains des chauffeurs de poids lourds mollissaient dans leurs poches, des guichets leur parlaient de reconversion dans le tourisme vert, alors qu'ils s'étaient habitués à leurs familles perdues dans les plis de la carte, les accueillant en messies hebdomadaires, dispensés de sermons et de morale ; la nuit, les agriculteurs n'écoutaient plus la radio dans la cabine du tracteur diesel, et se contentaient d'égratigner lentement leurs champs pour des semis sans labour ; les éleveurs regardaient à nouveau dans les yeux les cochons déconcentrés et considéraient même les veaux bon marché qu'ils laissaient courir une heure par jour, par désœuvrement ; de loin en loin, des cratères et des carrières, des forêts écorchées de toutes parts témoignaient de la quête d'hydrocarbures, des sels et des pelles employés à faire dégorger l'écorce, à exhumer ces végétaux et animaux tombés au fond des océans.

Katrin rencontra Tim sur le plateau d'un studio photo du centre de Berlin. Elle avait découvert le sexe à dix-sept ans, par un ami de lycée avec qui elle n'était restée qu'une poignée de semaines. Depuis, quelques aventures ici et là, à Oslo – mais jamais encore dans ses périples de *globe-trotter*. Le parfum de débauche qui suivait en tous lieux ses nouvelles collègues la refroidissait. Contrairement à la séduction, le sexe n'était pas une grande préoccupation. La silhouette athlétique de Tim, l'assistant photographe, l'attira au premier coup d'œil, comme si elle avait désormais besoin d'être escortée. Le soir même, ils étaient parvenus à s'isoler du groupe et à différer de quelques heures ragots et ricanements. Katrin l'invita à dîner dans le restaurant huppé qu'il avait lui-même choisi. Agacé par ces clients en bas âge, le serveur prit leurs commandes sur un feuillet électronique cousu dans un tissu brun.

– Et pour le dessert ?

– C'est comment une *Rote Grütze* ? demanda Katrin.

– Plein de sauce aux fruits rouges, dit-il.

– Ça me va.

Elle invita Tim à coucher avec elle en prenant trois de ses doigts dans sa bouche pleine de vanille. Il se révéla habitué au décorum, imaginatif, propre et peu loquace. Il ne cessait de garder ses seins dans le creux de ses mains. Il la photographia nue, près de la fenêtre, une quarantaine de fois. Éduquée dans la parité scandinave, Katrin le pourchassa, tira d'un coup sec la serviette enroulée autour de sa taille et en retour prit une dizaine de photos de lui, affublé de la virgule couleur brique d'un petit sexe velu. Le lendemain matin, ils regardèrent à nouveau les images. La valeur marchande de celles de Katrin étant trop grande, Tim, en vrai professionnel, les effaça de l'appareil.

Pour rester avec lui quelques jours de plus, Katrin inventa un prétexte à l'intention de ses parents et prit une chambre dans un autre hôtel. Le trois-étoiles où ils s'installèrent lui parut terriblement commun. Les prolongations devinrent nauséeuses, elle avait sous-estimé ce qu'ils avaient perdu à quitter l'ambiance des plateaux et à redevenir des civils. Tim semblait très amoureux et éveillait sa méfiance. Elle trouvait plus sincère d'être juste consommée. Dans l'épaisseur de la vitrine où elle était placée, la pénétrer était le plus sûr moyen de ne pas la toucher.

Ils ne sortaient plus de la literie, usaient les draps, se pressaient l'un l'autre jusqu'à la dernière goutte. Ils se firent des programmes de visite de Berlin qu'ils réduisirent à quelques promenades hygiéniques dans des jardins, à vingt minutes de nage dans la piscine de l'hôtel, où le stupre de la chambre se diluait dans le chlore. Tim voulut la présenter à des amis et prit des rendez-vous. Il les annulait au fur et à mesure en attrapant de ses mains collantes son M-Phone gisant au bas du lit, entre une boîte de préservatifs, un sac de dentiers gélifiés et un autre de *Monsterauge*, boules de chewing-gum en forme de globes oculaires.

– Jorg ? Vraiment désolé. On va devoir remettre ça.

– Pas grave.

– Katrin n'est pas très bien.

– À la longue, ça donne mal à la tête.

– Pas faux.

– Tu vas nous guérir le mal par le mal, on compte sur toi.

– Je te raconterai.

– Y a intérêt. Vous fumez au moins ?

– Non, c'est pas le genre.

– Vous buvez ?

– Juste ce qu'il faut.

– Des puristes, du grand art. Vous criez ?

Tim éclata de rire.

– Allez, bises.

– C'est quand même bien de pouvoir se servir à la source.

La veille, en passant devant le grand miroir de la salle de bains, quelques minutes après l'amour, le visage de Katrin lui était paru hautement professionnel. Elle n'était pas maquillée, mais ses lèvres étaient pulpées, ses pommettes bien rouges, ses pupilles dilatées, sa peau tendue. Ses mèches de cheveux barraient ses joues de façon irrésistible, avec quelque chose d'un défi humide et apaisé. Le plaisir physique la raidissait et tendait ses seins. Le désir de revenir sous les draps donnait de la vivacité à ses gestes. Libre à elle de coucher ou non dans le réel, depuis des années on l'apprêtait en jeune fille ayant joui, spectacle furtif réservé au *partner* et offert dans les kiosques. Elle s'aperçut distraitement de sa valeur faciale.

Elle se réveilla une nouvelle fois, les cuisses pétillantes, le vagin chahuté et les fesses tendres. Comment imaginer qu'un jour ce ventre aussi léger, loin de crever comme un pneu dans une explosion, donnerait trois enfants ? Elle revit le dos pâle du jeune Allemand dans l'embrasure de la porte de la salle de bains et éprouva un impérieux besoin de partir. Alors qu'il posait une nouvelle fois les mains sur ses jambes, elle sentit que, ce matin-là, l'amour se réduisait à un mode de prévention du suicide.

Hébétés, les amants flânèrent dans un hypermarché ouvert en permanence, sur une des artères piétonnes de la ville. Katrin avait perdu l'habitude d'acheter des choses elle-même, mais le bouleversement la frappa. Dans ces rayons allemands, sans qu'avec ses hauts revenus elle y eût attaché de l'importance, la pâte de curry, les mangues dures comme des pierres, les chaussettes au prix d'un verre d'eau, les appareils photo parfumés de sueurs aigres-douces, les fraises de décembre et les chaussures de sport qui sentaient la victoire, tous les anciens trophées du pouvoir d'achat s'étaient volatilisés. Sur les mers du globe, les supertankers aidés de voiles optimisées, encadrés de corvettes, n'apportaient plus que biens et denrées de première nécessité.

Le lendemain, Katrin pianota sur son M-Phone cinquante caractères de rupture avec Tim. Lorsqu'elle fut rentrée en Norvège, elle compléta son *book* dans les locaux de l'agence. Son apogée était incontestablement, déguisée en lutin, la couverture de l'édition italienne de *Vogue*, numéro de Noël ; puis venait celle de *Harper's Bazaar*, numéro de printemps, en maillot et paréo, toujours de profil pour la ligne des seins ;

puis un sujet sur le grand retour du lin, qu'on faisait glisser sur ses jambes ; puis trois publicités pour des cosmétiques qui lui avaient esquinté la peau ; enfin des myriades de sujets dans la presse arc-en-ciel allemande où elle avait fait ses débuts avant de devenir plus *select*.

Elle refusa deux contrats en Espagne. Elle faisait de grandes promenades en forêt avec sa mère, qui lui racontait comment les mélèzes fixaient les montagnes, poussaient sur les couloirs d'avalanches, permettaient aux pins et aux épicéas de grandir, mouraient sous leur ombre puis continuaient ailleurs leur vie de pionniers solitaires. Passé vingt ans, Katrin craignait désormais de perdre sa mise. Elle voyait pâlir l'étoile sexy-sucre de Jane, les efforts des filles de vingt-trois ans pour rivaliser avec les quinze-dix-huit – avec leur teint, leurs caprices, leur docilité sexuelle. Elle souhaitait sortir du casino du mannequinat. Il lui fallait plus que trois pages dans *Elle* ou *Cosmopolitan*, il lui fallait un acheteur plus fiable, un investisseur : un mari.

Le plus souvent, elle retrouvait son père au dîner. Il était ravi du durcissement du monde, du renchérissement, du chaos qui commençait à lui ramener sa fille, malgré tout l'argent qui l'enrobait. Le futur retraité jubilait tout autant quand il voyait les médias souligner sobrement l'envolée spectaculaire du Fonds pétrolier norvégien, au détriment, il fallait bien le reconnaître, du reste de la planète.

Le quotidien, la conversation, la pensée, la politique, les désirs humains étaient à ce point restés mouillés par le *fun* des hydrocarbures, le *beat* du *global village,* que dans les pays les plus gâtés, les plus douillets, États-Unis en tête, la pénurie eut des allures d'atteinte à la démocratie, de putsch des choses contre les hommes. Contraints de parler leur langue et de demeurer sur leur terre natale, la plupart s'estimaient assignés à résidence ; la mise en veilleuse des moteurs fut une arrestation générale, l'extinction des lumières la nuit, une veillée funèbre.

On aurait bien aimé pouvoir dénoncer les groupuscules fascistes, les ligues de vertu fanatiques qui se seraient emparées de l'appareil dirigeant, des médias, de l'économie, de l'Université et des milieux artistiques, imposant leur censure, leur tristesse, leur calendrier révolutionnaire nauséabond, leurs célébrations, leurs joies frelatées et statiques, leur morale moisie du retour à la terre. Tel Churchill en 1940, on aurait voulu « faire la guerre avec toute la force et toute l'énergie que Dieu nous a données, faire la guerre contre une monstrueuse tyrannie encore jamais répertoriée dans le sombre et lamentable catalogue de crimes contre l'humanité », le déclin du pétrole.

Mais cette fois, le coup d'État était perpétré par la terre mère accouchant de ses limites. Affolant les marchés, *Black February* avait été le catalyseur de toutes les raretés. Toujours moins d'énergies fossiles, d'eau pure et de métaux pour s'amuser et progresser. La panique, l'explosion des prix, la paralysie des véhicules imposèrent la *pax rustica* aux pays industrialisés, une paix qui faisait la joie des esthètes réactionnaires, des philanthropes avant-gardistes, des Cassandre de tous bords, d'écologistes pleins de rancœur, de tout ce qui vivait de symboles néotestamentaires et de rhétorique moralisatrice. Mais les foules démocratiques, hystériques, obsessionnelles, surinformées et velléitaires, tripes et sexes confits de vitesse, de plaisirs cosmopolites et de publicités, n'en finissaient pas de ressasser la fin de la récréation. Elles flétrissaient leurs dirigeants, leurs experts, reprochaient à leurs parents d'avoir osé leur léguer ce monde de frustrations, accusaient leurs enfants d'exister, de continuer à manger et respirer, se flagellaient elles-mêmes dans des tribunes indéfiniment recyclées, dans des auto-interviews télévisées, dans des séances de psychanalyse durable, et sur plus de blogs indignés qu'il n'y avait de vivants sur terre. Le pétrole leur infligeait le manque comme autrefois les jouissances, avec cette même brutalité de liquidateur, exauçant ou éradiquant les souhaits les plus profonds.

L'opinion publique était bien injuste, car on lui avait rendu service. Seul *Black February*, seuls ces grands communicants qu'étaient les terroristes avaient réalisé que l'humanité, irrévocablement cinéphile, s'était lassée de *comprendre* les menaces et demandait à *vivre* le film de la catastrophe. Chose promise, chose due.

L'effondrement des écosystèmes, amorcé dans les années 1970, n'avait pas suffi – trop « cinéma muet ». Les crues, les cyclones, les sécheresses et les pollutions étaient trop anonymes – trop « films d'auteur » –, même le spectaculaire déménagement du New York Stock Exchange au Garden State (New Jersey), suite aux inondations inquiétantes de Manhattan. L'unanimité des experts, les extrapolations des courbes n'avaient pas davantage satisfait la pulsion scopique – trop « documentaires ». Il avait fallu grimer les limites terrestres en agression d'origine humaine pour créer la transcendance nécessaire au grand sursaut, aux ruptures, aux privations. Il avait fallu ce coup de pouce afin que les Terriens prennent leur peur au sérieux et se mobilisent pour leur survie ; qu'importent les menaces, ils avaient toujours besoin d'ennemis pour agir. Dans une douleur sans nom, hurlant de rage, ils revinrent sur terre et commencèrent à vivre selon leurs moyens. Par ces terroristes, ces ventriloques, *Black February* avait prouvé qu'on pouvait faire parler la nature. Le voile tendu au-dessus de l'abîme s'était déchiré.

Le nouveau contrat de Katrin fut dans le sud de la France. De sa vie passée, de cette tornade d'ennui sous des spots, de gloussements et de chèques, de chuchotements aux oreilles rousses de son agent, d'embarquements immédiats et de soirées mornes, Katrin se détachait par petits bouts, refusant que son visage fût identifiable, puis redescendant la hiérarchie, restreignant la prise de vue à son corps, à ses jambes. Elle passait ses vacances loin des studios et des boutiques. Le dimanche, elle se promenait en forêt avec son père ; il prit deux jours de congé pour aller comparer avec elle les différentes filières d'économie à l'université, une semaine pour visiter ensemble une dizaine de deux-pièces et trouver la bonne affaire. Il jugeait sa fille brillante, prometteuse, très raisonnable – et bilingue en anglais. Elle s'était amusée, cela n'avait pas été du temps perdu, elle avait honoré sa beauté, elle allait maintenant s'instruire.

L'agent aux mille taches de rousseur avait lancé à Katrin du *quel gâchis*, du *tu ne te rends pas compte*, du *tu rates les meilleures années, à vingt-deux ans tu as du temps*, puis du vicieux *pense à ce que tu pourrais offrir à tes parents*. Elle venait à l'agence avec le regard vide, des magazines américains sous le bras, quelques romans français et anglais dans un cartable, de la poésie russe. Elle n'acceptait que de courtes séances, dans le nord de l'Europe, puis un beau jour elle n'accepta plus rien. Sa mère l'encourageait à reprendre les études. Avec son père, elle s'était enfin inscrite pour la rentrée universitaire et elle commençait à potasser les manuels. La promesse de vente du deux-pièces était signée, la perspective de la rentrée universitaire l'apaisait quelque peu. Elle voulait comprendre ce monde en lambeaux, puis se trouver un mari.

Première partie

1

La nourriture des anges

Novembre

L'homme d'affaires polonais avait obtenu du personnel de bord qu'on ne le sépare pas de ses trois figuiers pleureurs au feuillage panaché, malgré leur taille et leur toxicité. Assoiffés de lumière, ceinturés, ils occupaient cinq places assises du vol hebdomadaire pour Detroit, avec correspondance à New York.

À quelques pas de là, Henryk Larsen relisait le brouillon de la lettre envoyée à Sigrid Halden. Plus de deux semaines étaient passées depuis leur rencontre à l'après-midi musical organisé dans la villa de Karl et Katrin, parents de la jeune fille.

Henryk se voyait griffonner, la veille au soir. Se levant de sa chaise, sans se couvrir, il était sorti de sa *hytte* de la Nordmarka. Le ciel, les insectes, les rongeurs, les oiseaux se partageaient en silence six degrés. Les sapins ondulaient à peine, masquant la lumière des plus proches voisins, au sommet d'une petite colline, à moins d'un kilomètre. D'un coup, le froid avait assailli sa peau. Il était revenu dans son antre de trois grandes pièces qui suffisaient à loger ses livres et ses rares amours.

Sur la console multimédia de son siège, une petite lumière rouge demanda aux passagers de rattacher leur ceinture.

Pourquoi avoir écrit cette lettre ? À cause de son départ aux États-Unis le lendemain ? Il lui semblait faire partie du même atome qu'elle, et qu'en quittant les terres norvégiennes un de ces paradoxes de la physique la fasse disparaître.

Les hôtesses déambulaient dans l'allée comme des nymphes prodiguant leurs bienfaits, se massèrent à l'avant de l'appareil, cachées par un grand rideau derrière lequel elles redevenaient mornes et acides.

Le métier qu'exerçait Henryk n'était pas seulement impossible, il le contraignait à beaucoup voyager. Au tout début, l'universitaire s'était senti flatté de doubler son salaire, de rejoindre l'élite bien nourrie en vols presque directs, tandis qu'il voyait courir d'une correspondance à l'autre ce qu'il restait de vacanciers pouvant se permettre de décoller du sol pour aller de moins en moins loin.

Il se laissait hisser dans les nuages, perdant toute notion des distances aux côtés de ces êtres aux doigts manucurés, lui demandant de choisir son alcool, son dessert ou l'arôme de son oreiller avec autant de dévotion que s'il eût à décider seul de la destination de l'Airbus.

Tant d'années s'étaient écoulées depuis *Black February*. Avec l'envolée du prix des carburants, c'était le retour des voyages aristocratiques, la solennité des années 1960, avant la parenthèse désormais refermée de la démocratisation du ciel. La lutte des classes *business* et économique avait été abolie, les cieux étaient redevenus l'apanage des Olympiens, États, entreprises et puissants ; tous délivrés de la transhumance des masses.

Après d'innombrables faillites, rachats et fusions, il n'était resté au monde qu'une trentaine de compagnies aériennes, souvent simples filiales de constructeurs de trains. La rareté avait transformé ces tubes d'acier en salons de bien-être, luxueux purgatoires, mélanges de boudoirs scabreux, de salles de lecture médiévales et de drakkars vikings. La moquette profonde évoquait l'herbe grasse d'une pâture. Savamment distillé, l'éclairage avait la douceur d'un ciel d'été provençal. Un Internet tactile et un choix d'un millier de films s'offraient sur les écrans individuels encastrés dans les larges dossiers des fauteuils. Une bibliothèque de 3 000 volumes et revues était disponible, tout comme deux salons de relaxation à réserver un quart d'heure à l'avance. La salle la plus fréquentée restait le *fitness-center*, équipé de tapis de marche, plates-formes vibrantes, *steppers* et vélos elliptiques – avec douche et vestiaire attenants.

> *En bas c'est l'hiver, Sigrid. Dans la Nordmarka, on hiberne, chaque être se détache de ses apparences, de ses espoirs et de ses prolongements. Chaque être se sépare de ses muscles et de sa peau. Le sang se met en boule dans le cœur, délaissant les extrémités, laissant bouche bée la sensibilité.*

Alors qu'il se relisait, une lente voix féminine, complice, fusionnelle, annonça une communication du commandant de bord.

Vol après vol, Henryk parvenait de moins en moins à écrire ou à lire, même la Bible. Il devenait mesquin, la moindre défaillance l'outrait. On lui devait le service le plus luxueux, tous les égards et toutes les prévenances, comme dédommagement de cette obligation. Il ne supportait plus de sentir l'outil « avion » l'envelopper et le contraindre. Il tolérait un hall d'attente divertissant qui devait vibrer le moins possible. Il acceptait que toutes ces mégapoles du Sud portent des noms distincts et soient séparées les unes des autres par des milliers de kilomètres, mais ne voulait le sentir ni dans le cou ni dans les jambes, ni dans ses mains fines de philosophe où transitaient des milliards de dollars.

La voix grave et distraite du commandant se fit entendre : « Mesdames, messieurs, en raison d'un problème technique sans gravité, nous sommes dans l'obligation de revenir à l'aéroport d'Oslo. Au nom de tout l'équipage, je vous présente nos excuses pour ce désagrément. Merci de votre compréhension. »

À l'époque des foules, une telle annonce aurait suscité une vague d'indignation, des éclats de voix chez les hommes d'affaires affrontant la concurrence, des bruits de brochures froissées chez les couples de touristes aux circuits minutés, des liquides renversés du côté des enfants hurlant pour couvrir les jurons de leurs parents. Mais la classe olympienne ne broncha pas, consciente que chaque seconde passée dans les airs était redevenue un privilège personnel et un miracle écologique. Tout juste quelques regards studieux se croisèrent-ils, qui se seraient ignorés durant les sept heures de vol. Henryk était cependant ulcéré, ainsi qu'un autre homme, propriétaire des deux commodes demi-lune Louis XVI calées sur une rangée de fauteuils vides et vigoureusement sanglées par le commandant lui-même.

C'est l'hiver, Sigrid. Les êtres solides tombent en poudre, aspirés par la lumière intense des étoiles, la vie est moins nombreuse à veiller sur mon sommeil.

Le petit gong retentit à nouveau, tandis qu'aucune des représentantes de la perfection aéronautique n'était encore revenue. Le commandant gardait la voix d'un père interrompu par ses enfants dans la lecture du journal. « Mesdames, messieurs, en raison de la masse du carburant, notre appareil est actuellement trop lourd pour atterrir. Nous allons donc entamer un vol circulaire au-dessus de l'aéroport afin d'atteindre le poids requis. Nous sommes sincèrement désolés de ce désagrément. »

Exaspéré, distrait de sa missive, Henryk sentit le tube d'acier s'incliner vers la droite, réduisant l'Airbus à une figure de manège et expliquant le repli des hôtesses. On entendit éclater le papier bulle enveloppant le XVIIIe siècle des commodes. Puis ce passé grinça étrangement, titubant dans son carton et ses couvertures grises. Personne ne flottait à cette altitude pour voir le champion des envolées intercontinentales chercher à se mordre la queue au-dessus de la banlieue d'Oslo. Des années de statistiques lénifiantes sur la sécurité aérienne permettaient aux passagers de patienter dignement, d'ignorer leurs battements de cœur, le réalisme des films catastrophe et l'afflux d'argent qui, esquissant leurs tombes, menaçait de passer d'un grand compte d'assureur à des portefeuilles d'ascendants, de descendants ou de collatéraux. Quelques-uns s'étaient néanmoins mis à bavarder, rassurés par le froufrou de la frondaison des figuiers. On comprenait mal cette histoire de « trop lourd pour atterrir ».

Au bout d'une vingtaine de minutes, un nouveau gong retint l'attention du public, désormais bien calé dans son inclinaison. Le commandant avait délégué l'annonce à une hôtesse qui procéda à un nouvel allaitement sonore. « Mesdames, messieurs, nous n'atteignons pas le poids requis. Nous allons sortir le train d'atterrissage afin que la résistance de l'air augmente notre consommation. Des turbulences sont à prévoir. Nous nous excusons du désagrément. »

Cette fois, la faute de logique éclata aux oreilles de l'auditoire. Un commandant de bord aurait dû savoir que vingt minutes de tours de manège ne suffiraient pas, se dit Henryk.

Tout cela était codifié, précis comme un contrat. La confiance réciproque, la solidarité des élites étaient en cause. Le propriétaire des meubles passait et repassait vérifier les sangles. Une fois évanouies les vibrations annoncées, les conversations enflèrent et à cet instant réapparurent les hôtesses, souriantes, gracieuses, commercialement sexuées, progressant en se tenant alternativement aux repose-nuque des femmes et aux épaules des hommes, allant jusqu'à demander des nouvelles des plantes. La plupart gonflaient la lèvre inférieure, la poussaient contre la supérieure tout en haussant les sourcils, mimique de l'impuissance navrée, petits surcroîts de chair face aux manquements des réalités.

L'une d'elles était plus loquace et répétait d'une voix douce ce qu'elle ne semblait pas bien comprendre : « Tout à fait, monsieur, l'avion ne peut revenir au sol tant qu'il n'a pas perdu son poids de décollage, sinon il y a surcharge pour le train d'atterrissage et cela rend la manœuvre trop risquée. » Toujours aussi bleues, elles s'étaient munies de sacs en bandoulière et distribuaient une nourriture défiant la pesanteur, briquettes de jus de fruits, boîtes d'arachides grillées à sec, billes de biscuit chocolaté, le tout accompagné de lingettes imbibées d'eau de rose pour rafraîchir mains et fronts moites. Les passagers, l'air mauvais, prenaient tout ce qu'on leur donnait, c'était bien le moins. Vautré dans son fauteuil, un jeune dirigeant anglais se vit même offrir cette chemise aux couleurs de la compagnie qui lui faisait envie dans une vitrine. Et que pouvait-on leur refuser dans ces circonstances ? Peut-être s'ouvrait-il un créneau de quelques minutes où quiconque aurait osé exiger le retour de l'être aimé, l'absolution pour une vie terrestre corrompue, ou inversement un supplément de vice, les aurait obtenus des hôtesses, des pilotes, avec l'aval des autorités sises dans les tours de contrôle.

Au téléphone, j'ai entendu parler Per, Steinar, Marit, des couples qui se scrutent et se séparent. On dirait que le gel fait exploser les eaux stagnantes. Les vies reprennent leur liberté nette et froide. On a ses besoins, on prend un chemin qu'on est seul à voir, on ne sait trop que faire de l'autre. On le voit s'éloigner si vite. Alors qu'il ne bouge pas. Alors même qu'il accourt. C'est un tel miracle, Sigrid, de se rencontrer entre vivants fiévreux.

Une vingtaine de tours plus tard, la dernière annonce, par sa radicalité, réconforta les passagers. « Mesdames, messieurs, ici votre commandant de bord. Afin de pouvoir atterrir dans les meilleurs délais, nous allons procéder à un délestage de carburant. Nous allons nous diriger vers la zone de largage indiquée par les autorités aéroportuaires. Les conditions météorologiques étant favorables, j'estime le temps nécessaire à trente-cinq minutes. » L'avion alluma ses feux anticollision, retrouva une trajectoire rectiligne et reprit de l'altitude. Le jeune Anglais avait enfin réussi à enfiler sa chemise tout en restant attaché à son fauteuil. Il vérifiait la qualité du tissu, tandis que son plus proche voisin fixait du regard la gueule ouverte d'un sac en papier destiné aux incommodés.

À 2 100 mètres, l'appareil tournant à nouveau en boucle, le copilote actionna les pompes et les vide-vite afin de larguer le carburant. Prises dans l'air à plus de 500 kilomètres à l'heure, les 20 tonnes de kérosène se vaporisèrent en gouttelettes de quelques centaines de microns, pendant plus de vingt-cinq minutes. Flottant dans l'atmosphère, elles ne tarderaient pas à se dégrader en vapeur d'eau et en dioxyde de carbone.

Emportée par les courants aériens, la vidange tomba sur Oslo : une pluie invisible venue alléger ceux sur qui elle tombait, lubrifiant, conférant la dignité humaine. À travers le hublot, Henryk voyait toujours le même paysage parcouru, chaque fois plus brouillé et huileux. Ne faisait-on pas pleuvoir, comme chaque jour, la manne céleste ? La gloire du Seigneur ne paraissait-elle pas tout d'un coup sur la nuée ? Sur terre, dans l'indifférence de ce jour ensoleillé, sur les épaules des livreurs, dans les cartables des écoliers, les coiffures des coquettes assises sur les bancs, se glissant dans les conduits d'aération, entre les cuisses des deux sexes, en fines pellicules sur les cornées, chutaient cette onction, cette rosée, ces grains fins comme le givre. C'était là le pain que le Seigneur leur donnait à manger, à voir, à dire, à oublier aujourd'hui comme hier. « Et vous avez donné à votre peuple la nourriture des anges ; vous lui avez fait pleuvoir du ciel un pain préparé sans aucun travail, qui renfermait en soi tout ce qu'il y a de délicieux » (*Sagesse*, 16, 20). Et malheur à ceux qui en garderaient jusqu'au lendemain matin, leur part serait envahie de vermine.

Tu flottes doucement dans mon cœur, Sigrid, tu n'as plus de position fixe dans le temps et dans l'espace. Entre nous le sol s'est délicieusement couvert d'une brume qui rend les pas légers, j'aimerais que cela continue. Je t'embrasse.

L'avion soulagé amorça sa descente. Les passagers royalement ramenés à leur point de départ purent profiter de l'adieu du chef de cabine : « Mesdames et messieurs, nous allons atterrir à l'aéroport international d'Oslo-Gardermoen. La température extérieure est de trois degrés. Merci d'avoir choisi Scandinavian Airlines, nous espérons vous revoir bientôt sur nos lignes. » Le gardien des figuiers et le propriétaire des commodes se regardèrent en souriant faiblement, tandis qu'on entendait les coups d'archet de multiples fermetures Éclair, des froissements de papiers, et des dialogues de films bourdonnant au bout des oreillettes remises en place.

Inutiles et obligatoires dans ces cas de figure, les pompiers attendaient sur l'aire de trafic et prirent une mine renfrognée quand les premiers passagers sortirent de l'habitacle par la passerelle télescopique. Ils purent aider à extraire les encombrants de la cabine. Tout en indemnisant grassement leurs clients par de petites enveloppes, les représentants de la compagnie prononcèrent les mots dépressurisation, sécurité, absence de danger véritable, protocole à respecter. Comme les autres, le président du conseil d'éthique eut droit à une nuit d'orphelin du ciel au Radisson SAS Airport Hotel, puis le lendemain matin ils rembarquèrent dans un nouvel appareil, fringant et hermétique.

2

Fonds souverain

Le vol plané de la samare de l'érable, les jouets des Chinois de l'Antiquité ou les sages croquis de Léonard n'étaient rien en comparaison du Kamov K-38 Helix-K de couleur rouge, insecte d'acier à double rotor superposé, capable de pointes à 250 kilomètres à l'heure, où embarquaient, à demi courbés sur l'embarcadère, les dix nouveaux stagiaires du Fonds. Dérisoires, les bouchons d'oreilles en mousse qu'on leur avait distribués ne faisaient qu'attirer un peu plus l'attention sur les battements affolés du cœur, les vibrations du diaphragme et des entrailles.

Sigrid Halden n'avait cure de ces détails. L'aéronef haut de gamme faisait partie du chemin triomphal qui s'ouvrait à elle depuis l'appel de la Banque de Norvège (Norges Bank) lui annonçant que sa candidature était retenue. Ravie, elle avait laissé un message à son père Karl, toujours injoignable, mais n'avait osé laisser éclater sa joie auprès de Katrin, sa mère, qui ne l'avait que modérément encouragée dans ses efforts.

Le jour de l'accueil officiel, elle était entrée peu avant 10 heures dans les locaux cossus mais fonctionnels de la Norges Bank, qu'elle avait entrevus lors de ses deux longs entretiens. En plus des embauches ponctuelles, le recrutement, une fois tous les deux ans, de dix *special trainees* destinés à grossir le Norges Bank Investment Management (NBIM), groupe de 160 analystes du Fonds pétrolier, se faisait selon de très stricts critères. Autant de femmes que d'hommes ; une part de Norvégiens limitée à un tiers ; un âge limite de trente-cinq ans ; enfin un cinquième des places réservé aux pays en développement. Suite à un appel à candidatures international diffusé dans les principales facultés d'économie, de finances et d'économétrie, démarrait un long processus de sélection sur dossiers, épreuves et entretiens. La formation prenait deux ans, puis les stagiaires se spécialisaient dans le domaine d'investissement de leur choix.

Le nouveau cru se composait de trois Norvégiens d'Oslo, Manuela, Tom et Sigrid, de Peter, un Londonien, d'un Espagnol, Ignacio, de Ted, Étasunien, de deux Français, François-Henri et Julie, d'une Égyptienne, Nassera, enfin de Sunitra, une Indienne. Dans l'ambiance feutrée de la journée d'accueil, chacun jouissait de tous, découvrait ses pairs en clignant des yeux, comblé d'aise à l'idée de passer une année trépidante, à la suite de quoi commencerait le processus d'intégration à la Banque ou au ministère des Finances.

Une dizaine de personnes qu'on ne leur présenta pas s'assirent discrètement au fond de la salle où ils avaient été introduits. Sous le faux plafond, le dos tourné à une haute carte médiévale de la Scandinavie, M. Ihme, directeur du département de politique monétaire, et M. Fossedal, directeur des ressources humaines, arrivèrent tout sourire, leur souhaitant la bienvenue. Ils les prièrent de bien vouloir excuser l'absence de MM. Henryk Larsen, président du conseil d'éthique du Fonds, et Kurt Jensen, vice-président du conseil de surveillance, tous deux retenus par des réunions. Sigrid rougit et baissa la tête à l'énoncé de ces deux noms : le second n'était rien moins que son parrain, grand ami de ses parents, et le premier, Henryk, la courtisait depuis quelques semaines. Elle espérait ne pas être la cause de leur absence. Elle gardait l'espoir de ne pas faire figure de privilégiée, d'intruse, de curiosité. Par chance, Ihme se lança d'une voix monocorde dans son pensum. Derrière lui, projetées depuis le plafond, des *slides* Power Point reprenaient l'essentiel du propos.

– Le Fonds pétrolier du gouvernement norvégien a été approuvé par le Storting en 1990. Il est entré en vigueur en 1996. La gestion de ce fonds est confiée à la Norges Bank, la Banque centrale norvégienne qui a l'honneur de vous accueillir. L'instrument de cette gestion est le NBIM, qui vous a recrutés.

« Actuellement, en plus des obligations, le fonds souverain Government Pension Fund – Global investit les profits du pétrole dans plus de 9 600 entreprises du monde entier, avec une égale répartition entre la zone américaine, la zone Europe-Afrique et la zone Asie-Australie. Nous détenons par exemple près de 3,7 % de la capitalisation boursière européenne. Dans les années 2000, le Fonds s'élevait à environ 160 milliards d'euros ; aujourd'hui, la dernière estimation le porte à 9 960 milliards de couronnes norvégiennes, soit environ 1 245 milliards d'euros. Cette hausse est évidemment liée à l'envolée des prix du pétrole et du gaz, à la demande croissante venant de la Chine, de l'Inde, de l'Amérique du Sud et des pays africains émergents. Ces dernières années, les multiples actes de terrorisme visant les champs pétroliers, les raffineries et les oléoducs du Moyen-Orient n'ont fait qu'accroître la tension sur les marchés d'approvisionnement. De par notre position à l'écart des zones de conflits et le report de commandes sur le Brent de la mer du Nord, nous sommes devenus depuis quelques années, comme chacun sait, le quatrième producteur et le deuxième exportateur mondial de pétrole.

Il s'arrêta pour échanger un coup d'œil avec Fossedal. Il

appuya sur la télécommande et l'on entendit une musique folklorique, un fouillis de trompettes. Une animation se lança sur l'écran du Power Point : une colonne d'oies jaunes et rouges s'égrenait en boitillant, tandis que s'affichait une chansonnette sous-titrée en anglais. Les deux dirigeants se rapprochèrent, bras dessus, bras dessous, et esquissèrent un pas de danse, jambes croisées, décroisées, haussement d'épaules, hanches sautillantes, avant d'entonner, suivis par les stagiaires norvégiens qui semblaient ravis de l'interlude :

Quand trois poules vont aux champs
La première va devant
La deuxième suit la première
La troisième est la dernière (bis).

Essoufflé, Fossedal s'adressa aux stagiaires étrangers interloqués :

– Nous chantons en tant que responsables d'une communauté de travail qui a des comptes à rendre et se veut exemplaire. Notre position nous oblige à rester légers.

Ihme ajouta que la Norges Bank était conforme aux plus hauts standards de transparence, condition *sine qua non* de l'humilité.

Fossedal jeta un œil sur sa montre, et d'une nouvelle pression sur la télécommande passa au *slide* suivant. Le directeur de la politique monétaire reprit son propos. Peter l'Anglais faisait un grand sourire, l'Indienne et l'Égyptienne avaient cessé de prendre des notes.

– Le Fonds, en dépassant il y aura bientôt deux ans l'Autorité d'investissement d'Abu Dhabi, est devenu le premier fonds souverain au monde, et ce malgré la montée en puissance des fonds chinois et indien.

« Ce n'est pas sa plus importante particularité. Le Fonds pétrolier, en fusionnant avec le Fonds pour l'environnement, est devenu en 2004 le premier fonds souverain éthique. Nous voulions – nous voulons toujours ! – bannir de notre portefeuille toute entreprise coupable d'infractions sur le plan environnemental ou social, ainsi que toute entreprise en relation avec la production d'armes, d'alcool ou de tabac. En haut à gauche, vous pouvez voir le nombre d'entreprises exclues du Fonds et les principaux motifs d'exclusion. Notre fonds est le premier en son genre mais non plus le seul, puisqu'il a récemment inspiré EuroRespons, le fonds souverain de l'Union européenne, aux capitaux plus que modestes. Nous avions reçu il y a quelques années une délégation de l'Union pour un échange d'expertises. Nous sommes heureux de voir que cet échange a porté ses fruits.

Il y eut la même musique et la même chorégraphie. Les stagiaires norvégiens en redemandaient. Une animation montra un vol d'hirondelles photographiées, détourées et apposées sur les camemberts et les colonnes, avec la traduction suivante :

Qu'est-ce qu'elle a donc fait
La p'tite hirondelle ?
Elle nous a volé
Trois p'tits grains de blé
Nous l'attraperons
La p'tite hirondelle
Nous lui donnerons
Cent p'tits coups de bâton (bis).

Les deux directeurs, que les comptines semblaient rendre plus riches et plus savants, étaient ravis de la stupeur studieuse de Nassera l'Égyptienne et de Sunitra l'Indienne. Ted l'Américain écarquillait les yeux. Les deux Français chuchotaient d'un air perplexe. Ignacio hochait gravement la tête. L'exposé reprit :

– Autre mutation du Fonds, celle intervenue en 2006 : le Fonds pétrolier fusionne alors avec le Government Pension Fund, le fonds de pension de l'État norvégien. Se trouvent ainsi fondus en une seule entité financière la préoccupation environnementale, l'impératif éthique et la nécessaire anticipation des retraites à verser aux générations du *baby boom*. Voilà de l'argent qui a de l'odeur !

Une nouvelle animation, de meilleure qualité que la précédente, apparut sur l'écran : un grand bol de soupe que remuait, en boucle, une cuiller en bois. La traduction de la chanson s'affichait à mesure.

Avec la musique, les deux directeurs reprirent plus lentement leur chorégraphie précédente. Tom et Manuela, déchaînés, chantèrent à pleine poitrine. Sigrid baissait les yeux. Ted l'Américain battait des mains faute de pouvoir chanter les paroles. Peter souriait vaguement, cherchant à se positionner, tournant la tête pour voir le fond de la salle s'égosiller.

Une jeune fille de quatre-vingt-dix ans
En mangeant de la crème (bis)
Une jeune fille de quatre-vingt-dix ans
En mangeant de la crème (bis)
S'est cassé une dent.

– Merci, merci, reprit Ihme en passant au *slide* suivant, j'aime beaucoup celle-là. Pour terminer, vous connaissez sans doute la dernière innovation de notre politique d'investissement responsable, la location de terres au Nigeria, afin d'aider au développement régional et de créer une agriculture de bonnes pratiques, exemplaire de la vocation agricole de l'Afrique.

« C'est pourquoi le pilotage de ce Fonds est d'une particulière complexité, au niveau quantitatif et qualitatif. Aussi, nous avons besoin de tous les talents, de vos talents. Nous voulons être de bons gestionnaires, nous voulons un revenu, comme n'importe quel fonds, mais un revenu à la hauteur de nos exigences. Cela nécessite un ensemble d'expertises considérable. C'est donc à cette mission impossible qu'à travers moi la Norges Bank vous convie...

Et ils reprirent en chœur *Quand trois poules vont aux champs...*

Ihme, trempé de sueur, s'éclipsa en agitant les bras et sans même leur tourner le dos. Fossedal prononça à son tour une brève allocution de bienvenue, de félicitations et d'encouragements, qu'il conclut par une nouvelle chanson à boire qui ne fut pas traduite – « parce que celle-là est vraiment cochonne », précisa-t-il en clignant de l'œil. Et il s'en fut en serrant toutes les mains autour de la table.

Les trois responsables des stagiaires se levèrent pour se présenter : Mme Iversen superviserait le programme de l'année ; M. Foss était le responsable pédagogique ; enfin on irait trouver Mme Berg pour tous les problèmes matériels, logements, salaires, indemnités, renseignements pratiques.

D'une moyenne d'âge de vingt-sept ans, les dix stagiaires se sentirent encore flattés par le petit kit de bienvenue aux couleurs de la Banque qu'on leur offrit (mallette, papier à lettres, carnet, stylo, guide du pays, plans, bouteille miniature d'aquavit, nappe en lin et petit ours polaire). Un frisson d'émerveillement les parcourut quand Iversen leur annonça que, conformément à la tradition et pour commencer en beauté, le ministère du Pétrole et de l'Énergie leur offrait un voyage d'études de deux jours à Ekofisk, le gisement *off shore* historique du pays. Départ le lendemain en avion pour Stavanger, la ville côtière, puis envol en hélicoptère.

Du coup, le programme du mois et les autres informations passèrent largement par-dessus la tête des étrangers. Ils n'oublièrent cependant pas d'aller voir Berg, pour lui remettre leurs notes d'hôtel et choisir leurs logements. Berg était très serviable, mais ses explications restaient nébuleuses. Ils choisirent au hasard dans la liste des studios que la Banque mettait à disposition pour un loyer modéré, eu égard au marché immobilier de la ville. Ils signèrent, prirent leurs trousseaux de clés, leurs kits, puis furent invités à une petite collation servie dans la pièce adjacente. On dévora toutes sortes de *smorbrod* garnis de saumon, de fruits de mer, de pâté de foie, décorés de rondelles d'oignon ou de fines lamelles de concombre mariné, de laitue et d'aneth.

Si ces cosmopolites avaient pris l'ascenseur, étaient montés au dernier étage du bâtiment, avaient pris à gauche et poussé la lourde porte, s'ils avaient profité d'une absence de la secrétaire et étaient entrés dans le grand bureau qui dominait les jardinières de la cour intérieure, ils auraient surpris Kurt Jensen, supposément en réunion, achevant de lire la dernière édition de l'*Aftenposten*. Le vice-président aurait redressé sa longue silhouette, se découpant sur les photographies de lacs de montagne richement encadrées. Sans embarras, il les aurait accueillis d'un « Vous tombez bien, j'allais descendre », les aurait invités à prendre place et les aurait sidérés en énumérant leurs prénoms, les associant sans faute à chacun d'eux, mais sans mérite aucun dans le cas de sa filleule Sigrid, fille de son ami Karl, roi du *hard discount* – moins blonde, mais plus belle encore que sa mère Katrin. Il se serait laissé aller à songer que Sigrid aurait pu être sa fille, si, étudiant, il avait rompu quelques semaines plus tôt avec une autre – et s'il avait eu une seule fois dans sa vie l'envie d'être père. Mais enfin, que venaient faire tous ces dadais dans son bureau ? À quoi servait Hanna ?

Pour l'heure, il délaissait un projet de conférence à l'université d'Oslo que Henryk Larsen lui avait soumis – combien de temps lui faudrait-il, à celui-là, pour voler de ses propres ailes ? – et se concentrait sur ses notes regroupées dans deux cahiers d'écolier aux couvertures gris perle. Il reprit une tasse de thé fumé Xu Xing Shan, ouvrit la page du jour de son deuxième cahier, tira deux longs traits verticaux et fit trois listes : personnes avec qui déjeuner, personnes à relancer, nouveaux contacts à prendre.

Les députés du Storting avaient décidé d'ouvrir le recrutement des cinq membres du comité du prix Nobel de la paix à deux personnes non issues du sérail parlementaire : il s'agissait de ne rien laisser au hasard. À son âge, ce changement semblait taillé à sa mesure. L'entreprise, la technique et les affaires allaient de soi. Briguer un mandat politique, il n'avait jamais voulu s'en donner la peine. Trop de temps perdu, de dissipation. À présent, l'occasion se présentait d'investir directement le monde des valeurs, des hauts faits et de l'Histoire, dans un cénacle prestigieux, avec une pléthore de contacts internationaux qui le sortiraient du réduit norvégien, de ce conseil de surveillance de la Norges Bank où la limite d'âge le plaçait en sursis. Un mandat de six ans au Comité, et renouvelable avec ça ! Tergiverser, se faire prier par tout ce que la planète comptait de noble, remettre six fois en mains propres le Nobel de la paix, cela avait l'allure d'un couronnement et l'emmènerait au moins jusqu'à ses soixante-quinze ans.

Il entendait bien exploiter le flou qui entourait le nouveau mode de recrutement pour faire feu de tout bois. L'ensemble des modalités restait à inventer. Si tout allait bien, il serait à la fois l'inspirateur et le bénéficiaire de la nouvelle procédure. Il avait le soutien de plusieurs députés, dont un membre même du Comité, du président du Storting, de trois ministres et de quelques journalistes en vue qui, sans le nommer directement, pouvaient peser en faveur de critères qui feraient de lui un candidat idéal. À qui voulait l'entendre, il avait fait valoir la nécessité d'ouvrir le Comité à la société civile, au monde économique dont il était un digne représentant. Voyez plutôt : ingénieur, ancien vice-président de StatKraft, le géant de l'hydroélectricité, ancien chef de cabinet du Premier ministre et actuel dignitaire de la Norges Bank, siégeant dans sept conseils d'administration de grandes entreprises. Par ailleurs, ses fonctions l'avaient rompu aux enjeux internationaux et il avait beaucoup voyagé. Son âge, soixante-neuf ans, devait jouer en sa faveur : il était évident qu'il serait plus assidu qu'un député ou que quiconque courant encore après une carrière.

Il ne suffisait pas de recenser les soutiens, il fallait aussi réveiller les *sleeping partners*, suivre de près les personnes neutres, possibles adversaires de dernière minute, les opposants déclarés et les candidatures concurrentes. Une des plus sérieuses émanait du professeur de droit et journaliste Berit Meier : il serait le candidat de l'Université. Et après tout, il y avait deux places à pourvoir. Cependant Meier, s'il était choisi, prendrait la place de l'homme, et la parité, non contraignante en l'espèce mais toute-puissante dans les faits, exigerait une femme en contrepoint. Il valait donc mieux que fût préférée l'écrivaine et militante écologiste Kirsten Jaeger. De nos jours, la paix et la guerre ne dépendaient-elles pas de l'accès aux ressources, de la stabilité du climat et de la préservation des écosystèmes ? Cruelle absence de tout connaisseur de l'écologie politique dans le Comité actuel ! Il fallait quelqu'un qui fût familier des lanceurs d'alertes, des réseaux d'informations et d'influence, des grandes ONG environnementales qui chaque jour, dans le monde entier, luttaient pour que les hoquets de la nature ne jetassent pas les hommes les uns contre les autres. Une femme, donc.

Jensen connaissait ses talons d'Achille. Il y avait cette dizaine de cercles et de cénacles dont il était membre et souvent responsable, ces lieux où il avait son rond de serviette, sa proximité avec l'aile modérée du parti conservateur, mais il n'avait pas exercé de mandat politique, n'avait pas d'engagement associatif en rapport avec la promotion de la paix dans le monde. Sa candidature pouvait paraître mondaine, et en un sens elle l'était. Cette réputation d'intrigant, cette inexpérience en matière diplomatique, cette insistance de vibrion pouvaient indisposer. Il fallait la jouer fine.

Ses adversaires déclarés étaient au nombre de trois : Aud Lein, une députée du FrP, Hanne Leid, une députée conservatrice, et Arild Helland, un éditorialiste de l'*Aftenposten*. Lein s'était opposée avec virulence à sa politique à la tête de StatKraft, elle considérait que les crédits alloués à l'hydroélectricité étaient superflus et autant de pris aux nouvelles explorations pétrolières. Elle avait été à l'origine d'attaques venimeuses contre la direction de l'époque, et contre Jensen en particulier. Pauvre enfant, ses agressions s'étaient alors retournées contre elle. Mais aujourd'hui, le FrP, parti du Progrès, membre de la coalition au pouvoir, était proche du triomphe électoral et n'avait pas la mémoire courte.

Hanne Leid était une ancienne amante, rencontrée lors d'un congrès de son parti où il était venu faire une conférence, et qui ne lui avait pas pardonné la nonchalance avec laquelle il avait rompu, après une liaison de quelques mois, en lui offrant un bijou d'adieu, pourtant de grande valeur. Elle ne lui aurait pas cherché noise en temps normal, mais l'occasion était trop belle. Pour se rassurer, il disposait, dans le groupe des députés conservateurs, de solides amitiés qui devraient limiter sa capacité de nuisance. Gentille, si jolie Hanne.

Helland restait l'adversaire le plus coriace. Vieux vautour, il n'hésitait pas à écrire des papiers emportés, citant les noms, exagérant les rumeurs, maniant l'épithète et les jeux de mots assassins à la limite de la décence. Pour d'obscures raisons, Jensen faisait partie de son lot de têtes de Turcs, qui permettait à ses diatribes de ne pas en rester à des généralités mais de s'incarner dans des individus. Helland tenait avec lui sa caricature de technocrate cosmopolite, d'éminence grise pleine de morgue, qu'il pouvait livrer en pâture à ses lecteurs jusqu'au fin fond du Grand Nord. Le vice-président avait plusieurs fois tenté de l'inviter à déjeuner, en tête à tête ou avec des confrères, pour aplanir cette animosité gratuite. La vipère laissait son secrétariat opposer un refus catégorique, au nom d'une déontologie fantasmatique.

Il y avait bien aussi ce groupuscule, l'Alliance des plongeurs de la mer du Nord, de vieux accidentés du travail. Ils ne lui pardonnaient pas d'avoir présidé la commission d'indemnisation qui avait exclu toute faute de la part de l'État. Mais cette bande d'infirmes n'était pas en mesure de le gêner en quoi que ce soit.

Le vice-président consulta l'horloge. Sa séance était dans une demi-heure. Il rangea méticuleusement ses papiers, se souvint tout à coup de l'accueil des nouveaux stagiaires auquel il aurait dû participer. Si son estimation était bonne, la cérémonie était terminée depuis plus de vingt minutes. La voie était libre, il fallait juste éviter Ihme et Fossedal. Au cas où, il prit sous le bras un dossier quelconque – le marron serait parfait – pour se lester d'importance. Sorti du bâtiment sans anicroche et s'engouffrant dans le taxi, Jensen déroula le répertoire de son M-Phone, parvint à la lettre N, leva le pouce pour appeler mais se ravisa à la dernière seconde. Il ne pouvait plus affronter cette lettre, son grand ami Nagell, hôte à bout de souffle du prestigieux pavillon des cancéreux du Rikshospitalet University Hospital.

Au même moment, Sigrid Halden rentrait chez elle, dans le beau deux-pièces acheté par sa mère, alors âgée d'à peine vingt-trois ans, avec les millions de ses années de mannequinat. Son frère Erich était resté habiter dans la villa des parents, et Gro, sa sœur aînée, était depuis longtemps en ménage, avec trois jeunes enfants. L'entrée à la Norges Bank allait compliquer la tâche de Sigrid : Katrin ferait valoir qu'à présent autonome, sa fille pouvait « profiter de la vie », ce qui pour sa mère signifiait, à vingt-sept ans passés, trouver un bon parti dans le vivier de la Banque.

L'après-midi musical où Sigrid avait rencontré Henryk, encadré de sa mère et de son parrain, propulsé par eux (peut-être parce qu'ils partageaient le même thérapeute), annonçait la vigueur de l'offensive. Depuis, le président du conseil d'éthique lui avait déclaré sa flamme dans plusieurs lettres, dont la dernière avait été postée quelques heures avant son départ pour les États-Unis. Henryk faisait bien plus jeune, les études l'avaient conservé. Si Sigrid avait su qu'il avait dépassé la quarantaine, la magie de la première impression eût sans doute été gâchée. Dans cette ignorance, elle n'était pas restée insensible à la mélancolie qui teintait ses phrases de semi-décideur. Avec l'éthique, la vertu, l'équité à la bouche, il semblait du même âge qu'elle, et de la même rêverie.

« Sigrid, lui avait conté l'homme chargé de soumettre la force brutale de l'argent à l'inflexible vertu scandinave, tout près du grand piano de ses parents, encore frémissant de lieder d'Alban Berg, nous sommes habitués à séparer, avec fanatisme, l'économie de la morale. Mais certains des plus grands économistes de l'Histoire, Adam Smith notamment, ont été avant tout des moralistes. En somme, tout se passe comme si, à partir du moment où vous utilisez des chiffres, des graphiques et des équations, vous ne portiez plus de jugements, vous étiez comme par magie transportée au royaume des faits. Mais notre royaume a été un des rares à tenter de tenir ensemble économie et morale. L'occasion providentielle lui en a été donnée par cette découverte inattendue d'immenses gisements. Pour mes dix ans, mes grands-parents m'avaient offert un livre sur les débuts de l'exploration pétrolière. Sans être sûrs que je comprenne bien, ils m'avaient dit que nous vivions un grand tournant dans notre histoire, que le pétrole allait changer le royaume. Pour moi, c'était une découverte comme les autres. Le petit garçon était juste fasciné par le défi technique, la mer déchaînée, tout cet horizon de Vikings et de pirates… »

Le lendemain de la réunion d'accueil des stagiaires, Sigrid était assise, son sac de voyage sur les genoux, le regard perdu dans la verrière bleutée du hall zébré d'interminables poutres jaunes. Le bâtiment de l'aéroport Gardermoen, fait de granit, de bois et d'ardoise, semblait emprunté à la nature. Engagés il y a plus de cinq ans, les travaux de réaménagement s'étaient terminés seulement l'année dernière. Suite à la chute du trafic aérien, plus du tiers de la surface avait été reconverti en bureaux et en un de ces centres commerciaux dont raffolait la population. Sigrid imaginait Henryk s'envoler, comme elle, sur une des pistes grises de l'aéroport. Les stagiaires arrivèrent à Sola au bout d'une heure de vol du petit Boeing et furent transférés en minibus à l'héliport de Forus.

Entrant dans le Kamov, elle put s'asseoir à côté de Manuela, une autre Norvégienne. Peter le Londonien lui retourna son sourire en agitant les lèvres et pointant son oreille droite, pour lui rappeler, si elle l'avait oublié, le vacarme ambiant. Assises dos à la carlingue, bien calées dans le latex en pur lait d'hévéa des fauteuils, les deux indigènes étaient gonflées d'un gilet de sauvetage, lardées des harnachements obligatoires que vérifiait en passant un des deux mécaniciens. Au cœur du pétrole, tous étaient bouffis d'orgueil, volant davantage en une journée que le reste de l'humanité ne le ferait en une vie.

Il devait être 10 heures du matin. L'hélicoptère se lança, la traversée de deux heures au-dessus de la mer du Nord commençait. Dans le roulis métallique qui les emmenait à 200 mètres d'altitude sous un ciel dégagé, Sigrid se sentait aspirée par la plate-forme à venir.

3

National Ameritech Electronics

Henryk Larsen arriva à l'aéroport de Detroit Metro. Le transbordeur bleu et blanc était rempli de quelques ombres tout aussi silencieuses que lui. Il gagna d'un trait le *hub* où, informé du retard, un chauffeur l'attendait, flanqué d'un garde du corps aux lunettes noires et affichant son nanisme d'un air féroce.

Detroit était une énième ville américaine, ruinée par l'effondrement de l'automobile, la ville de la musique, peu lui importait. Henryk aimait la nature préservée, le mal du pays le gagnait rapidement. Les grandes métropoles l'incommodaient de plus en plus. Il aurait apprécié la variété des quartiers populaires, des monuments, mais il était condamné à l'uniformité des lieux pour riches. Il s'était fait plus facilement qu'il ne l'aurait cru à ce statut de puissant.

Philosophe, les impressions glanées par le hasard de sa vie se figeaient et formaient immédiatement système. Elles lui rendaient son quotidien exagérément sombre ou euphorique, jusqu'ici à parts égales. À Detroit, la balance penchait vers une douce nostalgie. Depuis le minibus aux vitres teintées, il considérait avec dédain les convulsions de la foule sur les trottoirs quand il fut traversé par l'image de Sigrid, telle quelle dans la neige.

Arrivé à destination, Henryk fut pris en charge par deux vigiles frôlant l'obésité, enveloppés dans des costumes noirs sur mesure. Ils le conduisirent dans le dédale du trente-huitième étage de la tour de la National Ameritech Electronics (NAE pour toutes les Bourses du monde). Les couloirs déserts, la vue dégagée, l'espace abondant et comme dévalorisé, la moquette profonde et l'éclairage d'œuvres d'art aux couleurs sourdes semblaient constituer les canons des étages de direction. Ils irriguaient les revues de décoration intérieure de cet idéal de clairière synthétique que cultivaient les pouvoirs suprêmes.

Les deux secrétaires furent informées de l'arrivée du visiteur. Une double porte capitonnée s'ouvrit sur une salle de réunion envahie par une longue table en chêne couverte de micros sans fil, de sous-main, de bouteilles d'eau minérale, de feuilles blanches et de stylos estampillés. Assis loin de l'entrée, les trois membres du comité de direction qui avaient réservé à Henryk une fraction de leur après-midi firent mine de se lever avec empressement pour accueillir leur hôte. Leurs doigts luttant les uns contre les autres, les mains grasses des vigiles refermèrent minutieusement chaque battant de la porte.

Ces dernières semaines, le terrain avait été soigneusement balisé par des visioconférences, des courriels certifiés et des entretiens téléphoniques. Henryk s'assit en face des trois hommes, à plus de trois mètres. La secrétaire de l'étage, une grande Noire qui ondulait en tailleur rouge, apporta un petit plateau avec un café, un jus de fruits et quelques biscuits jaunes posés sur une épaisse serviette.

– Messieurs, commença Henryk, je vous remercie de nous accorder cet entretien, malgré nos désaccords. J'aimerais saisir l'occasion pour faire le point. Je tiens à vous rassurer d'emblée, ma venue ici n'a rien d'un couperet. Nos décisions sont collégiales, même s'il ne vous a pas échappé que nos critères se sont durcis ces dernières années. Je reprends les éléments du dossier. Sur le premier point, vous nous avez donné satisfaction, puisque vous avez annoncé il y a un mois votre intention de revendre votre branche NAE Synch, qui fabrique des éléments pouvant être utilisés dans des armes nucléaires. C'est sans doute une coïncidence, mais cela va incontestablement dans le bon sens. J'en viens au deuxième point. Votre entreprise est citée dans différents rapports de Human Rights International, de la Banque scandinave de développement et d'une organisation non gouvernementale brésilienne au sujet d'un non-respect des libertés syndicales dans votre filiale de Santos, au Brésil. Nous attendons depuis bientôt un an des éclaircissements sur cette situation, et les quelques informations que vous nous avez communiquées ont été jugées par nos deux commissions compétentes purement déclaratives et peu étayées. Troisième point…

– Nous estimons que les documents fournis suffisent à rétablir la vérité sur cette question, interrompit poliment l'homme de droite.

– Certes, de votre point de vue, mais votre argumentation n'est fondée que sur le flou juridique touchant au statut des zones franches de cette région. Or, ce flottement bien réel, je vous le concède, au début des réformes du nouveau gouvernement, est terminé. D'après nos informations, bien sûr.

– Il faut mesurer, monsieur Larsen, reprit l'homme de droite, le décalage entre les déclarations d'intention du gouvernement et la réalité du terrain. Nous la connaissons, nous y sommes implantés. Mais excusez-moi, nous allons vous laisser finir.

Fort heureusement, la joute n'alla pas plus loin, car Henryk sentait que son état amoureux avait sérieusement entamé sa capacité à prévoir la fin d'une phrase au moment même où il la commençait ; à trouver l'idiomatisme anglais qui ferait se relever le plat sourcil de ses interlocuteurs ; à générer un halo de synonymes et de litotes sur les sujets les plus délicats. Cette agilité intellectuelle lui manquait soudain. Il se sentit cassant, scolaire, caricature du Norvégien donneur de leçons. Que dirait Kurt Jensen, son protecteur, son modèle ? Kurt Jensen ne se laisserait jamais embarquer dans de telles situations.

– Le troisième point, continua-t-il, concerne la conformité de votre bilan financier et environnemental aux standards de transparence WW1 et WN2 préconisés par l'initiative conjointe de l'Organisation des Nations unies, du comité Nobel et d'un ensemble de trente-quatre ONG. Certes, ces standards ne sont pas obligatoires, mais la plupart des firmes du Dow Jones les ont adoptés ou les ont intégrés à leurs objectifs. Ici, reconnaissons ensemble que nous sommes dans une impasse, car vous n'avez pas répondu à nos demandes. Par ailleurs, je crois savoir que M. Frye, votre président, ne s'est pas non plus exprimé sur ce sujet dans les médias américains...

– C'est juste, répondit l'homme de droite, manifestement préparé à la rencontre, tandis que les deux autres semblaient attendre une inspiration qui ne venait pas.

– Je ne vous cache pas qu'actuellement, poursuivit Henryk, c'est ce qui pose le plus de problèmes. Si nous pouvions avoir un signe de bonne volonté sur ce seul point, nous pourrions reporter l'examen de votre dossier au deuxième trimestre de l'année prochaine et éviter une décision sans doute négative en mars. Je pense que l'opinion publique américaine est en pleine mutation et qu'une déclaration d'intention serait très favorablement accueillie.

Tout président du conseil d'éthique qu'il fût, Henryk avait le plus grand mal à prendre de la hauteur et gardait l'impression de poser un ultimatum des plus déplaisants. De fait, il était assis seul, entre un jus d'orange et sa chemise verte cartonnée, sur les terres d'une machine économique employant 65 000 personnes à travers le monde. La plus grande entreprise norvégienne n'arrivait pas à la cheville de ce mastodonte.

À son grand soulagement, les trois Américains n'en laissèrent rien paraître, soit qu'ils aient reçu consigne de temporiser, soit qu'ils aient été sensibles à l'argument. Après une vingtaine de minutes de questions anodines, l'homme de droite et un de ses collègues s'éclipsèrent en lui serrant vigoureusement la main. Heston, le dernier, plus âgé, disposait de son temps et proposa à Henryk d'aller prendre un café *downtown*. Il lui en fut démesurément reconnaissant et le suivit d'un pas leste dans un minibus de la société.

À l'heure qu'il était, le moindre signe d'intérêt d'un Américain lui suggérait qu'il avait quelque valeur, qu'il était digne d'être aimé en retour par une jeune fille de Norvège. Il avait besoin de se sentir en confiance avec Heston, dont la disponibilité nonchalante était pourtant étrange.

Rien de tout cela ne lui fournirait un réconfort, mais l'immensité des enjeux (2,5 milliards de couronnes, un demi-milliard de dollars) l'excluait de toute façon, ainsi que le décor minimaliste du bar *lounge* tout en baies vitrées où les deux hommes s'étaient attablés et servaient, comme les autres, de clients-témoins, sous le regard dédaigneux de trois chefs indiens en acajou massif.

Henryk se sentit un destin commun avec les quelque 15 000 canards en plastique qui défilaient sur les écrans plats de l'entrée, du mur de gauche et du couloir des toilettes. Un cargo parti de Hong Kong pour la Californie les avait perdus lors d'une tempête en janvier 1992. Souvenirs du XXe siècle, baptisés dès leur apparition *Friendly Floatees*, les jouets de bain sillonnaient depuis les océans du monde, divisés en deux ou trois groupes, blanchis par l'eau de mer et le soleil, suscitant l'envie de l'humanité redevenue sédentaire. La semaine dernière, une mission océanographique les avait localisés au cœur de la gigantesque plaque de déchets du Pacifique Nord.

Avec le sentiment d'immunité de celui qui ne parle pas sa langue maternelle et repart en avion le surlendemain, Henryk s'amusait à ciseler ses expressions anglaises aux oreilles de Heston, profondément tassé dans un fauteuil de cuir beige, alors que lui-même restait assis très droit sur le rebord d'un tabouret tendu de requin bleu. Poli, attentif, modéré, posant les questions d'usage sur la campagne électorale et les affrontements politiques norvégiens, Heston faisait un Américain acceptable.

Pour finir, il donna à Henryk une grande claque dans le dos, partit dans un long rire qui se voulait fraternel, lui demanda s'il écrivait des livres, s'ils étaient traduits en anglais, s'il voulait se joindre à lui pour une collation et une visite privée d'une exposition à deux pas d'ici. Henryk déclina l'invitation, sortit des billets d'avion de sa mallette pour se justifier.

L'image irréelle de Sigrid s'élançant vers lui dans une neige insouciante l'obsédait. De l'autre côté de l'Atlantique, la Norvège lui semblait plus érotique que toute l'Union des États d'Amérique.

Après avoir rencontré, les deux jours suivants, un *senior portfolio manager* de l'antenne new-yorkaise du NBIM et plusieurs autres dirigeants d'entreprise, Henryk participa à une réunion informelle avec une dizaine d'enquêteurs associés du comité Nobel pour la paix. Ces âmes dévouées – 5 000 étaient répandues à la surface du globe, beaucoup de jeunes et de retraités, spécialement formés à cette tâche – vérifiaient, recherchaient, recoupaient les informations et les faisaient remonter au tout-puissant secrétariat du comité des Cinq, qui avait pour lourde charge d'élire un être de valeur parmi les centaines de candidatures. Henryk en ferait un fidèle rapport à Jensen.

Le voyage de retour s'annonçait mal. Alors que l'avion était à moitié vide, il avait été placé à côté d'un publicitaire aux tempes grisonnantes, en habits de marque, esprit fort et langue intarissable. Celui qui se présenta avant même le décollage comme « Georges » semblait avoir repéré la vocation de Henryk et se réjouir d'une bonne discussion, chose que les compagnies ne proposaient ni en standard ni en option sur les vols long-courriers.

– Vous avez raison, mon vieux, disait-il à Henryk en qui il semblait lire à livre ouvert, les villes, c'est le stress, et encore on n'est pas les plus mal lotis ! Mais enfin, tous vos moralistes avec leur nature maternelle et équilibrée, qu'ils aillent donc voir sur place, dans les forêts, l'été, qu'ils entendent le stress de la nature ! Le plus rapiat des hommes d'affaires n'est qu'un monstre de désintéressement à côté d'un moustique ! De toute façon, regardez cet endroit, tout de même... (De son bras droit il faisait un demi-cercle pour désigner les cinquante-quatre fauteuils-lits vert bouteille du compartiment affaires.) Ça y est, c'est trop tard, nous sommes confits, vous avez beau être conscient des problèmes, c'est aux prochaines générations de les résoudre, nous ne sommes que les grands-pères de ceux qui sauveront le monde. N'allons pas plus vite que la musique !

Georges tapotait méthodiquement l'épaule de Henryk, qui faillit renverser sur son nouvel ennemi ce qui lui restait de crème brûlée dans son ramequin. Être tombé sur le contraire d'un Heston le faisait trembler à la fois d'indignation et de plaisir.

– J'aimerais attirer votre attention sur une chose, cher monsieur, se lança-t-il, si vous me le permettez. Vous séparez les choses, mais j'essaie quant à moi de me demander où s'arrête la nature. Les insectes sont affairés, mais c'est par nécessité, c'est l'étroitesse de leur monde. Passez-moi l'expression, mais nous sommes des êtres ouverts, nous choisissons notre monde, vie d'insecte ou vie de poète.

Goûtant une gorgée du nectar de goyave apporté par l'hôtesse, Georges opinait vaguement et regardait son voisin d'un air condescendant qui ne fit qu'accélérer le débit de Henryk. L'avion n'était plus qu'à environ trois heures des côtes européennes.

– Ce que je dis est d'abord vrai en matière de morale : il y a toujours possibilité de choisir le bien plutôt que le mal, et si jamais celui qui choisit n'est plus un simple individu mais une véritable puissance, alors...

Georges fronçait les sourcils. L'altitude de 12 000 mètres et l'égalité devant la mort qu'elle impliquait, la certitude d'être encore enfermé durant des heures l'empêchaient de trouver du panache à qui que ce soit. Comme la température d'ébullition de l'eau, l'empathie variait elle aussi en fonction de la pression atmosphérique.

– Typiquement nordique ! beugla-t-il en toute impunité. Et avec tous vos rois ! Ça fait bien rigoler, je vous assure. Moi, je fais affaire avec les Russes, et tenez, une fois...

Henryk était à bout. Il fit semblant d'aller aux toilettes, changea de place et s'empara de la dernière édition de l'*International Herald Tribune*. À quelques mois des élections du 9 avril, en Norvège, un entrefilet annonçait que, pour la première fois, le roi proposé par le parti du Progrès (FrP) approchait de la barre des 50 % d'intentions de vote, ce qui lui permettrait de s'imposer, sans alliance avec les conservateurs.

Plus loin, une nouvelle mort inexpliquée défrayait la chronique. Dans une piscine municipale de Bergen, un enfant de cinq ans foudroyé par un arrêt cardiaque avait coulé à pic, à un mètre de ses parents. L'eau avait envahi les poumons comme une éponge. On n'était pourtant pas dans un bidonville de Calcutta.

Enfin un article signalait que la clôture antirongeur était en voie d'achèvement, le long de la frontière avec la Suède, y compris au-delà du cercle polaire arctique, là où la plupart des zoologues la considéraient sans objet.

Enlevée cette écume, les journaux internationaux ne parlaient depuis des années que des deux mêmes choses, la rareté du pétrole et le sevrage. Dans les années 2010, face aux prémices de la crise, les classes moyennes et leurs gouvernants avaient commencé par faire les gestes, à défaut de croire ce qu'on leur disait savoir, ces gestes de bon sens rappelant la grand-mère qui elle non plus ne jetait rien et ne prenait pas de bain. L'écologie était tendance, une liberté de plus, un décor *new age* pour le *business and fun as usual* ; on pouvait partir une semaine tout compris à Rio comme promis dans le métro, puis prendre son vélo du lundi au vendredi en grognant contre les automobilistes. Les designers philippins, les créateurs brésiliens et les *trend scouters* japonais jetaient un manteau d'hédonisme sur le raz-de-marée de contraintes qui mijotait au large. Les États s'offraient de colossales campagnes d'information décomplexantes, pleines de mots zen racontant des histoires d'économies libératrices, de dépouillement festif et de simplicité qui en jette, avec rappel des faits scientifiques en petits caractères au bas de la page, et un site Web pour ceux que la dure vérité intéresserait. Les pages *fashion*, les pages pratiques des magazines féminins n'avaient pas leur pareille pour ramener la crise à ses justes proportions de psychologie positive, de *look* renouvelé, de potentiel sexuel et de bonnes adresses ; et si l'on n'était toujours pas rassuré, le hochement de perruque, l'air convaincu d'une célébrité ébranlaient : savoir qu'elle était partie à Sydney en classe affaires plutôt qu'en jet privé aidait à renoncer à ses vacances. Tous ensemble, se surveillant les uns les autres, minés par l'envie et le dépit, hantés par le *free rider*, parasite qui profitait des efforts de tous pour se goberger, ils allaient réduire la vitesse sur l'autoroute, mais pour montrer le paysage aux enfants ; isoler leurs logements, mais pour augmenter leur pouvoir d'achat ; redécouvrir les fruits de saison, mais pour augmenter leur espérance de vie ; mettre des panneaux solaires ultra-fins sur leurs toits, subventionner la géothermie, alléger la vaisselle dans les avions et maigrir, mais pour être beaux et bien se vendre.

Avec *Black February* et l'envolée définitive du cours des énergies fossiles, vint le moment où la classe moyenne à bulletin de vote, souveraine ménagère et tenancière des continents, n'arriva plus à danser sur la musique écologique, parce qu'elle était trop lente, même pour le grand slow libidineux des « liens retrouvés ». Parce qu'on avait attaqué l'os. Même pour la bonne cause, cela rappelait trop les anciennes guerres, le rationnement, la régression ; l'espérance de vie allait stagner. Plus rien de ludique, de sexy ; c'était bien plutôt l'ombre portée du passé orgiaque sur le présent frugal. Plus de capital culturel à grappiller en affichant ses convictions écologistes et ses pratiques innovantes ; plus beaucoup de tricheurs à dénoncer ; une uniformité dans la restriction et la crainte. C'en était bien fini de la complicité du sous-sol terrestre avec la part la plus fantasque de l'âme humaine.

Fini, *holiday on oil*, le mouvement perpétuel. Les distances abolies du *global village* étaient rattrapées par le retour de l'espace terrestre, des petits chemins, des mers immobiles. Un crime parfait, un complot dans lequel ils avaient tous trempé. Le pétrole avait bien été cette compotée de cadavres, pressée sur des millions d'années par tous les vérins de la terre, en une liqueur conférant l'égarement des toupies. Et voilà qu'à présent, tous se tenaient au milieu de l'océan, dans le même bateau vide de carburant et débordant d'humains aux gueules maquillées pour sortir, les têtes pleines des fêtes d'antan, de désirs et de rancœurs.

Henryk reposa le journal au pied du fauteuil. Son métier de bon apôtre le harassait. Tout ce qu'il pouvait dire, au nom du Fonds ou en son nom propre, pour exalter la vertu publique ou apaiser son angoisse privée, lui rappelait qu'un des malheurs de l'homme moderne était d'avoir acquis trop d'éloquence. Cette surabondance lui permettait de s'opposer avec tous les prestiges du langage à n'importe quels arguments, surtout les siens propres. Il s'ensuivait un isolement et un interminable dialogue intérieur qui paralysaient sa volonté.

À son tour il but l'excellent nectar de goyave et sortit de sa mallette le tiré à part d'un nouveau dictionnaire d'éthique que lui avait envoyé un collègue, pour y trouver une accalmie.

L'article définissait le « conséquentialisme ». Sur une dizaine de pages, ces efforts méticuleux, ces termes divisés, découpés et raffinés pour désigner la moralité d'un acte, ces corrections de détail faites par un tel en 1976, ces précisions filandreuses ajoutées par un autre deux ans plus tard, firent monter en lui une profonde pitié pour les conditionnements de la vie humaine. Perdus dans les mots, dans la pensée analytique et collective, ses semblables élevaient des cathédrales de nuances impuissantes. L'amour avait-il pu en quelque temps le dégoûter de ce qu'il avait vénéré jusque-là, de ce dont il tirait orgueil et subsistance ? Tout son savoir, tous ses outils de pensée semblaient réduits à de l'irritabilité intellectuelle. De quel secours lui étaient Dieu, sa foi ? Sigrid n'était qu'une jeune fille, après tout.

Se sentant étouffer dans le carcan de son costume, de son large siège inclinable à 180 degrés, il ferma les yeux quelques minutes et prit une heure pour griffonner une poésie.

Derrière moi tournoient mes jours vécus, méconnaissables
Derrière moi enfle et mugit la mer des jours vécus,
entamés, délaissés à grand-peine,
et toute leur rouille me ronge.

Mais j'ai chaussé les verres épais de l'homme intéressé
et reste hermétiquement présent à mes jours passés.

Derrière moi planent les jours donnés et si peu reçus
Et il ne suffit pas de dire qu'ils sont une pure dépense
Et que je suis de ces bêtes qui ne doivent pas compter,
même si elles le peuvent,
Et que dans le flot des yeux crevés de l'univers
nous sommes enfin libres de tout regarder.
Tous mes jours déjà devraient refluer
et m'être consacrés.

Avec la rage d'un pirate de l'air, il interpella une hôtesse.

– Que puis-je pour votre service ?

– Transmettre ce papier au commandant de bord, s'il vous plaît, demanda-t-il en lui tendant une feuille pliée en quatre.

– C'est à quel sujet ? répondit l'hôtesse d'une voix suraiguë.

– C'est une poésie sur ce que je ressens.

– Volontiers. Vous avez le droit de soumettre au commandant jusqu'à deux textes par vol.

– Un seul suffira, merci.

– Je lui transmets sans faute. Comptez une demi-heure pour avoir ses appréciations, finit-elle d'une voix de velours.

Henryk doutait de ses chances. Le commandant devait

être débordé. Une quarantaine de minutes plus tard l'hôtesse revint, l'air navrée.

– Je suis désolée, il semble que beaucoup de gens se soient mis à écrire sur ce vol. C'est aussi que nous approchons de la fin de l'année... Le commandant a besoin d'un petit délai supplémentaire.

L'automatisation du pilotage ne laissait pas tout leur temps libre aux personnels de navigation. À voir sa mine hilare, les petits signes qu'il faisait à Henryk, Georges le publicitaire devait lui aussi avoir soumis ses slogans poétiques. Clignant de l'œil et quadruplant son menton, il osait même l'inviter à revenir s'asseoir à ses côtés, l'appâtant avec deux nouvelles bouteilles de nectars tropicaux. Un quart d'heure plus tard, l'hôtesse souriait devant Henryk.

– Le commandant a beaucoup apprécié. J'ai aussi jeté un œil, excusez-moi. Je pense vraiment que vous figurerez dans notre anthologie de fin d'année qui paraîtra en janvier. N'oubliez pas que vous avez droit à un autre texte d'ici la fin du mois. Et signez la cession de droits pour publication. Ici.

– C'est très aimable, dit Henryk en s'exécutant.

Elle s'éloigna en trottinant. Il déplia la feuille. Le commandant, d'une belle écriture bleue, avait posé ces quelques mots élogieux, sans doute empruntés à une liste de commentaires types rédigés par les communicants de la compagnie : « Texte très réussi, félicitations ! Vous avez su rendre le sentiment océanique de déréliction, caractéristique des vols long-courriers. Conformément au règlement, votre texte sera soumis à notre jury littéraire et, sauf opposition de votre part, sera signé de votre nom en cas de publication dans la prochaine *Anthologie des cieux,* en libre lecture sur toutes nos liaisons. Aéronautiquement vôtre, etc. »

4

« The sea has many voices »

Une fois verrouillées les portes et atteinte la vitesse de croisière, le bruit dans l'habitacle de l'hélicoptère permettait à peine une conversation.

Manuela et Sigrid avaient gardé leurs bouchons de mousse collés dans les oreilles. Légèrement tournées l'une vers l'autre dans la mesure où les sangles le leur permettaient, elles en étaient à leur troisième cadavre exquis, se passaient et repassaient en les repliant les feuilles arrachées du petit carnet généreusement offert par la Norges Bank. Les quatorze autres passagers les regardaient du coin de l'œil, lisaient des brochures d'information, somnolaient ou s'épuisaient à brailler des platitudes.

Sigrid introduisit dans le jeu les souvenirs épars d'un poème de T. S. Eliot qu'elle affectionnait. Au dépliage, Manuela souligna du doigt quelques vers puis tapota son front du même index. Voulait-elle dire qu'elle aimait ces vers ou qu'elle les connaissait déjà ? Ni l'une ni l'autre n'éprouvèrent le besoin de se déboucher les oreilles pour entrer dans le détail. « *The sea has many voices / Many gods and many voices.* »

Les vents n'avaient pas été défavorables et le pilote arriva en vue d'Ekofisk avec une vingtaine de minutes d'avance, au beau milieu de leur septième feuille.

Un jour, des bateaux étaient partis sur cette mer. Ils traînaient derrière eux, immergés, des canons à air qui lâchaient des rafales de bulles vers le fond sous-marin, ainsi qu'une longue traîne de microphones flottants pour capter les ondes réfléchies. La faune marine, bercée de silence, avait été assourdie, affolée ou déroutée. Le résultat de ces tests, un long rouleau de papier griffonné, ressemblait à un électrocardiogramme de baleine. On pouvait le déchiffrer en en déroulant 100 mètres sur le sol, ce que firent les experts de la compagnie américaine Phillips. C'est à quatre pattes, entre les marquages au sol d'un gymnase, qu'ils détectèrent la structure d'une cuvette datant du tertiaire, formation géologique typique des plus grands gisements d'hydrocarbures de la planète. L'histoire ne dit pas si, de joie, ils s'enroulèrent dans les rubans de papier et improvisèrent un match de basket.

Ils furent assez enthousiastes pour créer, dès la fin 1964, une filiale baptisée Phillips Petroleum Norsk. Faiblement implanté (on le confondait avec le célèbre Philips des Pays-Bas) et désireux de répartir des risques financiers considérables, Phillips s'allia au belge PetroFina et à l'italien Agip. Après d'âpres négociations sur les gains avec les autorités norvégiennes, la mer ayant été méticuleusement divisée en rectangles numérotés, le Phillips Group obtint une concession de six ans sur onze petits blocs rouges, disséminés au sud-ouest du royaume. Il installa sa base opérationnelle dans la ville côtière de Stavanger, port de pêche sur le déclin, qui l'accueillit à bras ouverts. En septembre 1966, *Ocean Viking*, leur première plate-forme d'exploration, était terminée.

Cependant, le concurrent Esso fora le premier, en juillet 1966, arc-bouté sur sa plate-forme *Ocean Traveler*, entièrement construite aux États-Unis, contrairement à celle de Phillips, qui s'honora d'avoir fait travailler des mains norvégiennes. Amenées par des barges géantes, ces structures posaient lourdement leurs échasses au fond de la mer.

Les premiers forages, à plus de 3 000 mètres sous terre, furent vains.

La découverte d'envergure advint en février 1968 : *Ocean Viking* réalisa un forage à 4 000 mètres, qui mit au jour un gisement de gaz. Malgré les appels à la prudence du groupe Phillips, la presse en fit un événement. Le royaume serait entré, du jour au lendemain, dans le club des pays producteurs d'hydrocarbures. Le champ gazier fut officiellement baptisé « Cod » – la morue.

Hélas, Cod n'était qu'un déjeuner de soleil, trop petit pour être exploité commercialement. Rejointes par *Glomar Grand Island* et *Orion*, *Ocean Traveler* et *Ocean Viking* butinaient patiemment la mer, mais, après trente forages, les concessionnaires n'avaient toujours aucun gisement d'ampleur à se mettre sous la dent. La déception pointait. Le géologue sarcastique qui s'était dit prêt à boire tout le pétrole trouvé dans les eaux norvégiennes tenait sa revanche. Les dirigeants américains de Phillips n'y croyaient plus, seul leur engagement contractuel envers le gouvernement les contraignait à rester sur place. Ils plaçaient leurs espoirs de rentabilité dans la sous-location d'*Ocean Viking* à un quelconque concurrent. Personne ne se présenta.

La plate-forme coûtait cher, qu'elle fore ou qu'elle flotte. Le 21 août 1969, on décida d'attaquer le bloc 2/4. Dix jours plus tard, à 1 662 mètres sous terre, gaz et pétrole se mêlèrent joyeusement à la boue de forage, injectée et pompée pour tenir la colonne sous pression et remonter les déblais. La mèche devint inutile, la tige glissait dans l'or noir. Un gisement exceptionnellement profond se dessinait. Un des responsables de la plate-forme téléphona à Stavanger : « J'ai de quoi couvrir la mer du Nord de pétrole, d'ici jusqu'au Groenland ! » Il déchanta quelque peu, car la circulation de la boue de forage, pourtant alourdie pour empêcher le gaz de remonter, subissait de dangereux à-coups. Au lieu de revenir, elle s'écoulait et se perdait dans l'horizon exploré. On referma alors ce puits pour forer à un kilomètre de là. Il y avait bien une énorme poche. À l'instar du module *Eagle* se posant sur la Lune le mois précédent, *Ocean Viking* découvrait Ekofisk.

Comme si les éléments se refusaient au dévoilement, une tempête effroyable se leva. Des vagues de plus de quinze mètres désancrèrent la plate-forme et la firent dériver loin du puits, causant d'importants dégâts matériels, forçant à évacuer une partie des équipes. Qu'importe, on connaissait l'adresse : Phillips, le royaume et la race humaine aux mille ruses venaient d'ôter leur masque d'eau et de terre à 2,7 milliards de barils de pétrole, selon les premières estimations – sans parler des réserves de gaz.

Fin 1969 et début 1970, Phillips et le gouvernement norvégien faisaient néanmoins profil bas et refusaient de se prononcer sur le caractère commercial de la découverte. Puis le patron du belge PetroFina se fit le plaisir de vendre la mèche en déclarant qu'Ekofisk contenait plusieurs centaines de millions de tonnes de pétrole de première qualité. La presse s'emballa et titra sur « L'Alaska de l'Europe ». Pour une fois, ses manchettes tonitruantes étaient en deçà de la réalité.

Arrivé en avance, le pilote du Kamov dut confirmer trois fois son identité, d'une même voix, avant de se voir autorisé à aborder la plate-forme. Aucune attaque *off shore* comparable à celles des eaux africaines ou asiatiques n'avait encore eu lieu dans le royaume, mais toutes les installations étaient sur un pied de guerre permanent, bien avant *Black February*.

Ekofisk était une relique de l'industrie, sa production restait cependant vigoureuse grâce aux avancées technologiques comme l'injection d'eau, qui décuplaient les taux d'extraction du gisement.

L'héliport de la plate-forme 2/4 H accueillit le Kamov, au terme de ses deux heures de vol. Casques sur la tête, armes et radios à la ceinture, deux hommes en combinaison orange faisaient des signes avec leurs bras et semblaient détailler, intrigués, le double rotor superposé. Sortant péniblement, les passagers ignoraient qu'ils avaient voyagé dans un appareil bien plus confortable que ceux utilisés pour le transport des personnels.

Relevant la tête et extirpant prudemment la mousse de ses oreilles, Sigrid fut estomaquée par le spectacle au sein duquel le petit groupe se trouvait suspendu, à plus de 60 mètres au-dessus de l'eau. Les faibles ouvertures de l'habitacle avaient empêché de prendre la mesure de ce qui cohabitait devant eux.

Un unique cumulonimbus occupait le ciel. Tout le reste était d'un bleu net et profond. La mer semblait grise, faiblement agitée. Le bruit de l'hélicoptère diminuait et laissait s'élever la rumeur des flots, à quoi s'ajoutaient, incongrus, des cliquetis de vaisselle géante parsemés d'échos de voix humaines.

Tout à l'heure, on donnerait sans doute aux stagiaires les mots techniques permettant de profaner l'apparition. En attendant, c'était un archipel de tubes d'acier, des squelettes de rochers, des repères orthonormés censés dompter l'océan, structurer le vide. L'œil était attiré par l'écume qui se formait au pied des charpentes métalliques ; seule cette note blanche rappelait la terre ferme. On foulait à présent de l'acier dévalant dans la mer, aéré, creux, rampant au-dessus des embruns, tissant et soudant son point de croix, ses mailles, ses motifs en zigzag, ses croisillons obstinés, se redoublant partout lui-même, partout tentant d'échapper à la prise des vagues, du vent, du sel.

Ekofisk 2/4 H, malgré les remous, faisait sentir la puissance des calculs ayant abouti à sa parfaite stabilité. Où qu'on se tourne surgissaient, entre les formes placides des navires, les jambes malingres et les thorax boursouflés d'autres plates-formes, solitaires ou attachées entre elles par des pontons à section triangulaire, échafaudages permanents, petit cimetière de falaises, camping émietté et suspendu, dévoré par un lierre de tuyauteries. C'était bien la pleine mer, mais vue d'une tour, sans horizon libre et prise dans un embouteillage, si bien que les deux heures d'eau, privées, pour l'œil, de leurs infinis points de fuite, se trouvaient rabaissées au rang de faire-valoir, logées à l'entresol, grondeuses taches d'humidité de cette banlieue industrielle. Les travailleurs étaient juchés sur un curieux mélange de précarité et d'arrogance. Les tubes de métal semblaient abriter autant de matraques prêtes à s'abattre en catastrophe sur toute manifestation défiant le charisme de la géométrie. Les procédés de sustentation étaient si monotones qu'une mer douée d'une étincelle d'intelligence eût suffi à détricoter le maillage. Par chance, ces pilotis de 100 mètres trônaient sur du liquide sans mémoire ni volonté.

Charmants, les officiers de sécurité, reprenant leurs fusils-mitrailleurs, invitèrent les stagiaires blêmes à s'ébranler vers les salons de réception où leur serait servi le déjeuner, après de nouveaux contrôles d'identité et un lent passage par le portique détecteur de métaux et de chaleur, dont un jeune soldat scrutait l'écran en se désintéressant des personnes. C'est à peine si son œil blasé s'attarda sur la reconstitution des formes parfaites de Sigrid.

Le bâtiment posé sur la plate-forme était sans doute ce qui se faisait de mieux en termes d'hébergement *off shore*. À son inauguration, en 1978, la presse enthousiaste l'avait baptisé « le Hilton de la mer ». À présent, on était loin des logements spartiates de l'époque héroïque. Les chambres comportaient deux lits au maximum ; le complexe offrait salles de sport, cinéma, sauna, chapelle, Internet, salle de jeux... Le confort était à peine moindre que sur un paquebot ordinaire, les couloirs plus étroits, la carcasse d'acier plus visible.

Le soleil se couchant vers 17 heures, le repas fut rapide, afin de commencer la visite. On leur distribua d'amples parkas cirées orange, et un bateau de surveillance, les ramenant au niveau de l'eau, leur fit faire la tournée des grands ducs, de 2/4 H à 2/4 A, puis de 2/4 A à 2/4 M, pour admirer la « baie » en apesanteur formée par le cœur historique d'Ekofisk. On s'arrêta sous la grue géante de 2/4 J. Nassera l'Égyptienne ne cessait de pousser des « wahou » à fort accent arabe. Ted l'Américain hochait humblement la tête et se donnait une contenance en rappelant que tout cela existait en bien mieux au large du Mexique et du Brésil. On était autorisé à prendre des photos ; les Mobilphones crépitèrent pour saisir l'instant ; on ne pourrait pas revenir avec amis, famille et enfants. Les deux responsables de la Banque discutaient, visiblement ravis, avec Ignacio et Julie qui posaient des questions ; malgré les places assises, tous se tenaient debout, en pleine mer comme dans une rue bordée de gratte-ciel, happés.

Impossible de prendre un cliché sans le casque bleu paix d'un des militaires norvégiens, qui faisaient figures d'enfants auprès de leurs acolytes en appoint, mercenaires russes et polonais, aux meurtrières protubérances cachées sous une toile noire imperméable ; ils passaient pour les mieux payés du monde. Un arrêt de la production, quelles qu'en fussent les raisons, aurait d'immédiates répercussions sur les finances de l'État et les marchés internationaux. Toutes les dix minutes, l'embarcation des stagiaires croisait une des corvettes kaki de la police de l'exploitation (PolEx), qui fonçait sur eux avant de virer de bord paisiblement. La PolEx, division de la Police Security Service, avait pour ancêtres les modestes gardes-côtes, dont quelques photos jaunies ornaient les couloirs de 2/4 H. À présent, la surveillance du littoral et des installations *off shore* était l'affaire de ce corps d'élite, surentraîné, autarcique et secret, qui offrait un des rares débouchés locaux pour des jeunes gens en mal d'aventure.

Le meilleur était pour la fin : l'approche de 2/4 T, le réservoir géant installé à l'époque comme tampon de stockage pour ne pas avoir à stopper la production. Il était à présent démantelé et désaffecté. Un cylindre de béton d'un diamètre monstrueux, capable d'engloutir l'hôtel de ville d'Oslo, claironnait Iversen. Mais cette comparaison ne disait encore rien aux sept *trainees* étrangers qui écarquillaient les yeux, réduits à comparer le mastodonte à leur monument national le plus adapté, Taj Mahal, tour Eiffel ou pyramides. Durant sa construction, les habitants de Stavanger, où se tenait le chantier, avaient longtemps douté de sa flottabilité. Mais la loi d'Archimède triomphant comme toujours, le mégalithe, remorqué, s'était retrouvé à l'endroit prescrit, s'était posé, avait servi, vieilli et pris sa retraite, avec ses mille alvéoles aveugles. Il rassurait, première pierre d'un paysage laissé en plan.

La nuit tombait. On contourna, par-derrière, le vénérable 2/4 T, puis le pilote du bateau profita de la mer étale pour couper son moteur et, orgueilleusement, laisser les stagiaires admirer dans la seule rumeur ambiante l'illumination et la perspective en enfilade, constellée de spots et de projecteurs, de 2/4 C, 2/4 Q, 2/4 FTP jusqu'à 2/4 W, la torchère. Sigrid commençait à étouffer dans cet espace. Dans le crépuscule, le spectacle lui en imposait, mais bientôt l'absence de soleil banalisait l'image ; au roulis près, elle se serait sentie sur un terrain vague, face à quelque raffinerie géante de la Ruhr, avec un reflet en bord de lac, le tout en moins scintillant.

Le bateau les ramena à 2/4 H. Le groupe était fourbu, ivre de vent, d'iode et de grandeurs ; les fous rires fusaient dans l'échelle-tube qu'ils devaient gravir. On leur indiqua leurs chambres. Elles étaient correctes, avec petite télévision et salle de bains privative. Le dîner étant fixé à 19 heures, il leur restait une bonne demi-heure pour se détendre. Sigrid ressortit et fila dans la salle Internet pour lire la presse et répondre à ses courriels. Elle en envoya trois, où elle racontait fièrement à une amie anglaise sa lévitation en mer, pas si loin des eaux territoriales de Sa Majesté. Elle finit par un message pour Henryk, où elle lui disait admirer comment, grâce à lui, « ces vers de terre du pétrole se métamorphosent en papillons de vertu ».

Au déjeuner, les stagiaires furent mêlés à des petits groupes d'ingénieurs et de mécaniciens intarissables sur leurs missions. La tablée des deux Norvégiennes était composée d'un superviseur, d'un grutier et d'un informaticien rendus particulièrement diserts par la beauté de Sigrid, luxe marchant à 60 mètres au-dessus des eaux – preuve supplémentaire et superflue de l'attractivité du pétrole. Mascottes de la plateforme, deux chats roux exploraient les mollets sous les tables, flairant l'arrivée d'une incroyable quantité de poissons fumés.

Le repas dura une bonne heure ; apprenant la sophistication du système informatique qui réglait le ballet des plates-formes, Sigrid vit défiler les alcools norvégiens, d'ordinaire très rationnés pour les employés. La venue des stagiaires devait avoir libéralisé le débit. Le vin, la bière Ringnes étaient très corrects et la liqueur sucrée St. Hallvard, servie avec le café, la plongerait dans un bien-être définitif. Après les questions d'usage sur les chats et la possibilité de pêcher, elle demanda au grutier des détails sur le temps en mer du Nord.

– À cause des intempéries, répondit l'homme, à peine moins gai qu'elle, une grande partie du travail ici consiste à ne rien faire. Surtout pour nous qui travaillons à l'extérieur, avec les bateaux.

– Vous n'êtes pas payés dans ce cas ? dit Sigrid.

– Si, au tarif attente.

– Vous pouvez venir ici et ne faire qu'attendre ?

– C'est rare. C'est déjà arrivé à des collègues. Généralement, on nous donne toujours quelque chose à faire. Il faut être endurant et polyvalent, c'est un critère d'embauche.

– On nous a dit qu'il y avait de fortes tempêtes dans ces eaux, dit Manuela.

– Ça peut tanguer fort – ce sont surtout les bateaux qui sont chamboulés. Ils ont vraiment intérêt à partir, ils pourraient se fracasser contre nos structures.

– Les vagues montent jusqu'à combien ? demanda Sigrid.

– Vous êtes économiste, n'est-ce pas ? dit malicieusement le grutier. C'est comme une cotation en Bourse. La valeur phare s'appelle vague centennale, autrement dit Vague-du-siècle. La plus grosse vague possible, celle qui peut nous causer le plus de dégâts. Personnellement, je pense que le monstre du Loch Ness n'est rien d'autre qu'une vague, même si c'est sur un lac.

Sigrid sourit, reprit un bout de pain et croisa les bras pour se caler. Le grutier, au contraire, agitait ses mains dans tous les sens.

– Sa hauteur, c'est un peu se demander combien de diables peuvent tenir sur une pointe d'épingle. Je vous le dis parce que le vent, la houle et la direction de la vague sont tout aussi importants, enfin bref, oubliez ça. Jusqu'en 1971, la hauteur du monstre était estimée à 19,4 mètres. Tout va bien. On commence donc à construire la deuxième phase de plates-formes avec des charpentes métalliques suffisamment hautes, à 10 centimètres près. Ici, l'espace, c'est du sérieux. Mais voilà que l'hiver 1970-1971 est particulièrement mauvais dans le coin. Les bureaux d'études réévaluent d'urgence la Vague-du-siècle locale à, excusez du peu, 23,7 mètres ! Résultat ? Un an de retard dans la construction…

Sigrid lui répondit, tandis que des tablées commençaient à se lever pour se rendre dans les salons.

– Cela dit, à cette époque, les prix du brut se préparaient à exploser : ils ne pouvaient pas le savoir, mais ils ont été bien avisés de faire traîner les choses !

Le grutier en convint, même s'il prit un air dépassé par les considérations financières ; ses joues enflammées, tannées par le vent, paraissaient clignoter d'aise. Ils discutèrent encore quelques minutes puis se levèrent pour suivre le mouvement général.

– Et vous vous sentez en sécurité, avec toutes les menaces ?

– Si on pense à tout ça, dit-il en secouant les épaules, on ne fait plus rien. Il y a tout de même la PolEx, ils connaissent leur métier. Un jour nous serons visés, mais plus au nord. L'avenir est là-bas, dans les Lofoten, en mer de Barents, malgré les hurlements des pêcheurs et des écologistes. Et sinon, que pensez-vous de nos petites affaires politiques ? Quelle famille royale préférez-vous ?

– Celle en place me paraît très bien, dit prudemment Sigrid.

– Un peu coincée, tout de même, non ? dit-il, égrillard.

Puis il lui serra la main et regagna le quartier des personnels.

Sigrid n'en pouvait plus : au lieu de les laisser s'ébattre dans les fauteuils et les canapés, on les priait encore d'assister à la projection d'un documentaire sur l'histoire d'Ekofisk. Et si elle leur faussait compagnie ? Un panneau indiquait des toilettes.

Elle s'y rafraîchit un peu, patienta, et sortit au moment même où Iversen passait dans le couloir. Elle lui fit un grand sourire professionnel.

– Vous aussi, vous vous êtes perdue ? Suivez-moi, ça a déjà commencé !

Sigrid s'écroula sans un bruit dans un des fauteuils du fond de la salle de projection.

Les images illustraient laborieusement le texte lu par une voix *off*, dans un anglais tarabiscoté.

« En juin 1971, Ekofisk commence sa production commerciale, au moyen de la plate-forme autoélévatrice Gulftide. Remorquée par barge géante, ce type de plate-forme abaisse ses membrures verticales dans la mer et, bien campée sur les fonds, se soulève elle-même à 15 ou 20 mètres au-dessus de l'eau, afin d'échapper aux plus grosses vagues.

« Au-dessus du derrick, une torchère brûlait le gaz en trop ; deux bouées-réservoirs permettaient aux pétroliers de remplir leurs soutes. Les autres puits furent connectés à cette plate-forme centrale. »

« Déjà des discussions sur la question de savoir si les têtes foreuses devaient être enterrées ou bien larguées au fond de la mer.

« À présent, la sécurité contre les attaques et les vols est devenue primordiale dans la gestion des... »

Une main secoua son épaule. L'infaillible Iversen, violemment éclairée par tous les spots du plafond de la salle vide, s'adressait à elle avec sollicitude.

– Je crois que vous vous êtes endormie, Sigrid...

– Oh, juste cinq minutes...

– Allez au lit, demain, ce sera aussi une grosse journée !

Le lendemain, ils visitèrent plusieurs salles de machines ; ils se firent expliquer les mécanismes de forage et d'extraction par un jeune ingénieur survolté ; le grand moment, peu après le déjeuner, fut la visite d'Ekofisk X, plate-forme de traitement du brut et de forage. La taille des écrous, des câbles, des plastiques multicolores et des outils dépassait l'entendement ; l'enchevêtrement et la densité des appareils de mesure, de contrôle, de sécurité étouffaient. On imaginait le même lacis de tendons, d'os, de nerfs et de veines dans un pied ou une épaule, coulés entièrement dans leurs fonctions. La plate-forme semblait déployer les rameaux d'un geyser pétrifié du brut qui, dès sa sortie de terre, cristallisait, s'organisait, se transformait en toutes choses. Jour et nuit, son cœur pompait et refoulait à grand fracas, sa lave offrait survie et confort aux 120 gaillards armés qui prétendaient veiller sur son sort, tout en étant rien d'autre que des dérivés pétroliers, des pantins de polyéthylène, de polypropylène et de PVC.

Les stagiaires rentrèrent à pied vers les hébergements, dans l'interminable ponton reliant 2/4 C à 2/4 H, au-dessus de la mer. De nombreux ouvriers allaient et venaient en grappes casquées ; de rares ingénieurs en blanc marchaient d'un pas plus lent, leurs récepteurs collés aux oreilles. De leur groupe, déjà bien étiré, se détachèrent soudain deux coureurs, Sigrid et Tom, le Norvégien, slalomant dans l'étroit couloir et riant entre les obstacles, tentant de se dépasser l'un l'autre. On les distingua bientôt au bout du pont, à l'entrée de 2/4 H, ligne d'arrivée de la course : Sigrid, pliée en deux, se tenait sans façon aux épaules de Tom qui s'appuyait de ses deux bras contre un mur, et tournait la tête pour lui parler en retour. À l'arrivée du groupe, Sigrid, essoufflée et dans le plus magnifique sourire qu'on lui ait vu, s'excusa auprès d'Iversen, qui rit de bon cœur et rappela que le départ aurait lieu à 16 h 30 précises, rendez-vous dans la salle à manger pour monter à l'héliport.

Sigrid flâna dans ce qu'on appelait les grands salons. Elle

ne se lassait pas de découvrir que chaque fenêtre donnait sur la mer – même si toutes les pièces étaient loin d'avoir une ouverture. Dans le dédale des couloirs, les visiteurs pouvaient facilement s'orienter grâce à de nombreux logos : fourchette et couteau pour le restaurant, livre pour la bibliothèque, lit et numéros pour les chambres, femmes et hommes raides pour les toilettes, signalétiques obscures pour des locaux techniques. Sigrid en choisit un au hasard, suivit la piste sur quatre bifurcations et poussa une porte en métal blanc.

Elle entra dans un local étonnamment grand où étaient exposés, sur trois larges tapis, des meubles anglais en merisier, consoles, commodes, tables repliées, lots de chaises. Des affiches collées au mur en montraient des dizaines d'autres. D'énormes quantités de vaisselle lestaient tout ce mobilier.

– J'ai encore oublié de fermer, on dirait…

La jeune femme qui venait d'entrer à sa suite portait une blouse rouge, de fines lunettes et ne dévisageait pas sa visiteuse. Elle s'adressa à Sigrid en anglais.

– Une fille ! Pourtant, ce n'est pas un monde de femmes. Ici pour combien de temps ? Russe ? Polonaise ? Intéressée par quelque chose ? Voulez voir le catalogue ? Désolée, l'écran est en panne, rien que le catalogue papier, mais c'est bien fait.

– Je suis juste une stagiaire de la Norges Bank, je repars tout à l'heure. Vous vendez des meubles ici ?

La jeune femme lui lança un regard de biais et reprit en norvégien.

– On fait comme si, plaisanta-t-elle. C'est surtout le fumoir de ces messieurs. C'est d'ailleurs un problème. On m'a déjà retourné un meuble qui sentait trop le tabac. Permettez ?

Elle se cala dans un fauteuil, ouvrit des classeurs qu'elle sortit d'une commode et nota quelques chiffres dans une colonne.

– Vous faites partie de l'équipe de l'étage ? Madame… ?

La femme sourit vaguement.

– On peut dire ça, oui. Mme Seim.

Sigrid regardait les meubles d'un air connaisseur, habituée aux innombrables spécimens qui peuplaient la villa familiale.

– C'est de l'excellente qualité anglaise !

– Les gens qui viennent jusqu'ici ont tout leur temps, ils s'y voient déjà. Ces brutes s'asseyent, ferment les yeux et pensent à chez eux. Après, parfois, ils achètent.

– Vous résidez ici ?

– Depuis bientôt neuf ans. Mon mari est mort en face, dit-elle en désignant l'infini de la mer à travers la fenêtre.

– En face ?

– Noyé un jour de mauvais temps. Même pas de tempête. De mauvais temps.

– Je suis désolée.

– Pas de quoi. On n'a pas retrouvé son corps. Ça m'embête beaucoup, acheva-t-elle en baissant la voix.

– Je comprends.

Elle déplaça un tas d'assiettes en porcelaine, puis alla sortir des chiffons et deux flacons de produits d'entretien, dans un placard rempli de tasses, de cuillers et de sucriers.

– J'étais femme au foyer, j'ai demandé à venir ici avec ma fille. Ils ont dit oui, ils n'allaient pas refuser. Personne n'était capable de me donner des explications. Comme s'il fallait une victime de temps en temps...

– Et votre fille, qu'est-ce que...

– Elle est repartie. Je m'occupe de vendre des meubles aux gens de l'Est, quand ils touchent leur paye – et accessoirement c'est aussi un salon de thé pour les gens du pays, les cadres, les gens bien. D'ailleurs nous n'avons que des thés anglais, regardez.

D'un air complice, elle lui montra un luxueux coffret de

thés de Ceylan aromatisés, des thés verts, fumés, purs, des boîtes de biscuits secs.

– Et attention, c'est livraison comprise. Emballage soigné.

– Bien sûr.

Puis elle lui fit trois fois la démonstration, refusant son aide : comment on passait en un tour de main de la boutique au salon de thé, du salon de thé à la boutique. Hop. Hop. Et hop.

Sigrid s'assit dans un confortable fauteuil crapaud Chesterfield et commença à siroter la tasse d'Earl Grey que Mme Seim lui avait aimablement offerte. Elle huma l'air marin, sursauta au claquement de porte causé par une bourrasque puis s'assoupit, épuisée par cette énergie censée tous les soulever. La jeune veuve lui couvrit les genoux d'une couverture avant de repartir chercher des produits de nettoyage.

Sur l'héliport où il bruinait, Mme Iversen avait regroupé ses ouailles dans le Kamov qui déjà s'échauffait, et ne savait quoi répondre à M. Hauge, responsable de la sécurité. Le visage, le ton de voix et le vocabulaire du colosse restaient courtois, mais ses mains qui couraient sur l'écran de son M-Phone blindé trahissaient sa nervosité et la rigidité du système qu'il servait. Il était bientôt 16 h 40 et, dans une vingtaine de secondes, le règlement en vigueur sur l'ensemble des installations *off shore* l'obligerait à déclencher le premier niveau d'alarme. Un individu échappait depuis plus de dix minutes à la localisation – pire encore, s'infiltrait indûment alors que son groupe était censé être parti. Le groupe retardé en devenait lui-même suspect. Mme Iversen, entourée de deux nouveaux officiers et d'un soldat, pressée de questions sur les motivations, les habitudes, l'origine et la personnalité de Halden Sigrid, se perdait dans des détails confus, tandis que le pilote de l'hélicoptère refusait de baisser le régime de son moteur, comme pour contraindre chacun à faire des choix décisifs. Hauge envisagea froidement la mort subite de Halden, comme tant d'autochtones de moins de trente-cinq ans. Il n'en fallait pas moins retrouver le cadavre.

Les cinq hommes dépêchés, aussi silencieux que des chats dans un dédale de gouttières, avaient inspecté les parties communes, les chambres, les sanitaires, certaines passerelles, et à présent s'attendrissaient sur le sommeil de Sigrid, enfin découverte dans cette pièce réservée aux personnels. Vus de l'extérieur, ils demeuraient cinq soldats casqués la mettant en joue avec leurs AK8 5F suédois, harnachés à la taille, aux épaules et le long des jambes, d'un matériel neuf, lourd, mince, clignotant de toutes parts.

Réveillée par la voix amplifiée du leader – on ne pouvait plus communiquer avec elle qu'au travers des outils d'une mission –, la jeune fille hurla de terreur. L'asymétrie de cette guerre, le sommeil, le cri, la jeunesse et la nationalité norvégienne de la contrevenante suffirent à faire baisser l'angle des canons. Sigrid s'était levée, se rassit à la demande du leader. Malgré les bons offices de Mme Seim, il y eut des remontrances de Hauge, trois nouvelles photographies de police et deux prélèvements de salive. À la suite de quoi Sigrid eut une soudaine nausée et courut vomir à la fenêtre la plus proche. La mixture fluide – fruit de repas équilibrés et d'une sieste paisible – chuta de 70 mètres et forma une petite flaque jaunâtre sur la mer du Nord. La paix de l'exploitation était à ce prix.

Le retard total, procédure comprise, fut de quarante-deux minutes. Avec l'allant d'un détenu en cavale, observée par son quota de mercenaires, suivant les sèches indications de l'homme en orange, Sigrid s'engouffra dans le Kamov prêt à s'envoler. Blême, elle trouva Manuela en conversation avec Peter l'Anglais, à grand renfort de mains et de sourcils levés.

À sa droite, Mme Iversen, prostrée, détournait le regard, ne voulant voir ni être vue. Sigrid s'assit en face d'eux, ajusta ses ceintures de sécurité, se demandant si elle raconterait sa mésaventure à ses parents – peut-être à son père, mais pas à Katrin. Quatre ou cinq personnes la réconfortèrent en la tenant aux épaules et en lui pressant la main. Une dernière fois, l'engin les emporta au-dessus des eaux, sous un ciel de ouate. Dans le mauvais sommeil qui la gagna, Sigrid revit les hommes, un groupe de Henryk déguisés en pirates, la mettant en joue de leurs sabres de bois dégouttant d'un liquide noir.

5

Le cœur de la nuit

– Chère madame, nous allons devoir nous arrêter là pour aujourd'hui, dit l'analyste en posant son porte-plume.

Il replaça son sous-main en cuir et ralluma la petite lampe tournée contre le mur.

Katrin Halden se redressa lentement et s'extirpa du divan, encore perdue dans ses dernières phrases. Après avoir regonflé l'oreiller, elle glissa dans la main de l'ancien Premier ministre 800 couronnes en billets et longea le paravent chinois vers la sortie.

– À jeudi, donc.

– À jeudi.

Bravant paresse et narcissisme, Katrin était restée fidèle à Tønseth, un des analystes les plus *smart* du royaume, qu'elle avait en commun avec son vieux compère Jensen. Cela lui avait plutôt réussi. Les années passant, elle avait progressivement accepté son aisance et son statut. « Non, je ne suis pas la Norvégienne type, je suis une professionnelle du foyer, mère de trois enfants », lui arrivait-il de dire, dix ans plus tôt. L'analyse et l'ampleur de la fortune de Karl la dispensaient désormais de justifications.

Elle avait aussi exploré les moyens d'échapper par intermittence à sa condition : à la cuisinière, des commandes de plats plus épicés, présentés de façon loufoque ; de lointains voyages d'une semaine en Europe sans enfants ni mari (cela avait été un combat de plusieurs mois) ; une nouvelle façon de discuter les prix dans les boutiques de luxe qu'elle fréquentait depuis toujours ; son assiduité dans ChildFlower, l'association de défense de l'enfance maltraitée dont elle était présidente d'honneur ; ses après-midi entiers passés à se salir de peinture et de glaise avec ses petits-enfants, dans le plus grand des salons de réception, tapissé pour l'occasion de journaux ; la liaison charnelle qu'elle s'octroyait une fois par an avec la détermination d'un chirurgien s'opérant lui-même de l'appendicite. Ce recours méthodique à un amant lui était d'autant plus léger qu'il renforçait infailliblement son amour pour Karl, la ramenant dans l'avant-mariage et consolidant plutôt que concurrençant son univers de jeune quinquagénaire.

Ses infidélités au présent (ou fidélités à sa jeunesse) étaient devenues un service qu'elle rendait à sa maisonnée. Si elle avait depuis longtemps accepté que ses intérêts personnels se fondent dans les devoirs de la vie de famille, inversement il lui semblait juste que la gravité des actes de chacun fût divisée par le nombre d'heureux bénéficiaires.

L'analyse lui avait en somme démontré, par l'exemple même de sa vie, qu'on ne pouvait changer sa moelle, mais qu'il restait possible de caler plus confortablement son enveloppe. La peau étant l'organe le plus exposé, pour insuffler un bonheur durable il était vital de séparer le viscéral de l'épidermique. En délaissant son idéal de perfection morale, en consentant à de vieux défauts, à des fautes tenaces et à quelques égoïsmes, elle avait trouvé accès à une insouciance et à de nouvelles façons de s'aimer.

Refermant la grille de la villa néo-classique du thérapeute, elle s'engouffra dans la Mercedes bleue qui l'attendait pour la conduire en ville avant de revenir à Bygdøy, le quartier huppé d'Oslo. Au volant souriait Erik, le chauffeur, un trentenaire en blouson de cuir et chemise blanche.

Dès la troisième séance, Katrin avait raconté à Tønseth pourquoi étaient nés Erich, Gro et Sigrid, et donc sa rencontre avec Karl, quelques années après la fin de sa carrière de mannequin, alors que planait l'ombre fraîche de *Black February*.

Ce jour-là, ils s'étaient donné rendez-vous au Fru Hagen. Aux tables avoisinantes, des designers en pull de laine devisaient avec des traumatologues tout en sirotant des bières, des publicitaires de moins de vingt-sept ans vagissaient en bande, une grappe d'éditeurs en costume cintré regardaient les deux ouvriers somaliens combler l'unique nid-de-poule du quartier, des écouteurs vissés dans les oreilles. Katrin était arrivée la première. Le serveur lui donna une dernière fois l'heure à 15 h 45, au moment de quitter son service. Fatalement alléché par sa beauté, il insista aussi pour lui donner son numéro.

Elle décroisa les jambes et copia les chiffres sur une serviette en papier. Qu'il accepte de la voir écrire sur un support promis à la poubelle l'apaisa.

Karl était très en retard. À vingt-cinq ans, l'ex-mannequin ne se souvenait pas avoir jamais été mise en attente par un garçon, et cela faisait de Katrin, ce jour-là, un vieux chat du Maghreb découvrant un centimètre de neige sur son mou de veau. Elle n'avait pas rechargé son M-Phone, il ne pouvait la prévenir d'un empêchement. Mais tout de même, trois quarts d'heure, se disait-elle, sans concéder qu'une chute de cheval ou une fuite de gaz étaient d'indivisibles tuiles où l'on ne comptait plus le temps perdu.

Si c'était là le prix à payer pour l'amour véritable.

Coincé dans le trafic, Karl Halden se joignait au chœur des trois vieilles dames du bus, qui piaffaient contre le bouclage du quartier de l'hôtel de ville d'Oslo. La noria de véhicules officiels, le quadrillage policier, les rues barrées et les déviations sinueuses rendaient la circulation impossible. Il ne fallait pas moins de nuisances, de solennité et de mesures guerrières, semblait-il, pour la remise du prix Nobel de la paix, en présence du roi, du gouvernement et des députés du Storting – dans le même temps, les autres Nobel étaient décernés à Stockholm. Cette année-là, un diplomate ougandais croulait sous cet honneur, encadré, depuis son arrivée deux jours auparavant, par la presse internationale qui le fatiguait de questions sur sa famille, son éducation, la sagesse africaine et les avancées de la science.

La dotation financière du Nobel était déjà devenue un des plus flamboyants exutoires des revenus du royaume ; l'abondement de l'État à la mise de la fondation étant constamment réévalué, le tout atteignait cette fois la somme de 1 600 millions de couronnes (environ 200 millions d'euros) – une goutte dans l'océan du pétrole. Dans la presse, le Comité était régulièrement interpellé : de telles sommes, appelées à enfler bien davantage, pouvaient-elles encore être octroyées à des personnes privées, si méritantes fussent-elles ? Ne fallait-il pas désormais se contenter de distinguer des institutions ? Même si la plupart des lauréats reversaient l'argent à des œuvres, la vertu devenait si rentable que l'on pouvait soupçonner les candidats de vouloir faire carrière dans le Bien. À leur décharge, *Black February,* en replongeant le monde dans la pénurie chronique et dans une sorte d'incommunicabilité, avait rendu le Nobel de la paix plus resplendissant, plus nécessaire, plus universel que jamais – un phare dans la tempête, balbutiant un espéranto politique.

Flanqués de leurs copines, les deux *play-boys* pakistanais dans leurs blousons de cuir beige étaient arrivés vers 15 h 25 au Fru Hagen. L'un d'eux repoussait avec agacement les timides caresses au visage de sa compagne, pour mieux se consacrer à l'inspection de la salle. Katrin les sentait, installés au fond de leur *peep-show*, le regard patrouilleur de ceux qui ont payé pour voir, les yeux s'astiquant et cheminant lentement vers l'orgasme, prunelles de maître baiseur juché sur sa chaise d'arbitre. La main qui pend et le menton levé, l'air convaincu de pouvoir mettre un terme à la liberté des poupées errantes.

Katrin reconnaissait le regard qui n'en finissait pas de marteler les beaux visages – ses jambes, son teint parfait, ses vêtements de marque. Elle espérait avoir conservé ce quelque chose de hautain qui les empêcherait d'approcher. Elle espérait être trop blonde pour eux. Elle ne pouvait s'empêcher d'approuver le triplement de la prime au retour offerte aux immigrés, récemment voté, qui atteignait à présent l'équivalent d'un an de salaire moyen. « L'argent du blanchiment », comme disaient les ténors du FrP, le parti du Progrès.

Quand les *play-boys* notèrent l'arrivée de Karl, hors d'haleine, dans la grande salle, Katrin était rentrée chez elle. Elle chargea son mobile et écouta ses messages. Une amie, la voix grivoise, lui demandait de la rappeler dès son retour, puis son opérateur téléphonique lui annonçait qu'elle n'avait plus que deux jours pour régler sa facture. Ensuite, deux flashs d'informations de l'*Aftenposten* proposaient de cliquer sur des vidéos d'une minute : « 15 h 11. Un couple d'élans terrorise la chorale senior de Dalen. Images exclusives » ; « Nouvelles manifestations contre la réforme agraire à Abuja (Nigeria) : 6 morts et plus de 100 blessés ». Enfin Karl lui exposait ses déboires avec les festivités de la Paix.

Ils se retrouvèrent en fin de journée près de l'université, loin de l'effervescence du centre. Ils multipliaient les regards, minés par l'envie de s'habituer l'un à l'autre. Karl lui avait offert des fleurs et s'était platement excusé. Katrin oublia sa rancune, et à l'aspect de ses mains gercées se retint de lui offrir une paire de gants fourrés, un manteau de laine ou de cachemire. Elle ne voulait pas l'indisposer avec son argent.

Le lendemain jeudi, à la fin du troisième cours de finances publiques, elle lui proposa de partir en week-end « pour passer du temps dans la nature », sans préciser que ce serait dans un des plus beaux gîtes des environs d'Oslo. Elle voulait gâter son pauvre, timide et beau Karl.

Samedi, au petit matin, après les courses, ils louèrent une Volkswagen électrique sur une station de Bilkollektivet, l'entreprise d'autopartage qui, depuis *Black February*, avait connu un développement fulgurant. Karl aimait la tranquille franchise, l'entregent de Katrin. Deux mois qu'ils avaient fait connaissance, mais sa distinction, ses manières de dame, sa garde-robe l'intimidaient encore. Sa présence même était miraculeuse : n'avait-elle pas, encore mannequin, échappé de peu à l'attentat de São Paulo ? Puis Karl s'était enhardi, l'avait plusieurs fois invitée à déjeuner ou à prendre un café – à dire vrai, son grand ami Kurt Jensen, étudiant en sciences, grand coureur de jupons, se lassait de sa dernière conquête. Après dix mois avec Monika, le grand fauve brun allait recouvrer sa liberté, et tout laissait croire qu'il se reporterait sur l'ex-mannequin, beauté des amphithéâtres.

Katrin conduisait et de l'autre main tentait de pianoter sur l'autoradio MPS pour trouver la chanson qui conviendrait à leur humeur. Karl remettait sa main sur le volant en montrant les lacets de la route qui exigeaient un minimum d'attention. L'ensemble du réseau, jusqu'aux plus petites voies secondaires, était recouvert de béton bitumeux, à base de produits dérivés de sable et de pétrole brut. À l'intérieur des forêts, de petites passerelles en bois pour animaux, la plupart dotées de *webcams*, enjambaient la chaussée. Sur leur M-phone, les internautes du monde entier pouvaient admirer les transhumances des grenouilles, des rennes et des rats sur la passerelle la plus fréquentée au-dessus d'une route près de Bergen.

Ils conversaient calmement. À cet instant, seul comptait pour Katrin ce que Karl ne demandait pas, ce qu'il lui laissait comme paix, sans que cela semble lui coûter, sans que la curiosité lui repousse sur la langue – silence sur ses années de mannequinat qui faisaient rugir de suffisance ses amants des dernières années, qui débordaient soudain de questions, leurs yeux scrutant un reste de paillettes à racler dans les pores de sa peau.

Elle aimait l'indifférence de cet étudiant de vingt-six ans, s'interrompant pour la regarder et la prendre à témoin de la beauté de la côte, tandis qu'elle conduisait et baissait machinalement le volume, car sa voix suffisait. La maison vers laquelle ils roulaient allait se remplir, contenir un germe, deux personnes qui avaient bien fait d'attendre et de vieillir. Et Karl ne lui demanderait pas ses trois *books* que sa mère gardait quelque part. Karl ne lui demanderait pas de poser pour lui, de refaire les gestes et les mimiques du *Vogue*. Il ne la comparerait pas avec les ex-mannequins de son ex-carrière. Et si Karl la désirait, la recherchait, cela n'aurait pas un goût de revanche sur les images.

Elle aimait sa discrétion, sa réserve, sa tranquille ambition, ses épaules méthodiques, sa mâchoire carrée d'entrepreneur en herbe, discret et protecteur. Certes elle conduisait, mais c'était lui qui l'emmenait dans un délicieux premier temps faible.

Ils arrivèrent autour de 10 heures. Une haute grille de bois blanc fermait l'accès. Katrin donna la clé à Karl qui alla ouvrir.

Encore trois cents mètres à parcourir, tractés par le calme du moteur électrique, sur un chemin de terre battue qui descendait vers la mer en tournant légèrement à droite, entre les hauts sapins. L'imposante maison couleur rouille, insoupçonnable, apparut dans les derniers mètres.

– Attends dans le jardin, lui dit-elle, je veux te montrer l'intérieur en pleine lumière, d'un seul coup !

Elle prit la clé magnétique pour désactiver l'alarme. Deux bips discrets, et elle ouvrit la porte d'entrée.

– Allez, je t'appellerai ! lança-t-elle à Karl interloqué.

Elle s'engouffra dans l'entrée puis referma la porte. Karl posa son sac de voyage et contourna lentement la maison. Le « jardin » était une grande clairière qui descendait en pente légère, à ceci près qu'une trouée dans les arbres permettait de distinguer la ligne de la mer.

Il se laissa porter par le lent dénivelé, respirant à fond et goûtant au silence que fixait dans l'air la profusion d'aiguilles de résineux. Comme l'avait annoncé la radio, la journée était splendide. À des kilomètres, les petites touches blanches de glace des cirrocumulus attisaient le bleu du ciel.

Il se retourna ; il s'était bien éloigné ; la maison dominait, massive, à une centaine de mètres. Sur toute la façade ensoleillée, l'étage et le rez-de-chaussée, les volets étaient clos. Il entendit le bruit d'une poignée qu'on manœuvrait. À gauche du grand balcon de l'étage, les volets commençaient à s'ouvrir. Un torse apparut, surmonté d'une tête. De si loin, on ne pouvait l'identifier.

La tête était perdue dans la masse des planches de la maison, elle-même écrasée par la forêt. Évidemment, c'était Katrin. Mais rien ne permettait d'en être si sûr. Dès que les gens s'éloignaient, ils pouvaient changer ou disparaître. Karl devina que quelqu'un passerait de pièce en pièce pour ouvrir les volets.

De son point de vue, quelqu'un irait de gauche à droite, et les volets, dociles, s'ouvriraient de gauche à droite.

Entre chaque pièce, un petit temps s'immiscerait où la maison ne cillerait pas et où Karl serait dans la clairière, seul comme un lapin, dos à la mer. Et pourquoi son regard s'attarderait-il sur la prochaine fenêtre où quelqu'un devrait apparaître ? Pourquoi ce rendez-vous ? Était-il juste de choisir ce regard parmi les milliers d'autres qui dansaient dans ses orbites ? Katrin n'était plus qu'une tache jaune clignotant de fenêtre en fenêtre, au cœur d'une forêt : ne fallait-il pas en profiter pour la remettre à sa place ? Sa grâce intimidante, désormais rien qu'une tête d'épingle dans son champ de vision. Inversement, s'il devait tomber amoureux d'elle, n'était-ce pas l'instant idéal, à une distance raisonnable de cette utilité publique qu'était sa beauté, dans un regard aussi invisible qu'une pensée ? En se laissant voir de si loin, distraite, brièvement enfermée dans ses manœuvres, courant sur son erre, préparant une maison pour eux seuls, risquant l'oubli, Katrin se rendait tendre et humaine.

Il revint lentement sur ses pas. Elle se tenait à l'angle gauche de la maison, se frottant les mains, dans son superbe ensemble mauve *casual*. Elle l'invita à entrer.

Un intérieur de maison de poupée, à la façon norvégienne. L'ancienne ferme cossue, aux plafonds bas, aux poutres blanches, s'ouvrait sur une vaste pièce à vivre remplie de meubles de bois peints « à la rose », ornés de naïfs motifs floraux en partie effacés. Les fenêtres carrées, sans rideaux, encadraient ici une pendule à l'arrêt, plus loin le guingois monumental d'un buffet brun, où trônaient assiettes bleues, blanches, et louches de bois. Au-dessus d'un petit secrétaire à la peinture verte éraflée, une tapisserie de laine représentait un village en bord de mer. Sur le manteau de la cheminée, trois bougeoirs en cuivre, munis de bougies neuves. Un peu plus loin, derrière un vénérable poêle en fonte posé au milieu de la pièce, un canapé de style danois, prolongé d'une banquette. Le grand écran plat, mince comme un doigt, posé sur un large berceau de bois reconverti en meuble hi-fi, dérangeait à peine. Un tapis rustique couvrait un gros tiers du plancher, auquel un décapage irrégulier donnait l'allure d'une carte d'archipel. Avec une négligence étudiée, les propriétaires avaient adossé aux murs des outils agricoles de bois blanc.

La table de la cuisine devait faire quinze centimètres d'épaisseur. Des bassines et des seaux en bois décoraient les murs. Un confortable plan de travail entourait les plaques de gaz. Le colossal frigo américain, de couleur beige, essayait de se faire discret sous le regard placide d'une pile de chaudrons de cuivre. Ils déposèrent en vrac leurs courses puis s'empressèrent de monter à l'étage.

Sur les panneaux des portes du couloir étaient peints, du bout du pinceau, de petits paysages touchants et maladroits. Dans les chambres aux lourdes boiseries parcourant toute la hauteur des murs, chaque lit était une découverte. Le plus exquis était un petit modèle encastré sous un dais de bois décoré de cornes d'abondance rougeoyantes. Dans toutes les pièces, de hauts pichets remplis de fleurs séchées reposaient sur de petites tables peintes en jaune, aux pieds rafistolés. Tout cela pour eux seuls.

Ils redescendirent lentement. Karl était subjugué par la patine enfantine, les lignes naïves et raffinées, la complicité qu'entretenaient les éraflures avec les mouvements des vivants de passage, les nuançages et les camaïeux répandus du sol au plafond, les couleurs qui se déshabillaient dans le bois.

– La mer n'est pas loin, Tønsberg est très joli, murmura Katrin en l'entraînant par le coude.

Elle le sentit flotter dans la pièce à vivre, lui qui avait perdu sa mère à trois ans et dont le père était ouvrier aux chantiers navals.

– Ça n'est pas trop grand, ça va ?

– C'est très… familial, dit-il en souriant. Après tout, toi aussi tu as vécu ton enfance en immeuble. On doit pouvoir supporter ça ! Merci pour la surprise.

Katrin s'arrêta d'entasser les provisions et ses yeux s'attardèrent sur les mains de Karl. Elle sourit pour elle-même et releva la tête.

– Tu n'imagines pas le prix de ces bibelots ! On en fait de bonnes imitations, mais ici tout est authentique, il y a des pièces rares que les musées aimeraient bien chiper.

Elle s'en voulut aussitôt.

– Jamais rien vu d'aussi délicat, répondit tranquillement Karl.

Ils se regardèrent à travers le vaste séjour et Karl sentit chez elle une fierté de maîtresse de maison s'inventant un passé d'aisance.

– Tu aimerais posséder cela ? demanda-t-il.

Il sentit que sa question la gênait. Elle alla regarder par la fenêtre et se frotta les mains tandis qu'il calait le beurre entre deux barquettes de poisson. Elle ne voulait pas sembler trop prosaïque.

– Je ne sais pas.

– Et qui le saura ? rit Karl.

Elle rougit, vexée de ne pas s'assumer.

– Oui, j'aimerais posséder cela, et cent fois plus encore ! fanfaronna-t-elle, et ses cheveux blonds ondulaient comme pour les lier tous deux à ses vœux.

Karl la regarda avec un mélange d'attendrissement et de condescendance. Après tout, ils étudiaient tous deux l'économie, l'art d'acquérir les choses. Elle n'était pas romantique, mais elle était si belle. Elle leur en imposait à tous, même si, malgré ses efforts, elle ne comprenait pas grand-chose aux cours – elle décrochait dès que le professeur quittait le terrain des faits pour parler gestion, modélisations ou finances. Elle semblait attendre de lui bien plus qu'un flirt – qu'il se dépasse, qu'il l'honore, dans une transaction charnelle, un hommage matériel à sa beauté. Pour se rassurer, Karl se dit que son ami Kurt n'aurait pas aimé une fille aussi carrée.

Ils passèrent le restant de la journée comme deux gardes-chasse faisant l'école buissonnière. Ils déjeunèrent en contrebas, parmi les arbres, face à la mer, s'aspergeant de sel de table et improvisant une négociation pour décider de l'attribution du dernier yaourt aux mûres jaunes. Katrin prit Karl par la main et lui présenta son ami le pin sylvestre, l'arbre qui a besoin de ses deux cents ans de lumière, quitte à louvoyer et se tordre pour être vu du ciel. Un arbre vivant de catastrophes, de la tronçonneuse abattant ses rivaux les hêtres, de la foudre anéantissant les forêts d'épicéas. Un endroit embaumait particulièrement la résine ; Katrin conseilla à Karl de respirer à fond, il serait lui aussi protégé des scolytes, et aucun ne pondrait d'œufs en lui.

Puis ils ramassèrent du petit bois pour la cheminée et des pommes de pin pour décorer l'appartement de Katrin et sa chambre à lui, en résidence universitaire.

Avançant vers leur première nuit, ils lancèrent une flambée, prirent leur dîner arrosé de quelques Bokkøl et Pilsener. Ils fermèrent les fenêtres et chassèrent les moustiques du plafond sans parvenir à les écraser. Katrin regardait Karl en riant. Les fleurs des poutres ondulaient gracieusement. Il lui semblait entendre des cris d'enfants, dévalant l'escalier pour se jeter dans le canapé, y laissant des traces de pieds mouillés, avant de partir dehors en courant. Elle jeta un œil à sa montre et prit une mine effarée.

– On ne peut pas manquer l'émission phare sur les grands sujets de société. Aujourd'hui : les nouvelles pistes de saut à ski, toujours plus folles, toujours plus dangereuses ?

Devant l'écran plasma, la maison étant encore froide, ils se couvrirent d'une grande couette à motifs géométriques. Sur le canapé-lit qu'ils avaient déplié, tous deux savaient ce qu'il leur restait à faire et prolongeaient les enfantillages.

Délaissant Oslo, ils disposaient déjà l'un de l'autre. Il fallait tranquillement choisir où, quand et comment, sans se le dire, en se récapitulant pour s'offrir tout entiers. Ne pas se jeter l'un sur l'autre comme des tire-au-flanc. Ils redevenaient graves, loin des *one night stands* dont raffolait la jeunesse. L'émission sur le saut à ski avait tout dit. Katrin éteignit l'écran. Seule une petite veilleuse jetait une lueur.

Des dizaines de kilomètres de routes, de visages, d'ondulations, de bosquets, de coteaux, de feux verts, d'arrêts et de clarté les avaient pris par la main et allongés sur ce grand canapé.

Un papillon de nuit entra par la fenêtre entrouverte, comme s'il avait mission de mêler les mains qui voudraient le chasser. Karl se tourna et se retourna pour l'attraper. Katrin attendit. Dès qu'il s'arrêtait de bouger, elle sursautait.

La nuit commença à savonner le canapé. Flux, elle attendait son reflux. Dans ses plis, la housse de la couette racontait les virages du jour qui les avaient jetés l'un près de l'autre.

Katrin pressa contre sa poitrine un bras délicieux qui était le sien, sentait la chaleur d'âtre d'une épaule qui était la sienne. Sa peau sursautait à son propre contact.

Où était-il ? N'avançait-il pas, lui aussi ? S'était-il perdu dans les méandres de ce canapé ? S'était-il versé sous elle comme une brise ?

Son corps était à un doigt du sien, et dans ce doigt qui ne s'avançait pas circulait la même tension qu'entre l'herbe et le nuage, un soir d'orage.

Elle se sentait enroulée dans le corps vitreux d'un œil qui voudrait troquer sa vue contre un toucher.

Leurs enfants à venir se tenaient par la main et les chahutaient l'un contre l'autre.

C'était une nuit qui ne s'ouvrait pas.

Ils se croyaient libres et solitaires, mais la race, la terre et les eaux étaient à leur chevet.

Et si rien n'était fait, demain les hommes auraient une autre forme.

Au loin vibraient des myriades de villes. Des métropoles d'Asie aux impasses kilométriques. Des avenues américaines courant le long de la mer.

Ils ne pouvaient plus bouger alors même que les fruits des marchés d'Oslo continuaient à pousser dans les cageots empilés.

Katrin retenait son souffle tandis que des hommes ronflaient sous l'immense moustiquaire de l'équateur.

Au sud de l'Argentine, la vaste terre de Graham devait être inhabitée, et ici étaient allongés deux êtres sur trois mètres carrés de toile.

Au Pérou, on arrachait un bras à quelqu'un qu'on n'entendait pas crier, c'est son bras à lui qu'elle voudrait au moins, comme trophée de sa patience.

En Italie, des villages brûlaient sous l'effet d'une vengeance.

Dans l'océan Pacifique filaient des courants gros comme des colonnes de baleines, et tout au fond, dans une eau asphyxiée, ondulait une faune électrique et noirâtre, découpée en minces feuillets.

Auprès du pied de Katrin titubaient des moustiques gorgés du sang qu'elle avait en trop.

Du sperme anglais s'écoulait aux portes d'un utérus. Sa volonté blanche avançait sans hésiter.

Une Canadienne relisait *L'Odyssée*. La main de Karl aurait moins à faire que de tourner une page.

Un coq absurde chanta au milieu de la nuit. Elle le fit taire en se mordant la langue.

Son corps était à un doigt du sien, mais comme la princesse au petit pois Katrin sentait affleurer la courbure de la Terre et elle les voyait tous deux rouler de part et d'autre de la courbure de la Terre.

Dans le Grand Nord, le climat se perdait, les sols dégelaient, des forêts ivres titubaient.

Au Nigeria, des femmes lavaient leur linge dans une mer brillante et huileuse.

La main de Karl se posa sur son épaule.

D'une grotte de Lascaux, comme le plus vieux rouge dans la plus vieille pénombre, leurs lèvres tombèrent sur leurs bouches.

Partout ailleurs, le monde semblait souffrir, avec quelques pointes au niveau des tropiques.

Katrin portait les culottes et les soutiens-gorge du monde enchanté de la mode. Elle offrait aux mains travailleuses de Karl les broderies, les dentelles et les transparences des sous-vêtements de charme qui étiquetaient naïvement la valeur ajoutée des femmes, alertaient le visiteur du soir sur le dénivelé à venir, préparaient ses doigts à la soie génitale, rappelaient dans des vagues rouges et noires de polyamide les tourbillons d'hésitations surmontées et de pudeurs alarmées qui lui valaient d'être là.

Elle laissa Karl caresser ses seins, tout en se resservant du porto qu'elle renversa sur la table basse. Elle gardait un petit sourire de consentement extasié qui l'excitait. Il la coucha sur le canapé, la dénuda à la lumière de la veilleuse de l'écran plat. Il vit la réalité idéale de ses seins, de sa toison finement taillée, il prit son sexe à pleine bouche, de longues minutes, en tordant sa tête en tous sens. Puis il la pénétra à moitié. Elle fut saisie par le plaisir, cela lui fouetta les sangs. Il se démena, dévorait son corps des yeux. Il se retira, s'affubla rapidement d'un préservatif et revint en elle. Des images de leur semaine universitaire, son invitation et la beauté du trajet lestaient ses fesses. Il avançait un long piston, oscillait dans le bain lubrifiant, brandissait en elle un engin parallèle à sa colonne vertébrale, faisait entrer la mer du Nord, un pin sylvestre avide de lumière, toute l'échancrure des fjords, le frétillement des priorités dangereuses, les panneaux luminescents, le bitume, les destinations infinies, les milliers de véhicules, les voix complices des professeurs, la contagieuse appétence de Kurt. Que c'était bon quand une femme s'ouvrait, son sexe siphonnait le sperme, le cerveau et les circonstances.

Katrin ne sentit d'abord presque rien. Les tennis jaunes de son père s'imposèrent soudain à elle, suivies des mots « Ne te fais pas meilleure que tu n'es », phrase qu'elle ne se souvenait pas avoir jamais entendue. Tout cela se perdit rapidement dans la montée du plaisir. Il était ardent, la caressait doucement, il semblait aimer faire l'amour. Après une dizaine de minutes, il s'arrêta, apparemment sans avoir joui. Elle eut l'impression qu'il descendait de cheval, fut refroidie, reprit sa respiration en évitant de regarder son visage en suspens au-dessus du sien. Dans ce refus de voir s'ouvrait une faille obscure où pouvaient surgir les corps noirs d'incendiaires, les restes humains de Shanghai qui la hantaient encore, des années après *Black February*, mais elle était arrimée au réel par la jonction de leurs sexes, par ce viscère supplémentaire qu'il lui prêtait. Après quelques longues secondes de silence où toutes sortes d'horreur hésitèrent à paraître, elle caressa doucement ses fesses, il l'entreprit à nouveau et le visage de son futur mari prit la place de l'enfer.

Il avait trop bu. Sa jeune érection n'en souffrait pas, mais son sens de l'équilibre et des distances pataugeait. Dans chaque oreille, le labyrinthe, cristaux de calcite inclus, avait dû cuire à la vapeur. Il n'en parlerait pas à Kurt Jensen, il dirait peu de choses, lundi Kurt ferait le constat de leur liaison, serait comme toujours *fair-play*, l'admirerait davantage. Puis Karl retrouva soudain son corps, sentit monter en flèche le plaisir, et, quelques secondes plus tard, laissa s'écouler dans le latex l'eau de mer, la résine, le brut. Ils se refermèrent dans leur cocon norvégien.

Un quart d'heure plus tard, Katrin le regardait dormir, épuisé par l'effort. Elle lui caressa l'épaule, puis s'arrêta. L'ambition qu'elle avait pour eux deux la tenait éveillée et la rendait maladroite. Elle voulait s'arrimer à ce corps, se lier d'un coup, l'ériger en protecteur, mais ils n'étaient pas encore des gisants, tant qu'ils vivraient il n'y aurait rien d'absolument bon à faire. Si elle ne cessait de le caresser, elle perforerait son derme ; si elle ne cessait de lui dire « je t'aime », il deviendrait fou ; si elle le laissait la féconder, les grossesses répétées détruiraient son corps ; s'ils parlaient toujours, ils n'auraient plus rien à se dire ; s'ils ne cessaient de dormir, ils tomberaient en poussière. Elle découvrait la voie étroite de l'amour.

6

Logistique

La séance de Katrin expédiée, il fallait finir les courses de Noël et remplacer le canapé du petit salon. Le chien l'avait maculé, le brillant du tissu allait bientôt disparaître par endroits. Quelques taches de gras, presque invisibles, commençaient à faire système. Un rendez-vous avait été pris avec la boutique dans l'après-midi.

Erik, le chauffeur, avait l'air navré : des plaisantins avaient profité d'un de ses derniers stationnements en ville pour taguer de rouge l'avant du véhicule. Sans doute des écologistes fanatiques, pleins de haine pour tout ce qui ressemblait à une voiture, même électrique. Il faudrait aller faire nettoyer cela. Katrin n'était qu'à moitié contrariée. Le garage saurait faire disparaître l'affront, et son élan acquéreur lui rendait le cœur léger. Feuilletant le journal du jour pendant qu'ils roulaient, ses trois catalogues de mobilier annotés et truffés de signets sur les genoux, elle devina du regard des émeutes en Amérique centrale, une nouvelle fermeture de ville en Chine, l'appel d'un groupe d'économistes du royaume en faveur des travaillistes. Puis d'autres atrocités encore. Le réchauffement climatique continuait à s'emballer, le niveau des mers montait bien plus vite que quiconque ne l'avait craint. Mais en quoi ces quelques centimètres pouvaient-ils concerner leurs fjords, leurs falaises, leurs remparts ? Elle ne sut s'intéresser qu'aux morceaux choisis du discours du Brésilien Nobel de la paix (Karl et elle avaient assisté à la cérémonie) et aux nouveaux cas de morts de poulets biologiques norvégiens, suite à des morsures de rongeurs. Les scientifiques discutaient toujours, comme au début, il y a trois ans, de la transmission à l'homme dans le cas de la consommation d'un poulet contaminé. Rien n'avait pu être prouvé, mais, les cas de morts subites de jeunes gens ne faiblissant pas, l'hypothèse alarmiste prévalait.

– Ils devraient les enfermer, ces poulets, dit Erik en tapotant sur son volant.

– Ils ne seraient pas bio alors, Erik.

– En tout cas leur clôture ne sert pas à grand-chose.

– Ce serait peut-être pire sans, répondit-elle en espérant qu'il ne répéterait pas ces propos à son mari.

Sur les genoux de Katrin, un bref article qu'elle avait négligé revenait sur le lac Tchad, à moitié asséché, qui ne cessait de susciter des conflits frontaliers entre les États riverains, Niger, Nigeria, Tchad et Cameroun. Une aire de 50 millions de personnes, les besoins de l'irrigation, l'alimentation des villes écrasées par les vagues de chaleur expliquaient le surpompage plus de la moitié de l'année. Sous l'égide du royaume, SavannahOrg, les terres valorisées par la Norvège au nord du Nigeria se flattaient de n'irriguer qu'au goutte-à-goutte et d'économiser les ressources. Régulièrement, des rebelles détournaient les conduites, des émeutes survenaient entre agriculteurs et ouvriers des compagnies des eaux. Peu profond, le lac devenu turbide étouffait les poissons, tandis que les fonds s'envasaient.

Erik arriva en vue du péage donnant accès au centre-ville. Des odeurs de sang, de sable et de charbon pouvaient bien hanter le monde, Oslo embaumait la cannelle, la confiture, la pantoufle. Ce n'était pas qu'en raison de la chasse aux bonbons de la Saint-Nicolas, dont la deuxième édition avait eu lieu la veille dans le Grünerhagen Park. Ces agapes offertes par la mairie avaient attiré pour l'essentiel des familles d'immigrés qui n'avaient pas desserré les dents malgré la musique pimpante déversée par les haut-parleurs. Un garçon glissant par hasard du côté convoité avait donné malgré lui le signal. Les bandes de tissu censées marquer avec légèreté la ligne de départ avaient cédé dès 10 h 50. Débordés, les organisateurs n'avaient pu contrôler l'âge des enfants autorisés à ramasser une portion des quelque 900 kilos de friandises, ni même su empêcher les parents de devancer leur progéniture en pleurs, munis de sacs de toile grands à emporter un cadavre. Quelques employés municipaux, indignés, avaient tenté de redistribuer de pleines poignées de sucreries à des gamins en pleurs qui les laissaient retomber dans l'herbe, pétrifiés et hagards.

Les rues piétonnes pullulaient, avec de rares allées réservées aux voitures des riverains et aux camions de livraison. Le silence qui s'en dégageait rapetissait l'espace disponible, étouffé comme moucheron dans l'ambre par les trente-sept réserves naturelles qui enserraient et pénétraient la ville. La population s'entassait, et l'idéal de la maison unifamiliale devenait de moins en moins accessible. Pour être à l'aise, il fallait élire domicile dans une des coquettes petites communes environnantes.

Les quartiers se succédaient comme sur un tapis de jeu en mousse. Les coins des rues étaient peints pour signaler le danger des arêtes ; les pistes cyclables en double sens, où évoluaient des centaines de citadins sur vélos couchés, étaient soulignées de petites diodes noyées dans la masse ; les panneaux de signalisation, fluorescents, parfois sonores, une fois et demie plus gros que les normes européennes, capables de réguler des déplacements de géants, surplombaient des familles, couples, enfants et animaux domestiques, figurants d'une maquette aux arbres de flanelle. Les trottoirs avaient disparu au profit de décrochements doux, fléchés, fluorescents, les fonctions du sol étant distribuées dans de grands contrastes de jaunes vifs, de verts acidulés, de blancs aveuglants, de bleus profonds, de reliefs pour non-voyants. Partout se dressait le mobilier urbain dessiné et livré par la firme suédoise Hads. Sur les places, les carrefours, au beau milieu des rues et voies publiques, le promeneur profitait de tables de pique-nique en bois massif et tubes d'aluminium brossé, de plantureuses jardinières, de tables de ping-pong, de poteaux de *stretching* rouge cerise, de points de rencontre aux toits de Plexiglas incurvés, de bancs sinueux, à quoi se mêlaient des étapes de parcours de santé comme les barres parallèles, les échelles, les cordes à nœuds, les plots entourés de bacs à sable pour déjections canines. Des défibrillateurs avaient été installés tous les 200 mètres pour éviter ces crises cardiaques des moins de trente-cinq ans qui devenaient une sorte d'épidémie, entachant la saine réputation du royaume.

En plus du respect d'un cahier des charges intransigeant, Hads avait dû offrir du sur-mesure à la municipalité. Chaque élément de mobilier urbain devait pouvoir intégrer une intervention artistique, sculpture, peinture ou même musique. À tout moment, le badaud se voyait proposer un univers pictural ignifugé, inoxydable et nettoyé au jet d'eau chaque semaine.

Ces meubles collectifs se voulaient doux au corps humain : curvilignes, ovoïdes, enracinant puissamment dans le sol leur style de plantes sans feuilles, offrant à l'enfant, à la femme enceinte ou au vieillard qui veillait en chacun un parcours ininterrompu de tuteurs, poignées et commodités vernissés, prolongeant leurs tentacules protecteurs dans les bureaux, les ministères, les commerces, les universités, déroulant l'hypnose de plastique durci, la matière pétrolière dont étaient faits leurs rêves. Pour compléter la sécurité, les véhicules autorisés à rouler en zone piétonne devaient être dotés d'un airbag piéton qui déclenchait un matelas couvrant le pare-brise en cas de choc à l'avant. Néanmoins, bien rares étaient les touristes à pouvoir contempler ces merveilles : faute d'énergie, le monde s'était rapatrié, et une seule journée au royaume coûtait plusieurs mois de vie au Sud.

Katrin et Erik arrivèrent à proximité du centre-ville, durent abandonner le véhicule pour entrer dans les rues piétonnes. Ils s'attablèrent dans le meilleur thaï de la ville, se regardant distraitement. Ils ne se fréquentaient qu'habillés, mais la jeunesse d'Erik, la grâce intacte de Katrin faisaient de leur couple fonctionnel un oiseau ne perdant jamais de vue l'île où nidifier à grands cris. Ils aimaient cette liberté vierge. Elle prit un curry vert, lui une salade de poulet.

Puis ils entrèrent chez Fanny, un des plus chics magasins de meubles anglais. Dans un style plus local, ils iraient ensuite chez Kaare Berntsen, sur l'Universitets Gate. Katrin salua Virginia, la vendeuse irlandaise entièrement dévouée à son intérieur, du même âge que sa cliente, ce qui achevait de la mettre à l'aise.

Sur catalogue, elle s'était décidée pour un modèle de canapé d'angle, le Cordoue. Restait à choisir le tissu. Le modèle d'exposition était en Mikado prune, et Virginia lui apporta de grands échantillons de Mikado fusain et de Cana chocolat. Erik s'était étendu de tout son long sur un modeste canapé contemporain aux tons écrus.

Mais en fait le marron chiné était épatant. Katrin se caressait la joue avec sa couleur favorite, assise dans le Cordoue qu'elle imaginait dans le plus grand de leurs deux salons, se demandant quelle serait son aura, si famille et amis l'apprécieraient. Il lui semblait méditer l'acquisition d'un des pivots de son intérieur, d'une des piles du manège, incitant sa maisonnée à s'asseoir heureuse pour dix nouvelles années.

Vingt minutes plus tard, Katrin était chez Kaare Berntsen, où décidément tout avait plus de style, de patine, de cachet – elle se sentait ici chez elle, dans cette densité d'objets prenant toute la place, racontant des histoires de grandeur raffinée.

Kaare Berntsen était un des piliers du mode de vie bourgeois qu'elle avait fougueusement embrassé. Cela tenait en un mot : une orchestration d'accumulations. Celle de l'argent, fondatrice, lui était venue par Karl. Elle avait arrêté ses études à la naissance de Gro, leur premier enfant, tandis que Karl forgeait le *business plan* qui ferait sa fortune, encouragé par son compère Jensen. Pour elle, une richesse de seconde main, irréelle, mais on s'y faisait. Les premières rentrées d'argent les rendirent prudents et superstitieux. Cela ne durerait pas. Les revenus d'alors étaient aussitôt durcis en briques irréversibles ou confinés dans l'épargne. Incrédules, ils achetèrent un appartement à Oslo, la villa de Bygdøy, une maison en bord de mer, trois voitures, firent deux autres enfants. Puis les occasions d'investir se réduisirent, mais l'argent ne tarissait plus, étrange fontaine en milieu de lac.

Katrin y puisait machinalement pour acquérir ses objets.

À ces accumulations s'ajoutaient celles des réseaux et des croisements de réseaux ; Katrin se multipliait en vice-présidente de ceci, membre de cela, sociétaire, actionnaire, abonnée, représentante, vice-secrétaire. Mais enfin elle perdait vite de vue cette base élémentaire. Ce n'était que la première partie du sublime édifice, la plus simple à faire durer. La conscience pouvait s'en retirer et se faire représenter par de sains réflexes.

Le cœur de la condition humaine exigeait plus d'adresse.

Ses biens, son argent, ses relations se stockaient et

s'additionnaient. Ses jours à vivre, non. Ils lui étaient distribués un à un. Elle ne pouvait les mettre sous clé, en faire reproduire ou les déposer chez un tiers de confiance. Elle ne pouvait les amasser comme du travail. Ils ne semblaient pas même véritablement lui appartenir, ils s'écoulaient chichement, l'enfermant dans une économie de subsistance. Ce temps vécu restait chasse et cueillette. À quoi bon accumuler cinquante années d'existence, se demandait-elle, dix-huit mille jours de vigilance, si cela ne fructifiait pas sous forme d'une garantie de vivre le lendemain ? L'indépassable au jour le jour était son vrai problème de logistique.

Si elle pouvait doubler ses vêtements, tisser autour d'elle un matelas préventif de choses et d'êtres secondaires, elle ne pouvait doubler son corps. Il était tout entier, unique et seul à chaque déplacement, un investissement spatial disproportionné. Fallait-il continûment vivre sa vie *en personne*, livrer ses membres à l'espace, quand on connaissait leur fragilité et les facteurs de mort prématurée, comme lorsqu'elle s'était brûlée à la main avec le barbecue de jardin, chez les Gabler ? Elle pouvait mourir en tombant de son haut, d'une écorchure de peigne, d'un grain de riz dérouté dans les poumons, sans attendre des attentats comme ceux de *Black February*, dont elle gardait en mémoire chaque image.

Ses organes ne se laissaient pas mettre à distance dans un jeu d'écriture, déposer chez un tiers de confiance ; ils n'avaient pas encore été résorbés, portés au second degré par l'intelligence collective ; comme des voisins bruyants, en tous lieux son cœur continuait à battre, ses os à craquer, sa vessie à s'emplir ; sa vie restait à même la peau, à bout portant, malgré la perspective des greffes et des clones. Sa chair, source de la propriété, maintenait des relations déplorables avec tout ce qui pouvait la corrompre et l'assaillir.

Telle une adolescente faisant l'inventaire de sa vie, Katrin pensait qu'à ce degré d'acuité ces effrois étaient des découvertes personnelles, dont autrui n'était que grossièrement conscient. Ceux qui ne tremblaient pas, ne s'enrichissaient pas pour se calfeutrer devant ces abîmes ne valaient pas mieux que des brutes.

Il était donc décisif de fonder une lignée, de jeter des ponts au-delà de la mort, d'acheter, de bâtir et de transmettre. Gro, la première, avait été casée de main de maître avec Espen, elle avait rapidement donné trois beaux enfants auxquels elle se dévouait entièrement. Puis Katrin avait été surprise d'avoir un garçon, comme si son autorité dût s'en trouver contestée, mais Erich était vite rentré dans le rang, ses études de musicologie et ses orientations amoureuses l'éloignaient du mariage. À bientôt trente ans, il restait une peluche indolente dans les bras maternels.

Il ne restait plus que sa dernière, la petite rebelle Sigrid, peu inspirée par la vie familiale, et pleine de sensiblerie impuissante, comme l'avaient suffisamment montré ses six mois de bénévolat (une idée de Karl, Jensen était contre) dans une association de défense des femmes battues, dont elle était rentrée chaque soir en larmes. Katrin ne supportait pas qu'une de ses filles se consacrât sérieusement au travail. Elle insistait sur la nécessité d'en finir avec cette tyrannie de la profession chez les mères du royaume. Quel besoin de travailler quand on baignait dans l'opulence ? Le bien-être des enfants, en revanche, ne s'achetait pas. On s'étonnait ensuite de ces morts subites chez les adolescents ! Entrer à la Banque centrale suffisait largement, cela donnait du pedigree, montrait que les filles Halden n'étaient pas des nigaudes. La rencontre avec Henryk, imaginée par Jensen, était une merveille de psychologie. Aucun homme ne résistait à la beauté familiale dont Katrin était la souche, et cette idéaliste de Sigrid ne pourrait être qu'impressionnée par le jeune président du conseil d'éthique.

Et Katrin était tout aussi prudente avec ses sentiments, ses désirs. Pour durer, aucun ne devait l'emporter absolument. Il ne lui fallait pas choisir ; il était dangereux d'avoir des critères trop rigoureux, empêchant la cohabitation des émotions nécessaires. Katrin n'avait rien d'une renonçante. L'analyse l'avait alertée contre la violence des pulsions refoulées. Il ne fallait pas trancher entre devoir et plaisir, il fallait respecter chaque besoin et l'organiser, le satisfaire, fût-ce en pleine nuit ou à l'autre bout du monde. Or, elle avait suffisamment de temps et d'espace pour faire coexister tout ce qui, dans la vie des gens de peu, s'entassait dans la promiscuité et conduisait à l'échec ou à une sincérité étriquée. Un mari pour le pur amour (Karl avait son entreprise, son fumoir, son bureau), des amants pour la passion (elle les choisissait dans de petites villes près de la frontière suédoise), un cercle d'amies pour son expression (elles étaient à peu près ses égales, capables de lui résister et de la stimuler), des enfants pour l'avenir (chacun avait eu sa chambre, Erich y logeait encore), un engagement social (elle présidait son association). Sigrid lui faisait sentir que c'était de l'hypocrisie, mais ne voyait pas que c'était justice : tout avait droit de cité, c'était l'humanité même sous une police privée.

Prenant obligeamment la carte de crédit internationale de Monsieur et Madame pour aimable règlement des sept meubles que les manutentionnaires avaient bientôt fini d'empaqueter, le vendeur érudit de chez Kaare Berntsen semblait approuver aussi bien son coup de foudre pour la superbe crédence rococo danoise que le moindre des choix secrets de

Katrin. *Jul*, Noël était prêt. Erik alla chercher la voiture et ils rentrèrent à Bygdøy, où ils seraient livrés en fin de journée.

C'était d'ordinaire l'heure où le thérapeute Tønseth recevait Jensen, un autre distingué analysant, qui s'empressait de s'emparer de la parole, habitué qu'il était à diriger les réunions.

– Au réveil il y a trois jours, je m'extirpe d'un autre rêve oppressant. J'ai, sans contestation possible, tué trois ou quatre personnes : pourquoi rêver à une vie normale, pourquoi bâtir et me projeter dans l'avenir ? Certes, je peux aller et venir, rencontrer des gens, mais mes crimes grimpent lentement vers moi. Je sais qu'un jour un policier deviendra mon ami, puis, après des années, il me démontrera que je suis coupable et, plein de respect encore pour la vie que j'avais jusque-là, il m'invitera à enfiler les chaussons de la prison la plus proche.

– Et vous vous êtes déjà vu emprisonné ?

– Pas encore. J'imagine que c'est pour plus tard. Pour l'instant, j'ai le sentiment d'une impunité.

– D'une impunité ?

– Par exemple, dans la rue, mes regards. De loin, une femme paraît jolie. Détourner les yeux jusqu'à ce que je la croise, à un ou deux mètres. Je me remplis de femmes jaugées à la régularité de leurs traits, à leur minceur, à la hauteur de leurs jambes, à l'uniformité de leur peau vue de loin.

Jensen observa un long silence, comme si la séance commençait seulement. Tønseth savait que quelque chose en sortirait.

– Comme je pousse les gens sur les voies en pensées ! Je lis des regards de défi dans les yeux des Noirs que je vois descendre des bus. Je vois des moues de mépris dans leurs lèvres épaisses et horizontales, leurs paupières tombantes. Je dis non à un homme qui me demande un stylo sans même vérifier si j'en ai un, par principe. J'éprouve le besoin de jouer l'habitant d'Oslo, dévoreur de journaux, indifférent, devant un couple de vieux touristes américains dans le wagon du métro. Je sens monter en moi une haine de tueur quand j'entends les grappes de jeunes en survêtement bavarder en hurlant dans la rue. Les rares fois où je fais moi-même des achats, je me sens mépriser la caissière qui s'abîme les doigts à pousser les articles sur le tapis roulant. Et une fois que j'ai haï, suspecté, déclassé des femmes à cause d'un défaut minime, répondu trois fois non, que je me suis redressé d'un air hautain, que j'ai changé de trottoir en vertu d'un préjugé sur ceux que j'allais croiser, je m'endors, et le matin, sortant d'un rêve en nage, la violence d'un fait divers dans l'*Aftenposten* ne me surprend pas, c'est la mienne, elle s'est échappée de moi pendant la nuit, elle en a rendu fous de moins résistants que moi.

– Vous vous estimez résistant ?

– Infiniment résistant.

– Est-ce la même résistance que celle qui vous incite à croire en votre immortalité ?

Jensen resta songeur quelque temps.

– C'est en tout cas le même sentiment. Parce que je ne vieillis pas, je mûris. Comme si je sentais dans mon corps des kilos de glace pilée !

– Vous en avez de la chance, dit Tønseth en souriant.

– À ce sujet, après le tennis de jeudi soir, j'ai encore fait un rêve. Je visite un hospice. Une bâtisse où les familles viennent porter leur rebut. Là où je ne finirai jamais. (Il sourit.) Il y a une grande salle de séjour bleue, deux vieilles dames jouent au Scrabble en roucoulant tout bas comme des pigeons. Elles me regardent de biais. Je les salue, je m'assieds à quelque distance, assez près pour lire les mots enchâssés les uns dans les autres.

Sur les réglettes réglementaires, il y a en mot compte triple, ZOB, en mot compte double, WHISKY, en mots croisés sur le A, CHACALE au féminin, et ABRACADABRA. Elles ont dû changer les règles du jeu pour pouvoir composer un mot aussi long, enfin peu importe. Elles triturent leurs petits carrés entre leurs doigts déformés. L'une d'elles se met à toussoter. Je saisis l'occasion : « Mesdames, êtes-vous ici en visite ou êtes-vous résidentes ? » Celle de gauche commence alors à se balancer sur sa chaise avant d'éclater de rire et de tomber en arrière ; l'autre, celle qui ressemble un peu à Katrin Halden, tout en me fixant des yeux, avale sans mâcher les lettres qu'elle était occupée à combiner. Une fois celles-ci gobées, elle fait valser le plateau de jeu. Les carrés de plastique se répandent sur le sol tout autour de la table, la joueuse se lève comme une patineuse et disparaît dans un couloir en glissant sur une dizaine de lettres. Elle laisse sur le carreau sa partenaire inanimée. Du sang couleur rose commence à sortir de l'arrière de son crâne. Je panique, mais il s'en dégage une odeur exquise de saumon frais et de sésame. Habillées de rouge comme deux clowns, avec des manches qui traînent par terre, des aides-soignantes arrivent sans me voir. Elles remontent la supposée pensionnaire sur sa chaise. En se relevant, son crâne a conservé la flaque de sang autour de sa tête, à la manière d'une auréole qui me met en appétit. Je m'enfuis, je m'aperçois que personne ne vieillit ! Je ressens l'urgence, comme si la vie ne suffisait pas à me faire vieillir.

Il s'arrêta. Après un toussotement, Tønseth le relança doucement :

– Que ressentez-vous en revivant ce rêve ?

– L'approche de la mort ne suffit pas à faire de moi un vieillard. Je voudrais devenir réellement vieux avant de mourir. Alors je ne vais quand même pas dormir dans des litres de café, me faire rôtir avec des sarments de vigne !

– Je ne crois pas que vous ayez besoin de plus d'un café par jour, monsieur Jensen, et laissez la vigne en paix. Reprenons. Que voulez-vous dire par « je voudrais devenir réellement vieux » ?

– Je me sens immortel, je ne comprends pas d'où vient la mort. Je la vois chez les autres, je ne la sens pas en moi. Je comprendrais mieux si je vieillissais.

– C'est une vue très répandue, mais pas à votre âge.

Je ne nie pas mon âge, mon corps se fatigue plus vite qu'autrefois, c'est tout. C'est juste un autre mode de vie, comme un enfant devient adolescent.

– Pourquoi cela devrait-il être autre chose ? La mort vous effraie, néanmoins ?

– Pour moi elle est le résultat d'un laisser-aller. C'est de la négligence, de l'inattention.

– N'y a-t-il pas un âge où la négligence, l'inattention s'imposent à nous ?

– Peut-être.

– Votre père est mort très âgé, n'est-ce pas ?

– Il est mort bêtement, une chute d'un arbre dans le jardin, alors qu'il avait mille fois risqué sa vie en mer.

– Que serait une mort intelligente ?

– Je l'ignore. Je ne vois que des gens victimes d'un concours de circonstances.

– De quelles circonstances ? Un cancer comme celui de votre ami Nagell ? Lui avez-vous rendu visite récemment ?

Jensen resta silencieux quelque temps.

– Je devrais, mais je ne peux pas. C'est vraiment la fin, d'une semaine à l'autre.

– On pourrait donc mourir sans raison ?

– Un cancer, ce ne sont pas des circonstances. Par circonstances, je veux dire des pièges, des embuscades. Cela n'a rien de comparable, mais la semaine dernière, à la Banque, il y avait une rencontre avec les nouveaux stagiaires du NBIM. J'avoue que j'ai déserté. Les directeurs étaient présents. Il y en a plusieurs qui ne me supportent pas. C'est ainsi. C'est ce genre de personnes qui finissent par vous faire mourir. Fossedal m'informe qu'en mon absence ils m'ont désigné tuteur d'un jeune Anglais. Cette méchanceté dégoulinante. Et Fossedal qui me raconte tout cela dans l'ascenseur, le lendemain. Ce sont des manières abjectes. Je souris jaune et me retrouve obligé d'accepter ce je-ne-sais-quoi de tutorat. Voilà, c'est dans ce style que la mort progresse.

– Vous allez jouer le jeu ou fuir ce « piège » ?

– Je compte bien me faire un peu tirer l'oreille.

– Est-ce pour vous un piège de devoir côtoyer un jeune ?

– Pas en soi. Mais la façon dont ils ont lancé cela contre moi. Je sais que les nouvelles générations chassent les anciennes, mais il y a des limites. Je ne les raterai pas dans les prochains mois.

– C'est un procédé particulier, en effet. L'auriez-vous mieux accepté si vous aviez eu des enfants ?

Six mois déjà que Jensen avait entamé son analyse, à raison de deux ou trois séances par semaine. Sonya, sa compagne, avait pesé pour qu'il « aille voir quelqu'un ». Espérait-elle que cela les rapprocherait, l'inciterait à modérer ses ambitions ? Elle avait fini par le convaincre en soutenant qu'un accompagnement psychologique faisait partie d'un « programme de grande santé ». L'expression lui avait plu. Sonya avait aussi eu l'intelligence de présenter Tønseth comme le seul thérapeute digne de lui. Plus encore, Tønseth était depuis de longues années l'analyste de Katrin. Savoir que cet homme entendait tout de la beauté mariée à Karl Halden émoustillait Jensen.

Au pire, l'analyse l'aiderait à voir clair dans les manigances des autres et à affiner ses stratégies. Et le prestigieux Tønseth était l'analyste idéal. L'ancien Premier ministre, reconverti dans les turpitudes de l'inconscient, lui avait, à l'époque, permis d'être directeur de cabinet de son successeur. Cherchant la connivence, Jensen avait rapidement été mis au pied du mur. « Ne venez pas chercher ici une relation », avait souri Tønseth à son client désappointé. Il s'entendait à trier ses nouveaux clients par une absence de complaisance et une précision dans les questions fort désagréables pour les touristes du divan tout juste avides de vérifier une poussière de théories personnelles, d'épier l'homme politique de premier plan, ou de lui arracher quelque anecdote croustillante du temps de la chute infamante du roi Johan et de la maison de Glücksburg. Avec Jensen, ils s'interdisaient de parler de leur passé commun au sommet de l'État.

7

Haut pouvoir couvrant

Décembre

Les deux véhicules bleus s'étaient arrêtés aux abords. Une dizaine d'hommes bien taillés en sortirent, se frottant les avant-bras et s'encourageant par de grandes claques dans le dos. Le froid justifiait qu'ils se munissent de cagoules enveloppantes en laine rouge et blanche, aux couleurs du royaume, bien que l'uniformité et la solennité du motif puissent annoncer une entreprise qui dépasse les simples loisirs au grand air.

La serrure, fatiguée par tant d'allées et venues, de courses d'enfants, d'adultes éperdus d'espoir, céda facilement sous l'impact de l'extrémité en biseau de la barre à mine. Elle semblait n'avoir été peinte qu'en trompe l'œil et à présent effacée d'un trait de gomme.

Ils étaient tous habillés de gris, avec de solides pantalons de toile, on devinait en dessous d'épais collants de coton, et les chaussures de randonnée avaient des semelles à fort relief pour ne pas perdre pied à flanc de coteau.

Deux hommes ouvraient la voie en éclaireurs, les huit autres, en deux groupes, poussaient les larges Caddies flambant neufs, surchargés, bien huilés et silencieux, empruntés à une grande surface de bricolage. À tout seigneur, tout honneur ; les deux ouvreurs de voies étaient les aînés : le premier, un comptable à la retraite, le second, appuyé sur une canne, trop usé et perclus de douleurs pour agir aussi vivement que les autres.

L'accueil était fermé, ils s'étaient renseignés sans difficulté sur la présence symbolique et fluctuante des vigiles.

Au rez-de-chaussée, la première pièce dans laquelle ils rentrèrent était la cuisine où s'affairaient une Égyptienne et deux jeunes filles turques à la chevelure voilée, apparemment habituées à des allées et venues anarchiques puisqu'elles prêtèrent tout d'abord peu d'attention à la délégation norvégienne. En vue du dîner, une casserole d'eau froide attendait sur le carrelage du plan de travail, un tas de carottes coupées en rondelles recouvrait une planche en bois, à côté de quatre plaques de gaz et d'un petit évier. Des boîtes de légumes, des paquets de pâtes et quantité d'épices sans étiquettes étaient entreposés sur deux étagères le long du mur de gauche. Au centre, une grande table en Formica, toutes rallonges dehors, avec ses six chaises sur les dossiers desquelles séchaient des torchons rouges et bleus. Des affiches aux couleurs ternies montraient Istanbul, Le Caire, Bagdad et des paysages ensoleillés que chaque nationalité devait pouvoir s'approprier. Au pied du mur, des cartons étaient remplis de vêtements encore sous film plastique.

La masse liquide eut du mal à sortir de son pot de dix litres qu'un des hommes avait ouvert rapidement au tournevis. Pour cette première fois, les deux lanceurs ne s'étaient pas bien coordonnés, et l'épais liquide coula à leurs pieds, sur les grands carreaux du sol. Galvanisés par les cris des femmes soudain réfugiées dans un coin de la pièce, près de deux petits frigos écaillés, les hommes réussirent enfin à imprimer un même mouvement à leurs bras. Balancée en plein milieu de la cuisine, la peinture semblait sortir telle une langue encore attachée à un palais et ne risquant que par jeu une petite partie d'elle-même. Peut-être aussi sa réticence s'expliquait-elle par le souvenir de sa destination ordinaire, être prélevée peu à peu par des pinceaux, des rouleaux à poils longs, lors de paisibles après-midi où d'honnêtes habitants du royaume, après avoir poncé, décapé, nettoyé, en enduiraient leur garage, leur *hytte*, plantés solidement dans le droit du sol et offrant le bonheur d'effacer l'injure du temps, la rigueur de l'hiver, les piquants du soleil, avec une qualité professionnelle. La vague visqueuse, encore hésitante, oscilla vers la droite, recouvrit une bonne partie des carottes, enduit l'évier, toutes les portes des placards et vint éclabousser la première des jeunes filles. Sur le conseil de l'homme à la canne, soucieux du message, un des hommes se risqua sur le sol gluant pour grimper sur une chaise et arracher trois affiches d'un seul mouvement de bras, négligeant les deux dernières.

Mais bientôt toutes ces timidités furent oubliées et les hommes comprirent comment obtenir une belle gerbe du premier coup d'épaules. La pièce d'à côté était bien plus modeste, un étroit dortoir de quatre personnes avec des lits superposés, deux seulement y étaient allongées, un petit homme irakien d'une cinquantaine d'années qui s'était redressé et son fils, mais la taille des pots ne variait pas pour autant. La gerbe sortit d'un coup, on ne tenait pas particulièrement à viser les personnes, ni à les éviter. Elle toucha presque le mur du fond, un lancer rectiligne, un jet puissant qui se brisa en dizaines d'éclaboussures sur ses flancs, s'ouvrant avidement comme un filet de pêcheur, et retomba avec un bruit de pigeon mort sur les draps, la petite radio, les trois photos dans des cadres en plastique accrochés sur les montants des lits, au sol sur la grande valise malheureusement ouverte, bruit simplement perturbé par les cris de l'enfant et les insultes de l'Irakien, aux jambes recouvertes par la pâte en liberté. Le pot largué était ensuite habilement utilisé par la petite bande comme instrument de dissuasion à l'adresse de quiconque voudrait en venir aux mains, car il restait de la peinture tout au fond et quand bien même le fer pouvait peser encore lourd sur une tête. Dans le pire des cas, deux d'entre eux s'étaient munis de bombes lacrymogènes grande capacité qu'ils tâtaient nerveusement à travers leurs poches.

Ils savaient qu'il n'y avait pas d'ascenseur pour gagner le premier étage, alors les dix hommes prirent leur courage à deux mains et portèrent les deux Caddies encore à moitié remplis dans le morne escalier du centre d'hébergement de demandeurs d'asile, accablés par le poids des pots restant à vider. L'un d'eux faillit déraper, mais les autres stabilisèrent en silence, soudés, attentifs, motivés. On arrivait au palier, sans un mot ils furent tous d'accord pour une pause d'une trentaine de secondes, mais un enfant de dix ans les dévisageait d'en haut et hurla, signal anticipé de la reprise du travail.

L'affaire se corsa à proximité de la pièce la plus fréquentée, le foyer, appelé aussi salle commune, où se trouvaient un téléviseur, une dizaine de fauteuils de toile aux dossiers rembourrés et crevés, des tables basses en aggloméré sous lesquelles étaient rangées des boîtes de jeux, une petite bibliothèque où s'entassaient des revues, de la documentation jaunie, des cartes du royaume, des méthodes de langue. La cible de choix, à cette époque de l'année, serait évidemment l'épicéa d'un mètre quarante couvert de guirlandes, de boules rutilantes, de rubans rouges, offert par les efforts conjugués de trois associations, d'autant plus qu'à son pied s'étendait un drap blanc couvert de dizaines de paquets-cadeaux de toutes tailles, enrubannés avec panache. Quinze personnes se tenaient là médusées, tandis que sortait de la télévision une voix monocorde en langue arabe, et malgré leur nombre, il leur manquait la coordination, la promptitude, l'agressivité et la masculinité de leurs visiteurs. Les neuf femmes et les six jeunes enfants se contentèrent de hurler en poussant les fauteuils en direction des envahisseurs, l'une d'elles jeta deux livres qui atterrirent sur l'encadrement de la porte d'entrée où ils retombèrent et brisèrent leur reliure, et d'où à nouveau le seau fit jaillir ses dix litres de peinture, de telle sorte que la moitié fouetta et ébranla l'épicéa, couvrant les paquets avec un bruit de fin d'averse, et l'image n'était pas sans rappeler les oiseaux englués sur les plages puisque la couleur choisie pour la peinture était noire. Pour faire bonne mesure, les hommes s'avancèrent. De leurs bonnes chaussures de marche ils piétinèrent les cadeaux maculés, sur le moment ils ne pensèrent pas qu'ils étaient sûrement factices, mais peu importe, le cœur y était, la grande santé même, tous étaient d'authentiques gars du pays aux noms de famille pimpants, dont on ne retrouverait pas trace si on les fouillait car, comme l'homme à la canne le leur avait rappelé, ils avaient pris soin d'abandonner chez eux tout document d'identité, pour certaines choses il fallait avoir l'esprit libre.

Ils reprirent leur tournée, balançant facilement la masse de stigmates de dortoir en dortoir, faisant fuir, se terrer et tourner en bourrique la petite centaine d'hébergés, de la force aimable de leurs muscles nourris de poissons d'élevage, de bière, de céréales biologiques, enfiévrés par les révolutions industrielles, les machines et les moteurs, leurs yeux structurés et aguerris par les stimulations des jeux et des fictions du monde défilant sur les écrans plats de leur enfance, les jambes exercées par les randonnées et le ski en famille dans des montagnes les laissant entre eux, au-dessus des masses continentales minées par la violence, la pollution, la surpopulation, leur offrant tout l'espace pour fraterniser avec la mousse, les araignées et les élans. Vieux enfants du pays, ils arpentaient le couloir, désormais habitués au format unique des pièces du centre, aux cris des occupants visités qui n'osaient sortir dans le couloir. L'endroit où certains eurent chaque fois l'impression de gâcher était évidemment les sanitaires, où la peinture pourrait être nettoyée facilement, mais l'effet d'ensemble était à ce prix, et on sous-estimait sans doute les efforts nécessaires pour curer et se débarrasser de l'odeur. Dans un des dortoirs, un enfant de onze ans, fasciné et presque charmé par cet imprévu de Noël jaillissant de ces locaux moroses loin de la ville, s'immobilisa et abandonna la plus élémentaire prudence sur laquelle misaient aussi les visiteurs, et se prit de plein fouet une vague au visage, plus précisément de trois quarts, aurait dit un artiste peintre, si bien qu'il devait choisir entre deux maux le moindre, ouvrir la bouche ou un œil, sans pouvoir trancher sur-le-champ, ce fut donc par nécessité et non par choix qu'il ouvrit d'abord la bouche, l'œil droit ayant été épargné et permettant de s'orienter et même de rester debout. Le goût de l'acrylique pour façades, rarement éprouvé par le consommateur, lui arrachant des cris, mêlant malheureusement sa salive aux pigments, fit accourir sa mère nigérienne à qui soudain les hommes passés au dortoir suivant ne faisaient plus peur, qu'elle haïssait furieusement pour maculer son fils d'une substance de même couleur que sa peau, et les hommes qui l'auraient vengée manquaient plus que jamais.

Une pièce surprit un instant la petite équipe qui ne disait mot, car tout était sans doute, au-delà des débats sans fin sur les droits des uns et les devoirs des autres, dans une certaine qualité de silence inhérente aux âmes déterminées, une certaine occupation de l'espace, une calme démonstration de l'état de leurs réflexions sur la question des immigrés au royaume à quelques mois des élections, la nécessité de modifier ne serait-ce que brutalement un rapport de force et de pousser les bons esprits à une prudente résignation dans les urnes. Cette pièce donc en bout de couloir du premier étage ressemblait à un bureau, une petite salle de classe, on y venait apprendre à écrire, à remplir un formulaire, à suivre le traitement réservé à sa demande, en témoignaient la librairie et la paperasserie, les nombreux classeurs, le téléphone avec fil et même un petit ordinateur dont le modèle était depuis longtemps aux oubliettes des catalogues, tout cela interpellait particulièrement les plus éduqués du coup de main, et certains l'étaient bien plus que leurs actions du moment ne le laissaient supposer, dans le cadre pluriannuel d'une économie de la connaissance qui leur permettait, ici, d'accomplir leur devoir de patriote de façon réfléchie, quoique avec un léger dégoût, et là, d'affronter la rude compétition internationale entre ingénieurs, consultants et managers. Cette pièce ainsi, où la misère du monde prétendait entrer dans leur peuple par l'instruction et la chicane juridique, méritait un désordre tout particulier, et tandis qu'on préparait spécialement deux pots, trois compères, dont l'homme à la canne, qui soudain respirait mal, ouvraient les classeurs, vidaient les feuilles perforées au sol, retournaient les tiroirs d'où pleuvaient des petites fiches d'exercices, cela toujours sans commentaire malgré la masse de choses à lire, laissaient tomber sans précaution une imprimante récupérée couverte de sparadrap, renversaient le ficus de l'étagère dont le pot se brisa net, exhibant de grêles racines jaunes, répandaient une liasse de dessins d'enfants à dominante rouge et bleue, se concentraient particulièrement, comme sur des trésors volés, sur les trois exemplaires de dictionnaires bilingues et unilingues, faisaient valser les maigres fournitures de bureau, trombones, agrafes, rouleaux de scotch, ciseaux, cahiers vierges. C'est sur ces maigres débuts d'implantations humaines, sur ces bredouillements d'encre que deux couches s'abattirent conformément à la notice, mais sans que la première soit aucunement sèche. Peut-être surdiplômé, ou ayant lu maints romans d'espionnage en version originale anglaise, ou encore en semaine chef d'équipe habitué à un travail approfondi de niveau international, l'un d'eux avait l'œil et ouvrit sans grand soin un pan de la carcasse de l'ordinateur pour donner quelques impacts de tournevis sur la carte mère, et nourrir l'antique lecteur de disques d'un peu de cette soupe noire et mate (le pot promettait bonne adhérence et haut pouvoir couvrant), si proche du bitume, du pétrole, de la joie d'exploser et de se répandre.

8

Au patrimoine mondial

Bien en vue dans la salle d'attente style Empire du psychiatre, la une du *Dagbladet* donnait tous les détails sur le saccage du foyer de demandeurs d'asile de Bærum, à l'ouest d'Oslo. Un commando d'une dizaine de personnes avait fait irruption dans les locaux, muni de pots de peinture qu'ils avaient déversés dans les chambres et les lieux de vie. Choqués, une quinzaine de demandeurs avaient été mis en observation. Le coup de main n'avait pas encore été revendiqué.

Le docteur Fremstad ouvrit la porte en souriant, raccompagnant une sexagénaire ahurie de découvrir les nouvelles règles du parcours de santé. Fremstad ne pensait plus qu'il restât de tels patients, depuis le temps que la réforme avait été votée – sous l'impulsion du FrP –, mise en application et vulgarisée avec d'infinies précautions. Il lui avait fallu refaire le travail de l'armée de communicants employée lors de la mise en place, expliquer aux patients que tout cela était dans leur intérêt, qu'inversement le psychiatre référent n'était pas un psychanalyste à qui raconter sa vie deux fois par semaine à prix cassés. Les plus rétifs parvenaient à avoir accès direct à un « vrai » médecin, tentaient les urgences des grands hôpitaux, mais ces passe-droits étaient sévèrement sanctionnés.

On ne pouvait plus consulter aucun médecin, généraliste ou spécialiste, sans passer d'abord par un psychiatre ou un psychothérapeute agréé. Auparavant, les trois quarts des patients du royaume consultaient pour du mal-être ou des maladies disparaissant d'elles-mêmes au bout de quelques jours. Pour éviter une surconsommation de médicaments, le psychiatre était devenu le pivot du système.

Le blason de la psychiatrie, qui devint en une année la spécialité dominante dans les facultés, n'en sortait pas redoré. Après avoir porté la réforme au nom de l'efficacité économique, le même FrP, prompt à surfer sur toutes les vagues, dénonçait le pouvoir des psychothérapeutes, ces charlatans qui vous empêchaient de soigner votre cancer, votre ulcère ou votre fracture ouverte en vous faisant parler de votre patron, de vos enfants, en vous faisant méditer sur des empreintes de bouses de vaches, au lieu de se retrousser les manches avec les techniques modernes de diagnostic standard.

Les critiques se déchaînaient à mesure que l'espérance de vie diminuait de façon préoccupante, passant de 89,6 à 89,2 ans pour les femmes, et de 85,1 à 84,8 ans pour les hommes. On appelait cela, faute de mieux et à la suite du blog d'un humoriste, « l'épidémie de mortalité ».

S'excusant du retard, Fremstad reçut enfin son compère Jensen, qui avait sagement patienté.

– Comment va ?

Jensen l'enlaça en lui donnant une grande claque dans le dos.

– Aussi dingue que d'habitude.

– Toutes mes condoléances, pour Nagell. Tu ne viens pas pour ça ?

– Non, je suis juste un peu sonné, c'est tout, dit Jensen avec orgueil, craignant que le psychiatre pût deviner ses menées analytiques.

– Il a été bien traité, les meilleurs spécialistes – Brochmann a fait du très beau travail. C'est toujours bizarre de dire ça quand le patient meurt, mais il y a mort et mort. Que t'arrive-t-il ?

– Il faut que j'aille voir Peterson, toujours ces soucis de tension.

– Pas de problème. Un formulaire à signer, un autre ici. Je te fais trois visites d'avance. Même si c'est un plaisir de te voir ici, je préfère au grand air…

– Merci.

– Au fait, monsieur le président du cercle, je n'ai pas reçu de courriel du secrétaire. On a un planning de chasse au renne pour le dimanche de janvier ?

– Il va l'envoyer, il est débordé.

Après avoir quitté Fremstad, Jensen arriva dans les bureaux de la Norges Bank, salua l'hôtesse d'accueil, monta à l'étage de direction, fit une plaisanterie sur les Finlandais à Hanna, synchronisa l'agenda de son M-Phone avec son ordinateur, reprit sa tension. Tous les rendez-vous avaient été confirmés, à ceci près que Knudsen, la directrice de cabinet du ministre des Finances, avait avancé la réunion du conseil de surveillance à 10 h 30.

– Au fait, n'hésitez pas ! lança-t-il à Hanna. Cet après-midi, allez à la séance de massage assis !

– Merci, monsieur, mais je préfère de loin la sophrologie, vous savez, le jeudi.

– La sophrologie ? demanda-t-il d'une voix flûtée. Très bien, très bien.

Son mépris à l'endroit de ces consolations bureaucratiques fut tempéré par sa psychanalyse. La tournée téléphonique quotidienne était finie. Il ne restait qu'à relire posément, stylo plume à la main, le bilan de la politique monétaire de l'année qui s'achevait. Mais sa stratégie pour intégrer le comité Nobel le hantait incessamment. La semaine allait se terminer sur une décision importante, celle de la composition de la commission chargée de désigner les deux nouveaux membres, probablement en mars.

À 10 h 11, soit dix-neuf minutes avant la réunion du conseil à laquelle Knudsen s'était invitée, la secrétaire lui transmit un appel téléphonique de son ami Fausland, le député hémiplégique. C'était inespéré. La décision concernant la commission s'était prise beaucoup plus rapidement que prévu. Elle serait finalement composée de dix parlementaires, dont quatre étaient, sauf surprise, acquis à sa candidature. Il fallait travailler au corps deux ou trois indécis, et l'affaire était bouclée. Mieux encore, Ronglie, l'actuel vice-président du comité Nobel, souhaitait le rencontrer personnellement pour discuter de sa candidature. Il ne tarderait pas à l'appeler. Si ce n'était pas un signe. Dans son enthousiasme, Jensen pressa le député de donner à Ronglie son numéro de M-Phone. Il raccrocha, débordant de joie. Ne pas avoir à attendre, récolter plus qu'il n'espérait !

Ronglie lui-même ! L'ancien député, ex-représentant du royaume aux Nations unies, cheville ouvrière de la mise en place d'une force d'interposition entre l'Égypte et Israël, brillant essayiste, et, à soixante-quatorze ans, preuve vivante de la verdeur du grand âge ! Il ne l'avait jamais rencontré. Un tel homme, qui avait passé le plus clair de sa vie à l'étranger, aurait pu prétendre lui-même au Nobel de la paix, mais il avait le tort d'être sujet du royaume, les Norvégiens n'osant plus, depuis 1922, désigner un des leurs.

Une étrange tristesse l'envahit, celle d'un enfant gâté qui saurait que ses parents étaient riches, qu'immanquablement il recevrait son jouet et qu'il lui en faudrait un autre. La vie, dont la littérature et la sagesse des nations dénonçaient la dureté et l'injustice, restait ce petit bout de femme à la tendresse trop offerte, avec le temps toujours plus fade et émiettée comme un légume bouilli et dont l'ennui pouvait faire ce qu'il voulait, soupe, purée ou poubelle.

Mozart convenait en de telles occasions. Il sélectionna le quintette avec clarinette sur son M-Phone et le transféra sur l'amplificateur logé sous les fenêtres. L'heure de la réunion approchait, mais il tenait à sautiller sur la moquette bleue, à sentir tourbillonner sa jubilation de jeune homme de soixante-neuf ans au-dessus des corps de ses collègues, auxquels il se garderait bien de confier quoi que ce soit. Il se contenterait de rayonner, d'infuser, de pétiller. Toujours un coup d'avance sur son petit monde. Il en oubliait de reprendre sa tension, quatre fois par jour. C'était pourtant ce qu'il avait promis à Peterson, le cardiologue.

À présent, retour imposé à la littérature grise. Le conseil de surveillance allait devoir mettre en œuvre le nouvel audit de la Banque. Cette année, des problèmes de personnel et d'achats de nouveaux locaux avaient fait polémique jusque dans la presse financière. Comme ces embrouillaminis étaient délectables ! La joie d'auditionner, de comprendre, de plaisanter, de s'informer goulûment. Au demeurant, la situation financière était invariablement inouïe, avec des excédents budgétaires que l'on préférait passer sous silence, des réserves de change en euros, en dollars et en yuans pour des décennies, sans commune mesure avec le nombre d'habitants et la taille du territoire.

On ne parlait plus de personnes démesurément riches, mais d'un pays tout entier ; non plus de richesses disponibles à l'échelle d'une vie humaine, mais sur des générations. On ne parlait plus de richesses obtenues par le travail, le mérite, mais de celles qui faisaient irruption aux yeux de tous, sans rapport avec l'effort nécessaire pour les récolter. On ne parlait plus d'une aubaine, d'un trésor trouvé au fond du jardin, mais de l'équivalent de centaines de millions d'heures de travail du royaume tout entier, déposées chaque mois à leurs pieds. Peut-être était-ce la raison pour laquelle tous ces jeunes mouraient avant l'âge.

Ils étaient des êtres limités. Ils ne pouvaient engloutir tout cela. Pouvaient-ils vraiment se le représenter ? Ils ne pouvaient s'en empêcher pour pouvoir découper le magot. Il fallait bien que la Norges Bank parle de quelque chose : une nouvelle fois on discuterait de l'absence de reflets dans le sirop de sucre enrobant la cerise sur le gâteau. Ce manque ne ravivait-il pas le spectre poussiéreux de la famine ?

Jensen secoua la tête et monta le son du quintette.

Un quart d'heure plus tard, il s'extirpa sportivement du grand fauteuil en cuir, inspira à fond tout en scrutant les photographies des cimes qui ornaient son bureau, puis se dirigea à pas lents vers la salle de réunion. Étant donné la qualité de la visiteuse, plus de la moitié des quinze membres du conseil étaient déjà en place à 10 h 20. Il y avait là Reidar, Inger, Mmes Hoel, Lydersen, Sommervold, Knallsen, Vollelv et le minuscule docteur Bjørnsen.

Jensen aborda son allié Reidar, déjà assis. Son trop-plein d'énergie trouva à s'émerveiller avec emphase de son nouvel M-Phone multicolore, posé sur une chemise violette marquée du logo de la banque.

– Félicitations, Reidar ! C'est le dernier habillage à la mode ? J'aime beaucoup le contraste entre la trame fluo et le velours.

Jensen allait décoller la main de son épaule pour passer

au collègue suivant, mais sa jactance de circonstance fut communicative.

– Tu plaisantes ! lança Reidar. C'est le tout nouveau modèle, trois fois plus de mémoire, 600 chaînes, toutes les stations de radio, tiens, je vais t'envoyer une application qui te permet de remplacer la tête des acteurs par la tienne dans n'importe quel film. Tu te regardes *Casablanca* avec Kurt Jensen plutôt que Humphrey Bogart ! Tu te scannes le crâne, et en dix minutes le système recalcule toutes les images, les ombres et les couleurs !

La dernière phrase prenant à témoin Hoel et Lydersen – ces cruches du FrP – qui les regardaient en souriant vaguement.

D'un doigt, Reidar se faufila dans les menus et fit s'afficher une iconographie représentant, par ordre de proximité, tous les M-Phones à vingt mètres à la ronde, avec les noms des propriétaires, si ceux-ci ne les avaient pas masqués. Il frappa l'écran souple de l'ongle de son index, qu'à cet effet il laissait un peu plus long que les autres.

– C'est parti ! Reçu ?

– Non.

– Pas normal, monsieur le vice-président. Tu as désactivé ton antivirus ?

– Ton truc m'a l'air douteux, Reidar ! Jamais un antivirus ne m'a empêché d'envoyer un programme. C'est encore dans les vieilles casseroles qu'on fait les meilleures confitures…

L'un et l'autre forçaient leur voix pour l'occasion, s'installant au centre de l'attention, pour montrer à quel point ils savaient s'amuser quoique étant compétents, roués, membres du conseil de surveillance de la Norges Bank, blasés, ayant su rester jeunes, balayant l'espace de leurs avant-bras à boutons de manchettes, *fair-play*, même quelques minutes avant l'arrivée d'une huile, parlant à toute allure, surinformés, cherchant à faire passer leur effervescence pour leur état naturel.

Reidar était le plus important grossiste en fruits et légumes du pays. Son commerce prospérait depuis la crise mondiale des transports et l'engouement pour l'agriculture biologique locale, subventionnée par le gouvernement et favorisé par l'élaboration des températures.

Jensen ayant pour maxime d'aller droit à la passion dominante des individus dont il recherchait les faveurs, il n'ignorait plus rien de la popularité des différents légumes. Dans l'enthousiasme qui suivit la création de SavannahOrg, tout ce qui ressemblait de près ou de loin à un légume africain bénéficia d'un regain de popularité, y compris la courge musquée d'Espagne et la betterave française, enrôlées pour l'occasion. Consommée dans un joyeux élan de solidarité avec les Nigérians, l'igname aurait pu devenir aussi courante que la pomme de terre, mais beaucoup de consommateurs la boudaient en raison de la pollution occasionnée par le transport. Entre son potager nigérian et son agriculture biologiquement administrée, le royaume offrait probablement à ses sujets le meilleur assortiment de tous les pays développés.

Jensen s'apitoya à son tour sur Inger, cet être peu fiable politiquement, qui arborait un gros pansement blanc à la main gauche. Chaque nouveau venu s'exclamait, lui demandait ce qui était arrivé. Il racontait s'être pincé deux doigts dans une porte que son fils de quatre ans avait violemment refermée. Une blessure sur le corps de l'un des leurs, un corps aussi protégé, recelait une irrésistible étrangeté, d'autant qu'Inger était un des clients les plus assidus des techniques de développement personnel proposées par la Banque à ses employés. Selon la rumeur, il passait plus de temps entre les mains de Kristina que dans son bureau – sans doute en tout bien tout honneur, car Kristina, cinquante-huit ans le mois dernier, était aussi laide que ses massages étaient bienfaisants. Après tout, peu importait, mais Inger serait-il de ceux qui reconduiraient Jensen à son poste ?

Le vice-président continua son tour de table en serrant toutes les mains qui s'offraient à lui, faisant la bise, se tenant au plus près de son interlocuteur comme pour un échange d'haleines, tendant l'oreille aux bouches en surjouant l'écoute, se caressant le menton avant de passer au suivant, remarquant une cravate neuve ou une nouvelle coupe. Il arrivait à la troisième et avant-dernière année de son mandat. Pour rester en place, il lui fallait à nouveau déployer toutes ses antennes et, comme il savait si bien le faire depuis son ascension à StatKraft, faire tourner à plein les mécanismes de la conquête du pouvoir. Pour contourner l'hostilité d'un tel, il ne suffisait jamais d'argumenter. Faute de convaincre ou de se faire aimer, inhiber l'agressivité était l'art à cultiver.

Pour créer des inhibitions chez tous ces membres du conseil, mais aussi à StatKraft, il était passé par l'inconscient physique, la création d'un corps commun. Des années durant, toucher la main, regarder au fond des yeux plus de cinq secondes d'affilée, envelopper lourdement du bras ou de la voix, manger côte à côte à la même table, se passer du pain, se verser du vin, plaisanter pénis, fesses ou seins, mêler à la conversation le nom des enfants ou des conjoints, parler fort et lentement, évoquer une maladie dont on avait réchappé, être sur la même photo, pousser à chanter le dernier air à la mode, cela créait entre les pires ennemis une collusion, un attendrissement, une humanité de pacotille suffisante pour geler les haines. La proximité des viscères, des glandes et des sucs soudait par les hanches, emberlificotait dans la pitié, l'empathie, la bonhomie, plongeait dans des conflits de loyauté entre jugements homicides et survie de la meute humaine.

Tant mieux si ses ennemis ne se méfiaient pas assez du contact physique, de la tendreté de leurs corps. Et de fait, dans la yaourtière du quartier du pouvoir d'Oslo, il était difficile de ne pas se croiser et se rendre les politesses minimales. Cette absence de méfiance, cette vulnérabilité dont Jensen jouait à merveille constituaient un des piliers de la paix sociale et il les considérait avec gourmandise et indulgence. Cela ne l'empêchait pas, lui, d'être agressif en cas de besoin. Comme pour un coup de tête, celui qui allait au contact souffrait le moins.

Jensen travaillait cet enchevêtrement de relations, de connaissances et d'intérêts qui l'avait porté au pinacle, il entretenait sa mémoire, se récitait chaque matin sous la douche le quart d'une liste de 200 noms et prénoms, son *Who's Who* personnel. En homme de pouvoir, son capital social résidait en bonne partie dans les membres palpés, les mots chuchotés, les prêtés, les rendus, les intersections de souvenirs inhérents à plusieurs centaines de corps d'exception, vivants coffres-forts et futurs broyeurs de son étoile pâlissante. Tels étaient les secrets de sa longévité.

– Moi aussi j'ai vu les images hier soir, disait Mme Hoel, une des premières arrivées dans la salle de réunion. Cette attaque d'un foyer est ignoble.

Chacun savait qu'elle était proche du FrP.

– C'est nouveau, la peinture noire, dit Inger en jouant avec un élastique d'un air blasé. Avant on avait eu les rixes entre communautés, Kurdes contre Irakiens, Polonais contre Russes, puis les intimidations, les vitres cassées, les dégradations. Vivement qu'on sorte de cette campagne électorale… Il ne faudrait pas qu'on se retrouve avec des incendiaires.

– Cette peinture, je trouve ça pire qu'un incendie, continua Hoel.

– N'exagérons rien, répondit Inger.

– C'est symbolique, c'est pour souiller, dit Hoel, didactique.

– Parce que vous préférez la vertu purificatrice du feu ? railla Inger.

– Écoutez, je ne sais pas, mais ça me choque. Effectivement, vivement la fin de la campagne…

– Et que de nouveaux gouvernants exaucent les vœux de ces dégénérés ? dit Inger, que Jensen désapprouvait intérieurement, car à quoi servait de s'afficher à ce point ?

– Je n'ai pas dit ça, on verra ce qui se passera, souhaitait conclure Hoel, renonçant à faire partager la subtilité de ses émotions.

Reidar, plongé dans son nouveau M-Phone, opinait du chef sans mot dire. Peut-être ne saurait-il jamais que son neveu Mats, celui qui aimait la voile, avait fait partie du commando.

Tous avaient pris place et Knudsen, la directrice de cabinet du ministre conservateur des Finances, pur produit du parti, entra à l'heure dite, en petite femme sèche, flottant dans son tailleur. Ses lentilles de contact ne lui enlevaient pas son regard de myope. Accompagnée du président du conseil, elle lança un bonjour général et, pour faire humain, s'attarda sur le doigt d'Inger.

– J'ai dit à tout le monde que mon fils m'avait claqué une porte sur les doigts, mais à vous, madame la directrice, je peux dire la vérité sans passer pour élitiste. Mon passe-temps favori est l'ébénisterie d'art, et je me suis versé du décapant sur la main en voulant rénover une chaise du XVIIIe siècle.

Knudsen rit, les autres ricanèrent, ravis de l'ambiance bon enfant, les légers spasmes remuant les coutures de leurs costumes et tailleurs de prix, agitant doucement leurs têtes et leurs chairs vaccinées, déhoussant leurs dents et berçant leurs os dûment blanchis par les scanners numériques.

– Vous me voyez ravie que quelqu'un dans ce pays mette sa vie en péril pour la préservation de notre patrimoine, lança Knudsen. Ce n'est d'ailleurs pas sans rapport avec l'objet de ma venue.

Le quart d'heure d'enfantillages dont les cadres avaient besoin pour supporter le poids de leur maturité était désormais écoulé. L'époque débonnaire où un journaliste pouvait aller boire une bière avec le Premier ministre était révolue. L'arrivée de la coalition, les surenchères du FrP, la pression de la communauté internationale suite à l'envolée du Fonds et à leur incomparable indice de développement humain avaient rendu les dirigeants du pays plus anxieux, plus autoritaires et plus retors. La nouvelle génération de femmes à laquelle appartenait Knudsen ne faisait pas non plus dans la dentelle.

– Mesdames, messieurs, je vous remercie de prendre sur votre temps précieux pour m'accueillir…

Quelques gloussements de protestation attendrie circulèrent autour de la table.

– Au nom du ministre, qui regrette sincèrement de ne pas avoir pu venir pour des raisons d'agenda, je tenais aujourd'hui à vous parler d'un projet qui devrait bénéficier du soutien du gouvernement, ou plutôt d'une partie suffisante du gouvernement…

Leur attention attirée sur une nouvelle polémique à venir, les membres du conseil de surveillance écoutaient dans un silence religieux, prenant des notes dépourvues de fleurs et de hachures. Knudsen, en fine psychologue, laissa passer un moment avant de se débarrasser du souci du jour.

– Et je vous rassure, cela n'a rien à voir avec la sinistre agression d'hier soir, que le gouvernement unanime a fermement condamnée. Je peux vous dire dès maintenant que les victimes seront transférées dans un autre centre et que la surveillance sera renforcée dans l'ensemble des structures d'accueil.

Chère directrice, pensa Jensen, tu sais bien que cela est bon pour notre camp. Cela défoule les extrémistes et fait honte aux indécis. C'est autant de pris au FrP.

L'allusion à l'actualité étant éclusée, Knudsen pouvait entrer en matière.

– Bien. Connaissez-vous la cosmovision andine des Kallawayas de Bolivie ?

Une forêt de sourcils dressés accueillit la question de Knudsen, heureuse de son effet.

– Et l'isopolyphonie populaire albanaise ?

Birkelid, un jeune statisticien qui n'avait rien à perdre, fut le premier à rire. Les autres se contentèrent de sourire.

– Alors l'Olonkho, l'épopée héroïque iakoute ?

Cette fois Jensen, malgré sa déférence envers les puissants, se mit à son tour à rire discrètement.

– Rassurez-vous, continua-t-elle, ce n'est pas une interrogation-surprise et je ne ramasserai pas les copies à la fin de l'heure. Revenons à des choses plus faciles : le régime crétois, vous connaissez ?

Le jeune statisticien se permit de répondre avant les autres :

– Madame la directrice, chacun sait de quoi il s'agit, c'est un régime alimentaire fondé sur la consommation de fruits et légumes frais, d'huile d'olive. Il recommande une consommation de viande modérée et une activité physique régulière.

Inger abaissa ses lunettes et dressa deux doigts de sa main valide pour prendre la parole.

– Si je peux me permettre, beaucoup de nos compatriotes le connaissent de leurs séjours en Grèce ou en Espagne.

– Tout à fait, reprit Knudsen. Alors pourquoi cela ? Parce que toutes ces bonnes choses se partagent l'honneur de figurer sur la liste du patrimoine culturel immatériel de l'humanité de l'Unesco, dont nous sommes, je vous le rappelle, un grand contributeur. Peut-être même trop grand – mais enfin, c'est toujours ça de dépensé.

– Un régime alimentaire au patrimoine mondial de l'Unesco ? s'étonna Jensen.

– Parfaitement, à la suite de multiples candidatures, soutenues entre autres par notre ministère des Affaires étrangères. Nous avons intérêt à ce que le littoral méditerranéen, où nous possédons de nombreux lotissements et envoyons nos compatriotes deux fois l'an, reste un tant soit peu pittoresque et authentique.

– Mais un régime alimentaire est un choix personnel, une coutume tout au plus ! dit Reidar.

– C'est ce que je me disais. Vous pensez bien que l'Espagne, la Grèce, l'Italie et le Maroc n'ont pas juste défendu une assiette, mais un ensemble de pratiques agricoles, culturelles, sociales, etc. Un mode de vie tout aussi respectable qu'une façon de chanter ou de raconter des histoires... Pour l'anecdote, les Français ont obtenu depuis longtemps la reconnaissance de leur gastronomie.

– Qu'ont-ils gagné à cette inscription au catalogue ? demanda Jensen, goguenard.

– Beaucoup de devoirs, mais aussi une reconnaissance mondiale, des subventions permettant de soutenir des exploitations traditionnelles, de publier, de mener de nouvelles études scientifiques sur les bénéfices individuels, écologiques et sociaux du régime...

– Quand on sait que la plupart des Grecs sont en surpoids, ils ont raison de se souvenir du régime de leurs ancêtres ! lança Lydersen.

– C'est un des reproches les plus courants à l'encontre de ce statut, concéda la directrice, momifier des pratiques moribondes. Mais je ferme la parenthèse. Le ministère souhaite à son tour faire acte de candidature pour une inscription au patrimoine culturel immatériel de l'humanité, dans la catégorie C, « pratiques sociales, rituels et événements festifs ».

Knudsen savoura l'effet produit et attendit que quelqu'un lui pose la question. Ce fut Reidar :

– Mais quel serait ce trésor ?

– Pourquoi pas l'aquavit ? Il fait le tour du monde en barrique ! dit le statisticien.

– Le saut à ski ? lança Inger

– Si c'est immatériel, dit une femme, ce n'est pas pour empêcher l'exploration pétrolière dans les îles Lofoten. Dieu merci, nous sommes sortis de ce débat, et les pêcheurs de morue en sont pour leurs frais !

– Alors la parité ? ! dit une autre des sept femmes.

Tous souriaient et frétillaient d'excitation quand le M-Phone de Jensen sonna discrètement. Contrairement aux convenances, Jensen, jetant un œil sur l'écran, n'éteignit pas l'appareil, mais se leva en s'excusant et se dirigea vers la sortie.

Piquée au vif, Knudsen lança à la cantonade, avec une lourde ironie :

– Nous allons attendre quelques instants, le temps que le vice-président réponde à cet appel international…

Jensen, confus, répondit qu'ils pouvaient continuer, qu'il en avait pour une minute. Knudsen, bien lancée dans son rôle de maîtresse d'école, se fit obséquieuse, ne pouvant se permettre d'en faire trop avec un personnage de son envergure.

– Mon cher, faites donc, nous allons surseoir. Nous risquerions de ne pas profiter de vos lumières si jamais il vous échappait le moindre détail.

Dans le couloir, Jensen s'aperçut que le numéro qui s'était affiché n'était que celui d'un employé du cercle de chasse, qui l'appelait pour un problème de disponibilité d'un véhicule. Une ineptie pareille. Il raccrocha sans écouter. À tout prendre, il avait au moins le temps d'aller aux toilettes. Au moment où il se lavait les mains, un nouvel appel retentit.

– Kurt Jensen ? dit une voix traînante.

– Lui-même, répondit Jensen en baissant la voix pour éviter l'écho du carrelage omniprésent.

– L'ami Fausland vous a parlé de notre affaire ?

De peur d'être surpris comme un enfant, Jensen s'enferma dans une des cabines. Une question pareille, c'était Ronglie. La communication devint médiocre. Il s'assit après avoir refermé le couvercle de la lunette des W.-C. L'endroit était spacieux, baignant dans une lumière tamisée, les murs étaient couverts d'une peinture laquée vert bouteille immaculée, une odeur subtile de fleur d'oranger et de vanille sortait d'un diffuseur invisible. Comme pour compenser la solennité du moment, des souvenirs de graffitis obscènes dans les toilettes de ses chantiers de barrage affluèrent à sa conscience. Des figures d'animaux écartelés, amassés les uns sur les autres, des verges difformes gravées au couteau dans le plastique, les noms des femmes de l'équipe suivis de flèches, qui pointaient vers d'énormes poitrines. Le bestiaire foisonnant des ouvriers, des manœuvres que l'ingénieur hydraulicien avait côtoyés en altitude, au cœur de la nature sauvage.

– Bien sûr, monsieur, dit Jensen en s'inquiétant des ronflements parasites, comme s'il était lancé à grande vitesse. Vous m'entendez ?

– Auriez-vous un moment en janvier ?

– À votre convenance.

– Mercredi 8 à 10 heures, ça vous irait ?

– Dans vos locaux, à l'Institut ?

– Écoutez, dit-il après une longue inspiration, je vous propose d'aller visiter ensemble l'exposition Monet qui se tiendra alors à la Galerie nationale.

Les lèvres de Jensen s'affaissèrent quelque peu. Il se voyait déjà en terrain conquis, et ne pas être introduit dans les lieux de son sacre l'indisposait.

– Parfait, c'est une excellente idée. Mercredi 8 janvier, 10 heures. Je vous remercie et je suis impatient de…

– De même, de même, dit la voix distraitement.

Puis on raccrocha.

Ronglie paraissait fatigué. Jensen se souvenait vaguement de son visage dans les journaux. Était-ce bien Ronglie, ou un secrétaire lourdaud ? Après tout, il ne s'était pas présenté, mais les grands ont-ils encore besoin de le faire ? Il leur suffit de se faire annoncer et les choses se font. La visite d'une exposition lui paraissait une rencontre corporelle suffisante pour créer une inhibition – et même susciter un soutien sincère. Mais pourquoi ce rendez-vous si éloigné ? Peut-être parce que sa candidature était officieusement acceptée, que la visite serait une délicieuse intronisation. Cela montrait toute la délicatesse de ce cénacle. Ronglie l'avait probablement appelé de l'étranger, fatigué par le décalage horaire, et voilà pourquoi l'appel n'avait pas laissé de numéro dans la mémoire de son M-Phone.

Jensen s'excusa en réintégrant la salle de réunion. On avait tenu parole. Rien ne semblait s'être dit dans l'intervalle. La directrice laissa plusieurs secondes s'écouler après le retour complet du dissident, pour marquer le coup. Les quinze avaient gardé le silence pendant que l'urine s'écoulait sur l'émail des toilettes, pendant qu'il raccrochait au nez de l'employé du cercle de chasse, peut-être tout juste toussoté pendant qu'il entendait avec ravissement la voix lointaine de Ronglie, ils étaient restés cois ou avaient tout au plus chuchoté à l'oreille d'un voisin pendant qu'il recalait ses lentilles de contact, inspectait ses mains, ses cheveux et l'intérieur de son nez dans le miroir des toilettes. Le silence d'un groupe semblait tout attirer à lui, tout voir et tout entendre.

– Bien. L'aquavit ! reprit Knudsen finement, pour détendre l'atmosphère. Si le demandeur est le ministère des Finances, vous conviendrez qu'il y a peu de chances qu'il s'agisse de l'aquavit…

– Quoique, certains vendredis après-midi… objecta Reidar.

– Je vous laisse la responsabilité de vos propos, mon cher, répondit Knudsen en souriant. Non, il s'agirait tout bonnement de notre Fonds pétrolier.

Éberlués, ils ne ressentirent aucun besoin de noter et les stylos restèrent à flotter en l'air.

– Mais enfin à quel titre ? Le pétrole n'est pas immatériel ! dit Lydersen.

– Le pétrole, non, mais l'art de le gérer, certainement. Rien de moins que nos principes éthiques, notre gestion patrimoniale, le découplage de l'économie du royaume, qui nous ont permis d'échapper à la malédiction des ressources.

– Cela me semble assez farfelu, osa Inger.

– C'est pourtant né d'une réunion entre trois ministres, le roi Tormod et le Premier ministre, répondit à toute allure Knudsen d'un ton badin et en fixant son stylo du regard.

Voyant son auditoire encore plongé dans la perplexité, elle continua :

– Nous souhaiterions faire reconnaître la validité de notre programme depuis la fin des années 1990, un modèle de gestion de ressources stratégiques, modèle jusqu'ici inégalé. Du Brésil à l'Algérie en passant par le Nigeria, reconnaissez que le pétrole n'a pas fait le bonheur des hommes. Nous avons fait mentir cette malédiction. Nous avons évité la malédiction des ressources grâce à nos institutions politiques et économiques qui nous ont permis de nous « protéger » des revenus du pétrole. Les tendances à la dépense ou à l'atrophie de l'activité ont été contrecarrées, grâce à un vrai soutien populaire, malgré la pression énorme résultant du fait que nos concitoyens voient la montée de la valeur du Fonds pétrolier placée à l'étranger, et certains besoins domestiques non satisfaits – mais, vous savez, il y aura toujours des besoins domestiques non satisfaits (une certaine lubricité éclaira son visage). En cette période électorale, nous savons tous qu'un fort courant de l'opinion réclame le retour de cet argent dans l'économie nationale, sans se demander s'il bénéficierait aux activités privées, industrielles ou d'exportation. Au commencement de tout, il y a cette décision fondamentale de ne pas injecter les revenus pétroliers dans l'économie nationale. C'est un beau geste, mûr et avisé. Imaginez : nous gagnons à la loterie, et au lieu de nous acheter ce dont nous avons toujours rêvé, de changer de vie, nous restons chez nous, nous confions le magot à des entreprises par-delà les mers, et nous nous versons simplement un salaire confortable, tout en continuant à aller travailler ! Il y eut donc une politique budgétaire prudente, par l'établissement du Fonds pétrolier. Nous avons institué l'*action rule*, une stratégie de gestion du pétrole qui stipule que seuls les intérêts produits par le Fonds peuvent être reversés dans le budget de la nation, pas le capital lui-même. Il y a eu des fluctuations de ce pourcentage, mais il n'a jamais dépassé

7 % du total (c'était à la suite de la crise financière de 2008-2009). Le Fonds représente maintenant plus de la moitié du PIB. Il y eut à l'époque un contrat social partagé par tous, un consensus sur l'exigence d'égalité des salaires, issu d'une forte tradition. Cela permit d'éviter les conflits de redistribution. C'était un effort pour éviter des rentes légales et illégales, par une administration solide et transparente. Nous offrons à l'humanité une méthode pour faire face à tout excès de ressources à venir. Cela vaut bien un sacre.

Knudsen acheva, heureuse de son effet.

– Soyons lucides, enchaîna aussitôt Hoel, dans une rhétorique bien rodée, nous avons eu aussi beaucoup de chance. La chance d'arriver après les autres nations pétrolières, de tirer des leçons de leurs déconvenues ; la chance, paradoxalement, d'avoir découvert des gisements *off shore* et non terrestres. L'exploitation en mer requiert plus de capitaux, de technicité, et cela nous a contraints à l'investissement et à la recherche, mais moins de main-d'œuvre – elle reste disponible pour les autres secteurs de l'économie. Voilà pourquoi il faut à tout prix intensifier l'exploitation, au lieu de s'en remettre au casino boursier. Je ne vois pas ce que l'Unesco ajouterait à cela.

– Oui, la chance, aussi, ironisa Reidar, d'avoir des familles royales aimées de tous et, pour l'instant, dépourvues de mégalomanie, ne rêvant ni de pyramides ni de mausolée, la chance de ne pas avoir d'ambitions militaires ou diplomatiques somptuaires… Même si la promotion de la paix dans le monde est déjà trop coûteuse pour certains, lança-t-il à l'intention des proches du FrP.

– Oui, ce sont des conditions rarement réunies, concéda Knudsen. Mais il y a aussi la volonté politique. Ce fragile équilibre pourrait se rompre.

– Mais enfin c'est ridicule, dit Inger, nous ne pouvons pas nous ériger encore une fois en modèle pour l'humanité. Notre situation est très particulière.

– Vous êtes en forme, Inger, dit Knudsen d'un ton sec. Vous savez bien, d'une part, qu'avec le programme « Pétrole pour le développement », nous diffusons notre savoir-faire depuis 2005. Cette candidature serait le couronnement du programme, dit-elle avec une courtoisie hargneuse.

– Et d'autre part ? demanda Reidar.

– D'autre part, reprit la directrice, soudain moins à l'aise, nous aimerions que ce modèle… perdure.

– Soit mis à l'abri des aléas électoraux, par exemple ? dit Hoel.

– Une inscription au patrimoine mondial donnerait de solides garanties, dit Knudsen, quelle que soit la couleur politique. L'intérêt du royaume est en jeu.

– Et on nous donnerait quelques millions pour mieux préserver nos milliards ? dit Jensen en riant. Ou est-ce une manière de récupérer une partie de nos généreuses contributions ?

Knudsen fit mine de ne pas avoir entendu.

– Comme je vous le disais, cette inscription, si elle est acceptée, nous imposerait d'abord des devoirs. La décision a été prise au plus haut niveau. La demande devrait être faite d'ici fin mars. Évidemment, c'est un sujet de tension dans notre coalition, mais nous sommes en campagne électorale, il faut afficher ses différences. Pour les électeurs, le message est clair : nous sommes fiers de la gestion de notre pétrole, de notre pays, et cet honneur vaut bien qu'on ne dilapide pas nos ressources.

– Étonnant, dit Reidar.

– C'est assez bien pensé, continua Inger en se laissant infléchir, c'est une sorte de sanctuarisation d'une politique par la communauté internationale.

Jensen, effaré, préférait ne rien dire. Le groupe était bien un lieu de fomentation de la toute-puissance, une matrice idéale qui renvoyait tout réfractaire au risque de bannissement. Knudsen et sa proposition iconoclaste étaient tout à coup devenues un miroir narcissique où chacun se plaisait à se contempler, à s'imaginer coopté, agissant et valorisé.

– Mesdames et messieurs, continua Knudsen, mon collaborateur Kvalheim, que certains ici connaissent, coordonnera ce dossier. Vous recevrez de sa part dans les prochains jours les demandes de documentation, de notes de synthèse et d'argumentaires. Je souhaite qu'un correspondant soit nommé. Cela pourrait être Reidar, non ? Ce sera Reidar, merci, Reidar. Le dossier de candidature doit être parfait, à la fois pour l'Unesco et aux yeux de l'opinion. Faites jouer la corde nationale, l'exemplarité, la rigueur. Prévoir un point complet toutes les deux semaines.

Ils réglèrent quelques détails, puis Knudsen serra les mains, tapota l'épaule d'Inger avec un grand sourire et disparut, précédée du président du conseil.

Hoel et Lydersen donnèrent alors libre cours à leur désaccord. Elles estimaient le projet indigne, signe de la panique qui saisissait les conservateurs, exposant la Norvège au ridicule. Lydersen se montrait la plus virulente, et cela n'était pas sans rapport avec le fait qu'elle habitait dans la même rue cossue que l'acheteur des bidons de peinture dégoupillés la veille.

Le président une fois revenu, le conseil s'attela consciencieusement à sa mission d'audit préparatoire du bilan de la Banque. La séance fut fructueuse et le procès-verbal ne retint aucun incident.

Jensen déjeuna ensuite avec le conseiller du président d'un groupe métallurgique indien. Chaque année, des centaines de représentants d'entreprises cotées affluaient à Oslo comme en

Terre sainte, pour démarcher les responsables du Fonds et les inciter à investir. Après avoir rencontré les personnalités en place, généralement un haut cadre de la Norges Bank ou du ministère des Finances comme Henryk, les plus avisés ne manquaient pas de rendre une visite de courtoisie à Kurt Jensen. L'Indien avait bien plaidé sa cause, prenant toutes ses distances avec la corruption et le saccage écologique qui minaient son pays, arguant que son groupe n'aspirait qu'à rejoindre la pureté et la latitude spirituelles norvégiennes. Jensen en toucherait un mot au gouverneur.

Il exultait, se sentant au centre de multiples jeux. Il était 17 h 30. Il allait pour partir quand il se souvint du rendez-vous au Theatercafeen qu'il avait donné à 17 heures au petit stagiaire que les fielleux de la Banque lui avait collé aux fesses. Un Anglais ! Après tout il y avait bien un bureau du NBIM à Londres, il suffisait d'y rester. Il prit son manteau et s'enfonça dans la nuit noire de l'après-midi. Loin de le détendre, chaque réussite lui donnait le goût du sang et lui rendait insupportables gestes symboliques et temps morts.

9

Soirée au Konserthus

Quelques jours plus tard, Kurt Jensen se rhabillait tout en maudissant la science. L'examen cardiaque par résonance magnétique était un luxe superflu et aurait dû le rester. Mais Peterson, le cardiologue – par ailleurs un brave homme –, empilant zoom sur zoom sur son écran plasma, avait décelé une anomalie à laquelle un article d'une des dernières livraisons de la revue *Nature* venait de donner un nom : « Cardiomyopathie restrictive à syndrome bivalvique ».

L'homme de l'art était émoustillé par sa découverte. Sous prétexte que son patient était un scientifique, il ne lui fit grâce d'aucun terme technique, se plongea dans les illustrations, les captures d'écran et les schémas, le prit à témoin de la qualité de son diagnostic, comme s'il s'était agi de l'autopsie d'une star retrouvée au fond d'une piscine. Dieu merci, la maladie était bénigne, détectée dans ses tout premiers commencements, grâce à l'exploration fonctionnelle d'un TCG-67 Siemens de dernière génération.

Sortant du cabinet médical, Jensen se défendit contre toute inquiétude. Ses performances sportives étaient impeccables, son poids parfaitement stable, et la médecine victime de sa course à la surinformation. C'était un délire collectif. Au royaume, le surcroît de temps et d'argent permettait de détecter les maladies connues à des stades de plus en plus précoces, chez les plus valides, d'en découvrir de nouvelles, de faire peser sur la vie un soupçon permanent, enfin de rendre publics ces maux connus depuis longtemps des seuls spécialistes, mais que les générations précédentes n'avaient pas eu les moyens de se payer. On avait préféré leur faire croire qu'elles mourraient par hasard, à l'usure, pauvres et innocentes. Maintenant que la plupart des patients étaient plus que solvables, les pathologies censurées pouvaient paraître au rythme des rentrées budgétaires. Chacun mourrait de quelque chose de facturé, portant un nom, en bonne et due forme.

À la faveur de la science et de l'argent collecté en son nom étaient apparus le syndrome du bébé secoué, le syndrome de malformation aortale, la maladie de Heller (mutagène), la maladie de Reinecke (rarissime dégénérescence des yeux), le symptôme de Pasquier-Fields touchant les sportifs (une vaste campagne d'information avait été lancée dans les pays européens les plus riches), la maladie de Blum qui menaçait les amateurs de lait non écrémé, le prodrome de Keck-Hirschfeld sur les cancers infantiles, les nouveaux risques de transmission des épizooties, des épiphyties, enfin, tout spécialement au royaume, « l'épidémie de mortalité » des moins de trente-cinq ans, sans cause connue pour l'instant. Et cela faisait du bien, pensait Jensen, ces nouvelles morts spontanées, sans pédanterie, sans traitements coûteux, faisant fi de l'âge.

Il revint chez lui. Tout en ajustant, sous l'œil des poissons de ses aquariums, le plastron du smoking, de rigueur pour un concert de Noël au Konserthus, il ne pouvait se cacher que ce diagnostic dérisoire tombait mal, quelques jours après le décès de Per Nagell. La mort aurait pu respecter un délai de décence avant de reprendre le collier.

Des profondeurs, les mains des amis disparus levaient toujours plus haut l'urne funéraire dans laquelle Jensen souhaitait finir. Rejoins le cercle, Kurt. Le défunt avait été son complice durant son ascension à StatKraft. Ils s'étaient rencontrés lors de sa deuxième mission de repérage, dans une nature sauvage que les deux ingénieurs émoulus de l'université vénéraient, fascinés par l'édification de barrages de montagne qui gaveraient leur pays d'une électricité souveraine, transparente et fraîche.

Après ces années héroïques, Per se laissa tenter par une nouvelle aventure où il put s'adonner à sa passion pour l'art contemporain. Critique d'art apprécié, avec la bénédiction de son ami qui usa de toute son influence, il se vit offrir une place de conservateur au Museet for Samtidskunst. Ce fut une époque splendide pour tous les deux.

Jensen, avec une insolente facilité, montait quatre à quatre les échelons de la nouvelle entité hydroélectrique StatKraft, jusqu'à en devenir un des vice-présidents, tandis que Per rencontrait artistes, galeristes, organisait des expositions retentissantes et voyageait dans le monde entier. Leurs goûts ne convergeaient pas toujours : œuvre phare du musée, le *Collectionneur* d'Ilya Kabakov, appelée aussi *L'homme qui ne jetait rien*, enflammait Per et révoltait le classicisme de Kurt, pour qui les déchets n'avaient rien à faire dans les vitrines d'un musée. Ils passaient de longues soirées à arpenter l'ex-salle des transactions de la Norges Bank que le nouveau musée avait investie, discutant de ces reliefs de vie glanés sur plus de dix ans, collés sur des cartons, suspendus, numérotés, étiquetés. Per reconnaissait le XXe siècle dans cette accumulation de débris, soutenait que l'homme était fait de ces traces, de cette déchetterie inconsciente. Il avait fini sa carrière à la tête du musée, puis avait pris une retraite bien méritée. Presque du même âge que Jensen, il n'avait jamais eu la santé de fer de son compère, et savait que son cancer du côlon, maintes fois tenu en respect, aurait raison de lui.

Il avait subi trois opérations ; les deux premières avaient préservé la continuité colo-anale ; la troisième n'avait fait qu'accroître ses souffrances. L'extension du cancer était irrémédiable. Ses entrailles pourrissaient. Jensen espaçait ses visites à l'hôpital : rien de plus contagieux que les cancers. La médecine soutenait que l'absence de lumière naturelle était une des causes de la maladie. Pour que les replis obscurs gardent leur vitalité, il fallait baigner de soleil l'épiderme. Per avait été accablé par cette précision, il scrutait le ciel, désespérant de rattraper son retard, de s'imbiber de jour – et s'était mis à maudire les longues nuits visqueuses de l'hiver norvégien.

Jensen était allé porter ses condoléances à sa femme et ses deux fils. Dans la matinée, le cœur lourd, il avait choisi de se recueillir devant *L'homme qui ne jetait rien*. La mort donnait de la grandeur à cette œuvre dérisoire. Des larmes coulèrent sur ses joues ; quelques-unes se déposèrent sur le rebord de la vitrine, comme s'ajoutant, sans carton ni étiquette, à l'absurde collection.

La décence et sa tristesse auraient voulu qu'il renonçât à toute sortie. Mais il ne fallait pas s'apitoyer sur soi-même. On avait l'âge de ses regrets, il fallait ignorer la tentation de vieillir.

Le M-Phone sonna. C'était Odd, le ministre de la Justice et de la Police, au sujet de la prochaine partie de chasse au renne. Il était toujours partant, cela le détendrait. La campagne électorale mettait à rude épreuve la coalition, la presse était à l'affût, et le moindre faux pas pouvait servir de prétexte à des attaques. Il lui parla de son inquiétude face à la banalisation du vote par procuration. Entre les étudiants, les délocalisés, les retraités, les voyageurs et les paresseux, c'était une nouvelle forme d'abstention. Où étaient les Norvégiens ? Le Fonds n'agissait-il pas comme une force centrifuge ? Ah oui, il lui présentait toutes ses condoléances pour son ami Nagell, un homme de valeur qui laisserait un grand vide.

Le ministre raccrocha. Jensen s'engouffra dans un taxi, lut ses courriels et les messages retranscrits par l'analyse vocale. Les gens n'allant pas droit au but, on les déchiffrait plus vite qu'on ne les entendait.

Qu'il vienne ou non, elle serait en rose, lui disait Sonya. Le chauffeur le déposa peu après 20 heures face à la salle de concert, à proximité du groupe de sculptures de Turid Eng, dont les têtes mélancoliques levées vers le ciel auraient joliment figuré la plupart des amis disparus. Avec Per partait le plus solide des maillons qui le reliaient à son passé. Hormis Sonya et les Halden, il n'avait plus autour de lui que de simples corps à pétrir pour la poursuite de son existence sociale.

La Norges Bank disposait de quelques dizaines de billets de faveur pour toutes les grandes premières au Konserthus. Aucun des homologues de Jensen ne manquerait cette soirée; son protégé Henryk y serait, de même que les nouveaux stagiaires – dont Peter, le petit Anglais qu'on lui avait collé aux trousses. Fumiyo Oyama, en tournée mondiale, donnait un récital unique pour le public d'Oslo. Jensen n'ignorait rien des négociations serrées qui avaient eu lieu avec le ministère de la Culture et des Affaires religieuses pour que la star daignât atterrir, moyennant un cachet triplé, dans une bourgade comptant moins d'habitants qu'un quartier de New York. Un immense hologramme bleuté, à son effigie, couvrait la partie supérieure du bâtiment. Les paupières fardées, hautes d'un bon mètre, vieillissaient la petite Japonaise de vingt-six ans.

L'entrée était bondée, hommes en costume, femmes en robe de soirée, enfants désarticulés, endimanchés courant sur fond de marbre blanc. Aux abords se tenait une petite troupe de militants du FrP, distribuant des tracts et brandissant une banderole sur laquelle se trouvait inscrit, sur trois lignes : « BRAVO FUMIYO – BIENVENUE AUX ÉTRANGERS… UN SOIR PAR AN. » Jensen les contemplait, sidéré par la bêtise. Ils gagneraient sans doute, ils croyaient à ce qu'ils disaient, les autres ne faisaient que louvoyer et se tortiller dans de la soie.

Cette foule de visages à reconnaître. Tel un cabotin, le deuil de Jensen faisait une fausse sortie, laissant place à un sentiment familier de surplomb social. Où était le rose de la robe de Sonya ? Se détachant d'un groupe d'amies, elle accourut vers lui.

– Je pensais bien que tu viendrais ! dit-elle en l'embrassant.

– Je suis désolé de ne pas t'avoir prévenue, j'hésitais.

– Quelle fin terrible.

Elle paraissait sincère, même si elle était avec lui depuis trop peu de temps pour donner du contenu à son empathie, rumina-t-il. Sonya était une belle Iranienne d'une cinquantaine d'années, immigrée au royaume, puis naturalisée norvégienne. Son don pour les langues et ses études de commerce lui avaient permis de trouver facilement un poste à responsabilité dans la presse en ligne. Quelle fierté d'avoir à ses côtés cette créature méditerranéenne, gorgée de soleil et d'Orient. Ils s'étaient rencontrés il y a deux ans. Ce port de tête, ces seins ovoïdes miraculeux, son aisance en société, sa vivacité, cette garantie même d'une résistance à son autoritarisme. La joie de pouvoir briser avec elle la consanguinité nordique, de sortir du bol de lait caillé dans lequel baignait la peau des Scandinaves.

– C'est ce qui nous attend tous, répondit Jensen d'un léger sourire, invitant sa compagne à ne pas s'appesantir, contemplant sa peau dorée et les quelques traits argentés dans sa chevelure noire.

Elle gardait l'air triste qu'elle avait eu à la lecture des détails du saccage du foyer de réfugiés, alors qu'ils étaient ensemble dans son lit. L'agression lui avait ôté toute envie de faire l'amour. Elle pensait se joindre à la manifestation de protestation organisée le lendemain, devant l'hôtel de ville.

Dès l'escalier commença le petit ballet de salutations, de poignées de main et d'accolades pour lequel Jensen était principalement venu, tout en faisant mine de ne pas s'y attarder.

– J'ai appris pour votre ami Nagell, c'est d'une tristesse !

– Kurt, il faut qu'on déjeune cette semaine, je t'appelle.

– Où peut-on se retrouver à l'entracte ?

– Nous sommes pris, Inge, une autre fois !

La tribu Halden était là, près de la buvette, apparemment en grande forme. Il les salua d'un mouvement de la tête, fit un clin d'œil à Katrin et à Sigrid.

Sonya, toujours curieuse de ses affaires, lui indiqua le groupe des stagiaires rassemblés sur un palier d'escalier, et lui demanda lequel était Peter.

– Choisis toi-même celui qui a l'air le plus ennuyeux ! répondit-il, bien qu'il les connût tous grâce au trombinoscope que Fossedal avait fait circuler.

– Kurt…

– Nous verrons bien. Ah, voilà Henryk !

Le philosophe, engoncé dans un smoking, était entouré de deux collaborateurs.

– Où êtes-vous assis, mon cher ? lança Jensen. Vous semblez chercher quelqu'un.

– Vous avez sans doute vu les Halden ?

– Ne vous inquiétez pas, Sigrid vous sera rendue dès l'entracte !

Jensen était ragaillardi par chaque nouvelle rencontre avec Henryk. Un de ses chefs-d'œuvre, gage de son influence et de sa longévité.

Depuis la première rangée du balcon central qu'il occupait avec Sonya et quelques collègues, Jensen jouissait d'un parfait point de vue sur la salle et le plateau de scène. Une petite centaine de pupitres se dressaient autour de l'estrade noire qui accueillerait la jeune diva. Certains violonistes étaient déjà en place, accordant nerveusement leurs instruments. Les 1 400 places semblaient prises, et on se demandait où se nicheraient les nuées qui allaient et venaient dans les travées.

Pointant sa paire de jumelles vers les fauteuils d'orchestre, Jensen se régalait de visages, de coiffures, de mains au repos sur les genoux, de toilettes, de ces humains aux apparences tendues. Le faible nombre d'hommes en smoking le contrariait ; on pouvait en compter à peine une dizaine en plus de Henryk et lui-même. La plupart avaient adopté des costumes de ville ou portaient de sombres pulls à col roulé. À quoi rimait cette époque ?

Sous la lumière crue des plafonniers géants, de siège en siège, collant et décollant ses têtes, la foule ondulait comme des blés plantés au semoir mécanique.

Des comptables mélomanes faisaient craquer les jointures de leurs doigts.

Des médecins goguenards venaient dévisager un collègue perdu dans la masse des violonistes.

Des artisans prospères parlaient taxes, les yeux rivés sur les derniers dos nus encore debout.

Des avocats d'affaires maigres et fougueux éteignaient puis rallumaient leurs M-Phones.

Des ingénieurs informatiques, mollement fascinés par l'abstraction musicale, se penchaient sur une minuscule partition.

Des armateurs échappaient à l'ennui.

Des conjoints entretenus commençaient seulement leur journée.

Des sportifs en civil, qui avaient fait fortune grâce aux folles inégalités régnant à l'étranger.

Des industriels qui avaient eu tort de dîner grassement peinaient à soutenir une conversation.

Des chefs de réseaux informatiques scrutaient les vigiles et les hôtesses.

D'anciens rois tentaient d'attirer l'attention en marchant lentement.

Des journalistes cotés étaient venus seuls avec leur carnet pour rester concentrés.

Des universitaires caustiques parlaient des tenues de la ministre des Finances.

Tous les couples candidats à la royauté, et surtout, en grande pompe, les populistes Hedda et Hallvard, les travaillistes Jonette et Knute, ne pensant qu'au 9 avril.

Des artistes flirtant avec la notoriété enlevaient leurs lunettes et se pinçaient le haut du nez en baissant la tête.

Des étudiants silencieux, dispersés sur les côtés, honorés par un tarif abordable.

Deux rangées entières lisaient, en guise de programme, des recettes de cuisine imprimées en grand format : « Risotto au zeste d'orange », « Roulades de dinde » ou « Gratin d'écrevisses au champagne », avec les illustrations correspondantes.

Ces corps dissimulaient sous de fines étoffes aveuglantes de blancheur et de noirceur les cals, les durillons et les ampoules, les tumeurs et les cancers. Sous les chevelures, les manies, complots et contre-feux. Rouages par lesquels ils tournaient dans la société et mouraient.

À ce stade, pas un membre du comité Nobel en vue. L'évitaient-ils ?

Depuis quarante ans que Jensen flottait au sommet du royaume, il les connaissait tous, certains par leur hobby du vendredi, leurs enfants, leurs vices.

La famille royale en sursis entra, l'actuel roi Tormod en smoking, Vibeke en robe du soir, et toute la salle se leva une petite minute, distraitement, en continuant de parler.

Des clichés des familles candidates à la royauté s'étalaient dans les magazines grand public, une pour chacun des principaux partis en lice. Hedda et Hallvard, le couple du FrP, étaient follement glamour à leur sortie d'une rencontre avec des représentants d'un parti frère en Allemagne – n'avaient-ils pas été recrutés pour cela, elle ancien mannequin, lui gérant d'une société de saunas ? Malgré leur jeunesse, ils caracolaient en tête des sondages. À elle une vulgarité maîtrisée, des toilettes renversantes, des rires de bique à tout propos, à lui les diagnostics économiques débités à cent à l'heure, l'allure empesée et le veston faussement sage d'un futur roi voyou. Ils profitaient surtout de leur faire-valoir, les deux bonnets de nuit du parti conservateur, souverains officiels, Tormod Ier et Vibeke, cinquante-cinq ans pour elle, soixante et un pour lui. Sur toute une double page, on les voyait donner le coup d'envoi d'une régate internationale. Les vieux Norvégiens étaient souvent pris de nausée à l'image d'un roi s'abaissant aux gesticulations électorales. Mais tel était le prix du péché. Puis venaient les souverains déchus, les travaillistes Jonette et Knute, un honnête couple d'architectes, posés, sportifs, peu photogéniques. Le journal les surprenait au petit déjeuner, dans leur maison futuriste et dépouillée des environs de Bergen, qu'ils avaient toujours préférée aux résidences officielles. Ils faisaient tout pour conserver la dignité, la hauteur de vue de rois en exil dans leur propre royaume, nouveaux Barberousse endormis dans leur caverne.

Il y a bientôt dix ans de cela, le 15 janvier 20**, deux journalistes suédois – qu'on tenta en vain de discréditer – portèrent un coup fatal à la maison de Glücksburg, en place depuis 1905. Ils révélèrent le détournement de fonds systématique organisé par de proches conseillers du roi Johan à son profit, le train de vie de ses enfants, et quelques menues affaires de corruption et de débauche – qui choquèrent plus que le reste. Les démentis hautains ne firent illusion que quelque temps. Chaque jour, des seconds couteaux passaient aux aveux, intermédiaires luxembourgeois, comptables de la maison royale, bénéficiaires outrés jurant de rembourser l'argent indûment perçu. L'affaire menaçait le crédit moral du royaume, lui conférait l'image d'une ploutocratie. Pourrait-on après cela mettre sur le devant de la scène des magistrats aguerris, diriger la lutte internationale contre la corruption à l'ONU, se proposer comme médiateurs entre des belligérants ou faire des communiqués appelant à la retenue dans la distribution des profits de la spéculation sur les matières premières ? Étaient en péril la transparence bon enfant du royaume, sa richesse doucereuse, sa position au-dessus du Sud vaste et fétide.

Le Storting créa immédiatement une commission d'enquête. Après un mois de travaux durant lesquels les abords du palais royal, mais aussi les résidences officielles de Trondheim, Bergen, Stavanger se couvrirent de graffitis haineux, elle rendit le tristement célèbre rapport Brautaset, aussitôt mis en ligne, diffusé en supplément spécial des journaux, publié, traduit en anglais. À la télévision, les journalistes recueillirent avec un empressement morbide l'avis de la population. Les femmes de plus de soixante ans furent les plus vindicatives, s'étranglant de fureur, postillonnant sans répit dans leurs panaches de buée hivernale. Que le scandale eût été levé par la Suède, ancien tuteur du pays dans une longue union forcée, rendit l'affaire plus cuisante encore.

L'attachement à la royauté restait tel que le Storting et le gouvernement Tønseth ne purent envisager un changement de régime, malgré une pétition en faveur d'une république qui recueillit près de 100 000 signatures. On mit au point un nouveau genre de monarchie élective : chaque élection générale remettrait en jeu à la fois les mandats des députés du Storting et la famille royale en place. Pour repartir sur de bonnes bases, des élections anticipées eurent lieu le deuxième dimanche d'avril. La liste civile de la maison royale fut réduite et scrupuleusement contrôlée par un superviseur général. Johan, le roi déchu, fut lourdement condamné. Eu égard à ses aïeux qui n'avaient pas démérité, on l'autorisa à s'exiler au Belize. La gauche l'emporta aux élections et il revint à la maison royale proposée par les travaillistes, Knute et Jonette, d'inaugurer la nouvelle monarchie révocable.

La sonnerie aux allures de crécelle retentit dans les couloirs. Les lumières s'éteignirent progressivement sur ces pompes royales, la soirée débuta avec vingt minutes de retard.

Le programme était rassembleur : entre autres, trois airs de *Carmen*, deux airs de *La Traviata* de Verdi, trois airs de *Marie Stuart* de Donizetti. Fumiyo Oyama était connue pour ses récitals-fleuves et son goût de la performance. Elle s'octroierait une pause de trois quarts d'heure. Parfait pour dîner.

La jeune femme entra, éclairée par une poursuite. Le public lui fit une discrète ovation à laquelle elle sembla hermétique. Elle serra chastement la main du chef d'orchestre, du premier violon ; elle se jucha sur son podium ; l'éclairage, charitable, se généralisa à l'orchestre.

Tout ce que Jensen voyait était illuminé, tout ce qui était illuminé était électrique, tout ce qui était électrique venait des vallées où Per Nagell et lui-même étaient penchés dans un bungalow, calculant la pression hydrostatique s'exerçant sur leur barrage, aux premières journées du printemps, alors que fleurissent les digitales. Ce sont deux jeunes à chaussures à crampons qui se tiennent agrippés aux barres au-dessus du plateau de scène, eux qui allument les groupes de dix projecteurs à réflecteurs paraboliques en aluminium, avec leurs ampoules halogènes de mille watts, leurs lentilles lisses, martelées, striées, leurs câbles goulus de la taille d'un cou couleur réglisse, leur chaleur d'astres lointains, leurs craquements métalliques d'univers en contraction quand ils refroidissent.

Kurt et Per ont abreuvé leur pays d'une électricité quasiment offerte. La bonne propagande en monnaie sonnante et trébuchante. L'évangile en nature.

L'hydroélectricité, propre et renouvelable. Une forme subtile d'énergie solaire. C'est au soleil que l'eau s'évapore pour ensuite revenir en précipitations. C'est le soleil qui fait tourner les turbines.

Barrages. Canal d'amont. Canal de fuite. Centrales au fil de l'eau.

Bonheur d'accompagner l'eau des montagnes vers la mer. De pétrir en elle des attelages de dauphins, la tendre caresse intéressée de l'ingénieur.

Et les enfants se feront gronder s'ils éteignent la lumière en sortant. Il faut leur apprendre l'abondance, le mouvement perpétuel. Que le courant alimentera leurs ordinateurs, chauffera leur corps, comprendra leurs musiques, éclairera leur première fois, refroidira sans relâche leur dépouille. Cette eau courante se tient dans la lumière, au-dessus des hommes, des générations et des calculs d'apothicaire. Le contraire de ce pétrole moisi, confiné.

Et les rues seront chauffées en hiver. Et le *buckeleis,* la glace mêlée de neige, sera dissous sur les chemins d'accès aux maisons.

Ce fut comme si l'on avait redécouvert l'électricité dans chaque cours d'eau d'un pays perdu.

Chacun d'entre eux consommant dix fois plus que l'Européen moyen, puisant dans l'énergie perpétuelle.

883 barrages et centrales, 30 millions de kilowatts.

Le miracle du cycle de l'eau. Aller chercher sa chute le plus en amont, qu'elle fasse tourner le plus de turbines, construire une turbine dans les nuages. La montée au ciel plutôt que le barattement de la vase.

L'eau est une suite de chutes interrompues, toujours recommencées. Ce sont les doigts mouillés de la gravité, l'eau coulante et accommodante. Voilà ce qu'il aurait fallu inscrire au patrimoine universel.

Faire couler quand les prix sont élevés, faire remonter par pompage quand les prix sont bas. Avec Per, ils savaient le faire. Sur les joues de Jensen des larmes commençaient à sécher.

L'orchestre se lança dans les premières mesures du *E strano !* Les mains sur les hanches, ses sourcils empoignant sa gorge avec une vigueur effrayante, la Japonaise au visage banal faisait virevolter les phonèmes italiens avec l'habileté d'un joueur d'osselets. Elle était en robe de soie rouge. L'orchestre tout en costume ou tailleur sombre, couleur de notes. En quelles tenues jouait-on de la musique avant l'invention du noir, avant l'imprimerie ? Quelle modestie feinte. Quel deuil.

Le regard de Jensen dévorait les musiciens, aspirait les formes naturelles, prenait le boutonnement des choses au pied de la lettre, comme un enfant avide. Du même œil, il contemplait longuement ses selles du matin, avant de les faire s'engloutir dans des litres d'eau. Il les imaginait se formant dans le gros intestin, douze heures après le repas, puis descendant jusqu'au sigmoïde où elles se tenaient en réserve avant l'évacuation. Une fois par semaine, il utilisait un test de détection du sang. Pour que la selle fût parfaite, il fallait que 86 % de l'eau fût résorbée, qu'elle fût bien démoulée, d'une longueur de 15 à 20 centimètres, épaisse de 4 centimètres environ, enveloppée de mucus transparent. La couleur était déterminée par les pigments biliaires, mais aussi par les aliments récents, on pouvait y lire le passé. Comme tout véhicule, l'avant de la selle idéale était bosselé, l'arrière plutôt lisse. Il aimait l'idée que, toutes choses égales par ailleurs, elle ne devait pas salir l'anus au passage. Du regard, il couvait leur amoncellement matinal sans dégoût aucun, avec la joie paisible d'un stratège voyant venir au rapport son informateur – celui qui le mettrait à l'abri d'une mort aussi laborieuse que celle de Nagell. Tout, sauf la mort laborieuse de Nagell.

L'agitation de la miniature japonaise sur la scène était à son comble. Les airs d'opéra semblaient partir du principe qu'à condition de l'enfler, tout pouvait sortir d'une poitrine humaine. Cette emphase des divas écœurait Jensen, ces tubes de ketchup et de mayonnaise s'étranglant et se vidant les uns les autres dans un infect marigot.

C'était enfin l'heure de l'entracte. Jensen et Sonya se dirigèrent vers le foyer. Il avait fait réserver une table pour huit dans un restaurant de poisson des environs, tout en repas froid pour ne pas perdre de temps. Tour à tour Henryk, Jan, directeur au ministère des Finances, et sa femme Ingrid, Katrin et Sigrid se rejoignirent sous les filets de pêche de la grande salle. Devant le restaurant, éclaboussés par la lueur lente de leur gyrophare, des employés municipaux vêtus de gilets réfléchissants s'employaient à remettre d'aplomb un large panneau de limitation de vitesse descellé par un poids lourd, dans le silence d'un atelier de restauration d'art.

Henryk prit une grande assiette de saumon à la mousseline de citron, Jensen et tous les autres une truite à la vapeur.

– Karl ne nous fait pas l'honneur de sa présence ? demanda Jensen à Katrin.

– Il est submergé de courriels, Kurt, il profite de l'entracte pour passer des coups de fil, il nous rejoindra peut-être, répondit-elle, comme si son mari avait été un de ses employés.

– Et comment se porte notre *ethicist* en chef ? demanda Jensen.

– Aussi bien que possible, tenta de plaisanter Henryk, dans une allusion discrète à Sigrid, assise à sa gauche.

– La vertu finit toujours par payer, lança Jensen tout en tapotant la main de Sonya pour qu'elle lui passe la corbeille de pain, et en appréciant à nouveau le profil de Henryk, parfait spécimen de « Rétracté extrême, rétracté bossué », dont l'atonie se concentrait dans la zone mandibulaire.

Il se félicitait de voir son diagnostic morphopsychologique régulièrement confirmé par les faits.

Il restait trente minutes. Dans vingt-cinq minutes, Jensen se lèverait et entraînerait ses invités vers la seconde partie du concert.

– J'ai eu un appel étonnant d'un dirigeant de la NAE, dit Henryk. C'est la première fois qu'on nous fait sentir que des pressions vont s'exercer contre la médiatisation de notre notation, et même contre la notation elle-même. Je ne sais trop quoi penser.

– La NAE boucle sa réponse à un appel d'offres gigantesque du gouvernement américain, répondit Jensen, ils sont un peu nerveux, la concurrence est rude… La moindre atteinte à leur image serait fatale. Il y a en lice deux autres géants du secteur. Faites attention, ils ne vont pas lâcher le morceau.

– Je ne savais pas…

– C'est encore confidentiel, vous n'êtes pas censé le savoir ! sourit Jensen.

– Et vous…

– Ne me demandez pas mes sources, je ne suis plus qu'un contemplatif retiré des affaires ! rit Jensen. Mes informations, c'est la lumière qui vient des étoiles mortes. Vous, vous avez le nez dans le guidon, et vous avez le pouvoir.

Ces derniers mots avec une condescendance très maîtrisée.

– Je ne crois pas que vous soyez considéré comme cela, protesta timidement Henryk.

– Je ne vois pas l'intérêt qu'on peut avoir à me prêter autant de vertus, dit Jensen.

Puis il se tourna vers Jan.

– Dites-nous, cher directeur…

– Tu n'iras plus à l'hôpital, le coupa une pensée. Tu n'iras plus le voir, tu ne pourras même plus éviter d'aller le voir. Ton passé est dans un sac à déchets hospitaliers.

– Mais vous vouliez dire quelque chose, non ? demanda Jensen à Henryk.

– Pas du tout, souffla Henryk, occupé à enrouler une tranche de saumon autour de sa fourchette.

Jensen se ressaisit et se tourna à nouveau vers le directeur. Mais Henryk fit une moue en avalant sa part de saumon.

– Un souci, mon cher ? demanda Jensen.

– Je ne sais pas bien, dites-moi ce que vous en pensez, dit-il en tendant un bout à Jensen et Sigrid.

– Du citron vert au lieu de citron ordinaire, c'est extravagant ! dit Jensen.

– C'est vrai que c'est bizarre, sourit Sigrid.

– Ces gens sont grotesques ! murmura Jensen, la nuque raide et levant le bras.

– Laissez donc, Kurt ! dit Henryk.

– Non, c'est important, dit Katrin en lui posant la main sur le bras, alléchée par l'air résolu de Kurt. Il ne faut pas transiger là-dessus.

En homme de commandement, Jensen se devait de garantir la qualité du vécu dans un large cercle autour de lui. Le serveur s'étant avancé, le vice-président prit sa voix la plus sèche et réduisit l'affaire au minimum de mots en désignant l'assiette :

– Il y a une confusion dans les citrons.

L'employé s'excusa et reprit l'assiette.

– Quelle est la température au ministère ? demanda Jensen en revenant vers Jan. Faites-vous déjà vos cartons ?

Jan regarda sa femme d'un air entendu. C'était un homme d'une cinquantaine d'années au front immense, circonspect, nerveux, grand fronceur de bouche.

– Excusez-moi, je regarde Ingrid parce qu'elle aussi s'inquiète un peu, elle pense à mon retour dans le privé si les populistes passent…

– Je pense surtout que tu n'y serais pas heureux, dit Ingrid, rassemblant dans sa voix tout ce qu'elle pouvait montrer de tendresse dans un lieu public.

– Ingrid, alors ? relança Jensen en parfait amphitryon.

Le teint hâlé, la comptable en chef du grand magasin de centre-ville prit la parole aussi aisément que dans un contexte professionnel. Sonya l'appréciait beaucoup et dévorait des yeux ce modèle de femme norvégienne, même écrasée par la beauté de sa voisine Katrin.

– Kurt, regardez-les donc ! S'ils avaient la majorité, si dans quatre mois ils avaient tous les leviers en main, vous pensez vraiment qu'ils se soucieraient de garder les directeurs du temps de la coalition ? Je connais un peu ces lascars, ils ont leurs gens à placer. Je vois comment fonctionnent leurs syndicats…

– Pas optimiste, donc.

Jan enchaîna :

– Ça s'annonce mal, et l'expérience de la coalition avec les conservateurs ne semble pas les avoir modérés. Ils cherchent à tout prix à se distinguer. Leur créneau, c'est la surenchère. Avec les excédents du pétrole, ils sont crédibles. Ils vont sans doute parler de nouveaux champs. La capacité de nuisance des populistes est relativement limitée en temps normal, mais ici l'argent les légitime. Ce sont les rois du symbole, surtout à l'approche des élections. Rien que cette histoire d'offrir à chaque famille avec enfants de moins de dix-huit ans une tenue traditionnelle, une *Bunad made in Norway*. Elles commencent à être livrées… Nous avons signé les décrets il y a à peine deux mois, et la semaine dernière toute notre rue a reçu son bon de retrait !

Henryk approuvait du chef. Personne n'osait s'immiscer dans cette conversation au sommet. Katrin, rayonnante, acquiesçait à tout. L'âge n'avait pas altéré ses traits lumineux, elle pourrait longtemps encore se dispenser de chirurgie. Elle se contentait d'un *peeling* doux tous les deux ans, durant l'hiver. Sa robe de soirée lamée violette avait un magnifique décolleté dans lequel Jensen semblait régulièrement puiser son inspiration. Katrin le regardait en retour avec admiration.

– Qu'en pensent les autres dans votre direction ? demanda Jensen.

– De vous à moi, Kurt, j'ai lancé sur l'Intranet du ministère l'idée d'une pétition. Enfin je ne sais pas si cela doit s'appeler comme ça.

– Dans quel but ?

– Afin de prendre les devants, en cas de victoire du FrP.

– Vous n'avez pas peur de vous griller ?

– Je n'ai plus grand-chose à perdre. Le nombre et la qualité des signataires seront décisifs. Nous voulons alerter l'opinion sur le danger d'une chasse aux sorcières dans la haute administration. Nous rappellerons le cas Alvestad et surtout l'affaire Flaterud, de la façon la plus neutre possible, au nom de la transparence et de l'équité.

– Vous avez déjà rédigé un texte ?

– C'est en cours, je vous le ferai passer. L'objectif est de faire paraître quelque chose pour février.

– Ne vous hâtez pas, il faut peser sur ces écervelés d'électeurs. Je vous conseille plutôt début mars. Si j'étais en situation, je signerais évidemment des deux mains, dit-il hypocritement.

– Début mars, ce n'est pas idiot, dit Jan sans broncher. Tout ça pour dire qu'être devenu le premier fonds souverain au monde n'a rendu service à personne.

– Abondance de biens nuit parfois, dit Sigrid, tout en terminant sa salade de concombre à l'aneth.

– Et pour chaque proverbe, il y a son antidote, plaisanta Katrin.

– Le problème n'est pas le record mondial, reprit Jensen. Le problème a commencé un certain 8 janvier !

– Le vote du relèvement du seuil maximal de participation du Fonds dans les entreprises ? demanda Sigrid.

– Il y a trois ans de cela, enchaîna Henryk. Si je peux me permettre, Sigrid, c'est pourtant tout ce qui donne sens à notre travail. Les mêmes qui nous accusent d'angélisme nous reprochent ensuite de prendre nos responsabilités...

Sigrid le regarda, intriguée. Katrin s'inquiétait du moindre différend entre eux.

– Ne vous inquiétez pas, Henryk, demain elle s'excusera, j'ai l'habitude.

– Mais il n'y a pas lieu, dit Henryk.

– Je vois bien que si.

Sigrid foudroya sa mère du regard.

Henryk continua, semblant lire l'avis d'un groupe sur le perron d'une institution plutôt que parler en son nom propre. Sa voix déraillait et il ne regardait personne dans les yeux. Sigrid scrutait avec étonnement ses mains translucides. Jensen se lança dans des explications :

– Nous avons déjà eu cette discussion, mais je persiste et signe, même si ma voix ne porte plus très loin. Nous ne pouvons pas sempiternellement exciper de nos bonnes intentions. Il y a un cercle vicieux entre la montée du FrP, la flambée des prix du baril, la valeur du Fonds et son exposition internationale. Plus nous sommes critiqués à l'étranger parce que nous distribuons bons et mauvais points aux entreprises, plus notre opinion s'énerve et exige sa part de la manne. Plus elle l'exige, plus les populistes progressent. CQFD malheureusement.

– Voilà une réponse, dit Katrin en lui passant la main sur la joue.

Elle se dédouana en regardant amicalement Sonya, à qui elle servit de nouveau de l'eau.

Katrin l'eût approuvé quoi qu'il eût dit, d'autant qu'à ses yeux le pétrole n'était qu'un élément du paysage. L'heure passait. Ils eurent à peine le temps de prendre un dessert. Jensen était tyrannique sur les horaires. Tous s'ébranlèrent en direction de la salle de concerts.

Dès les commencements, Jensen avait vu d'un mauvais œil l'expansion monstrueuse du Fonds et de sa prétention morale.

Quelques années après sa création, un comité d'éthique de cinq personnes avait été mis en place par le ministère des Finances, afin de donner des recommandations sur les entreprises à exclure. Très rapidement, plusieurs grandes entreprises actives dans le secteur de l'armement avaient été éliminées du portefeuille.

C'était consternant. Il le fit savoir, puis, pour ne pas se compromettre, se contenta de laisser entendre que cette politique de la vertu n'aurait à court terme aucun impact, et à long terme ne pourrait qu'être préjudiciable au royaume. Qu'elle constituait un acte politique qui pouvait être mal vu. Qu'elle était en contradiction avec le ministère de la Défense, qui souvent restait client des entreprises sanctionnées par son collègue des Finances. Qu'elle aigrirait une population nantie et choyée.

Se voyant minoritaire, il déplaça le débat : en cas de problème, il fallait une riposte graduée, la politique du retrait devait laisser place à l'exercice du droit de vote au sein des entreprises, à un contrôle de leur gestion. Fin 2005, il manœuvra et réussit à imposer la mise en place d'un groupe de cinq personnalités chargées de définir les normes de la *corporate governance* des entreprises où le Fonds avait investi. Puis il sut placer à la présidence du conseil d'éthique du ministère Henryk, un jeune et brillant universitaire qu'il avait lui-même choisi à l'aune de son crâne remarquablement plat, de sa faiblesse générale dans les autres domaines que la pensée, et de sa foi luthérienne obstinée. Tant de puretés se briseraient inlassablement sur l'écueil des réalités.

Faute de pouvoir obtenir un changement de cap, il voulait punir le projet par où il avait péché : la bonne intention. La morale était affolée par la complexité des faits. Le Fonds ne cessant de s'enrichir, de se projeter dans un monde turbide, il suffisait de faire valoir l'ardente obligation d'une expertise toujours plus fine.

Une dizaine de conversations avec ses collègues de la Norges Bank suffirent à faire naître, quelques semaines plus tard, la réponse des grands argentiers : un superbe « conseil sur la stratégie d'investissement », constitué de professeurs d'économie et de consultants extérieurs. L'expertise financière s'ajoutait à l'expertise environnementale, éthique, morale, géopolitique... Les décisions devenaient de plus en plus difficiles à prendre, les jeux d'influence, les finasseries et l'anticipation des critiques publiques faisaient barboter les dossiers les plus brûlants, alors qu'affluait l'argent à investir.

Jensen se délectait de cette résistance passive. Ses soixante-neuf ans l'invitaient à contempler ce chaos comme un petit Néron. Son grain de sable ne devait pas manquer à tout ce qui grippait la machine.

Les élections d'avril agitaient enfin la question de savoir si, à son tour, le Storting ne devait pas valider, deux fois l'an, les choix des quatre comités. Quel rêve ! La vertu paralysée. Jensen jouissait de ce déluge de confusion comme d'une chaude pluie tropicale, même si la vérité l'obligeait à reconnaître qu'en jouant le pourrissement il allait dans le sens du FrP.

Il ne restait plus que quelques minutes avant la seconde partie du concert. Le hall du Konserthus était presque désert quand le petit groupe se présenta. Les ouvreuses faisaient les gros yeux. Sonya bifurqua pour passer aux toilettes. Jensen se tourna vers Katrin, à qui il avait donné le bras pour traverser, mais elle avait déjà disparu. En haut de l'escalier gauche, il aperçut les silhouettes de Henryk et de Sigrid, qui pour cette seconde partie désiraient s'asseoir côte à côte. Il ne se réjouissait plus de son succès d'entremetteur. Henryk avait un soda à la main. Jensen détourna la tête, s'apprêtant à suivre Jan et Ingrid, quand il s'arrêta pour regarder à nouveau sa créature éthique et surtout sa filleule, visage irréel de perfection, splendide entre-deux vénusien entre une Rétractée latérale fine et une Rétractée latérale lourde. Une fille du *hard discount*, quelle ironie, elle aurait pu être sa fille, une fille de l'eau. Sigrid se dirigeait vers Henryk – trébucha, tomba sur lui, protesta et s'excusa. Non, elle le visait, l'embrassait bel et bien sur la joue, riait et s'agglutinait aux tempes plates, à l'expression sthénique et au modelé ondulé du front du jeune homme.

Jensen vit le mélange, le type affectif cérébral (avec nuance dilatée) de l'enfant qui pourrait sortir de leur accouplement. Quel attelage. À présent seulement il se rendait compte de la banalité des vêtements légèrement froissés de la jeune fille – n'était-ce pas le privilège des beautés supérieures que de rendre leurs vêtements dérisoires ?

Il fit mine de plisser les yeux – il n'aimait pourtant pas exagérer quelque faiblesse que ce fût – et les appela. Sigrid lui fit signe de la main, se retourna, chuchota à l'oreille de Henryk et se déroba. Jensen s'approcha lentement de Henryk tandis qu'autour d'eux se dispersaient les derniers spectateurs.

– Henryk, excusez-moi, je ne voulais pas vous froisser avec cette histoire de NAE !

– Comme toujours vous avez éclairé ma lanterne, sourit Henryk.

– Vous aimez la musique classique ?

– Pas particulièrement, mais cette Japonaise est un vrai phénomène.

Jensen ne savait qu'ajouter. Il sentait pointer une jalousie de collégien devant les perspectives sexuelles de son protégé, devant sa longévité biologique. Son œil, par réflexe, chercha dans le visage de Henryk ce qui avait pu séduire sa filleule. Quelque chose en lui voulait gagner du temps sur le rythme d'homme supérieur qu'il était censé s'imposer.

– Et… comment se passent les auditions de Zeneca ?

– Peut-être pourra-t-on en parler plus tard, bafouilla Henryk, surpris de l'incongruité de la question.

La sonnerie de reprise finit de retentir. Les dernières personnes disparaissaient des couloirs. Sonya, inexplicablement, ne remontait pas ; elle serait passée par l'autre escalier. Ils se connaissaient encore si peu. La disparition dans le noir de sa complice Katrin, de sa filleule et de sa compagne suffit pour verser en Jensen, dans un bâillement d'armure, un âcre sentiment d'abandon, fluide et actif comme un ver.

À quoi rimait cette rencontre avec Henryk, un corps à peine utilisé, tenant dans sa main une canette jaune ? La tristesse rendait Jensen minuscule et permettait au moindre jeune homme de le gober tout entier. Ce soir la masse de vie impérieuse était du côté de Henryk, lustré de baisers locaux. Elle asséchait l'élan du grand ingénieur.

Jensen sentait que Henryk n'attendait rien de leur conversation et brûlait de rejoindre sa Norvégienne flambant neuve. Le vieil homme aurait voulu s'attirer cette impatience ; il n'allait tout de même pas demander « où cela en était » entre eux, même si les ballottements et palpations de cette jeunesse, les échos incongrus de cette bluette auraient pu le garder vissé au présent, loin du côlon de Nagell. La vie tendait parfois de ces perches dérisoires aux malheureux, comme Dieu montrait l'hippopotame au pauvre Job sur son tas de fumier. Mais Henryk s'était déjà éclipsé, remonté dans son idylle à huis clos.

10

Jul

L'homme à la lumière duquel jappe et dort une nuée d'enfants, dans les bras duquel s'abandonne une femme méritante, l'homme qui à son retour referme le dernier la porte de la grande maison, qui chaque soir laisse ses parents dehors continuer d'être morts sous la terre gelée de l'hiver, cet homme qui a joué aux petits chevaux sur l'épais tapis du salon s'assied enfin en bout de table après avoir ramassé la cuiller du dernier-né. Alors même qu'il rit et se fâche tendrement dans les ondoiements de son foyer, que ses enfants le décorent de dessins au pochoir, que sa femme l'habille de voilages et de rideaux, que la chaleur du poêle l'enveloppe de buée, le revers de son corps reste froid et dur comme la vitre pour arrêter le vent et la pluie. Car il est le premier rempart et le dernier ressort, il prend les coups que le monde destine aux siens, et au petit matin il doit laisser la lumière du jour réjouir les cœurs, éclairer et ronger sa stature.

Pour offrir de bonne grâce à ses enfants, il doit éprouver une secrète lassitude des plaisirs terrestres, avoir connu à satiété les compliments, les melons sucrés, les départs en vacances, les bonnes notes, les chansons enivrantes, l'éclair fugace du papier d'emballage qu'on arrache des cadeaux. C'est lui-même à présent qui prépare les joies et cache les surprises les unes dans les autres. Il peut abandonner la bouchée de chocolat, la place avec fenêtre dans le train, les trois sous dont l'obtention confirmait autrefois son existence. Son regard se porte sur ces petits visages anxieux et émerveillés, et non plus sur les douceurs de la vie qui ont suffisamment séjourné en lui.

Les bottes de Karl Halden apparurent sur l'aire de foulée, un parquet de chêne raclé, poncé, bouche-poré et huilé deux couches comme l'avait voulu Katrin. Ce soir ce serait *Jul*, avec leurs filles Gro et Sigrid, leur fils Erich ; Gro était accompagnée de son mari Espen et de leurs trois enfants Andreas, Merethe et Emil, le petit dernier. Comme toujours, Katrin avait invité ses deux parents.

Dans les premières semaines de décembre, les deux femmes de ménage avaient redoublé d'efforts pour tout nettoyer. Leurs heures supplémentaires s'ajoutaient à la prime de fin d'année et constituaient un bon pécule pour les fêtes. Chacune s'était spécialisée dans une partie de la villa et tirait fierté de connaître le détail du logis mieux que les propriétaires.

Les cadeaux avaient été entreposés dans une des deux remises du parc, afin de déjouer la curiosité des enfants. Vers 15 heures, sur les instructions de Karl, les deux jardiniers et une des femmes de ménage étaient allés chercher les paquets pour les placer en cercles concentriques sous l'immense sapin décoré de guirlandes, de pommes de pin argentées et dorées, de vraies bougies qui seraient un casse-tête à allumer, de rubans de satin et d'innombrables lutins en pâte à sel jaune et bleue, confectionnés par Andreas et Merethe avec l'aide de leur grand-mère. Arrivé il y a une semaine, l'arbre s'élevait dans le plus grand des trois salons, envahi de petits cœurs en feutrine rouge gonflés de coton et issus du même atelier que les lutins. Des petites poupées de paille étaient épinglées ici et là sur les murs et nouées sur les clés des tiroirs.

Le maître de maison affichait la mine réjouie d'un cavalier : comme chaque année, il était allé lui-même superviser les courses de *Jul* chez les deux meilleurs traiteurs de la ville, avec lesquels il avait personnellement pris rendez-vous.

Katrin était revenue de sa séance depuis une bonne heure. Elle accourut, descendit les escaliers pour retrouver son mari et lui présenta une fois de plus son visage sculptural, à peine rougi et froissé par les ans.

Nils, jardinier et homme à tout faire, s'arracha d'un cagibi de la cuisine où il vérifiait la bonne tenue des nappes. Malgré le froid, Sigrid – mise au monde en douceur après deux heures en salle de travail – sortit vêtue d'un simple T-shirt et regarda le manège des hommes dans la cour. Un vrai spectacle que son père, une fois par an enfermé pour vingt-quatre heures à l'extérieur de son entreprise et s'abaissant à porter les cartons blancs et or d'un air guilleret, à une vitesse frénétique. Il y avait là tout ce qu'il fallait pour le dîner du soir, mais aussi pour le déjeuner du lendemain, où une vingtaine de personnes étaient attendues.

Collée derrière la vitre, Katrin elle aussi s'amusait de voir les paquets sortir sans discontinuer des camionnettes, car une deuxième se tenait cachée derrière la première, dans la cour de la villa. Katrin n'avait pas même proposé à Karl de l'accompagner. Elle savait qu'il irait seul en voiture, qu'il prendrait trois bonnes heures et reviendrait avec le double du nécessaire.

– Dis donc, ma femme, lui lança-t-il en dardant ses prunelles sur le carton du dessus de la pile qu'il tenait à bout de bras, j'ai trouvé chez l'Italien un *panettone* tout frais, il te plaira ! Et puis un flacon de bain moussant, la marque que tu aimes, si je me souviens bien.

Elle le remercia, il esquissa un mouvement de valse périlleux avec ses brioches et s'engouffra dans la cuisine, suivi d'un Nils aux jambes chancelantes.

Un *panettone* ! se dit Katrin. Cela irait avec le *julekake*, bien citronné, farci de raisins ! Karl ne négligeait rien des traditions norvégiennes, mais il lui fallait une palette de spécialités étrangères, pour surprendre et varier, surtout demain avec ses amis, la partie *smart* de *Jul*.

– Pas trouvé autant de petits fours qu'il aurait fallu, on se débrouillera ! Je les avais pourtant prévenus, ces idiots, il faudra voir si on continue avec eux l'année prochaine, cria-t-il encore, déjà reparti dehors.

Annuellement attendrie, Katrin regardait s'affairer son Gullinbursti, cochon de légende capable de traverser les airs et d'éclairer la nuit d'hiver de son poil doré, compagnon obligé de Frøy, dieu du bonheur et des récoltes.

On se débrouillerait, sans aucun doute, pour commencer à manger tout ce qui arrivait là, et pour stocker le reste dans les chambres froides du sous-sol. Katrin aimait acheter en quantité, avec l'idée qu'en y mettant un peu de soin tout se conserve. Et qu'avec un peu d'oubli tout se jette, corrigeait Karl.

Elle fit un tour en cuisine, vit arriver l'extra qu'on avait réservé pour l'après-midi et le lendemain matin. Puis elle s'en alla dans les étages, aérienne, portée par la pensée magique de l'enfant pour qui tout est fait par d'autres mains que les siennes.

L'apéritif commença vers 18 h 30. Il ne manquait plus que Karl. Les trois jeunes enfants ne cessaient de courir autour du sapin, se laissaient lourdement tomber près des plus gros paquets pour sonder leur poids et leur écho. Karl revint de l'étage, on s'assit dans les longs canapés de cuir brun et on chanta les premières chansons en buvant quelques jus de fruits. Un pot d'entremets au riz avait été déposé dehors pour Nissen, le gnome de *Jul*.

Endimanchés, Espen et Gro – qui avait fait passer sa mère très près d'une césarienne – semblaient préoccupés ; le deuxième Erich, l'éternel célibataire – né dans une douleur de principe, à l'époque où Katrin refusait encore la péridurale –, avait Merethe sur ses genoux ; Katrin tenait fermement les bras d'Andreas, qui voulait battre des mains pendant les chants. À côté de Sigrid, les grands-parents se balançaient doucement, ravis d'être entourés.

On chanta une dizaine de chansons, entrecoupées par une petite toux du grand-père, puis il fut temps de passer à table. En cuisine, tout était prêt : le mouton, le porc dans son porridge aux navets, mais aussi un curry de crevettes thaï, une raclette pour les enfants, des brochettes de boudins antillais aux ananas qui devraient plaire au petit Emil. Les poissons surtout pullulaient, maquereaux, morue, chinchards, anchois, sardines, toutes bêtes avides de fraîcheur, que le réchauffement de l'atmosphère repoussait dans l'Atlantique Nord, dans les filets de la Norvège et du Groenland, sur leur buffet de *Jul*, laissant toujours plus vides les mers du reste du monde.

Tout était disposé simultanément sur la table, à la façon médiévale, une petite bougie chauffe-plat sous les casseroles. Chacun avait exprimé ses désirs, Karl s'était empressé de commander et d'acheter.

Selon l'indice du développement humain des Nations unies, ils étaient alors les plus favorisés sur terre, dépassant sans doute la note officielle du royaume qui lui assurait sa perpétuelle première place au classement (0,983 sur 1, l'achèvement absolu). Le grand-père, quatre-vingt-trois ans, attestait l'espérance de vie ; Erich, étudiant dilettante en musicologie, illustrait le haut niveau d'instruction ; les denrées enfin rendaient inutile toute question sur le revenu moyen par convive.

On se mit à table, selon le plan conçu par la maîtresse de maison. Les bouteilles de champagne et de vins français s'ouvraient, on s'emparait de l'argenterie à pleines mains. Le père de Katrin venait enfin d'obtenir une nouvelle serviette pour contenir sa toux.

Sur sa chaise, le petit Andreas agitait ses jambes et semblait d'humeur frondeuse. Karl savait que ses parents, Gro et plus encore Espen, tarderaient à intervenir. Katrin lui fit les gros yeux. Plus blasé que calmé, Andreas se contenta de jouer avec sa pelle à raclette. Karl se tourna vers l'assemblée réunie autour de la table ronde.

– En ce soir de *Jul*, je voudrais que nous ayons une pensée pour les malheureux, victimes du coup de main dans un centre d'accueil de réfugiés il y a à peine une semaine. Et puis pour tous ces jeunes de chez nous qui meurent sans raison.

Le silence se fit, à peine troublé par le battement de jambes d'Andreas. Chacun admirait le sens civique de Karl, qui avait signé un gros chèque à la principale association d'aide aux demandeurs d'asile. Il avait voulu inviter une famille entière, mais Katrin s'y était opposée d'un « Tu fais ce que tu veux ».

Karl claqua des mains, imposant le changement d'humeur.

– Bon appétit à tous. Que ceux qui n'ont pas ce qu'ils avaient demandé viennent me gronder un bon coup !

Chacun sourit, applaudit et se servit du plat qui l'intéressait tout en faisant l'éloge de l'ensemble. La salive remplissait les bouches. On achevait de composer les assiettes.

– Est-ce qu'Emil ne devrait pas manger un peu plus de carottes et de riz ? Avec ce qu'il a… demanda Katrin à Gro.

La mère d'Emil sembla crispée par la question. Puis elle reprit son assurance de mère au foyer.

– La pédiatre nous a dit que cette histoire de carottes et de riz ne fait rien contre la diarrhée. Les carottes ne font que mouler les choses, c'est ça, Espen ?

– « Belles selles, vilains enfants ». C'est ce qu'elle a dit en tout cas.

Katrin secoua les épaules. Cela n'était pas sans dessein qu'elle avait assis Espen à côté de Karl. Les deux hommes avaient à se parler. Après quelques banalités sur la campagne électorale et la gestion des forêts, Karl profita du bruit ambiant pour en venir au fait en baissant la voix, ce qui ne lui était pas naturel.

– Espen, on me dit que tu voudrais changer de voie, travailler comme comptable ? C'est très risqué, cela va peser sur les enfants.

– Karl, je suis très embêté, dit Espen tout en reprenant une part d'accras de morue. Je voudrais quitter l'administration, mais…

– C'est trop tôt, Espen. Beaucoup trop tôt ! Gro n'a toujours pas de situation stable. Qu'allez-vous faire ? Nous pouvons vous aider, évidemment, mais ce n'est pas très satisfaisant pour elle…

– Vous nous avez déjà beaucoup aidés, Karl, je voudrais…

– Je n'en étais pas sûr le mois dernier, mais il y a un poste de directeur de magasin, à un quart d'heure d'Oslo…

– C'est très bien, Karl, mais vous savez que nous ne voulons plus habiter autour d'Oslo.

– Il faut être raisonnables, j'en parlerai à Gro. On peut faire ça pour vous, tout de même !

Alors que son père se raclait toujours plus profondément la gorge, Katrin s'était lancée avec son fils Erich dans une de ces conversations légères qui permettent de s'interrompre à tout moment.

Emil n'avait pas touché au boudin aux ananas, avait demandé à descendre de sa chaise et marchait maladroitement vers le chat de la maison, roulé en boule sur un coussin.

À trois chaises de là, Andreas avait fini de triturer les trois plats qui l'intéressaient et ne cessait de regarder alternativement le plafond et les cadeaux.

Irrité malgré lui par la toux interminable de son beau-père, penché sur Espen, Karl revenait à l'attaque. Il avait retrouvé sa grosse voix.

– Espen, tu ne peux pas te mettre à ton compte comme ça, cela demande de la préparation.

– Je pense que je suis assez bien préparé, nous avons mis un peu d'argent de côté et...

– L'argent, vous en aurez. Je parle du projet lui-même, les études de...

– Le projet commence à prendre tournure, répliqua Espen, j'en ai parlé avec cet ami que vous connaissez...

– Thomas ? interrompit Karl. Il est amusant. Mais pas fiable.

Espen respira un grand coup et résista à la tentation de vider son verre de saint-émilion.

Le petit Emil se dirigea vers Erich et lui tendit une touffe de poils noirs arrachés au pelage du chat.

– Tiens !

Les adultes aux alentours sourirent et Erich mit les poils dans sa poche en disant merci. Le grand-père mangeait lentement, s'assurant à chaque bouchée que l'œsophage était libre. À chaque montée de toux il faisait mine de se lever de table pour ne pas déranger, mais restait finalement courbé en deux sur sa chaise, se faisant tapoter le dos par sa femme qui gardait un étrange sourire. Les deux vieillards étaient choyés dans la meilleure résidence médicalisée du pays, en bord de mer, à quelques dizaines de kilomètres d'Oslo, aux frais de Karl.

Katrin délaissa Prokofiev dont parlait Erich pour demander à sa petite-fille si elle voulait reprendre du cabillaud. En vain.

– Tiens !

– Merci, répéta Erich.

Tout fier, Emil revenait pour la troisième fois avec son cadeau, une boule de poils toujours plus grosse, prélevée sur le dos du chat. Sigrid s'accroupit à son niveau et prit sa tête entre ses mains.

– Emil, tu ne vas pas offrir à Erich toute la fourrure de…

– Si ! lança-t-il en se dégageant.

– Ananas SavannahOrg, mazette ! cria Erich à son père, un morceau du fruit au bout de sa fourchette. On ne se moque pas de nous, ici !

– Ça va de soi, Erich, sourit Karl.

Puis il revint vers Espen.

– Ça coûte cher, ce SavannahOrg, non ? demanda Erich à Sigrid. Toi qui es dans le secret des dieux…

– C'est plein de projets intéressants. Tu connais le fonds de micro-crédit ?

– Je ne suis qu'un artiste, mais j'en ai vaguement entendu parler.

– Avec des experts du Fonds, on aide à l'implantation et à la distribution des prêts chez les agriculteurs du Nigeria, des planteurs de cacao.

– Nigeria ! Ceux qui ont dilapidé les revenus de leur pétrole ?

– Ils nous ont servi de contre-modèle : domination des compagnies étrangères, corruption, pas d'industrie de raffinage, etc. Raison de plus pour les aider.

Erich n'arrivait pas à se représenter le chaos du Nigeria sous le ciel si propre, si bien organisé du royaume. Depuis que Sigrid s'était mise à en parler, il flottait dans ses yeux cette teinte tirée de la vessie de la sépia, couleur de la réalité encore sèche à l'approche de l'orage.

Leur mère s'efforçait, en vain, de ne pas les écouter. Elle aurait aimé que sa fille se posât à ses côtés, qu'elle fût mièvre et fiable, peinturlurée et statique comme les meubles de sa maison qui invitaient à s'enrouler dans les spirales du nombre d'or. Elle avait repris trois fois du boudin à l'ananas, puis se laissait tenter par un dernier morceau de mouton. Depuis quelques années elle forcissait. Même si sa silhouette restait belle, elle en voulait à Karl de ne pas le remarquer, de l'accepter telle quelle. Erich se resservit du bordeaux.

– C'est un paradis sur terre qu'on a loué là-bas ? demanda-t-il encore à Sigrid.

– Ce sera peut-être un paradis. Pour l'instant, c'est plutôt chaotique…

– En tout cas j'admire la façon dont vous arrivez à prendre le meilleur des pires pratiques dans le monde – je dis vous parce que maintenant tu fais partie du truc. Un fonds de pension, mais éthique et écologique… De la location de terres, mais vraiment pour le développement local, enfin j'espère.

– SavannahOrg abrite aussi des camps de demandeurs d'asile, pour éviter de les accueillir sur notre sol. C'est une brillante idée du FrP. Alors c'est l'œuf et la poule, on veut paraître bon pour pouvoir être mauvais, ou on profite juste de l'occasion pour arranger nos affaires ?

– Les demandeurs, ils aident à la culture, tant qu'à faire ? demanda Erich, sur le ton du propriétaire.

– Un gros tiers travaille sur l'exploitation en attendant. Ils sont bien payés, presque comme s'ils étaient chez nous. Mais la plupart ne connaîtront de la Norvège rien de plus qu'un carré d'ignames au nord du Nigeria…

– Les vrais *megafoodparks*, en Ukraine, en Inde, ils sont terrifiants, que ce soit pour la Chine, les États-Unis ou une multinationale. J'ai vu ça une fois à la télévision. Des régions entières entourées de barbelés, confisquées… Au Nigeria, c'est ce qui nous donne des fruits exotiques pour pas cher, non ?

– C'est l'hommage du vice à la vertu, répondit Sigrid. On veut créer le pôle d'excellence d'agriculture biologique africaine.

Katrin les resservit l'un et l'autre, tout en surveillant du coin de l'œil les gestes maladroits de l'extra.

– Sig, demanda Erich, songeur, est-ce que ce n'est pas notre toute petite taille qui nous permet de faire le bien ?

– À savoir ?

– Prends les insectes. Ils sont si petits que la gravité n'a pas prise sur eux. Ce qui compte, ce sont les forces de frottements, que ce soit dans l'air ou au plafond.

– Et alors ?

– Ce sont les rois du monde ! s'écria Erich. Comme une mouche. Elle peut se poser partout, on ne se méfie pas, elle regarde avec ses yeux à facettes, elle n'arrête pas de se nettoyer pour être impeccable. Elle peut déranger, mais on se dit qu'il suffit de l'écraser à tout moment si on s'en donne la peine.

– Une mouche très riche, dit Sigrid en riant. C'est plutôt une abeille sans dard, perdue dans la jungle. Il faudra proposer ça au Storting, changer le blason du royaume.

Katrin partit en cuisine, les lèvres pincées, elle eût apprécié une conversation plus familiale, plus légère. Karl et Espen ne se regardaient plus l'un l'autre. Chacun parlait pour lui-même, le menton levé, en se resservant du vin, et répétait ses arguments avec une objectivité agressive.

Merethe remit une tranche de fromage dans l'appareil à raclette. À l'autre bout de la table, sa mère, en conversation avec Erich, la regarda en souriant, lui demanda si tout allait bien. La fillette approuva et Gro se replongea dans sa conversation. Erich ayant accepté de rendre les poils qu'on lui avait offerts, Sigrid et Emil s'employaient à les reposer symboliquement sur le dos du chat. Toutefois le petit hurlait « Prends ! » et tentait de les replanter comme des clous. Tout ébouriffé, le paisible chat noir se décida enfin à se réfugier dans la cuisine et à finir le poisson dont il s'était déjà gavé.

Merethe récupéra son fromage qui commençait à roussir. Comme toute la tablée, elle sursauta à la voix de stentor de Karl. Il s'était levé et prit sa femme à témoin dans un soudain silence, bientôt brisé par une effroyable quinte de toux de son beau-père qui tenta à nouveau de se lever. Une des mains de Karl était posée à plat sur la nappe, l'autre s'agitait en l'air. Le petit Emil, scandalisé, cria « Ça se fait pas, papy ! », mais sa voix fut couverte par celle de Karl.

– Katrin, je te laisse quelques minutes veiller sur nos hôtes, parce que mon gendre me demande de ne pas m'intéresser à lui et même, je cite, de me calmer. J'avoue, il m'énerve à ne pas savoir ce qu'il veut faire de sa vie, donc aussi de notre fille, au cas où cela t'intéresserait…

Il quitta sa chaise et partit fumer dehors. Katrin fit signe à l'extra de débarrasser ce qui devait l'être et détendit l'atmosphère en disant que Karl s'énervait mais finissait toujours par comprendre les autres. Des regards en coin circulèrent. La toux du grand-père n'était plus un charmant signe de l'âge, mais devenait une nuisance majeure dont le vieux était responsable, qu'il aurait dû laisser chez lui, quitte à s'y laisser tout entier. Avec la colère des uns et l'agonie des autres, l'indice de bien-être de la maisonnée devait avoir perdu quelques centièmes. Katrin sentait ces choses-là. Encore un peu, et ils perdraient leur première place au profit des Australiens ou des Islandais.

Les conversations reprirent doucement, aidées par un disque de chants de Noël. Katrin était maintenant seule en charge de la tablée. Elle s'éclipsa une minute pour aller chercher son diable de mari, tandis que son père, pour gêner le moins possible, continuait à s'étouffer avec de grandes serviettes amidonnées. Emil, venu y voir de plus près, faisait preuve d'autorité : « Mets ta main devant la bouche ! » Sa mère protestait faiblement, sans avoir le courage de se lever. Puis soudain, changeant de camp, Emil demanda d'une voix traînante : « Maman, pourquoi papy il doit mettre sa main devant la bouche ? »

La toux n'était pas un accident de parcours, l'action d'un piment ou d'une arête, mais participait de la communion mystique des générations qu'on appelait *Jul*. Plus le temps passait, plus *Jul* ressemblait à un château de cartes dont le plus sûr liant était l'énergie mortelle des enfants.

Erich était passé au grand salon et jouait du piano, ignorant les apparences, comme si le départ de Karl avait suspendu le temps.

– Je trouve cela tellement nul de faire le beau au piano en plein repas, lança Sigrid.

Erich se redressa et s'écria, à peine plaqué le dernier accord :

– C'est vrai. Le temps d'une mazurka, des milliers d'enfants sont morts de faim. Mais tu vois que je leur laisse ma part dans mon assiette ! Qu'ils se servent.

Dehors, Karl fumait, faisait les cent pas à la lumière des fenêtres et ne voulait rien entendre. Que son gendre puisse refuser la main qu'il lui tendait le mettait hors de lui. Que Gro, sa fille, à nouveau enceinte, ne parvienne pas, depuis le temps, à faire pression sur son mari et à s'en sortir par le haut l'agaçait prodigieusement.

Il fit un tour aux toilettes, un vase W.-C. suspendu en porcelaine sanitaire de ton blanc, lunette et couvercle en thermodur avec amortisseurs, surmonté d'une chasse dorsale double commande encastrée. L'appareillage familier, tout ce qu'il fallait pour tenir en respect le péril fécal des sociétés sédentaires, sembla un peu le calmer. Avec Katrin ils décidèrent, pour détendre l'atmosphère, de retarder les desserts et de passer directement à la distribution des cadeaux. Tous se levèrent, les grands-parents allaient présider à la cérémonie, mais grand-mère devait elle aussi passer aux toilettes. Son mari l'accompagna et l'assemblée se trouva privée des mugissements du patriarche.

Karl revint, prit Emil et Merethe dans ses bras, tandis qu'Andreas lui attrapait le pantalon. Puis ce fut le moment de la photo d'ensemble. Emil braillant pour que le chat y fût aussi, on alla le chercher. Le temps de sourire, l'animal se débattit et échappa aux bras, ne concevant pas de s'enfermer dans un instant solennel, galopant vers le couloir pour retrouver la douce équivalence des jours, soucieux de ne pas être mêlé à quelque nouvelle mesure de santé sociale.

Karl commença la distribution des dizaines de paquets de toutes tailles qui entouraient le sapin. Il y avait là des consoles de jeux de dernière génération, des beaux livres, un châle rouge, une robe de soirée, des billets d'avion hors de prix pour l'éclipse du mois d'août prochain aux États-Unis, une garde-robe entière pour Andreas, Emil et Merethe, trois stylos plume, le tout nouveau M.-Phone flexible et étanche de Sony, des boîtes de chocolats, la crédence danoise pour Gro, une parure de lit Dior, trois coffrets à bijoux, des chaussures anglaises, et toute une ribambelle d'attentions coûteuses, dont, pour Sigrid de la part de Katrin, un abonnement pour *deux* au Théâtre national.

Sigrid regardait son père aller et venir, grimacer, faire semblant de ne pas parvenir à déchiffrer les étiquettes, entasser dans un coin les papiers d'emballage déchirés par les enfants avec l'aide de son épouse, expliquer où s'insérait la batterie d'un jouet électronique, lancer de longs « Et ça, c'est pour qui ? » en fixant l'heureux destinataire. De temps à autre leurs regards se croisaient et elle lui souriait.

Les historiens du futur s'accorderaient peut-être pour considérer un tel *Jul* comme l'ultime aboutissement de l'aventure humaine. Ici, on avait enfin obtenu ce que chaque nation attendait du pétrole, et plus encore, la réserve, la discrétion et la dignité. On pouvait imaginer le monde entier ne quittant pas des yeux le royaume, les regards éblouis se portant non plus tant sur la prospérité, la paix, la démocratie, l'éducation, la santé élevées au plus haut degré, qu'en amont, sur les personnes mêmes, titulaires de la béatitude. À quoi s'occupaient ces demi-dieux, quel son pouvaient rendre leurs vies une fois ôtées la peur de manquer, la lutte pour la survie, l'habitude de la plainte ? Comme si ces repus, pour persuader le reste de l'humanité du bienfait de la richesse, eussent été condamnés à la grâce et au génie, contraints d'aménager l'étage supérieur de la condition humaine.

Pour faire de la place, Katrin avait repoussé et enlevé des meubles. À mesure qu'ils s'étalaient au sol, les paquets faisaient tache d'huile et débordaient l'occasion de *Jul*. Les cadeaux des prochains anniversaires, de maintes fêtes à venir étaient accourus du futur et engorgeaient le présent de leurs faciès prématurés. L'offrande tournait à l'hémorragie, comme si leur devoir à tous n'était même plus de s'extasier sur des produits pour une réclame, mais de les stocker à domicile afin de soulager un entrepôt. Les enfants aussi suspendaient parfois leurs gestes, craignant de ne plus recevoir quoi que ce fût avant plusieurs années, tremblant devant leurs vies à ce point pourvues qu'elles n'avaient plus besoin de se poursuivre.

Vers 1 heure du matin, Karl et Katrin regagnèrent leur chambre. Karl voulait un peu d'air, malgré le froid. Pour aérer il lui suffisait d'actionner la partie ouvrante du châssis de fenêtre double oscillo-battant et sa quincaillerie en métal éloxé.

Il était toujours irrité. Katrin s'approcha de lui et le déshabilla en lui massant le sexe par petites touches. Elle n'avait pas envie de faire l'amour, simplement de le détendre. Elle se mit derrière lui, se pressa contre son dos, fit aller et venir sa verge dans sa main en variant la pression, la prise, les angles et les rythmes. La semence tomba sur les draps jaunes en une dizaine de longues gouttes, avec le froufrou léger de petits parachutes. Katrin continua quelque temps, remonta ses mains sur son ventre et allongea son mari. Elle baissa la lumière, embrassa ses testicules encore soudés l'un à l'autre et gagna la salle de bains.

Malgré l'incident, elle n'était pas mécontente de la soirée. Elle se déshabilla, actionna les six jets de la douche, qui enveloppaient des épaules aux mollets, puis ferma les yeux. Elle avait trop mangé, s'endormirait difficilement, laissant agir trois crèmes sur ses jambes, son ventre, son visage. Karl s'était assoupi dans son bain d'hormones, elle n'osa le réveiller. Elle éteignit les lumières et se cala contre lui. Son large torse semblait, lui aussi, être sorti de son corps de femme, de sa prévoyance industrieuse, de son amour de la matière.

11

Penser comme le pétrole

« Balder Brage Draugen Ekofisk Eldfisk Embla Fram Gimle Glitne Grane Gullfaks Gungne… »

Sous le faux plafond de la salle de réunion, leurs voix graves se mêlaient dans une monotonie barbare. Celle qui peinait le plus à suivre le rythme et la mélodie était Mme Bjornoy, l'auteur de deux romans policiers très appréciés, ces dernières années, durant le long week-end de Pâques.

« Gyda Heidrun Heimdal Hod Huldra Jotun Kristin Kvitebjørn Mikkel Murchison… »

M. Giske, vice-président du Petroleum Directorate, avait une belle voix de basse qui charpentait le chœur hésitant des chanteurs amateurs.

« Njord Norne Oseberg Ringhorne Sigyn Skirne Sleipner Snorre Statfjord Sygna Tambar Tor Tordis Troll… »

Tønseth, l'ancien Premier ministre et psychothérapeute de renom, chantait honnêtement, sans plus. Effrayé par sa présence en ces lieux, Kurt Jensen suivait en marmonnant de mauvaise grâce.

« Tune Ula Urd Vale Valhall Varg Veslefrikk Vigdis Visund Åsgard Albuskjell Cod Edda Frigg… »

Emma Ekker, la directrice de cabinet du ministre de la Culture et des Affaires religieuses, avait un beau petit soprano.

Quant à Mme Gohn, en tant que greffière chargée de la retranscription des débats, elle était dispensée de chanter.

« Frøy Lille-Frigg Mime Frigg Odin Tommeliten Gamma Goliat Ekofisk Yme Frigg Alvheim Blane Enoch Ormen Lange Snøhvit Tyrihans Vilje Volve. »

Un petit gong actionné par Mme Gohn signala qu'on entamait la vingtième et dernière litanie.

Le maître de chapelle, le professeur et lexicographe Vikene, reprit la parole :

– Les noms des champs existants sont aussi un univers sonore. Je tenais à ce que nous les chantions ensemble, non seulement pour ne pas retomber sur un nom connu, mais aussi pour dégager le mieux possible la tessiture, l'extraordinaire couleur d'ensemble de ces noms tantôt hérités, tantôt inventés… Le problème de l'onomastique pétrolière *off shore*, c'est évidemment que, pour trouver un nom, nous ne pouvons nous aider d'une histoire locale, d'un détail pittoresque, ne serait-ce qu'un arbre ou un type de végétation. Encore moins du passage d'un cours d'eau… Ne comptons pas sur un fait divers ou un grand homme. La mer est un désert où rien ne laisse de traces. Les premiers exploitants ne se sont pas cassé la tête, ils ont pris des noms de poissons, par ordre alphabétique. Cela a fonctionné, jusqu'à la lettre E. Il n'y a pas de nom de poisson commençant par E dans notre langue, comme vous savez. Ils ont donc pris « eko », une anguille de l'océan Indien, et ils ont rajouté « poisson » (*fisk*) : Ekofisk. Ensuite on a changé de méthode, en passant à la mythologie, avec par exemple Sleipner, le cheval à huit jambes d'Odin, puis Odin lui-même, puis Frøy, ou encore Ormen Lange, le Long Serpent, nom du drakkar d'Olav Tryggvason, ou encore Snøhvit, Blanche-Neige… Je ne dis pas que, dans vos propositions de cette nuit, il faille absolument exclure les méthodes anciennes. Pourquoi pas un nom de poisson, un dieu, une légende, un folklore, mais il faut commencer par s'extraire du passé, se sentir libres...

Giske, présidant la séance, les invita à s'imprégner des noms existants et à rechanter pour eux-mêmes la liste entière.

Quelques premières propositions maladroites furent dûment couchées sur le papier par Mme Gohn.

Une demi-heure plus tard, Giske leur fit passer le moment le plus éprouvant de la nuit, du moins l'espéraient-ils.

– Si nous voulons mettre en place des « correspondances » efficaces, nous devons recourir à tous les sens. Chers collègues, on vous a peut-être appris à l'école que pour trouver l'inspiration le grand poète allemand Schiller, en plus de fumer, de boire de l'alcool et du café, avait toujours une épaisse couche de pommes de terre pourries dans un tiroir de son bureau. Sa femme était chargée de veiller à l'approvisionnement. Nous ne sommes pas de grands poètes, sauf sans doute Mme Bjornoy...

– Vous plaisantez...

– Mais nous sommes pressés. Nous sommes pressés, le roi est pressé. En cette année électorale, le gouvernement souhaite que l'annonce intervienne courant février et que dans le même temps un nom soit annoncé qui frappe l'opinion.

Deux jours plus tôt, chacune des personnes présentes avait reçu une convocation à une réunion à l'en-tête du cabinet du Premier ministre. On avait pris la peine de la confirmer par courriel, par téléphone, sur les lieux de travail et aux domiciles, en soirée. Le ton était sans réplique.

Madame, Monsieur,

Les services du Premier ministre vous prient instamment de participer à une réunion de service qui se tiendra le

29 décembre, à 23h30 précises. En vue de votre transfert en aéronef, merci d'attendre à votre domicile le passage de la navette officielle à partir de 18heures.

La convocation n'en disait pas davantage. En bas de page, une précision était donnée : « Veillez impérativement à ne pas avoir dîné. » Le jeûne devait donner une acuité particulière à la dégustation du contenu des gobelets, à moitié remplis d'un liquide épais et d'un noir caractéristique, le pétrole d'un nouveau champ, prospecté au plus haut de la mer du Nord. Selon les rumeurs, un gisement géant, l'Ekofisk du XXIe siècle, auquel il fallait trouver un nom. Un petit crachoir était placé devant chaque participant.

Les échéances électorales pressant, le bras de fer s'amplifiait entre conservateurs et FrP, les coalisés au pouvoir. Tandis que les uns tentaient d'élever au rang de merveille du monde la gestion prudente du Fonds, les autres s'empressaient de démontrer l'infini potentiel de la mer du Nord qui permettait de promettre la lune aux électeurs.

Depuis l'héliport du ministère de l'Intérieur où les avaient conduits les navettes, tous s'étaient embarqués dans un spacieux Kamov de la flotte gouvernementale et, sans même un changement à Forus, s'étaient enfoncés au-dessus de la mer, dans la nuit épaisse. Quand Jensen entrevit le profil de Tønseth à son entrée dans l'habitacle, il crut rêver et s'installa aussi loin que possible de son thérapeute. À l'arrivée à Ekofisk, les contrôles en vigueur furent suspendus : Langemyr en personne, directeur de la PolEx, leur fit l'honneur de les accueillir. Jensen n'apprécia pas sa poignée de main sauvage et ses yeux inquisiteurs. Ils furent conduits avec diligence dans la grande salle de réunion décorée de fleurs synthétiques, où de vastes baies vitrées donnaient à voir, se chevauchant, le ciel étoilé et le pointillé des spots qui dessinaient les installations émergeant des flots. Une grande table ronde les attendait. En plus d'un échantillon visqueux dans un gobelet, chaque participant disposait d'un jeu de stylos, d'un calepin, d'une grande serviette amidonnée et d'une bouteille d'eau.

– Je reconnais qu'il y a plus agréable, poursuivit le vice-président Giske. Veillez à ne pas recracher trop vite, à tenir au moins une minute, il s'agit de valoriser l'extraordinaire charge affective du goût et de l'odorat, qui, à l'image de l'inconscient, ignorent le temps, les bienséances, la raison même…

L'accompagnement psychologique touchait à sa fin. Il fallait oublier la faim, la morue pochée qu'on leur servirait peut-être au petit matin, et s'imprégner de l'avenir du royaume. Suivant les instructions, Mme Gohn alla diminuer la lumière, donnant au parallélépipède de la salle des allures de catacombe paléochrétienne avec vue sur un arbre de Noël mystique. En ordre dispersé, sous les yeux compatissants de la greffière, Jensen, Bjornoy, Vikene, Giske, Tønseth et Ekker (qui s'encouragea d'un grand rire équestre) firent couler l'hydrocarbure dans leurs bouches. Bouche, le mot était faible : le liquide visqueux irait au contact de toutes les zones de la langue, des gencives, des incisives, des molaires, des canines, du palais, des lèvres.

Attendant avec appréhension que le goût et la texture leur montent au cerveau, peut-être se disaient-ils qu'il fallait en finir, se rappelaient-ils l'avertissement donné par Giske alors que le Kamov s'immobilisait pour atterrir sur Ekofisk : « Chers collègues, nous avons été soigneusement choisis au plus haut niveau. Nous ne sortirons pas avant d'avoir trouvé, à l'unanimité, un nom – pas deux, pas trois, un seul – à proposer au Premier ministre et à Sa Majesté Tormod. »

La bouche sèche, ils se répétaient que c'était un privilège d'être sélectionné pour participer à une réunion de baptême d'un nouveau champ pétrolier, distinction réservée aux gens en vue, créatifs, influents. Jensen, tout informé qu'il fût, n'avait eu vent d'un tel conclave. L'honneur était immense. Une fois encore, sa vie lui prouvait qu'il n'était pas mort, à ceci près que la présence de son analyste l'accablait. Quel mélange des genres ! On aurait voulu le ridiculiser qu'on ne s'y serait pas pris autrement. Tønseth aurait pu, par déontologie, renoncer à toute activité publique. Mais leur réunion dans la grande salle d'Ekofisk, à chanter et siroter le pétrole nouveau, était-elle une « activité publique » ? Et Tønseth, de son côté, pouvait-il savoir qui il trouverait dans l'habitacle ? Il ne semblait pas gêné par la présence de son client, mais il évitait son regard.

La minute réglementaire leur sembla interminable. Emma Ekker recracha la première avec un petit cri, se servit immédiatement un grand verre d'eau pétillante, mais Giske, lèvres encore serrées, émit un borborygme et fit un signe de la main pour rappeler qu'on ne se rincerait pas avant d'avoir verbalisé toutes les images issues du bain de bouche.

Puis tous recrachèrent en s'essuyant méticuleusement les lèvres.

Bjornoy était censée commencer. Giske pensait que son imagination d'auteur stimulerait l'assemblée. Elle parla d'une voix déformée, comme si ses joues craignaient le contact avec ses dents et que sa langue patinait tel un pneu sur le verglas.

– En tant qu'auteur de romans policiers, je m'intéresse à tout ce qui peut causer la mort des hommes, et j'ai tout de suite pensé aux complications liées à l'ingestion d'hydrocarbures, nausées, pneumopathie d'inhalation, etc.

– Certes, s'impatienta Giske, mais vous comprenez bien qu'on ne peut pas rester dans le négatif.

– Le fait qu'en tout cas ce liquide renferme une puissance extraordinaire. Une capacité d'expansion, celle qui fait tourner les moteurs. Je me suis sentie cracheuse de feu.

– C'est mieux.

– Son goût est abominable, mais il faut le relier à la mer, à l'écrasement par la mer, c'est aussi un fruit de mer…

– Vous notez, madame Gohn…

– Le sang de quelque chose. Le sang salé. C'est le fruit de la décomposition, de la putréfaction, je ne m'y connais pas plus que cela, mais cela a le goût de la décomposition.

– Vous pouvez vous rincer, madame Bjornoy, nous vous remercions. Monsieur Tønseth ? Êtes-vous prêt ?

– Tout à fait, répondit-il d'une voix également altérée. Évidemment, je partage les sensations exprimées par Mme Bjornoy. Mais ce qui m'a tout de suite frappé, c'est la différence avec l'odeur de l'essence raffinée, c'est un peu comme l'huile de tournesol en première pression à froid et celle que l'on trouve dans le commerce. Là, vous nous avez livré quelque chose de pur, d'archaïque, qui normalement n'est pas donné à sentir ni même à voir. Cela a le goût du sauvage, du vierge, du souterrain. Ou de l'infraterrestre. C'est en dehors de l'histoire humaine, de toutes les valeurs qu'on peut lui donner après coup.

– Bien, ça, notez, madame Gohn. Madame Ekker à présent ?

– Écoutez, commença-t-elle d'une voix flûtée, avec le sans-gêne de la femme de pouvoir assurée d'attirer l'attention, je suis admirative de mes deux collègues, parce que tout ce que je peux dire, enfin excusez-moi, c'est que c'est de la merde ! Je préférerais manger de la merde, au moins je connais ! Comment voulez-vous qu'on baptise ça, enfin ? C'est innommable !

– Pourriez-vous néanmoins approfondir ? dit poliment Giske.

– Oui, la merde est très riche, renchérit Tønseth en bon analyste, heureux de s'être rincé le palais à l'eau pétillante.

– Oui, oui, les Africains appellent même le pétrole la merde du diable, répliqua Ekker, soucieuse de ne pas être en reste. Eh bien je comprends pourquoi, avec tout le respect pour les problèmes que cela leur a causés. Si on savait ce qu'on met dans nos réservoirs… (Elle enfouit une seconde son visage entre ses mains, ses lourdes boucles d'oreilles rebondissant sur son cou.) Bref, la merde. C'est sans doute riche. (Elle partit à nouveau d'un grand rire.) Mais oui, comme le fumier, les engrais, c'est ce qui fait pousser, ce qui fait sortir de terre, si vous voulez que je file la métaphore…

– C'est intéressant, en effet, l'encouragea Giske.

– Que vous dire d'autre ? C'est le lotus qui sort du tas de boue, la lumière qui sort du puits, le bout du tunnel… Vous savez, les Chinois disent que l'intestin est le deuxième cerveau de l'homme. Est-ce que cela veut dire qu'il y a de la pensée dans l'excrément ? Ou dans le génie de l'évacuation ? Ce goût d'archi-merde est tellement insupportable que cela n'a plus rien à voir avec le monde habité, c'est noir, il y a toutes les couleurs mortes dedans. Ou peut-être vont-elles renaître, je pense aux irisations des bulles de savon, après tout ce sont aussi des dérivés pétroliers qui paraissent au grand jour. Il faut libérer le pétrole de lui-même, de sa puanteur, c'est pour ça qu'on le brûle, non ? Et si on l'appelait « Délivrance », ce champ ? (Elle fit un grand sourire navré.) Puis-je me rincer la bouche, s'il vous plaît ?

– Faites donc, invita Giske, agacé. Rassurez-vous, madame Ekker, au Moyen Âge, les moines, parce qu'ils prenaient sur eux les péchés du monde, étaient appelés des mâche-merde. Peut-être avons-nous ce soir une vocation monacale, sourit-il. Nous allons passer à M. Jensen, si vous le voulez bien.

Tandis qu'Ekker s'était permis d'aller aux toilettes se brosser les dents, Jensen fit un laïus assez plat sur les boues de l'Atlantide. Vikene se lança dans d'oiseuses considérations sur l'étymologie du mot odeur dans les langues scandinaves. Il revenait à Giske de conclure – et de récolter les trois nouvelles propositions de noms. À ce stade, ils en tenaient huit à peu près acceptables, dont le « Délivrance » de Mme Ekker.

– Dans l'ensemble, ce n'est pas mal. Nous tenons notre ligne « penser comme du pétrole ». Nous revenons maintenant vers vous, docteur Tønseth. Je me suis dit qu'il ne serait pas inutile de vous entendre sur les aspects psychanalytiques. Vous savez tous que la psychanalyse s'est toujours intéressée aux mots, aux lapsus, aux actes de langage, mais aussi aux phénomènes biologiques et scientifiques. Il ne fallait rien négliger, conclut-il avec une étrange grimace.

Tønseth se redressa et se mit à parler d'une voix douce, en classant ses fiches, tandis qu'Ekker, remaquillée, revenait s'asseoir bruyamment.

– Je vous remercie. Je ne serai pas trop long, rassurez-vous. Effectivement, il existe une abondante littérature sur la psychanalyse du pétrole, que l'on peut diviser en trois courants principaux, pour faire simple. Le premier est d'origine canadienne, mené par le jungien Gerveau – qui nous a quittés il y a quelques années. Le deuxième est anglais, avec Herbert Dawson et Tom G. Collyer. Le troisième est russe, autour de la revue *Symboles* de Saint-Pétersbourg. Pour Gerveau, qui s'inspire ici de Ferenczi, le pétrole exerce une double hypnose sur l'humanité, l'hypnose paternelle (qui « agit en paralysant la victime par intimidation ») et l'hypnose maternelle (qui agit « par insinuation séductrice »). Dans les deux cas, dit Ferenczi, « l'hypnotisé régresse au stade de l'enfant impuissant », au niveau intra-utérin. L'hypnose paternelle est une injonction de soumission : il y a un liquide, tout doit être fait pour le trouver, c'est un commandement tyrannique, comme sont tyranniques les entreprises et les États dans leurs prospections pétrolières ou d'hydrocarbures – je ne parle pas de notre royaume, bien entendu. L'enfant va construire des tours, des engins sans rapport avec son corps, dévaster des paysages, souiller, tuer. Le pétrole est un dispositif disciplinaire, un surmoi qui déchiquette et hait l'échelle humaine – une « prison liquide », selon l'expression de Gerveau.

« Mais il y a aussi un versant maternel, séducteur, réconfortant. Ce précieux liquide, récupéré par tant d'efforts, d'unions sacrées, d'impitoyables fraternités masculines, va ruisseler comme du miel dans le paysage, mettant en branle les machines. Il devient un conte de fées, la matière la plus proche de la pierre philosophale. C'est le pouvoir magique qui satisfait tous nos désirs. On peut dire que le pétrole, c'est la mère nourricière, le sein.

« Ce sein, il aura fallu le percer. C'est là que prennent le relais Dawson et Collyer. Ils voient dans la quête du pétrole une haine de la mère, de la nature. Ils comparent le forage pétrolier à une amniocentèse. D'un type particulier, puisqu'elle ne vise pas à ponctionner pour s'assurer de la santé génétique de l'enfant, mais à siphonner le liquide amniotique, à vider le bain de vie. Selon eux, la Terre Mère porte un enfant que l'homme adulte – et Dawson vise avant tout la jeunesse masculine des pays industrialisés, ingénieurs, ouvriers – veut annihiler. Évidemment, cet enfant, c'est eux-mêmes. Citation : "La jeunesse savante bombarde d'ondes et de chocs les entrailles de la Terre pour dénicher des poches de cet étonnant liquide, source de pouvoir, improbable mélange du lait maternel et de leurs selles, premières productions personnelles. Puis les longs doigts métalliques d'ingénieurs au teint blême fouillent le ventre de la Terre comme les aiguilles à tricoter des avorteuses. Ils haïssent l'obscurité de la Terre comme leurs collègues médecins haïssent l'utérus qu'ils présentent comme l'endroit où vivre le plus dangereux, un coupe-gorge. Ils font jaillir, éjaculer l'hydrocarbure, ils en reprennent le contrôle, tout repasse par cet outillage phallique qu'ils ont répandu à la surface du globe. Ce liquide les commande, les émeut plus qu'ils ne sauraient dire, au-delà de ses performances énergétiques. Mêlant lait et merde, le pétrole donne un pouvoir qui les dispense aussi bien de vivre dans leur corps que de se rappeler qu'ils sont sortis d'une femme. Le lait seul impliquerait la gratitude et la dépendance ; justement, la merde lui enlève sa couleur et son odeur douceâtre. L'excrément seul impliquerait une histoire, une perte, un déchet ; justement, le lait le rend nourricier, énergisant. Et les voilà lancés dans l'élaboration de plastiques, de fibres, de combustions raffinées, de villes enfumées où l'enfant en colère peut s'enfermer, ravi de se faire tout seul. La pulsion de mort est patente : dans ce court-circuit symbolique, le projet est d'effacer les eaux maternelles, d'assécher la terre mère. Le pétrole est ce liquide dont la combustion confère la sécheresse, la puissance et enfin l'oubli des origines. L'état actuel du climat et notre fascination pour le futur suffisent à en témoigner."

Tønseth s'arrêta, regardant du coin de l'œil son auditoire ivre de fatigue. Sa causerie fit surgir plusieurs propositions. Jensen eut l'idée du jeu de mots « Gravida », inspiré du roman *Gradiva,* pour désigner la gestation de la Terre. Les réactions furent très positives.

– Mais un champ de pétrole peut-il être féminin ? objecta Giske, sans un regard pour Jensen.

– Tout à fait, dit Vikene, appuyé par les regards courroucés de Mme Ekker, souvenez-vous de Snøhvit, découvert en 1984, gisement mixte gaz-pétrole, à présent site d'enfouissement de CO_2.

Avoir proposé un nom plausible aida Jensen à dissiper le

malaise dû à la présence de son analyste. Peut-être cela n'était-il qu'une amusante coïncidence ?

Giske, assisté de Mme Gohn, apporta ensuite de hautes colonnes de verre remplies d'eau, où se reflétaient les balises et les spots de la plate-forme. À genoux sur la table, Mme Gohn fut chargée de verser lentement du brut à la surface. En tombant, le liquide huileux prenait des formes fantasques, dessinant des volutes, des nuages, de petits bonshommes, avant de se déposer comme une vase au fond du récipient. Le temps de la chute, chacun des participants devait laisser courir son imagination et mettre des mots sur l'informe.

– Je ne veux pas brider votre spontanéité, prévint Giske d'une voix lasse, mais évitez les fleurs, les poissons et les crustacés. Et pour Mme Bjornoy, les fantasmes sur la PolEx ! ajouta-t-il finement.

L'exploration de l'imagination visuelle continua avec la stratigraphie. Une très fine pellicule de pétrole, capturée entre deux plaques de verre et vivement éclairée par une lampe, projetait de surprenantes irisations, telle une austère *laterna magica*. Ekker, toujours sous le choc du goût des échantillons, crut bon de dire que cela lui suggérait une coloscopie ou un fécalogramme. Giske, impavide dignitaire du Petroleum Directorate, fut à nouveau froissé par son ton supérieurement frivole :

– Madame, regardez mieux, vous distinguerez toutes les rêveries de l'humanité.

– L'humanité, je ne sais pas, mais il faudra que vous nous racontiez vos rêves, monsieur Giske, répliqua la directrice de cabinet en rajustant son chignon.

Puis elle rit de son propre esprit.

Le vice-président Giske, en homme tout aussi peu habitué à être contredit, lui jeta un regard haineux.

– Madame Ekker, si je peux me permettre, dit-il d'une voix

onctueuse, vous devez à cette fécalité votre hygiène, vos déodorants, l'emballage de vos déodorants, vos bas nylon, vos raffinements, vos conversations téléphoniques, votre culture cosmopolite, vos voyages en Asie, votre connaissance de la papaye, pensez-y la prochaine fois que vous l'aurez en bouche !

Jensen, Tønseth et Vikene les regardaient, médusés. Ekker, désarçonnée, prit un air indifférent.

– C'était votre contribution, monsieur Giske ? répliqua-t-elle en rajustant son corsage.

Giske grommela. La stratigraphie leur valut trois nouveaux noms. On était parvenu à onze propositions défendables.

Le vice-président, ignorant Ekker, semblait particulièrement excité par l'étape suivante, la projection des modélisations tridimensionnelles de la campagne d'exploration. Mme Gohn déroula un écran, s'empara d'une télécommande et alluma le minuscule vidéoprojecteur connecté par liaison radio au M-Phone de Giske. Le sigle Sony apparut immédiatement, et l'appareil eut tôt fait de détecter la source de données.

– La campagne sismique a duré des années, mais voici le résultat, commença Giske d'un ton triomphal. Ces images sont gracieusement mises à notre disposition par la filiale africaine de la National Ameritech Electronics. Je suis désolé, normalement les spécialistes ont droit à une projection en relief, avec lunettes stéréoscopiques, dans une salle spéciale, mais il me semble que, pour un exercice d'imagination, cet écran suffira.

Une musique futuriste sortit des baffles suspendus au mur. Le film d'animation commença, affichant un haut mille-feuille cubique et transparent, tournant en tous sens comme un cabotin. La couche supérieure dessinait les crêtes, les crevasses et les moutonnements du lit de la mer du Nord, teinté aux couleurs fantasques de la géologie, débarrassé de sa turbidité, de son eau, aussi disponible qu'une piste de ski. Au-dessous, des strates de couleurs froides et chaudes, rouges, bleues, blanches, poursuivaient l'abstraction en ôtant la présence de la terre pour ne montrer que des poches aux formes rugueuses, possibles pièges à hydrocarbures. Pour l'œil du passe-muraille qui se promenait à 300 mètres sous le fond de l'océan, c'était un verger, un pays de cocagne où il n'y avait qu'à tendre la main et saisir des fruits juteux, des bavarois bariolés, des pièces montées aux coulures rougeoyantes, de la taille d'une ville. La richesse était déjà là, devant leurs yeux. Et ils allaient exfiltrer ces solitudes, les extraire de leurs roches, de leurs sables, les exposer sur l'étal des marchés, nettoyées, empaquetées, prêtes à émerger dans la strate des convoitises humaines.

Tout à son affaire, Giske s'emballait :

– L'imagerie 3D a révolutionné la prospection, le taux d'erreur a considérablement diminué, même s'il demeure de 10 à 20 %. Le logiciel exploite des quantités de données phénoménales, nourrit sa reconstitution d'une bibliothèque topographique et géologique en constante augmentation.

Les yeux de Tønseth luisaient, et Jensen se souvint l'avoir entendu parler, en séance, de ce passage où Freud compare l'analyse à l'archéologie, à l'examen d'entassements de ruines.

Une fois terminée la projection, la moisson de propositions fut méticuleusement récoltée par Mme Gohn.

Ce fut alors au tour de Tønseth lui-même d'animer la séance. Son intervention en tant que thérapeute professionnel rassura Jensen. Il était donc censé officier. Mme Gohn revint avec un lot de tapis bleus.

– Je prends le relais des prouesses technologiques de M. Giske pour vous inviter à un forage, je le crains, bien plus austère. Vous allez rester dans le silence et la pénombre, allongés ou assis par terre sur ces matelas de mousse. Je précise que, pour ceux qui craindraient de s'endormir, il y a du café très fort à votre disposition juste à côté. (Il s'interrompit pour laisser Mme Gohn dérouler un tapis aux pieds de chacun.) Je vous invite donc à vous laisser aller, dans votre for intérieur, à toutes les associations suggérées par l'univers pétrolier. Au bout d'un quart d'heure, je vous demanderai de prendre la parole, chacun à votre tour, pour verbaliser de la façon la plus libre possible. Tout ce qui sera dit restera confidentiel, pour les raisons politiques qui s'imposent à tous, et pour des raisons déontologiques évidentes.

Ekker poussa un grand soupir de lassitude amusée et partit chercher un café, en compagnie de Bjornoy. À leur retour, les autres s'étaient assis sur leurs petits matelas, couvés du regard par Tønseth. La plupart avaient préféré ôter leurs chaussures, et Giske avait même enlevé ses chaussettes. Bjornoy, coquette, se recoiffait, tandis que Jensen se tenait très droit, peu habitué à s'asseoir par terre. Les cinq devins ressemblaient à une grappe de pénitents échappés d'une enluminure naïve. Un discret bâton d'encens gommait d'éventuelles odeurs corporelles.

À même le sol de la plate-forme, leurs nerfs détectaient de menues vibrations, venues de l'eau noire et des vents obscurs de cette nuit sans lune. Elles suffisaient à faire souffler l'esprit des lieux, Ekofisk, première pierre de l'empire. En relevant la tête, ils pouvaient s'imprégner de la constellation électrique du dehors, chercher l'origine des bruits minuscules qui s'élevaient malgré l'heure tardive, humer les vapeurs méphitiques de ces hydrocarbures sommeillant des milliers d'étages plus bas, fraîchement pressés du cœur de la Terre et s'insérant au plus profond de leurs corps. De temps à autre, Giske se permettait de toussoter pour faire comprendre que tous ces états de conscience modifiée ne devaient pas accoucher d'une souris.

Mme Gohn se tenait dans un coin de la pièce et s'éclairait pour noter d'une lampe minuscule. Une vingtaine de minutes s'écoulèrent avant que Jensen prît la parole. Avec la fatigue, les privations, le café, les odeurs mêlées, il ressentait un mélange désagréable d'irritation et d'abandon. C'était sans doute ce qu'ils avaient voulu.

– Je suis un poisson des grands fonds sous-marins, commença-t-il à voix basse, je mendie dans le noir. J'ai une lourde crinière de corail, je crois que je rampe sur le sable où règne une pression colossale. C'est ici que tout le poids du monde s'assemble. Je porte le poids de l'océan. Enfin tout cela, je le sais, je ne me vois pas. Il y a une fenêtre qui s'allume dans le noir. J'avance en avalant le sable, en le digérant, et nous sommes plusieurs à nous diriger vers cette lumière, qui d'ailleurs n'éclaire rien. Nous ne nous voyons pas, je sais seulement qu'ils sont là. Nous nous nourrissons de détritus venus de la surface, pulvérisés par la pression. Ah oui, j'ai une bouche immense, que je ne peux pas fermer, j'avance la bouche tellement ouverte qu'elle me cache (de toute façon il n'y a pas de lumière), la bouche démentiellement ouverte pour avaler les détritus tombés de la surface, à des années-lumière, digérés, laminés par les profondeurs, par l'océan et les courants – cette neige marine.

– C'est parfait, vous semblez coutumier de l'introspection, chuchota Tønseth après de longues secondes de silence.

Jensen fut comme frappé par la foudre. Comment pouvait-il se permettre de telles allusions ? Le début de confiance placée dans son analyste était perdu à jamais. Tout cela avait été manigancé par Giske et ses amis, mais pourquoi Tønseth s'était-il abaissé à ce jeu ?

Une dizaine de minutes s'écoulèrent avant que Vikene enchaînât, d'une voix inhabituelle. Il balbutia quelques mots puis s'arrêta, affaibli par la fatigue et l'obsession organisées.

Lourdement assis sur son tapis en plastique, il ne cessait de rajuster ses chaussettes en fil d'Écosse.

– Vous avez besoin de quelques minutes supplémentaires ? demanda courtoisement Tønseth.

– Non, cela ira, merci, dit le linguiste. Je pense à ces masses enfouies que nous avons vues, dans de belles couleurs… Je pense à nos forages qui pompent.

– Oui.

– J'ai l'image d'Anna, ma grand-mère maternelle, morte il y a une vingtaine d'années. Elle ne cessait de nous offrir des choses, sans jamais vouloir rien accepter, ni de moi ni de mes parents. Ce qui me frappait, encore tout jeune, c'est que tout allait dans un seul sens. Elle ne voulait même pas mes dessins, ni de petits poèmes, elle me les rendait au moment de partir. « Voyons, Lars, c'est pour ta maman ! » J'écrivais bien, pourtant. Au fil des ans, nous n'allions plus la voir.

– Elle vous empêchait de la remercier ? dit Tønseth.

– Tout à fait. Je retrouve maintenant la même étrangeté. Nous ne pouvons rien offrir à ces poches de pétrole, elles nous offrent tout.

– Elles sont plus cachées qu'une grand-mère, objecta Tønseth.

– Oui, mais une fois trouvées, c'est comme avec Anna. Elle était très vieille – à mes yeux, elle aussi devait avoir des millions d'années, une antiquité qui faisait que je ne pouvais pas lui offrir la moindre chose. Le long du puits, en quelques minutes, ce sont des millions d'années qui remontent. Comment leur manifester notre gratitude, accepter tout ce temps ?

– Pourquoi devrions-nous le faire ? dit doucement l'analyste. Ces années ne sont pas des personnes.

– Avec l'intensité pétrolière de nos vies, dit-il avec un petit sourire, je les ressens comme des quasi-personnes, qui nous chauffent et nous protègent. Quelqu'un, autrefois, s'était amusé à calculer l'équivalent esclaves d'un baril de Brent. Mais peu importe, le vrai problème est qu'on ne peut remonter le temps, et que le passé ne peut remonter vers nous que sous cette forme de liquide affolant.

– Remercier des esclaves, ce serait comme vouloir éclairer des étoiles mortes ? demanda Tønseth.

– Oui, un soleil noir qui brille sous terre. Et comme le soleil, il ne peut rien recevoir en retour. Tout au plus de l'eau de mer, pour maintenir la ponction, dit Vikene en souriant.

– Faudrait-il un culte propitiatoire, comme le Soleil était vénéré par les Égyptiens ou les Incas ?

– Peut-être.

– Et des sacrifices ?

– Cela aiderait à faire société – à trouver du sens à ce qui nous est donné…

– L'exploration et l'exploitation impliquent pourtant des efforts considérables…

– Des efforts, mais pas de sacrifices. Nous sommes bien trop ingrats, me semble-t-il.

– Ingrats ?

– Avec le pétrole, nous avons choisi de vivre non plus de personnes à qui nous pourrions devoir quelque chose, mais de choses auxquelles nous n'avons pas à montrer de la gratitude, comme vous le faisiez remarquer tout à l'heure. Excusez-moi de vous répéter !

– Nous sommes là pour explorer, pas pour faire de la littérature, sourit Tønseth avec bienveillance. L'ère du pétrole a quand même fait disparaître l'esclavage et a soulagé les animaux…

– Peut-être, mais du coup nous n'avons plus rien de vivant qui nous limite…

– En tout cas, je vous remercie, monsieur Vikene.

Vikene fut suivi de Bjornoy, d'Ekker, enfin de Giske qui, pour une fois, se soumettait au même jeu que les autres.

Cinq nouveaux noms, dont Soleil noir, avaient été notés par la plume agile de Mme Gohn. Il devait être 5 h 30 du matin, tous étaient restés à terre, le bruit des installations était au plus bas, même les fonds semblaient pris de torpeur, quand Bjornoy fit son intervention décisive. Elle se resservit du café à côté, revint s'asseoir sur le sol puis demanda la parole :

– Puis-je rebondir sur une intervention précédente ?

– Bien sûr, madame, répondit Giske, qui jouait nerveusement avec une de ses chaussettes en boule dans une main.

– M. Jensen a parlé de la neige marine qui tombe de la surface vers les fonds marins. Ce fait m'a frappée, m'a rappelé autre chose.

– Ah oui ? grogna Giske, tandis que Jensen se redressait, tout ouïe.

– Si j'ai bien compris, ce champ doit incarner l'avenir, l'espoir.

– Tout à fait, dit Vikene, en se frottant les yeux.

– Il y a un moment où la faune sous-marine est à la fête, dispose d'un avenir radieux.

– Quand donc ?

– Quand un cadavre de baleine ou de cachalot commence à couler par le fond.

– Enfin vous comprendrez que nous n'allons pas à nouveau nous orienter vers vos sujets de prédilection, glousa Giske, les orteils de ses pieds nus s'agrippant malgré lui au tapis bleu.

– Et puis mourir, ce n'est pas un crime ! s'esclaffa Ekker, cherchant du coin de l'œil si elle avait fait rire un échantillon représentatif.

– Oublions cet aspect des choses, répondit Bjornoy. Le cadavre d'une baleine bleue est un apport organique massif, l'équivalent de quatre mille ans de neige marine. Trente-huit espèces de poissons, crustacés et mollusques, de vers s'en nourrissent frénétiquement. C'est une source de nourriture pour dix ans. Certains vers, les vers à morve, savent même se nourrir de la moelle des os.

– Les vers à morve ? grimaça Ekker, faisant couler quelque peu son maquillage.

– C'est très intéressant, dit Giske, même si cela ne donne pas une excellente image de nos concitoyens.

– Mais nous sommes au fond de cet océan, en quelque sorte, dit Bjornoy.

– Et quel nom cela donnerait-il, madame ? dit sèchement Vikene.

– Peut-être Moby Dick, chuchota l'écrivain.

– Moby Dick ? ricana Vikene. Déjà vu…

– Oui, dit Giske, et quand on sait que tout le monde meurt à la fin…

– Et pourquoi pas Léviathan ? intervint Jensen.

– *Idem*, trancha précipitamment Vikene.

– Détrompez-vous, dit Giske, vous êtes blasé, c'est une proposition brillante.

– Je trouve aussi, dit Tønseth.

– Très fin, surenchérit Ekker.

– C'est une hypothèse, modéra Jensen, faussement modeste, tassé sur son matelas.

Giske avait enfilé ses deux chaussettes et signifia qu'il était temps de retourner s'asseoir et de se rechausser. Ekker frotta ses chaussures à talons avec un petit mouchoir, comme si elles avaient été maculées de boue.

On fit la liste des quinze propositions qui avaient eu, à un moment ou à un autre, les faveurs de la majorité du groupe. D'un commun accord, on en ôta cinq qui, avec le recul, parurent ineptes. On parvint à une *short list* de cinq noms dont Léviathan et Soleil noir.

– Je crois que nous ne sommes pas loin du but, dit Giske, persuadé que la fatigue accumulée ferait accepter le terme au groupe tout entier. Léviathan, c'est le monstre marin de la Bible. C'est un signe de puissance. De révélation.

– C'est un signe de souveraineté, renchérit Tønseth, symbole de la puissance publique, dans l'ouvrage célèbre de Hobbes qui porte ce nom. Cela veut dire que le royaume n'abandonne pas les ressources pétrolières aux intérêts privés, qu'il ne fait que déléguer.

– Par ailleurs, personne ne pensera à vos cadavres festifs de baleines, dit Ekker à Bjornoy d'une voix éraillée, mais la symbolique est bonne, c'est la corne d'abondance.

– J'espère que personne ne pensera non plus à l'aspect infernal du monstre, remarqua Tønseth.

– N'ayez crainte, Tønseth, conclut Giske. Et puis cela montre que nous autres Norvégiens avons bel et bien tourné la page de la pêche à la baleine. À présent, nous chassons des Léviathan virtuels, tout propres.

– Monsieur Vikene ? demanda Tønseth. Vous n'avez encore rien dit.

– Je pense que Léviathan est une bonne idée, mais trop religieuse.

– Bon, dit brutalement Giske. Soleil noir, Soleil noir. On ne comprend pas bien le sens. Léviathan est immédiatement compréhensible. La sémantique est plus riche. Écoutez, tout le monde est fatigué, nous allons voter.

– Je croyais que nous recherchions l'unanimité, remarqua Vikene.

Giske lui lança un regard mauvais.

– À cette heure-ci, la quasi-unanimité suffira, je pense.

– Tout à fait, renchérit Ekker en bâillant.

– Votons, dit Tønseth. Il y a cinq candidatures en lice.

Une minute plus tard, Léviathan devint le nom qui serait soumis au Premier ministre et au roi. Jensen, certain de son triomphe, s'était abstenu, tout comme Vikene. Le sourire béat de ses camarades le comblait. Giske appuya sur le bouton d'un interphone et deux policiers conduisirent la petite troupe dans un dédale de couloirs faiblement éclairés, vers une salle à manger où les attendait un plantureux buffet. Ekker s'étirait, Vikene riait avec Bjornoy et Tønseth, Giske versait à chacun du Moët et Chandon dans de gracieuses flûtes, tandis que Langemyr et Sveen, un responsable de la plate-forme, se joignaient à eux. Jensen écoutait les compliments de Giske et remplissait son assiette de charcuteries. Une fois leurs bouches en train, tous eurent envie de braver le froid et d'aller prendre l'air sur la terrasse aménagée. Un petit vent soufflait, le soleil restait bloqué sous l'horizon.

– Chers amis, dit Giske en levant sa flûte, à Léviathan !

– À Léviathan ! répondit la petite foule, trop peu couverte pour cette heure matinale en mer du Nord, le mois le plus frais de l'année.

Langemyr, d'humeur paterne, fut le premier cobaye : le nom de baptême eut l'heur de lui plaire. Sveen fut enthousiasmé. Ekker jouait les scrupuleuses, cherchant à se rassurer auprès de chacun. « Oui, je suis sûr que cela plaira au roi ! » professait Giske. « Tout à fait son style », assurait Vikene, peu rancunier. Tønseth les observait sans mot dire, neutre et bienveillant, engloutissant une deuxième omelette et un troisième verre de vin. L'action conjuguée de l'alcool, de la nourriture et du grand air les rendait magnanimes. Giske, dévorant à belles dents une cuisse de poulet biologique, se permit de demander à Bjornoy le thème de son prochain opus, puis il aborda Ekker d'un œil égrillard.

– Turid ! Regarde-moi ça ! dit-il en désignant 2/4 T, le réservoir géant aux mille alvéoles dont on devinait la masse sombre à quelques centaines de mètres. Sais-tu quand je suis venu ici pour la première fois ?

– Dis-moi donc, répondit Ekker.

– Oui, dis-nous, renchérit Vikene.

– Vikene, ça suffit, c'est à Turid que je cause ! cria-t-il d'une voix de fausset qui les fit tous rire. Hein, Turid ? Quarante-deux ans !

– Ça ne nous rajeunit pas, gloussa Ekker.

– Quarante-deux ans, bredouilla à nouveau le vice-président du Directorat en prenant Ekker par l'épaule. Tu m'excuses, j'ai été méchant tout à l'heure.

– Mais c'est le jeu, c'est le jeu ! susurra Ekker, se calant contre lui.

– Il faut que tu comprennes, continua Giske, la larme à l'œil. À vingt ans, je voulais faire du violoncelle, je pensais violoncelle, je parlais violoncelle. Puis il y a eu cette occasion d'entrer au ministère, puis StatOil, et maintenant le Directorat. Le violoncelle, Turid, c'est formidable, d'ailleurs ma fille en joue, elle a repris le flambeau. Merci ! (Langemyr resservait du champagne, sa silhouette mobile masquant les spots allumés, au loin, au-dessus de la mer.) Mais ça ne répond qu'à certains de nos besoins… On nous critique, on prédit la déplétion, mais un jour on comprendra que l'homme, livré à lui-même, n'est pas capable de réaliser son humanité, il est bien trop faible, Turid, quel que soit le temps dont il dispose. Il a besoin d'un adjuvant, d'un catalyseur. Et qu'est-ce qu'a été Dieu, enfin ? La preuve est faite que la dignité, les droits de l'homme, la liberté pour tous ne sont que d'autres noms du pétrole, et que la réalisation de toutes nos virtualités a dû l'attendre et finira avec lui. Avec le sous-sol, plus besoin de sous-hommes. On a pu se permettre de reconnaître les femmes, la plèbe, les enfants... Quand Ekofisk, quand Léviathan, quand tous les champs de la planète seront secs, nous reviendrons à la barbarie, la liberté pour quelques-uns.

– Rien de moins ! En attendant, santé et longue vie à Léviathan ! brailla Langemyr, au cœur de la nuit incessante du petit matin.

Le soleil de décembre ne se hisserait que vers 9 heures au-dessus de la mer. Chacun faisait l'éloge de l'iode, de l'air marin, de la houle, comme s'ils partaient pêcher. Giske, d'une voix éraillée, leur expliqua le programme de rénovation en cours. Dans sa parka noire, Langemyr, le sourire aux lèvres, fit à son tour un bref exposé sur les défis de la sécurisation des sites. Il finit d'une pique à l'intention des voix discordantes – élus travaillistes, journalistes, associations bien-pensantes – qui s'inquiétaient des trop grands pouvoirs de sa division. Tous gloussèrent avec condescendance. La PolEx avait déjà fait ses preuves, elle avait ses martyrs, cinq hommes perdus en mer, il y a trois ans, à la suite d'une fausse alerte, ses vedettes, comme Jerman, le sexy et médiatique commandant de la zone sud, champion de ski nautique, ses hommes de l'ombre, comme Langemyr qui faisait peu d'apparitions publiques, et ses polémiques, comme l'affaire des vrais-faux passeports utilisés par une quinzaine d'agents pour faire une incursion « préventive » sur une plate-forme anglaise.

Harassés, la plupart des passagers dormirent durant le voyage de retour. Malgré la fatigue, Jensen ne cédait pas au sommeil, il se sentait porté, jouissait par avance de son nouveau statut de membre du comité Nobel. L'adoption de sa proposition était une façon de rendre hommage à un homme bientôt revêtu d'un des plus prestigieux *pouvoirs de nommer*. Élémentaire prudence de la part de Giske, toujours bien informé, et juste intuition chez les autres. Bien calé dans le Kamov, Jensen n'avait aucun mal à se tenir éveillé, il se récitait la liste des plus célèbres lauréats, Henri Dunant, le fondateur de la Croix-Rouge, puis Roosevelt, Wilson, Schweitzer, Martin Luther King, Sakharov, Mère Teresa, Walesa, le dalaï-lama, Mandela, Al Gore, John Barrow, Bueno Bustani. Ce serait bientôt à lui de sacrer, d'adouber, d'écrire la légende.

Aussitôt rentré chez lui, vers 13 heures, il prit une douche. Avant de s'habiller, il enleva le couvercle de l'aquarium qui faisait office d'accoudoir d'un des fauteuils du salon et plongea l'avant-bras dans l'eau, comme il le faisait pour se détendre. Une centaine de diligents *Garra rufa* tachetés de gris se massèrent autour de son membre pour en grignoter les peaux mortes. Sonya était toujours dégoûtée par ce spectacle.

Une demi-heure plus tard, un taxi l'emmenait à la Banque. Il parcourut la presse d'un œil gourmand, comme s'il cherchait d'autres signes de triomphe.

Deuxième partie

1

Leur champignon atomique

Janvier

À 11 h 12, l'information se tenait encore en tête du classement du site WorldFans.org, et donc à la une des journaux aussi bien qu'aux premiers rangs des flashs radio. Son bruit privé (intensité de SMS et de conversations mentionnant ses mots-clés, captation de données anonymes, en conformité avec la commission ePrivacy des Nations unies) confirmait largement ce statut. Sur WorldFans.org, 15 792 302 internautes (dont un tiers d'Étasuniens, mais 10 % d'Indiens) avaient voté en sa faveur. C'était la nouvelle du quart d'heure, d'une résistance à l'érosion rarement constatée depuis le lever du jour. Kevin, le fils de la popstar Kewla, avait été photographié mangeant du chorizo à Barcelone, alors que sa mère faisait du végétarisme un idéal de vie.

Ce n'est que vers 11 h 23 que Kevin laissa la première place aux déclarations optimistes du Premier ministre japonais sur l'état de l'économie et de la balance commerciale. Émergeant du sommeil, les internautes japonais s'étaient mis à voter. L'affaire Kevin tomba en chute libre, sous la 700e place, et vers midi on se demandait bien qui pouvait perdre son temps à voter pour cette vieillerie sans démenti, sans rebondissement dans la demi-heure.

C'était un des défauts majeurs de WorldFans.org : être trop dépendant des internautes éveillés, aptes à voter, et faire ainsi régner la « censure de la couette », comme se moquait un chroniqueur. La hiérarchie des informations était dictée tour à tour par les États-Unis, l'Europe, l'Inde, la Chine, le Japon, selon l'exposition au Soleil de la planète. Des responsables du site, dont la cotation était actualisée toutes les deux minutes, promettaient la révision de l'algorithme, une majoration des suffrages des huit dernières heures (durée du repos nocturne) afin de respecter le vote des dormeurs et de pondérer l'excitabilité des éveillés. La direction s'était néanmoins farouchement opposée à l'idée de votes différés et programmés. Toute l'originalité de WorldFans.org était une évaluation directe, démocratique, dictant les vrais intérêts des internautes à tous les autres médias.

Ce même jour à 16 h 34, les six premières places étaient occupées par la victoire de l'Australien Don Bridley en demi-finale du tournoi de tennis de Mumbai, le scandale des commissions occultes versées par le gouvernement afghan aux industriels indiens de l'armement, la découverte d'une colonie d'araignées tropicales au nord de l'Italie, le nouveau roman d'un écrivain argentin, l'alerte au virus informatique Sweet-Bargain, la sortie d'un nouveau modèle de platane urbain chez UnitedCrops. Les troubles à la frontière entre le Nigeria et le Tchad n'étaient pas même entrés dans le classement. Ils ne firent leur apparition que le lendemain vers 5 h 52, temps universel. C'est sans doute à l'initiative d'internautes norvégiens levés de bonne heure que la nouvelle put figurer dans les 300 premières places (sur un total de 600).

L'aggravation de la situation, la confusion totale, les récits contradictoires, l'effet d'annonce la firent monter à la 213e place, malgré toute la sollicitude des Norvégiens et des internautes nigérians et tchadiens. Vers 14 heures, la nouvelle culmina à la 91e place, ensevelie par la démission du secrétaire d'État américain, le lancement d'un nouveau satellite de télécommunications au Brésil, le remariage du danseur Rodriguez Terrao. De belles et quasi appétissantes photos aériennes de cacaotiers en feu, cabosses éclatées et odoriférantes, lui permirent de se stabiliser autour de la 150e place, seuil en deçà duquel un événement était entaché de localisme. SavannahOrg, qui s'étendait sur les États nigérians de Kaduna, Bauchi, Plateau et Taraba, n'existait déjà plus.

Dans leur villa de Bygdøy, les Halden contemplaient le désastre sur leur écran plasma encastré au mur du salon, le plus souvent caché par un paravent chinois décoré de perroquets sur fond de laque noire. Katrin était horrifiée par le gâchis et le désordre. « Regarde-les courir, on dirait des lapins, lançait-elle à Karl, ce n'était pas bien surveillé, leur histoire. » Tout en mangeant ses toasts, Erich hochait la tête, disait que tout n'était pas perdu, et vantait le goût des légumes grillés.

Le FrP eut beau accuser d'emblée les milices musulmanes de l'État de Kano, qui n'avaient jamais accepté l'arrivée du projet d'agriculture pharaonique des Nordiques, l'enquête montra rapidement qu'elles n'avaient fait que renseigner la guérilla tchadienne qui, dans la nuit, avait expédié 3 000 hommes traversant le lac frontalier pour mettre à sac l'Éden solidaire et biologique.

Avaient-ils véritablement traversé le lac Tchad, ou avaient-ils, plus probablement, bénéficié d'un droit de passage de la part des autorités camerounaises ? Le gouvernement d'Abuja envoya immédiatement l'armée dans les États-Savannah, comme on les appelait à Oslo. Il mit en demeure le Cameroun, un de ses rares alliés, de s'expliquer sur ce sauf-conduit accordé à la guérilla, et déclara la guerre au Tchad – mais à qui donc exactement ? Le pays agresseur était lui-même plongé dans la guerre civile, divisé en trois zones d'influence, traversé par des mercenaires payés par ses voisins, la Libye et le Soudan.

Les combats commencèrent dans la soirée. Dans les plantations biologiques de haricots, de millet, d'ignames, les champs de pommes de terre, de canne à sucre, de gingembre, de riz, de manioc (le tabac traditionnel avait été banni de l'accord de coopération), dans les vastes vergers, calcinés à l'essence ou recouverts de déchets toxiques par des dizaines de petits avions de tourisme sans pilote, sortes de drones du pauvre, les échanges de coups de feu ne durèrent pas longtemps, car la guérilla tchadienne ne demandait qu'à se replier une fois sa besogne accomplie. Outre la pollution profonde des deux tiers des sols, on dénombra sur les exploitations la perte de plus de 3 000 têtes de bétail, la mort de 27 agriculteurs et de 8 coopérants norvégiens, plus de 50 blessés, des saccages ou des vols de matériel agricole et informatique de grande valeur. Les camps de demandeurs d'asile n'avaient heureusement pas été visés. L'armée nigériane déplora une vingtaine de morts (la plupart par intoxication chimique) et revendiqua la capture de 35 guérilleros.

Un investissement de près de 2 milliards de couronnes était parti en fumée, ainsi qu'un projet emblématique du codéveloppement, salué chaque année par le programme des Nations unies. SavannahOrg s'était voulu la référence absolue en termes de coopération équitable. Son comité de pilotage, parrainé par Sa Majesté le Roi, avait, dès les premières négociations avec Abuja, pris soin de ne donner ni dans le paternalisme colonialiste ni dans l'impérialisme, poussant la démonstration jusqu'à prétendre que l'agriculture biologique n'était qu'une redécouverte des pratiques traditionnelles africaines. La coopération était décentralisée, multipliant des jumelages nigériano-norvégiens entre régions, districts, villes et communes. Une élite de 500 ingénieurs agronomes nigérians avait été formée un an durant à Oslo, Bergen et Trondheim, des centaines d'éoliennes et de panneaux solaires, du matériel d'irrigation, des centrales d'arrosage goutte à goutte, des tracteurs électriques dernier cri offerts ou prêtés à des tarifs dérisoires.

Onze années de floraison pacifique s'achevaient dans cette immense grillade que survolaient incessamment les hélicoptères des chaînes de télévision. Çà et là, le gris souris des produits corrosifs (dérivés chlorés, soufre, ammoniac) s'interrompait et laissait deviner quelques oasis préservées, mais qui pourriraient sur pied, les couleurs d'une plantation d'ananas, le vert des champs de maïs, l'éclat des bananiers, dans un chaos indescriptible puisque l'armée s'agitait en tous sens pour éviter de nouveaux départs d'incendie. Un symbole accablant fut la destruction quasi complète des quelque 8 000 cacaotiers financés par des dons de particuliers du royaume. Chacun des arbres du petit millier rescapé continuait à afficher peureusement le nom de son donateur sur une plaque de cuivre incrustée dans l'écorce, tandis que des centaines de demandeurs d'asile, Égyptiens, Iraniens, Libyens, erraient dans les ruines, désœuvrés, incrédules, en veste, baskets et pantalon à pinces maculés de terre, se doutant bien que l'agression ne plaiderait pas en leur faveur, là-bas, dans le Grand Nord, même si SavannahOrg avait été pour l'État une précieuse source de dépenses.

Le programme était pavé de bonnes intentions au profit du Nigeria, pays doté d'une manne pétrolière, mais de faible tradition démocratique. Choisi pour le symbole, il avait découvert sa richesse pétrolière à la fin des années 1950, dix ans avant le royaume. L'aubaine avait entraîné l'accaparement du pouvoir par une oligarchie, l'exacerbation des tensions ethniques, un durcissement du régime, un niveau de corruption faramineux, pour un résultat final désastreux : appauvrissement des 200 millions d'habitants, sous-investissement, enrichissement, détournements massifs des revenus pétroliers. L'économie s'était crispée sur cette industrie capable de dégager des profits rapides, les devises étrangères avaient afflué, la monnaie nationale s'était appréciée, tout le monde voulait travailler dans ce nouveau secteur si prometteur ou le prenait comme référence. Il y avait déplacement de la main-d'œuvre, mais aussi déplacement de capitaux. Délaissés, le secteur manufacturier et les industries traditionnelles tournaient au ralenti, n'innovaient plus, perdaient leur compétitivité internationale. Pourquoi se fatiguer à fabriquer puisqu'on avait l'argent pour acheter ?

Les salaires du secteur béni augmentaient, les autres suivaient, il y avait hausse des prix, de la consommation de biens importés dits pudiquement « à forte valeur ajoutée » (beaucoup d'articles de luxe ou de prestige), de services locaux. Les revenus étant localisés, élevés et contrôlés par une technocratie plutôt que produits et diffusés par toute une économie, c'était une puissante invitation à la dilapidation. Il y avait tellement d'argent que, même si tous les intermédiaires se servaient au passage, le restant ressemblait toujours à une manne inespérée. Puis les ressources vinrent à décliner. Le Nigeria se retrouvait nu comme un ivrogne au petit matin. Ce fut alors que les généreux Nordiques, comme pour conjurer un semblable sort, proposèrent le projet SavannahOrg.

Pour l'heure, onze ans plus tard, le royaume était abasourdi et comme émerveillé par l'ampleur du spectacle de ces ruines végétales, aboutissement secrètement désiré. SavannahOrg, à présent perdu, naufragé dans le tourbillon ordinaire des guerres africaines, n'avait-il pas été un don masqué en location de terres, un exutoire ? Le temps était venu de s'avouer la vraie nature du projet, une dépense improductive qui laissait tout le royaume à la fois horrifié, orgueilleux et hébété, collégiens devant les ventres fécondés de leurs voisines de classe. Quelque chose avait dû sortir, ne plus leur appartenir, être prodigué. L'ampleur de la catastrophe magnifiait l'ampleur du don. Pour les Norvégiens, cette perte était certainement la meilleure façon de se mesurer aux démences du Sud, d'affirmer malgré tout – en complète sécurité – leur appartenance à cette humanité qui suffoquait sous eux. Confirmé par la 91e place sur WorldFans.org, l'écho médiatique restait médiocre, mais flattait les officiels du royaume. Il y avait eu assez de témoins, et la communauté internationale ne s'y était pas trompée, adressant ses condoléances – ses hommages – à la Norvège plutôt qu'au Nigeria. Ces ruines fumantes et multicolores étaient leur champignon atomique à eux, leur blason de puissance, par-delà les grandeurs abstraites de l'argent.

Dans son appartement, Sigrid suivait chaque jour les événements, se gorgeait d'images comme sa mère l'avait fait, toute jeune, dans sa chambre d'hôtel de Milan, devant les horreurs de *Black February*. Son besoin de tragédie grandissait, elle se sentit de taille à passer de l'autre côté des écrans. Elle resta des après-midi entiers aux toilettes, aux prises avec de terribles difficultés à exonérer. Elle pouvait s'efforcer, se détendre, boire, ingérer des fibres, ses intestins restaient verrouillés. Elle maudissait les causes possibles, l'excès de tonus sphinctérien, la faible motricité des muscles lisses, l'état lamentable du monde. Elle achevait en vain le troisième volume de *Bien rire aux toilettes*, un recueil d'histoires drôles au succès foudroyant.

En guise d'aventure, elle fit un stage d'une semaine dans la succursale de Bergen, où elle atterrit le lundi. Le kérosène brûlé par le trafic intérieur était à prix réduit, puisé dans les réserves stratégiques du royaume, et faisait des Norvégiens un des derniers peuples à sillonner le ciel en masse, entretenant le souvenir de l'âge d'or du XXe siècle. Certains observateurs avançaient qu'à toute heure du jour un quart du pays se tenait en l'air.

Le dimanche suivant, Katrin eut l'idée d'emmener à l'église Sigrid, Henryk et Anje, une de ses amies du conseil paroissial, afin d'écouter le pasteur Tverli, dont les prédications en chaire étaient réputées pour leur pessimisme bienfaisant. Ces derniers mois, une des plus mémorables, avait porté sur le surplus de poids de ses contemporains, proche de celui des Nord-Américains. Le pasteur avait accablé de ses foudres la restauration rapide, le recul du poisson dans les assiettes, les fins de semaine trop sédentaires et ces mouvements à vide, sans lest, que suscitaient les nouveaux jeux vidéo de salon.

Après le carnage africain, la petite troupe n'était pas la seule à chercher consolation. Elle prit son tour de queue puis entra dans l'église, une majestueuse baignoire blanche dont le seul aspect récuré apaisait l'âme. Les femmes trouvèrent place à l'écart, soucieuses de dissimuler leur condition de furtives novices. Henryk Larsen, lui, était pourtant familier des lieux, et très proche du pasteur.

En contemplant le sexagénaire monter en chaire, Katrin se souvint de bribes de cours sur l'art de prêcher rapportées par un frère de Karl, tenté par la pastorale avant de se vouer à l'informatique.

« Le prédicateur est serviteur de la Parole », ou encore : « Quand vous monterez en chaire, ayez une grande pensée d'amour pour tout votre auditoire. » Tverli semblait plutôt rebuté par l'afflux des fidèles. Katrin le regarda avec tendresse, comme un vieil oncle, et lui adressa mentalement : « Prêchez en pensant que quelqu'un participe au culte pour la première fois, un autre pour la dernière. »

Le sexagénaire au visage bougon se piquait de parler de mémoire. Il tint l'assemblée sous son regard, s'éclaircit la voix et commença *mezzo forte* :

– Dieu nous a créés à son image, bons, libres, dotés d'intelligence, de discernement, d'un sens de la beauté, d'un sens de notre dignité. C'est ce qui nous a valu, aux premières heures, d'être « régents de la Création ». Quelles richesses ! La ressemblance de Dieu ! L'image de Dieu ! Une âme ! La régence de la Création ! Peut-on concevoir un plus grand bien ? Et pourtant l'homme a péché. Non pas que Dieu l'ait permis ni souhaité, mais de son propre fait. Cette liberté a été tentée par Satan et le levier du péché a été l'envie, la jalousie de l'homme envers Dieu : « Mangez de ce fruit, dit le démon, vous serez comme Dieu ! », vous aurez le savoir, la puissance, l'immortalité. Le péché originel, c'est donc d'abord la convoitise, le désir de dominer autrui, la peur d'être soi-même. Il nous manquerait quelque chose, nous sortirions grugés des mains de Dieu, il nous faudrait retourner en réserve pour nous en mettre plein les poches… Et le serpent nous y aidera. Quel mépris de son être cela suppose-t-il ! La liberté, ce trait fondamental de l'être humain, a entraîné sa perte ! Nous ne naissons plus à l'image de Dieu, mais à l'image du premier homme pécheur. Le péché du premier couple est devenu le péché de tout homme. Pire encore, si riches, si bons que nous puissions être, nous n'avons plus la capacité d'effacer le péché, de lever la malédiction. Le catholicisme se trompe en défendant ce que nous appelons le synergisme, l'idée que l'homme peut coopérer avec Dieu à sa rédemption par des bonnes œuvres, une conduite sainte, une vie chrétienne.

« On cherche à accumuler des mérites, à entasser la bonté, à numéroter ses gentillesses. Pour que Dieu n'ait d'autre choix que de nous pardonner et nous sauver. On veut, le jour venu, pouvoir produire un certificat de bonne conduite. Voilà pourquoi la tentation est si forte de solidifier sa foi dans des œuvres et des accumulations profanes. Les richesses, la réussite et la bonne réputation voudraient tenir lieu de foi. Voilà une autre forme du malheur, ne croire qu'en ses œuvres, ses stratagèmes, refuser la gratuité de la grâce offerte par Jésus-Christ.

« Nous réfutons cela, à partir de la lettre même des Écritures. L'homme n'a plus de ressources propres pour trouver le salut. Le salut ne peut lui venir que gratuitement, par la foi. Personne ne peut avoir bonne conscience, se jucher sur son tas et se croire bon, sauvé, justifié.

« C'est pourquoi la perte de SavannahOrg, ce territoire de paix au cœur de l'Afrique, doit nous ramener à nous-mêmes. Il est important que nous soyons déçus – et au fur et à mesure que la déception se déploie en nous, nous comprenons le risque auquel nous nous sommes exposés en voulant représenter le Bien, fût-ce sous la forme d'un merveilleux jardin au cœur de la désolation. Cela doit-il nous dispenser de tout effort, de toute quête ? Certes non…

Il continua ainsi une bonne demi-heure, berçant ses ouailles. La sortie se fit dans le calme. Henryk parvint à aller le saluer. Les centaines de paroissiens étaient sonnés et repus de gravité. En cette période électorale, chacun ne pouvait s'empêcher de chercher le message politique sous-jacent, même si les opinions du pasteur étaient un secret des mieux gardés.

– Fallait-il aller jusqu'au bout de la gratuité de la grâce et renoncer à l'aide au développement ? Tout attendre de Dieu impliquait-il de voter FrP ? demanda Sigrid à sa mère, espérant une réponse de Henryk.

Katrin se contentait se secouer la tête en souriant. Henryk paraissait perdu dans ses pensées.

Ils stationnaient sur le parvis de l'église quand Sigrid, agacée par les mines vidangées de sa mère et de son prétendant, proposa qu'on aille écouter un prêtre de l'Église évangélique, à l'autre extrémité de la ville. Anje déclina la proposition, elle recevait à déjeuner. Erik, le chauffeur, s'amusa de l'idée et leur promit une arrivée en un temps record.

– Mais peut-être que Henryk, avec ses fonctions, n'a pas tout son temps, objecta Katrin, que sa cuisinière attitrée privait d'alibis domestiques.

– On est dimanche, maman !

Les yeux de Henryk brillèrent, sans doute ne débordait-il pas d'envie, mais ce sigisbée ne pouvait, à ce stade, contrarier son élue. La Mercedes s'ébranla et se gara vingt minutes plus tard en vue de l'église Saint-Paul, très prisée des immigrés. Sortant de l'habitacle dans son tailleur marron à perles, Katrin demanda à Erik de les suivre.

– Dieu sait ce que ma fille veut nous montrer, plaisanta-t-elle.

Elle parlait de plus en plus vite et bas, chuchotant à l'oreille de Henryk, ses talons claquant sur le trottoir.

Ils entrèrent dans le hall d'entrée du modeste édifice de brique rouge, où cinq femmes noires en tenue multicolore vendaient des billets de loterie, des gourdes en plastique et des titres-restaurants étalés sur des tables de jardin. Ils attendirent leur tour de passer. Erik était hilare. Ils purent enfin entrer dans la nef, se faufilant entre deux bandes d'enfants. Jeune encore, le pasteur au teint mat et au nez aplati finissait son sermon, qu'il ponctuait de gestes des mains, les doigts en éventail. D'un ton vibrant, il rappelait qu'au-delà des blessés, des morts et des pertes économiques, la destruction de SavannahOrg avait été un holocauste de céphalophes, d'hyènes, d'antilopes, de gazelles et de buffles nains. Puis, sous l'égide de saint François d'Assise, une bénédiction fut organisée. En trois quarts d'heure de zèle inspiré, dans une chapelle au sol recouvert de paille et de sciure, l'officiant bénit treize chats, vingt-trois chiens, six hamsters et des dizaines de perruches ou assimilées dans leurs cages, les prenant dans ses mains, ses bras, jusqu'à un boa au fond d'un vivarium.

– Il faudrait revenir avec le chien, se permit de dire Erik, sous le regard désolé de Katrin.

Le prêtre déplora ces vies perdues au Nigeria et, tel un prophète de l'Ancien Testament, rappela qu'au début du siècle la Norvège avait eu la prudence de créer, pour 6 milliards d'euros de l'époque, une « arche de Noé végétale » sur l'île de Spitzberg, à un millier de kilomètres du pôle Nord. Le bunker frigorifié contenait les graines de quelque 5 millions d'espèces végétales. Cette banque de semences universelle, dans son permafrost plus encore à l'écart de la folie humaine que le royaume lui-même, serait « l'ultime ressource en cas de désastre planétaire ». Pour lui, les Norvégiens – de quelque couleur qu'ils fussent – devaient se préparer à prendre la relève d'une humanité corrompue, et tel était le sens de la richesse inextinguible qui leur était échue.

Katrin considérait avec répulsion l'entièreté du prêtre métis, ses gestes vifs, imprévisibles, ses yeux illuminés, sa sincérité contagieuse, la pauvreté dans laquelle son humanité prétendait s'épanouir. Elle aussi voulait jouir de son existence, lui faire rendre son jus, mais c'était en se tenant invisible dans une loge de théâtre, à équidistance des grands élans de la vie humaine. Elle était curieuse de tout, achetait les disques dont on parlait, les catalogues des expositions, s'intéressait aux malheurs du monde, lisait les romans et les journaux. Mais c'était depuis sa place fortifiée : sa curiosité était intéressée, pleine de sympathie, avide de diversité, tout en constituant le contraire de l'engagement, du mélange, du don de soi. Elle excluait toute vocation brûlante, se contentant de tracer un chemin de ronde éclairé et chauffé, une façon d'informer ses intérêts, de lisser le hérissement du monde, pondérant la culture par la politique, la science par la religion, la littérature par la musique, l'argent par la vertu, et vice versa.

La musique avait tout particulièrement les faveurs de Katrin. Elle permettait ces petits concerts qu'on organisait à la villa et qui attiraient le meilleur monde. Elle était l'art de faire défiler et rugir toutes les passions humaines dans leur pureté, privées de leurs effets notoires, sans qu'aucun objet autour du piano, aucun corps autour des instruments, aucun costume autour des corps fût touché, éraflé, déplacé. (Katrin revoyait encore Sigrid et Henryk, côte à côte comme des meubles au cœur du *Treizième Quatuor* de Beethoven. Elle avait jeté un coup d'œil complice à Jensen, assis derrière elle.)

Le jeune pasteur s'égosillait toujours dans la chapelle bondée, les doigts gras de sueur animale. Tout comme lui, les artistes, les politiques ou les ascètes suscitaient chez Katrin un mélange d'admiration et d'effroi : elle leur savait gré d'avoir enrichi la culture, la civilisation et ses douceurs, mais il fallait être bien malade ou naïf pour se faire happer tout entier dans une manie aux retombées si aléatoires, comme ces élections d'avril, tous ces rois et ces reines obsédés par leurs rôles. Sa position à elle lui semblait concilier les contradictions, lui donner le point de vue le plus complet et le plus sûr. En acceptant de traiter, en secret s'il le fallait, avec chacune des puissances chaotiques de ce monde, en se tenant au fait du réel et de ses propres désirs, elle pensait avoir conféré un tempérament égal à son existence.

Soudain entourée d'êtres en hardes, elle se raccrochait

en pensée à la fortune apportée par son mari, sa chaîne de *hard discount*, ses deux enseignes complémentaires et sa quarantaine de magasins, dont trois en Suède même. La richesse, pensait-elle, était caricaturée par les mauvais esprits et les envieux. Elle était certes arbitraire, mais pas plus qu'un don artistique ou que la beauté physique. Et, pas moins que la beauté, il fallait l'élaborer, la cultiver, la faire durer. Elle n'était rien sans une part de finesse et de vertu, de discipline et d'organisation. Tout dépendait donc de son usage. Pour Katrin, la richesse permettait de faire tourner le manège de la comédie humaine, d'avoir un public, de dénouer les conflits, d'aller droit à ses buts, un exaltant miroir de l'intelligence. Tout cela, quoi qu'on dise, n'était pas négligeable. En cet instant, son maintien, sa raideur étaient éloquents. S'il en était besoin, elle l'aurait dit en face à ce catholique en transe. Mais personne ne lui faisait les reproches qu'elle aurait aimé entendre.

Lassée, elle insista pour qu'ils sortent avant la fin, estimant avoir compris le message. Sigrid était pressée d'avoir le sentiment de Henryk.

– C'était vraiment charmant, si vous voulez mon avis, Sigrid, cela pose la question de l'éthique animale, du statut des animaux non humains.

Sigrid lui demanda si le bien-être animal faisait aussi partie des exigences du Fonds. Henryk hocha la tête et ses paroles semblèrent le vieillir :

– C'est un point à examiner, il faut dire qu'avec les hommes, nous avons déjà de quoi nous occuper !

Au volant, Erik était d'humeur joviale, ravi d'avoir vu du pays. Armant son bras pour tourner à gauche, il s'écria :

– Ce boa, madame, il fera un bon chrétien.

Au terme d'un délai de décence, après l'enterrement en grande pompe des coopérants tués, le rapatriement de tous les autres, les polémiques électorales reprirent violemment.

Conservateurs et travaillistes ne pouvaient s'empêcher de penser qu'avec un tel drame l'Unesco n'aurait pas le cœur de refuser d'inscrire la gestion du Fonds pétrolier au patrimoine de l'humanité. Lindstrøm, la chef du FrP, continuait à mettre en cause les *hisbas*, les milices musulmanes de la région de Kano, dès qu'elle en avait l'occasion, mais, d'un ton humble et peiné, martelait surtout la nécessité pour la Norvège de se recentrer sur ses propres affaires – quand bien même son parti avait su chanter les louanges d'un projet « exemplaire » au temps de la popularité de SavannahOrg, alors que chaque foyer voulait avoir son panier de légumes solidaires, accueillir dix jours par an un petit Nigérian, et que le gouvernement avait dû calmer ces ardeurs tiers-mondistes. Les sondages électoraux enregistrèrent un élan de compassion sous la forme d'un regain des travaillistes. Le FrP pouvait à nouveau craindre de manquer la victoire et le pouvoir sans partage.

2

Ces toiles qui n'avancent pas

Kurt Jensen avait relu quelques pages sur le sujet. Monet part en voyage pour Christiania, l'actuelle Oslo, en 1895. Frits Thaulow, un peintre norvégien établi à Paris, lui avait recommandé la beauté hivernale de son pays. C'est aussi pour lui l'occasion de rendre visite à son beau-fils qui s'y était installé. Durant deux mois d'hiver, il peint des paysages, des effets de neige. Ce n'était pas la première fois que ses toiles norvégiennes étaient exposées à Oslo, mais cette fois-ci elles l'étaient dans leur intégralité, et l'on pourrait également voir les photos qu'il avait prises et lire un choix de lettres écrites à sa femme.

Habitué aux passe-droits et aux visites privées du temps de Nagell, Jensen contempla l'interminable queue à l'entrée de la Galerie nationale. Il était 9 h 55, ses appels réitérés au secrétariat du comité Nobel ne lui avaient pas permis de contacter à nouveau Ronglie. Il ne savait ni comment ni où ils se retrouveraient. Ce rendez-vous stratégique avait été pris à la sauvette, il y avait plus d'un mois, dans les toilettes de la Norges Bank.

Le ciel était blafard. Jensen se tenait sur le trottoir, refusant d'intégrer la queue d'une centaine de personnes immobiles dans le froid de la matinée, tête baissée. Quelques-unes ouvraient grands leurs journaux, lisaient de nouveaux développements sur la tragédie de SavannahOrg. Il fallait bien qu'il se distingue d'une façon ou d'une autre pour être remarqué par

Ronglie. Il tournait lentement la tête dans les deux sens, se donnant un air dégagé. Il n'osait sortir de sa poche le quotidien acheté en sortant du Jardin botanique. Même dans ces circonstances tragiques, se plonger dans les nouvelles aurait pu sembler désinvolte. À 10 h 15, il se dit que Ronglie l'attendait peut-être à l'intérieur et voulut en avoir le cœur net. Il se propulsa vers l'entrée du bâtiment et jeta un œil dans le hall : personne, rien que des va-et-vient. Il revint à regret sur le trottoir.

À 10 h 20, la mort dans l'âme, il se résigna à entrer dans la queue qui, par chance, avait légèrement diminué. Elle n'avançait que très lentement. Quelques minutes s'étaient écoulées, quatre ou cinq nouvelles personnes s'étaient déjà rangées derrière lui quand l'une d'elles s'écria :

– Kurt Jensen ?

Il se demanda depuis combien de temps on ne l'avait pas appelé ainsi. Ses amis l'appelaient Kurt, ses subordonnés monsieur Jensen, ses collègues les plus proches pouvaient lui donner du Jensen, mais « Kurt Jensen » était un fossile, la manière d'un maître d'école.

Il se retourna et rassembla toute sa mémoire pour reconnaître l'étonnant Ronglie, le vice-président du comité Nobel, dans le petit homme qui le regardait sans s'avancer vers lui. Il ressentit une répulsion physique, aggravée par le froid. Le visage du petit vieillard était parcheminé, criblé de taches brunes, ses yeux vifs semblaient englués dans une pâte blanche. La seule partie encore fraîche était la bouche, d'un rose et d'un dodu inattendus. Ses épaules tombantes le rapetissaient encore. Contre toute logique, Jensen rétrograda dans la queue pour le rejoindre et serra sans plaisir une main sans gant, molle, râpeuse et glacée.

– Vous voilà donc, dit Ronglie d'une voix sucrée.

– Nous nous sommes trouvés, c'est parfait ! Comment allez-vous ? Il aurait fallu me le dire, j'aurais pu prendre des dispositions et nous faire obtenir un…

Ronglie, enveloppé dans un manteau de laine en tissu écossais, ne semblait pas avoir entendu.

– Évidemment, c'est une exposition historique, il y a beaucoup de monde.

– C'est ennuyeux.

– C'est bien que les gens s'intéressent encore à la peinture. Je reviens d'une semaine à Tokyo, alors ici, on a l'impression qu'il n'y a personne, dit-il en riant.

– Tokyo ? Quelle ville ! Dans le cadre de vos contacts pour le Comité, je suppose ?

– Mais comparés à Tokyo, nous faisons presque aussi bien la queue, pas de gens qui traînent, alignement parfait… Vous ne trouvez pas ?

Jensen fit mine de s'enthousiasmer pour la forme de la queue, telle une oie sauvage découvrant ses congénères dans un élevage en batterie.

Comme flattée, la queue avançait bien plus vite à présent. Ronglie toussota et reprit la parole :

– Alors à quoi vous occupez-vous, Kurt Jensen, dites-nous ?

Il fut surpris de la question, qu'il mit sur le compte de l'activité internationale de Ronglie, de son souci d'exactitude. Mais le « nous » le combla d'aise, laissant entendre qu'en sa personne c'était tout le Comité qui l'auditionnait aussi plaisamment ce matin.

– Je suis au conseil de surveillance de la Norges Bank, et je siège aux conseils d'administration de StatKraft, de Norsk Hydro et d'Aker Kvaerner.

– Mais c'est formidable, dit Ronglie, comme si rien de mieux ne pouvait échoir à quiconque.

Jensen remercia, répondit à quelques questions générales sur la politique monétaire de la Banque et sur les plus jeunes membres du conseil de surveillance. Ils entrèrent enfin, prirent leurs billets. Jensen tenta de l'offrir à Ronglie, mais celui-ci refusa en secouant légèrement la tête. Il déclina de même le vestiaire et resta enveloppé dans sa laine.

La scénographie de l'exposition était incongrue, se voulant solennelle et presque mystique, non sans prétention. Aucune lumière ne tombait des plafonds ; les quatre grandes salles étaient plongées dans une quasi-pénombre. Les tableaux, présentés par groupes de deux ou trois, étaient éclairés d'en haut par des découpes, photos et documents placés dans de petites vitrines posées très bas. On devinait des silhouettes penchées, presque à genoux, le visage faiblement éclairé par en dessous.

Interloqué par la tournure de la conversation, Jensen sentit l'occasion de reprendre la main : il allait expliquer à quel point cet accrochage était absurde, qu'une muséographie moderne évitait de masser les tableaux, pourquoi on n'éclairait pas aussi directement la peinture à l'huile, pour d'évidentes raisons de conservation et par respect pour les couleurs.

L'éclairage restreint épaississait encore la foule. On ne distinguait pas immédiatement les espaces libres par lesquels se frayer un passage. Ronglie avançait à tout petits pas, l'affluence ne semblait aucunement le gêner. Jensen voulut se lancer dans ses considérations muséales quand l'autre prit la parole :

– Monet avait cinquante-cinq ans quand il est arrivé chez nous – ce n'est pas tout jeune. Mais pour nous c'est encore tout jeune, évidemment.

– Il avait encore trente et un ans à vivre…

– Exact, Kurt Jensen. « Quelle terrible chose que la fin de la vie ! » C'est lui qui disait cela, déjà en 1899, pensez donc.

– Je ne savais pas… Ah, je crois que cela avance un peu !

– Évidemment, de loin ça fait peur, mais ce qu'on ne dit pas, c'est que, passé un certain âge, l'envie n'est plus là…

– L'envie de vivre ?

– Tenez, « vivre » ! releva Ronglie en clignant des yeux. Même ce mot n'a plus grand sens. Il n'a plus sa généralité, il ressemble trop à ce que vous êtes, vous n'allez pas vous refaire.

Profitant du soudain déplacement d'un groupe de cinq personnes, il prit Jensen par la manche et l'entraîna à droite, vers le premier groupe de tableaux représentant le fjord de Christiania.

– Il y a encore une petite place pour nous, dit-il d'un ton farceur, comme s'ils étaient deux passagers clandestins, tandis que Jensen distinguait à peine son visage.

Trois toiles se tenaient côte à côte, elles aussi dans une promiscuité désagréable. Ils restèrent muets, dans un silence qui pouvait être admiratif.

– Nous sommes très fiers que Monet ait peint vingt-huit toiles en Norvège, dit Ronglie comme pour lui-même. Mais il ne faut pas oublier qu'il était venu pour se reposer des vingt *Cathédrales de Rouen*.

– Vingt-huit toiles… un repos bien relatif ! Quel dommage d'entasser les tableaux sur les murs, et cet éclairage direct, cela ne se fait jamais. C'est indigent. Les musées prêteurs ne doivent pas être au courant…

– Je trouve cela très bien, Kurt Jensen. Très bien.

– Au niveau muséographique…

– À notre niveau, il n'en faut pas plus.

Ce « nous » était-il à nouveau celui du Comité ? Voulait-il dire que cette visite n'était qu'une entrée en matière, un prélude à une discussion de fond, et qu'il était inutile de finasser sur les détails du décor ?

Ils piétinaient maintenant à proximité des tableaux représentant le mont Kolsaas, qu'ils distinguaient entre deux épaules. Jensen se demandait comment Ronglie, de toute petite taille, pouvait voir quoi que ce soit. Il semblait juger et parler de mémoire.

– Le pauvre, il lui aurait fallu des skis pour bien saisir le motif, dit le vice-président. Il n'a pas pu tourner autour, comme Cézanne avec la Sainte-Victoire. Sa montagne, il ne l'a pas trouvée chez nous. Il est resté sur les sentiers battus. Regardez comme c'est lourdaud, pâteux.

– L'éclairage n'arrange rien, vous en conviendrez. Et il abîme la peinture...

– Laissez-la s'abîmer, Kurt Jensen. Pensez-vous qu'il faille préserver tout ce qui se fait sur notre sol ?

– Quand c'est signé Monet, je préfère...

– Il n'a signé que la moitié de ce qu'il a peint ici. Au bout d'un moment, signer ne veut plus rien dire. Pensez à tout ce que nous signons, cher collègue !

Jensen rosit de plaisir à la seule évocation de cette collégialité. Puis une femme d'une soixantaine d'années, elle aussi tout emmitouflée, sortit des rangs compacts de la foule et aborda Ronglie d'un air ravi. Jensen s'écarta d'un pas, par discrétion, mais ne put en faire plus faute de place. Il s'absorba dans la piètre apparition du mont Kolsaas. Une minute plus tard, Ronglie se retournait vers lui, plissant ses yeux chassieux, l'air distrait et malicieux, comme s'il venait de copuler à même la foule ou de partager un souvenir équivalent en substance.

– Une ancienne collaboratrice, vous m'excuserez...

– Je vous en prie. Je lisais la brochure... Six vues du Kolsaas ont tout de même fait partie de l'exposition de mai 1895 à Paris, où il les a présentées avec les *Cathédrales*.

– Voulez-vous que je vous dise, Kurt Jensen ? fit Ronglie en levant la tête au plafond. « Ces pauvres toiles qui n'avancent pas, qui ne seront ni des impressions ni des toiles un peu poussées »...

– C'est votre avis ?

– C'est ce que disait Monet lui-même.

– N'avait-il pas tendance à être un peu négatif vers la fin de sa vie ?

– Ne sentez-vous pas que tout ce qu'on vend sous le nom de « mélancolie scandinave » n'est qu'une façon polie de parler de notre médiocrité ?

Jensen ne sut que répondre. Ronglie semblait se laisser aller à des provocations dignes d'un vieillard aigri. Était-ce sincère, était-ce un piège, une ultime vérification de sa motivation et de son patriotisme avant de l'introniser ? Ou bien le fruit de sa vie de voyages, au cours de laquelle l'inanité du royaume lui serait apparue ?

– Nous faisons tout pour échapper à notre marginalité, reprenait Ronglie. Nous faisons même tomber de la neige pour attirer les peintres. Mais songez à ce que Monet faisait déjà en 1869...

Les vues du village et du pont de Sandviken semblèrent trouver grâce aux yeux de Ronglie. Il paraissait perdu dans ses pensées et passa une main dans sa chevelure clairsemée.

– Enlevez Ibsen et Munch, qui se sont empressés de décamper à l'étranger... Enlevez-les et qui sommes-nous ? Des bûcherons, des poissonniers, des envahisseurs frustrés ? C'est avec le temps qu'on apprend à rester à sa place, Kurt Jensen.

À contre-emploi, Jensen se sentit tenu de défendre le royaume.

– Vous êtes un peu dur avec notre beau pays, dit-il façon carte postale.

– Dans le haut Moyen Âge, nous avons envahi l'Europe avec nos drakkars, notre violence. Depuis, la violence a fait des progrès, nous avons été distancés. Alors nous nous sommes reconvertis dans le Bien. Aujourd'hui, nous voulons sauver le monde avec nos pensées pieuses et nos milliards…

Jensen ne pouvait décemment pas lui dire qu'il était d'accord, que ce provincialisme du royaume l'insupportait, et que le comité Nobel était pour lui l'occasion de prendre le large à l'automne de sa vie.

– C'est une façon originale de voir les choses…

– Mais le Bien, Kurt Jensen, dites-nous…

– Le Bien ? Je laisse parler l'expert que vous êtes !

Jensen redoutait à présent que le vice-président du Comité lui-même atteignît le sommet de l'absurde et se moquât d'un prix par lequel le pays de « l'échec » de Monet se faisait l'arbitre du Bien et du Mal. De plus, il ne voulait surtout pas être le premier à aborder la question de sa candidature. Il n'aimait rien tant que les cooptations se fassent d'elles-mêmes, dans un échange de repas, de sourires et de cartes de visite.

La dernière salle était consacrée aux clichés pris par le grand peintre. La foule se fit moins dense et plus bavarde. Les éclairages du dehors commençaient à poindre.

– Toujours étonnant de voir un peintre prendre des photos, murmura Ronglie. On lui a reproché de travailler d'après photographie, et alors ? Il n'allait pas rester planté chez nous cent sept ans !

– L'invention de la photographie est une des motivations de l'impressionnisme. L'instantané, l'impression, répéta Jensen.

– Les grandes villes et le train… Ce n'est pas à Christiania que Monet aurait trouvé sa gare Saint-Lazare !

– Certes, murmura Jensen.

L'exposition était terminée, ils revinrent progressivement dans la lumière du hall de la Galerie nationale. Ronglie toussota et marcha de plus en plus lentement, à la grande joie de son acolyte.

– Voilà donc toute cette gloire, dit Ronglie en désignant d'un doigt flétri l'exposition derrière eux. Le Nobel peut-il nous sauver de cela ?

Jensen jubila et se félicita de ne pas avoir abordé le sujet. Tout arrivait en son temps. Ronglie s'arrêta de marcher.

– J'ai donc appris que le Storting avait ouvert le recrutement à deux non-parlementaires, dit-il comme s'il s'était agi d'un oukase de Jensen.

– Oui, répondit Jensen, la gorge serrée, tentant de ne pas trop écarquiller les yeux.

En pleine lumière, Ronglie lui faisait à présent l'impression d'un habitant d'une autre planète, oxydé par l'atmosphère terrestre.

– Et vous êtes candidat, Kurt Jensen ? demanda-t-il sur un ton d'incrédulité, comme si une candidature était outrecuidante ou indigne d'un homme comme lui.

– Vous le saviez, n'est-ce pas ? dit-il, décontenancé.

– Ce qu'on sait, ce qu'on ne sait pas... Vous êtes candidat ?

– Oui, dit-il, avec le sentiment de montrer ses parties honteuses aux visiteurs qui s'égaillaient dans le large couloir.

– Il paraît que vous dites grand bien de notre mission, de notre rôle, de nos choix...

– C'est tout à fait exact.

– Vous savez, Alfred Nobel a créé ce prix sur la suggestion de Florence Nightingale... Elle voulait, paraît-il, qu'il répare le mal causé par la dynamite qu'il avait inventée.

– Tout à fait, je connaissais l'histoire.

– Elle est rapportée par Zweig dans un de ses derniers livres. Et vous, Kurt Jensen ?

– Moi ? sursauta Jensen.

– Oui, quel mal voulez-vous réparer en entrant au Comité ?

Jensen fit semblant de rire, pour gagner du temps, mais cela ne lui fut d'aucune aide.

– Je ne vois pas ce que… bredouilla-t-il.

– Dites-nous, dit Ronglie d'une voix doucereuse de confesseur.

– Le mal, enfin la violence entre les hommes…

– Non, ne parlons pas des désordres du monde, mais du mal que vous avez causé personnellement.

Jensen commença à paniquer. À quoi s'amusait-on avec lui ?

– Nous ne parlons pas du bien ou du mal, mais de la paix dans le monde, si je ne me trompe.

– Nous parlons de *notre* prix, de *notre* paix. Et qu'est-ce que notre paix ?

– C'est une question fort complexe…

– Précisément. C'est un rapport de force qui ne peut être défini. C'est pourquoi la motivation personnelle est si importante. C'est le mal que vous avez causé qui vous motive, rien d'autre…

– Je ne pense pas que quoi que ce soit dans mon parcours s'oppose à…

– Vous êtes donc entièrement innocent, conclut Ronglie avec un sourire.

– Innocent ?

– Mais nous avons besoin de personnes bornées, tourmentées, de fortes têtes… De gens capables de ne pas choisir Gandhi, et même de ne pas choisir du tout, comme nous l'avons souvent fait, alors que les hommes de bien abondent de par le monde. De choisir ceux qui ont du sang sur les mains mais les ont bien lavées. Et tout cela pour des raisons devant rester obscures…

– Il y a eu des erreurs de jugement, sans doute…

– Ce ne sont jamais des erreurs, Kurt Jensen, dit Ronglie

en détachant ses mots. Vous êtes peut-être trop candide, trop naïf.

– Trop naïf ? dit-il, comme si l'on attentait à sa dignité.

– Voilà pourquoi nous refusons d'ouvrir le Comité à des étrangers, continuait le vice-président, ni même à des Scandinaves, voilà pourquoi nous refusons d'être remplacés par des historiens, des spécialistes. Vous n'êtes rien de cela, je vous rassure. Notre paix doit garder ce visage minuscule, arbitraire. Elle doit ressembler à notre peuple. Elle doit flatter notre sens de la propriété.

Ils étaient parvenus sur le trottoir de la Galerie nationale. Deux jeunes hommes aux visages d'Indiens sortirent lentement d'une grosse berline étrangère, vêtus de costumes sombres. Ils enveloppèrent Ronglie dans un splendide manteau de velours beige, à col de fourrure. L'un d'eux ouvrit une petite valise sous les yeux du vieillard : elle contenait un assortiment de brosses à dents, toutes de couleurs différentes. Ronglie pointa du doigt la rouge et la blanche, l'homme les sortit et referma la valise en hochant la tête. Puis ils lui firent signe d'entrer dans le véhicule. L'un, M-Phone à l'oreille droite, parla d'un retard de dix minutes tandis que l'autre, vraisemblablement le chauffeur, enfilait posément des gants antidérapants.

– On parvient à ses fins par toutes sortes de moyens, reprit Ronglie. Vous y arriverez peut-être, il ne vous aura pas échappé que je vois les choses par le petit bout de la lorgnette. Mais, comment dire ? pour la paix, la vraie, on peut chercher ailleurs... C'est un avis personnel, Kurt Jensen. Et le Comité lui-même ne devrait-il pas se contenter, comme vous, de baptiser des champs pétroliers plutôt qu'attribuer des bons points ?

– Nous nous quittons si vite ? balbutia Jensen.

– Vous m'en excuserez, il y a tant d'avions qui m'attendent, tant de vérifications à faire, tant d'argent à dépenser... dit-il en s'engouffrant à l'arrière de la voiture. Cinq mille apôtres qui cherchent leur Christ !

Jensen resta paralysé au bord du trottoir. Il se sentit abattu, vide, furieux et seul. Tout ce que Ronglie avait dit (par plaisanterie, mais dans quel but ?), il n'était pas loin de le penser. Il ne pouvait pas faire une campagne publique avec de tels arguments. Il ne pouvait pas ne pas faire campagne. Il ne pouvait donner raison au vice-président. Il ne pouvait gagner sa sympathie en partageant son cynisme. Il ne pouvait croire à ce qu'il avait entendu. Le comité Nobel lui semblait une nef de fous.

3

Cocktail Blue Lagoon

Le saccage du foyer de demandeurs d'asile en décembre était encore tout frais dans les esprits. La police enquêtait, et comme chacun des membres du commando, Geir Lund était en mode « taupe », n'évoquant pas le sujet, se faisant passer pour malade s'il en avait le loisir.

Jeune plongeur, il était sorti de l'eau d'Ekofisk et avait quitté le métier au bout de six ans et demi, grâce à Monika. Il avait alors un peu moins de trente ans. Monika lui donnerait deux filles, deviendrait la femme de sa vie. Elle fut la première, la nuit, à l'entendre respirer comme une ruche.

Pas plus bête qu'un autre, Geir passa rapidement un concours et obtint un poste d'employé à l'administration du port de Stavanger. Dans la joie de sa paternité, il se remit à étudier le piano pour en donner le goût à ses enfants et jouer, quelques soirs par semaine, dans les bars de Stavanger et de Haugesund.

À Stavanger, vers la fin d'un *ragtime* qu'il ne maîtrisait pas encore et qui faisait le fond d'ambiance d'un bar rempli de cadres de l'industrie pétrolière, Geir acquit la certitude qu'il ne pourrait jamais tourner la page du caisson de compression. Il se sentit soudain incapable de respirer, la douleur articulaire le fit s'écrouler aux pieds d'un serveur qui renversa sur son smoking loué tout le contenu d'un cocktail Blue Lagoon.

Alors commencèrent le dédale médical et les cauchemars. Il n'avait pourtant jamais connu d'accident dans son ancien travail. Le pneumologue constata une déficience du tractus respiratoire et nota dans son dossier ses antécédents de plongeur. Il préférait ne pas s'exprimer sur le lien à faire entre les deux. On n'en savait pas assez, et si la plongée laissait de telles séquelles, cela se saurait et l'on verrait débarquer des centaines de malades. Tel n'était pas le cas.

Les désordres mentaux apparurent. Geir put bénéficier de quelques séances avec un psychiatre indifférent à son sort. Il apprit à cette occasion qu'un grand nombre d'anciens s'étaient suicidés, que d'autres souffraient de maux variés et mystérieux. Il fut déclaré invalide à 40 %. Il n'arrivait plus à dormir, se sentait menacé, comme s'il n'avait vécu ses années de plongée que dans un faux calme qui se fissurait de toutes parts, laissant entrer la pression des eaux anciennes.

En fin de journée, après des heures d'angoisse, il entrait dans des accès de fureur incontrôlée. Il s'en prenait aux chaises, aux bibelots, aux jouets des filles qui traînaient, mais se maîtrisait devant sa femme. Un après-midi, Rita – elle avait alors quatre ans – se réveilla de sa sieste, erra seule dans l'appartement, pensant jouer à cache-cache avec son père, libérant les oiseaux et les hamsters, ouvrant les tiroirs à couteaux de la cuisine, le cherchant en riant jusque dans les sacs à chaussettes. D'une pièce à l'autre, le jeu de Rita tourna à la crise de nerfs puisque Geir buvait deux rues plus loin. Monika découvrit l'enfant défigurée par les pleurs. Effondrée, elle prit deux mois plus tard un appartement à l'autre bout de la ville. Lui fuyait la vision de la mer toute proche. Un jour où il était en paix, Geir les horrifia toutes en leur promettant de ne pas se suicider.

Il profitait de ses journées de répit pour retrouver les traces de ses anciens camarades. Bientôt ils renouèrent, et il rencontra même de nouvelles têtes. Chacun d'eux avait eu droit à la condescendance du médecin, à ses questions sur les accidents survenus, au laïus sur les fragilités personnelles qui interdisaient de tirer des conclusions générales.

Têtes brûlées, taiseux, ils se connaissaient peu les uns les autres. La douleur et le sentiment d'injustice les rapprochèrent. Geir adhéra à la North Sea Diver Alliance, qui entreprit d'attaquer l'État norvégien pour négligence criminelle. Ils exigeaient reconnaissance du tort causé et réparations.

Leur avocat n'y allait pas de main morte : « En traitant les plongeurs comme des cobayes lors de la mise en place des gisements *off shore* de la mer du Nord, nous pensons que le gouvernement a violé les conventions de Nuremberg relatives à l'expérimentation sur les êtres humains. »

Il soutenait que l'État savait ce qu'il faisait en envoyant ces hommes à de telles profondeurs ; qu'il savait que la plupart souffriraient tout le reste de leur vie de diverses pathologies mais qu'il n'avait pas voulu en tenir compte. Il alla jusqu'à prétendre que le royaume s'était procuré les comptes rendus des expériences d'immersion pratiquées par les nazis dans les camps de concentration. « Tout le monde savait, mais on ne voulait rien voir. C'est ainsi que les plongeurs ont continué et que le royaume est devenu riche à milliards. Le Fonds pétrolier n'existe que grâce aux plongeurs. »

Le ministère de la Santé versa jusqu'à 200 000 couronnes (environ 25 000 euros) à 123 plongeurs sévèrement handicapés. Puis, suivant une idée de la commission *ad hoc*, le Storting proposa à chacun des plaignants une compensation pouvant aller jusqu'à 2,5 millions de couronnes par personne (plus de 300 000 euros). L'État reconnaissait une responsabilité morale et politique, mais refusait toute responsabilité pénale. Selon lui, durant cette période pionnière, les connaissances scientifiques ne permettaient pas aux autorités de mesurer les risques de la plongée. StatoilHydro, la plus grande compagnie pétrolière du pays, reconnut elle aussi une responsabilité morale mais écartait le reste, puisqu'elle n'avait fait qu'appliquer les règles en vigueur à l'époque. La plongée à plus de 180 mètres fut limitée à dix jours. Puis elle fut totalement interdite.

Geir accepta la somme proposée et décida de tourner le dos à ce qu'il considérait comme de l'acharnement judiciaire. La reconnaissance de la responsabilité pénale de l'État ne lui rendrait pas la santé, il laissait faire les autres, abandonnant à leur sort ses anciens collègues étrangers qui n'avaient eu droit à aucune compensation. Les membres de l'alliance le considérèrent comme un renégat. Geir abandonna même les séances chez le psychothérapeute, qui lui expliquait qu'on pouvait à présent comprendre ses maux dans le cadre flambant neuf du PTSD, *Post-Traumatic Stress Disorder*.

Il chercha à renouer avec Monika, partie à Bergen avec leurs filles Eva et Rita. Elle avait refait sa vie, refusait tout contact. Ses enfants lui rendaient visite, grandissaient. Eva jouait magnifiquement du piano, mais curieusement ne raffolait pas de Chopin, le compositeur préféré de Geir.

Elle venait lui rendre visite. Il l'accueillait bien, puis une bouffée délirante lui venait, nécessaire et imprévisible. Bientôt son père se dressait devant elle, renversait les objets autour d'elle, la frôlait. Eva pâlissait, attendant que la première salve retombe. Généralement, c'était à la troisième que les choses dégénéraient et qu'elle partait en pleurant.

Geir profita de son pactole pour décamper de l'autorité portuaire, fuir Stavanger, déménager et s'installer au cœur des terres, à Marker, un trou près de la Suède, où il trouva un emploi de comptable chez Murmester, au moment où Eva entrait à l'université pour des études de droit. Elle jouait de mieux en mieux du piano. Geir ne pouvait le plus souvent que l'écouter, son dos lui faisait mal et il n'arrivait pas à se concentrer plus de quelques minutes sur le clavier. Pour lui faire plaisir, Eva lui parlait de Monika et lui jouait quelques-uns de ses *Préludes* préférés.

Geir écoutait, sombrait quelquefois dans l'alcool, perclus de trous de mémoire. Lui-même enfant abandonné, il commença à parrainer deux orphelins du sida au Rwanda, à correspondre avec eux. Mais il s'embrouillait dans leurs noms, n'envoyait pas l'argent ponctuellement, jetait parfois leurs lettres sans les reconnaître – avec des photos d'eux jouant au football, leurs écritures rondes et fleuries, leur anglais scolaire, le récit de leurs incessantes visites médicales –, si bien que l'association transféra ses filleuls à un couple d'Anglais et à deux fonctionnaires danois.

Il se tenait de longues heures devant la glace, appuyé sur sa canne, détaillait ses beaux restes de sportif, sa silhouette trapue, ses cheveux teints en noir plaqués sur le crâne, ses joues creuses. Il valait mieux pour lui sortir et bouger tant que ses os le portaient. L'argent du gouvernement lui servit aussi à faire quelques pénibles voyages en Suède, en Allemagne, en Pologne. Eva l'accompagna à Varsovie, en hommage au grand compositeur. Par ailleurs elle se dérobait, son père lui faisant peur et sa mère lui déconseillant de passer trop de temps avec l'ombre de l'homme qu'elle avait aimé. Puis, à sa grande fureur, ni Rita ni Eva ne consentirent plus à lui rendre visite.

Le week-end, Geir allait régulièrement à Oslo, se perdait dans les magasins, aimablement poussé vers la sortie par les vigiles. Alan, le seul plongeur avec qui il gardait des relations, l'avait embrigadé depuis quelques années dans un groupuscule d'extrême droite, dont le dernier exploit était le saccage du foyer d'immigrés, en pleine campagne électorale.

Chaque lundi, le retour dans son bureau de Marker était un supplice. Il lui fallait néanmoins continuer de cotiser pour une retraite décente, ce qui supposait encore trois ans.

Le tout était d'arriver à 8 h 30 (horloge pointeuse) au bureau de la filiale de Murmester, bâtiment et travaux publics.

Après 8 h 30, il faisait ce qu'il voulait. Personne ne pouvait plus rien lui reprocher de concret. Il s'était emmitouflé dans l'entreprise, nuage de brume où tout est de la faute des autres. S'il était resté chez lui, il aurait été, optiquement, unique responsable de son malheur.

Il s'était levé, il faisait partie de ceux que le monde possédait. Les parasites ignoraient ce temps entre 7 et 11 heures, les yeux encore acides, cerveau plein de lait, les muscles inhibés par un rêve en lambeaux.

Mais il avait pointé. Il avait célébré la noce avec la pointeuse. Ce jour-là, il fallait corriger ce rapport sur les améliorations à apporter à la coopération entre les filiales dans le domaine des fournitures. Puis aller prendre rendez-vous avec le responsable de l'informatique qui venait de rentrer de vacances. Et ces classeurs à ranger. Et secouer le fournisseur.

Avant tout, un café.

Aller chercher l'eau au bout du couloir.

La faire chauffer dans la bouilloire.

Attendre en se frottant les mains.

– Comment ça va, ce matin, Lund ? demanda un collègue plein d'une énergie privée, rivée comme sa montre à son bras poilu.

Mettre un filtre, verser le café moulu. Le goutte-à-goutte commençait.

– 'vu la finale hier ?

Ils parlèrent bien dix minutes, de 9 h 03 (horloge cafetière) à 9 h 14 (horloge couloir), en sirotant leurs cafés en bras de chemise. Hans et Gro étaient passés, des feuilles à la main, criant bonjour, refusant une tasse.

De 9 h 14 (horloge couloir) à 9 h 23 (horloge photocopieur deuxième étage), il alla lui aussi fureter sur la plate-forme, un grand cahier plein de chiffres à la main. Il était un supérieur sympa. Quand il entrait, il était complice, trempait dans le coup, ne donnait pas de complexes.

Au service papeterie, les filles étaient encore autour de leurs sucreries.

9 h 23 (à sa montre), il était de retour. C'étaient les basses eaux en ce moment. Rien ne pressait. La plupart ne venaient que pour l'ambiance et la bonne conscience.

Après la pointeuse, on marchait lentement. Geir irait un jour parler à Fossedal de son idée d'une pointeuse qui vous réveillerait vraiment. C'était encore trop facile de pointer, c'était commode d'être juste là. Il fallait un petit exercice, comme à la foire, un coup de marteau dans le ventre d'un bonhomme en acier.

Au lieu de ça on sortait sa carte et on la fourrait mollement dans la fente jusqu'au bip.

En parler à Jan. C'était noté. Ça le ferait rire.

Toujours 9 h 23 (horloge couloir), ça ne l'avait pas amené bien loin, cette idée.

Les deux tiers continuaient à se serrer les uns contre les autres, à se congratuler et à se remercier d'être venus en se frottant les yeux, à choisir la photo de leur famille royale préférée pour leur fond d'écran. C'était la première heure du bureau, le réveil collectif, comme s'ils avaient tous dormi dans le même lit.

Il y avait le couple infernal Solveig-Tove du secrétariat de la logistique, elles aimaient papoter derrière les portes à moitié ouvertes pour faire écouter leurs secrets.

Les trois jeunes de la comptabilité faisaient des batailles de listings en bas des armoires, des listings lourds et mous, dans leurs films en plastique, polochons de l'adulte.

Huit heures par jour en *open space*, ça vous déshabillait un homme. Impossible de garder le masque, il fallait respirer, tousser, péter, suer, éliminer, se laisser aller à une facilité qui jurerait avec le tailleur ou la cravate gris perle. Avant de devenir supérieur et d'acquérir sa cabane, Geir menait lui aussi cette existence paysagère sur la plate-forme, dans un champ d'épouvantails, gardiens les uns des autres. C'était au bureau qu'on appréciait l'opacité de la boîte crânienne, l'infinie liberté de la pensée.

Dans cet internat, les plus forts obtenaient une pièce où se cacher, toilettes privées avec fauteuil, table, fenêtres et dossiers, et c'était les prémices d'une meilleure réincarnation.

Tous en train d'encaisser le traumatisme de la venue au travail, la noce de 9 heures.

9 h 24 (à sa montre), ça ne pouvait plus durer autant. La journée n'allait pas commencer à coincer à 9 h 24, à soixante-trois ans bien sonnés.

C'était cela, l'ennui, la stabilité du réel tandis que ça palpitait sous la peau et au-delà des murs de l'immonde immeuble.

S'il était vrai qu'à chaque seconde une particule atomique vibrait des millions de fois, si tout était taillé dans les passions humaines, si tout s'enfuyait, comment expliquer cette moquette beige, ce mur jaune et cette porte vitrée qui campaient devant lui chaque matin ?

Étaient-ils enfermés dans une pause, filigranes d'une page blanche ? Stagnaient-ils dans la rayure d'un disque de jazz ? Heureusement après le travail il restait l'aventure, ces gueuletons, ces coups de main organisés à la perfection par leur leader, un ingénieur. Cette haine contre les étrangers les soudait, les reliait à leurs émotions et à la nature.

Il était supérieur maintenant, depuis deux semaines, à la faveur du cancer de Mathias.

Et qu'est-ce que cela changeait en fait ?

Il était incapable d'être le supérieur, il les avait trop vus faire, à Ekofisk, à Stavanger ou ailleurs. Ça le faisait rire, il les imitait, puis se sentait entièrement vide.

L'exemple du rat brun de Solveig : à l'étage, la plupart demandaient qu'il lui interdise de venir au bureau avec. Ils prétendaient qu'elle n'avait pas à vouloir prouver qu'ils étaient inoffensifs, qu'on ne faisait pas de politique sur le lieu de travail, qu'on ne parlerait pas de la clôture antirongeur, même si celui-ci faisait rire tout le monde quand il croquait sa tranche de fromage et que certains venaient lui donner à manger en secret. Comment décider ?

Rat ou pas, sur Internet le flash disait que dans les sondages le FrP maintenait son avance.

Longtemps Geir avait été sous-fifre à Murmester, il s'emmerdait à longs traits, il enviait les mines affairées de Mathias.

Maintenant Mathias était parti dans son cancer, il était à sa place. Lui, le plongeur infirme, fallait-il qu'il tombe encore plus malade ?

9 h 31, tout de même avec tout ça (à sa montre). Pourquoi ne pas relancer l'ordinateur ? Il y avait aussi une horloge dedans. Plus il voyait d'horloges, plus le temps passait vite.

Excel. Sa feuille de calculs, ses prévisions s'ouvrirent automatiquement. Superbe. Le creux qu'il avait prévu était exactement confirmé.

Le téléphone sonna. Jan, le chef du personnel. Il passerait le voir dans deux minutes. Un peu de désordre inspiré dans les papiers ne ferait pas de mal.

9 h 35 (à sa montre), il se faisait attendre, l'animal. Il commença à trier les CD. Ah, on frappait à sa porte chèrement acquise.

Jan était là devant lui, ce matin, la cinquantaine bien dépassée, le pantalon fuyant vers le bas devant le raz-de-marée en suspension, le crâne déplumé. Geir lui raconta son idée de la pointeuse olympique. Ça le fit rire vingt bonnes secondes (horloge murale, derrière lui). En ce moment il se consacrait à son sport favori, il descendait en roue libre dans les unités, pour prendre le pouls et laisser traîner ses oreilles. Maintenant que Geir était lui aussi supérieur, il se faisait familier et se confiait.

– Tu ne sais pas ce qu'ils m'ont fait hier ?

– Dis toujours.

– Une fille a remarqué que les visiteurs se perdaient dans les couloirs, elle s'est mise à imprimer son nom, à le colorier et à le scotcher sur la porte de son bureau. En deux heures, tout le monde s'y met. Ils ont rempli des corbeilles entières avec des essais de tirages couleur, et ils ont placardé leur identité dans des polices Las Vegas Medium Bold ou Pinocchio Special Papyrus Extra.

– C'est fort, c'est du *team building*. Et alors ?

– Je les ai réunis à l'heure de la pause. Je leur ai dit qu'ils soulevaient un problème réel, et que la boîte allait commander des réglettes avec le nom de chacun aux normes en vigueur. En attendant, merci de rapatrier leurs flonflons de l'autre côté des portes. *Corporate building*, vieux !

Le grand Jan était en bras de chemise, il ricana en levant les coudes, les mains jointes derrière la tête. Deux énormes auréoles aux aisselles. Il n'avait pas le sens du contact.

Il s'assit sur le coin du bureau. On causa toitures, la sienne était dans un sale état. Où allait-il bien pouvoir la faire réparer en dépensant le moins possible de tout l'argent qu'il gagnait ? Les Russes ne travaillaient pas aussi bien qu'on le disait, mieux valait encore les Serbes. On causa crédits. Ce qui amena à la politique, et il avoua qu'il n'était pas contre la baisse des taxes sur tout ce qui était de première nécessité, comme les enduits, les poutres et les antennes satellites. Il hésitait entre les conservateurs et le FrP. Il fallait donner une chance aux nouveaux, on se traînait toujours les mêmes perruches. Et puis Hedda, comme future reine, elle serait canon, ça en imposerait à toutes ces beautés islandaises. Il s'interrompit brutalement.

– Ah, ça vient, ça vient !

– Quoi ?

– J'ai envie d'éternuer, dis-moi quelque chose de marrant.

– Je ne sais pas… Mme Moe vient te demander une augmentation pour s'acheter de nouvelles chaussu…

Il battit des bras comme un funambule, se pinça le nez et éternua bruyamment, hocha longtemps la tête en souriant, ses narines amincies portant encore la marque blanche de ses doigts.

– J'éternue pas souvent, mais quand j'éternue, il faut que je pense à quelque chose de drôle, parce que chez moi ça donne une force dingue à ce que je ressens. Comme l'air expulsé des narines à une vitesse folle, il paraît. Alors il vaut mieux que ce soit agréable.

– Je vois.

Son nez reprit lentement sa forme et il repartit en reniflant.

Sur le brouillon du rapport, Geir avait petit à petit dessiné des grosses fleurs avec des ronds noirs concentriques, et juste à côté, sur le calendrier, des petites maisons tordues où le stylo bille noir avait vingt fois bavé, relief d'une longue conversation téléphonique sur un problème d'adresses. La vie de bureau démontrait que tout laissait des traces indélébiles, même ne rien faire. Il le voyait à son stylo : en permanence, il fuyait et laissait des traces, qu'il le tienne ou non. Ça vous donnait des dessins qui remplissaient tout, comme ceux que traçaient les trépanés de la Grande Guerre, incapables de laisser des marges.

Le téléphone sonna une nouvelle fois, parodie d'événement. Un appel extérieur que lui passait le standard.

Geir se figea à l'écoute de la voix inconnue, officielle.

– Monsieur Lund ? Ici le secrétariat de Kurt Jensen, de la Norges Bank.

Son premier réflexe fut de raccrocher aussitôt, mais cela n'avait aucun sens. Ils l'avaient trouvé, ils avaient sans doute trouvé tous les autres, quelqu'un avait dû vendre la mèche, ou leurs échanges de courriels avaient été interceptés. Il perdrait son travail dans l'heure. Ses douleurs articulaires reprirent, la peau du dos le tiraillait soudainement. Il se sentait malgré tout soulagé.

– Je ne suis pas seul, bafouilla-t-il, gravant dans sa mémoire l'heure qu'il était, 10 h 13, et encore incapable de comprendre quelle police l'appelait depuis une banque.

– Vous êtes un des seuls que j'aie trouvés, monsieur Lund, dit la voix.

La femme éclata aussitôt en pleurs. Une police qui pleurait.

4

Le tour des cimetières

Deux jours plus tôt, Kurt Jensen avait regardé son assistante au fond des yeux, comme il ne l'avait jamais fait.

– Qui est ce Borgir à déjeuner demain ? Je le connais ?

– C'est un industriel danois, monsieur.

– Hanna, vous me l'annulez. Voici la liste des personnes qui ont été indemnisées par la commission de… la commission que j'ai eu l'honneur de présider.

– Oui, monsieur, répondit-elle, effrayée par son calme, comme s'il lui détaillait les modalités de son suicide.

– Certaines de ces personnes peuvent m'être d'un grand secours pour rétablir les faits et témoigner en ma faveur, continua-t-il.

– Je comprends, monsieur.

– Vous allez les appeler, leur expliquer que je voudrais les réunir pour faire un point avec elles, proposez-leur trois dates dans les dix jours.

– Je saurai m'en sortir, monsieur, dit Hanna, soudain rassurée et presque déçue par sa mission.

Le lendemain, en fin de matinée, Jensen, après avoir siégé dans un interminable conseil d'administration d'Aker Kvaerner, revint d'un rendez-vous avec le président d'un fournisseur d'accès à Internet, spécialisé dans la communication de crise. Hanna lui dit qu'elle n'avait réussi à joindre aucune des personnes sur la liste. « Je repars en réunion, pressez-vous, Hanna ! » cria presque Jensen.

Deux heures plus tard, il rentrait dans son bureau. Les traits tirés, Hanna lui tendit un papier où figurait la liste des personnes concernées : « ne répond pas », « message laissé sur répondeur », « numéro périmé », « numéro introuvable ». Il partit sans mot dire.

Il revint le jour d'après, en début d'après-midi, la tête farcie de stratégies contradictoires, de conseils prodigués, glanés dans ses réseaux, dès le petit déjeuner. Le manteau et le sac à main de Hanna étaient bien visibles, mais sa chaise était vide. En l'attendant, il se prépara lui-même un café, mais oublia de remplir d'eau la machine. Il l'entendit alors revenir du couloir des toilettes, reniflant bruyamment. Elle ne réagit pas à sa vue, elle semblait indifférente, les yeux rouges et gonflés.

– Bonjour, Hanna, commença prudemment Jensen.

– Bonjour, monsieur, répondit-elle d'une voix blanche.

– Il vous est arrivé quelque chose ?

– À moi, rien, monsieur.

– Alors à qui ?

– À ces pauvres gens que vous m'avez demandé d'appeler.

– Vous m'aviez dit que vous n'aviez pu joindre personne…

– Oui, je vous ai dit personne, en tout cas personne de vivant.

– De vivant ?

– Ou de capable de vous aider, si vous préférez, dit-elle en lui lançant un regard de biais.

– Expliquez-moi donc, dit Jensen, stupéfait.

– Vous savez, monsieur, je suis en fin de carrière, j'ai toujours été contente de travailler avec vous…

– La question n'est pas là, s'impatienta Jensen.

– Mais qu'est-ce qu'on leur a fait ? éclata-t-elle, s'improvisant justicière, ils sont morts, ou sinon ce sont des débris !

– Je vous demande de changer de ton, je n'ai rien fait d'autre que permettre leur indemnisation.

– Il y en a une dizaine qui sont morts à moins de cinquante ans, d'autres qui sont dans des états… J'ai une Mme Lundemo, veuve, qui m'a raconté la mort de son mari – ils ont trois enfants –, les étouffements, les crises de panique, j'ai une maman, Mme Sagen, une maman en maison de retraite, et c'est elle qui pousse son fils dans un fauteuil roulant. J'en ai d'autres, dit-elle en agitant une liasse de papiers sur son bureau. Je peux vous dire qu'hier, c'était une drôle de journée, de faire le tour des cimetières…

– Vous auriez pu m'en parler, dit Jensen après un long silence. Et il n'y en a pas un seul encore valide ?

– Si, justement, un seul, répondit Hanna de mauvais gré, comme si son patron s'abaissait à détrousser les cadavres.

– Qui donc ?

– Lund, employé à la comptabilité d'une petite entreprise. Voilà l'adresse, tout.

– C'est parfait, Hanna, c'est parfait, murmura Jensen en se redressant. Je suis désolé, je n'aurais pas dû vous imposer cela.

Il lui mit la main sur l'épaule et lui proposa de prendre sa journée.

Devant les tableaux de Monet, le vice-président Ronglie n'avait fait que se mettre au diapason de la curée qui s'annonçait. Était-il normal de tant passer au crible la vie d'un candidat au comité Nobel ? Certains ne confondaient-ils pas, à dessein, la valeur requise pour devenir lauréat et la simple honorabilité nécessaire au tri des candidatures ? Les Nobel devraient-ils, dans l'avenir, se coopter entre eux ? Il était trop tard pour soulever ces questions, ou même y répondre. L'offensive était lancée contre Jensen (peut-être que c'était simplement son tour, et que l'universitaire Berit Meier passerait à la casserole quelques semaines plus tard, au gré des emballements).

L'influent blog du journaliste Enger l'avait attaqué sur ses dépenses du temps de sa vice-présidence à StatKraft : des frais de bouche extravagants, croyait savoir Enger, des déplacements injustifiés, deux séjours en France et en Italie payés par l'entreprise, des facilités offertes à ses maîtresses de l'époque (l'une d'elles témoignait anonymement). Les chiffres étaient précis, les sources solides, le journaliste avait manifestement ses entrées dans l'entreprise. Rien d'illégal ne pouvait être reproché à Jensen, mais, pour un faiseur de chevaliers blancs, cela manquait de tenue. On trouva aussi le moyen de réchauffer d'anciennes critiques de la députée Lein, qui l'avait accusé de privilégier l'hydraulique aux dépens de la prospection pétrolière. Dans ce sillage, plusieurs éditorialistes jugèrent scabreux le mélange des genres entre l'économie et la politique (« Comment a-t-on pu supporter cela ? Le système était bien verrouillé à l'époque ! »). Le plus douloureux restait à venir : un quart de une du *Dagbladet* fut consacré à son logement, suivi, une semaine plus tard, d'un éditorial venimeux de Helland, dans l'*Aftenposten*, sur l'affaire des plongeurs.

« On sait, écrivait le *Dagbladet*, que Kurt Jensen était un intime de Per Ditlev-Simonsen, l'indéboulonnable maire d'Oslo décédé il y a bientôt six ans. À l'époque des faits, la municipalité prévoit un vaste remaniement du Jardin botanique. Les anciennes serres doivent être vidées et restaurées. Averti par son bon ami et intrigué, Jensen, qui a l'étrange habitude de séjourner dans une suite de l'hôtel Bristol, visite le chantier et trouve l'une des serres à son goût. Au mépris des statuts du jardin et des questions de sécurité, il obtient l'autorisation de réaffecter le lieu et d'y emménager. Le 11 octobre 20**, dans

Toyen Hovedgard, le manoir attenant, il signe un bail spécialement écrit par son avocat, avec la bénédiction du maire. Il a la décence élémentaire de financer lui-même tous les travaux de rénovation et d'aménagement (dont un triple vitrage des murs et du toit) de ce local de 220 mètres carrés, à l'écart du chemin des visiteurs. Mais rien n'est trop beau pour un bâtisseur de barrages, etc. » Venues d'on ne sait où, des photos flatteuses de la serre en cours de rénovation complétaient le dossier à charge.

Helland fermait le ban en rappelant le rôle peu glorieux de Jensen à la tête de la commission d'indemnisation des plongeurs accidentés du travail en mer du Nord : « Quelles qualités doit-on posséder pour faire un bon membre du comité Nobel ? La question est en train de se poser aux parlementaires, puisque deux postes sont à pourvoir. Faut-il être aussi expert en barbouzeries que Langemyr, notre ténébreux directeur de la PolEx ? Aussi expert en raison d'État que le financier et technocrate Jensen, qui en son temps a piétiné la dignité de plongeurs de la mer du Nord en refusant la reconnaissance de la responsabilité pénale de l'État, ou un peu des deux, comme l'académicien multicarte Tanum ? » Etc.

En ce début d'après-midi, dans son grand bureau où Hanna se tenait debout et l'observait craintivement, le vice-président fulminait. Ses mains moites collaient au papier journal et aux sorties d'imprimante. À l'arrière, ses cheveux grisés, encore abondants, semblaient rebiquer. Une imperceptible goutte de transpiration descendait par à-coups le long de l'arête de son nez. Quelques taches brunes tranchaient un peu plus sur la peau claire de ses joues. La vélocité de ses gestes s'était transformée en fébrilité, il allait et venait dans la pièce, posait ses avant-bras sur les vitres des fenêtres, comme une mouche. Sous son pantalon noir à fines rayures, ses grandes jambes formaient des pas inégaux. Une rage froide, une envie de crier le submergeaient, seuls le regard de son assistante, la dignité des lieux le retenaient. Sa morale héroïque lui revenait progressivement, il se sentait désagréablement flatté, excité par les attaques. Pour chacun des reproches, l'épisode entier lui revenait, dans tous les détails. Il était prêt à expliquer, justifier, riposter, et pourtant, comme le lui dirent Sonya, Karl et Katrin le soir même, ce n'était pas à lui de monter au créneau.

Les jours suivants, il contacta une dizaine de députés conservateurs de ses amis, exigea des détails de trois directeurs de journaux, glana des informations auprès d'une maison d'édition, appela plusieurs membres des cabinets ministériels et un bon nombre de chefs d'entreprise siégeant comme lui au conseil d'administration de Norsk Hydro. La plupart de ses interlocuteurs étaient d'avis que l'offensive provenait du FrP, et un publicitaire lui rappela qu'une candidature au comité Nobel présentait bien des similitudes avec la promotion d'une voiture, la construction d'un imaginaire, d'un horizon désirable. Était-il le bon produit dans cet univers de la paix ? Avait-il sélectionné son message, son destinataire et son média ? Éminence grise, homme de réseaux circulaires, il se retrouvait soudain à découvert, en proie à la vindicte populaire.

– C'est le quart d'heure de folie des chats, tentait de plaisanter Katrin.

La contre-attaque devait être méthodique et ciblée. Sa candidature au Comité étant de sa seule initiative, l'épreuve était personnelle, la Banque n'avait pas à lui servir de témoin de moralité. Il divisa les fronts : sur la question de son logement, un adjoint au maire actuel se chargerait d'une tribune rappelant la stricte légalité de la procédure et l'abondance des serres au Jardin botanique ; après tout, Jensen avait rénové et entretenu sur ses propres deniers un patrimoine qui reviendrait à la ville. Sur la question de ses supposés excès à StatKraft, Jensen ne s'abaisserait pas à attaquer le journaliste sur l'origine de ses sources – cela aurait donné le sentiment de ne pas répondre sur le fond –, une de ses connaissances dans le journalisme lui chercha donc des cas similaires à son niveau de responsabilité, ce qui noierait le poisson. Il fallait aussi retourner l'argument, donner de lui une image truculente « d'homme qui aime les femmes », mettre rieurs et bons vivants de son côté.

Le véritable point noir restait sa responsabilité à la tête de la commission d'indemnisation des plongeurs. Pour contrer l'offensive, il fallait frapper fort, car au royaume l'opinion avait tendance à s'identifier à la moindre victime. Il aurait son plongeur qui le blanchirait.

5

L'aquarium

Contre un fort dédommagement et un hébergement, Geir avait promis de retrouver Kurt Jensen à son domicile d'Oslo, vendredi soir. Ce jeudi, il restait au plongeur deux jours à travailler chez Murmester, bâtiment et travaux publics. Dans son bureau attitré recommençait le temps hémorragique mesuré à chaque coin de mur, dans la rayure en L de la peinture tracée lors d'un remplacement d'écran, ou dans l'axe des gonds de l'armoire en fer orangé débordant de sciure mentale.

Les myriades d'horloges, numériques, analogiques, privées, publiques, muettes, sonores, comptaient avec précision douze minutes vingt-cinq la conversation, deux minutes quarante-deux l'aller-retour aux W.-C., six minutes seize la correction d'un listing. À chaque chose et chaque geste de son bureau était pendue l'étiquette arbitraire du temps nécessaire. À moins que ce ne fût l'inverse ? À chaque minute au travail Geir se pendait lui-même, un inconnu sans poids et sans visage, un mirage d'homme libre. Pendaison rassurante, il y survivait. La corde raide tel un bâtonnet gravé dans le mur, il mesurait l'écoulement du temps à la progression de son ombre sur le semainier. Le temps qui séparait sa carcasse d'une juste retraite.

En cette période électorale, la durée légale du travail au royaume était devenue un cauchemar. Les travaillistes prônaient le retour à vingt heures hebdomadaires, censées permettre le progrès social, la disponibilité familiale et le développement personnel. En défendant le statu quo à vingt-cinq heures, les libéraux avaient tiré la sonnette d'alarme, parlaient compétitivité et dénonçaient la société du farniente. Le FrP mettait en avant ses parlementaires infirmes qui « donneraient tout pour pouvoir travailler », faisait feu de tout bois et souhaitait laisser chaque entreprise décider, flatter l'initiative individuelle tout en offrant des vacances à chaque foyer.

De loi en loi, comme tous les autres, les employés de Murmester, bâtiment et travaux publics, étaient ballottés dans un temps malléable et irréel. Une heure de plus devrait sauver le royaume du déclin économique, resserrer les rangs par une souffrance démocratiquement consentie, lutter contre la tentation de la rente, conduire à une débauche de créativité et d'innovation ; une heure de moins créerait des emplois dans les HoneyParks, diminuerait la criminalité, ferait vivre l'idéal d'une société apaisée, assortirait mieux les couples, réconcilierait les chiens avec leurs maîtres, et les enfants avec leurs parents.

Tout Murmester se demandait ce qu'on ferait de cette heure supplémentaire qu'on n'eût pas fait autrement : il était inquiétant de pouvoir dilater à l'envi la masse de travail disponible. On faisait jusque-là ses heures avec le sentiment du devoir accompli. Qu'on leur dise dès aujourd'hui où se cachaient le non-fait, la négligence que l'heure supplémentaire allait démasquer. Qu'on les informe loyalement de l'état des travailleurs chinois, indiens ou russes dont on légitimerait la souffrance en les imitant.

À Murmester, on se demandait aussi ce qu'on ferait de soi-même, de son conjoint, de ses amis, de ses enfants si soudain était relâchée dans la nature une heure jusqu'alors consacrée au travail. Ces millions de tours d'horloge en roue libre, soudain ambigus, circuleraient dans les rues, été comme hiver, molécules en quête de l'organe à traiter. Avait-on peur de devenir un gibier de télévision, un couple en crise, un mauvais père, un dépressif, un artiste sans œuvre et sans excuses, un vampire dissous dans une aube inattendue ? Cette nouvelle liberté ne les rendrait-elle pas trop sensibles à l'obscurité de l'hiver, à l'hostilité de la mer, à leur insignifiance, aux horreurs du Sud, aux rats féroces, à la prolifération de nouveaux insectes ? Ces calculs dérisoires éludaient peut-être la tentation d'un temps de travail nul, d'un loisir incessant payé par les marchés financiers où nichait l'argent du pétrole. Faute de pouvoir trancher, rien ne valait les habitudes, pourvu qu'elles fussent communes, et l'arbitraire, pourvu qu'on le connût. Le roulis électoral donnait l'envie de se déclarer inapte au travail. Après tout, n'étaient-ils pas ce peuple élu par des dieux sous-marins, Poséidon, Gaïa – des dieux morts qui ne disaient mot de ce qu'ils devaient faire ?

En attendant, aujourd'hui encore, mariage avec la pointeuse. Puis, si les tâches ne pressaient pas trop, les liens se distendaient, et des cohortes de divorces étaient aussitôt prononcées, derrière les portes, dans les couloirs, devant les armoires ou les ordinateurs, la bouée d'un listing dans les bras, pendant les pauses qui duraient deux fois leur temps.

Les employés s'étaient mis à surfer sur leur mare, cinq heures de suite. Le risque était de tomber la tête la première dans l'eau poisseuse de ce qu'ils devaient faire. Un homme libre expédierait ses tâches en quelques heures puis s'en irait vivre, six jours sur sept. Mais un employé tenu d'être là cinq heures ruminait, spéculait délicieusement sur sa capacité à rattraper son retard en fin de semaine, poussait longtemps ses tâches devant lui, puis, quand il lui restait le temps nécessaire et que cela pouvait le garantir contre l'ennui, s'y mettait comme on plongeait la tête dans la mer pour ramasser un objet palpé avec les orteils.

Millions d'orteils tapotant au plafond des chaussures des salariés engourdis dans leur disponibilité, lieutenants du terrain vague, contenants du désordre, employés tous ensemble en même temps à faire bloc, chaise contre chaise, veste contre veste, pour atteindre la densité où règnent l'envie, la soumission et l'émulation. Pour l'abeille aussi, le réel c'était la masse, la savoureuse solidité de l'essaim qui volait le premier plan au ciel. Rien qu'en serrant les rangs, ils s'inventaient des vies entachées. Que ne fallait-il pas faire pour ne pas être dissous par la richesse ? Pousser à décamper les réfugiés, par exemple, se disait Geir, les traquer dans leurs cages à lapins.

Il lui fallait trouver la crête de vague qui lui permette de ne pas tomber dans la torpeur, là où l'heure n'avançait quasiment plus. Le danger était de faire des journées de quarante-cinq, soixante-deux heures, accroupi dans cette eau.

Il était le filtre qui devait noircir cinq heures durant pour qu'une journée de travail puisse s'achever. Pour que son temps retrouve la mer, sorte de lui en lui léguant tout son limon. Faute d'oxygène, il fermentait. À chaque journée ici, son espérance de vie augmentait grâce à la fermentation. Plus subtile que le rôti, le bouilli ou le ragoût, elle était règle d'hygiène. Elle transformait la texture et le goût des aliments, de la salive, du cerveau. Quelque chose d'aigrelet et d'inhumé.

Ils étaient tous les clowns les uns des autres, tant les yeux gémissaient, tant était grande la demande de grains de poivre. On n'imaginait pas ce qu'un trébuchement d'employé dans l'escalier pouvait libérer de malice, de jeunesse empilée. La moindre hilarité remuait un camion de poussière. Geir avait dit à Jan qu'il faudrait payer des professionnels qui se mêleraient à la foule et monteraient de ces gags qui font tant de bien. Trop compliqué. T'imagines pas les incidents diplomatiques, qu'il avait dit.

Il fallait alors savoir lire dans les yeux d'un collègue s'il était prêt, là, sans doute entre 15 h 11 (horloge photocopieur) et 15 h 33 (horloge cafetière), à ce qu'on se parle furtivement de quelque chose de bleu et de tunisien, à ce qu'on s'exhibe des hobbies, ou si le collègue, venant déjà de bavarder et se retrouvant en phase de rattrapage ascendant, allait jouer l'homme sérieux, pressé par la masse de ses lenteurs, de ses bavardages interminables du matin.

Et pour surfer au-dessus de l'eau glacée, la masse salariale de Murmester trottinait, faxait, s'asseyait, engloutissait des litres de café, vidait ses paquets de cigarettes, fixant l'horizon par les fenêtres en dévorant des barreaux de chocolat, déchirait des oursons gélifiés, passait un coup de fil sur deux à un ami pour parler vie, se donnait des conseils pour supporter la position assise, se massait le dos entre les vertèbres à la mode. À la fin, après que la pointeuse eut relâché son emprise, la masse salariale s'engouffrait dans sa voiture avec un mouvement touchant, brisant une seconde sa silhouette, fesses en suspension, le tronc vers l'avant et une jambe encore dehors, et chargeait la découpe de la portière de vérifier si elle avait toujours forme humaine, si trois bras, deux têtes ou une courbure fœtale ne s'étaient pas déclarés au sortir de ce formol, et si le retour chez soi était toujours possible.

Sortant du travail, vendredi, Geir était encore en état de conduire jusqu'à Oslo, le regard vide, dans le silence de la traction électrique. Il trouva facilement l'hôtel que Jensen lui avait réservé.

S'appuyant sur sa canne, il arriva vers 19 h 30 devant les hautes grilles. Comme annoncé, en février le Jardin botanique fermait à 17 heures. À droite du portail, une petite guérite était éclairée. Il s'approcha. Un gardien en uniforme noir et blanc lisait un gros volume, tout en écoutant les crépitements d'un poste de radio. Il releva la tête à l'arrivée du visiteur.

– Bonsoir. Monsieur Lund ? s'enquit le gardien.

– Vous en savez des choses, dit poliment Geir.

– C'est sans doute un des effets de la lecture, répondit l'homme en tapotant son livre.

– Et que lisez-vous ?

– Un pavé sur l'art du chignon en Chine, dit-il en brandissant un ouvrage au titre anglais. Je l'aurai fini cette nuit. Je suis historien, mais peu importe, il y a des millions d'historiens chinois qui écrivent seize heures par jour.

– Je ne savais pas…

– Et quel luxe, un historien assermenté pour narrer les faits à la police ! On va y aller ?

Il abandonna sa lecture, coupa son poste, fit entrer le visiteur. Muni, tel un lucernaire, d'une imposante lampe-torche, il pria Geir de le suivre dans les allées bordées de plantes majestueuses, enfarinées par le violent faisceau de la lampe. Ils arrivèrent devant une haute porte de service. Geir pensa qu'il s'agissait d'une entrée de bâtiment, mais une fois franchie, ils étaient toujours à l'air libre, dans le jardin – un secteur encore plus touffu. Les chemins qu'ils empruntèrent durant deux minutes étaient étroits et mieux entretenus.

– Nous y sommes, dit le gardien, prenez deux fois à droite et sonnez. Bonne soirée.

Il éteignit aussitôt sa lampe et s'enfonça dans l'obscurité. Geir fit quelques mètres sur un chemin de gravier et sonna à une porte blanche, bien en évidence dans la haute trouée d'une haie. Ses vêtements de solitaire grimaçaient de partout. Une minute s'écoula, puis Kurt Jensen, dans un impeccable costume blanc cassé, ouvrit avec un sourire de maître d'hôtel, lançant machinalement derrière Geir un regard hésitant entre « Vous êtes seul comme convenu » et « Vous êtes seul, que se passe-t-il ? ». Il recevait en grande pompe au moins deux fois par mois, et ses dîners restreints du mardi étaient assez courus. Limiter à une seule personne ses prévenances, sa conversation et son élégance lui demanderait un temps d'adaptation, mais il y parviendrait par approximations successives, malgré sa méchante humeur. Cela avait été une mauvaise journée pour sa candidature : deux de ses relations dans la presse avaient refusé de publier une mise au point et un droit de réponse en sa faveur.

Le vestibule était un réduit vitré, plein de portemanteaux et de petits coffres en bois. Le visiteur, frappé par le bruit d'un ruissellement continu, léger mais persistant, imaginait on ne savait trop quelle fontaine ou cascade à proximité.

– Entrez, je vous en prie, dit Jensen.

Geir avança lentement pour aller dans le salon, une lumière sur sa droite – mais il n'y avait pas de salon au sens solide du terme. Il trébucha, puis continua, incertain, aveuglé par la lumière, même tamisée. La première fois qu'ils entraient, Jensen aimait voir ses visiteurs chanceler. Leur corps entier mordait au hameçon de l'eau, et il les dévorait des yeux tandis qu'ils marchaient du pas ivre de l'outre. Il habitait dans sa serre tropicale, haute d'environ quatre mètres, large de sept ou huit. On ne pouvait en distinguer la profondeur, car l'espace était rythmé et compartimenté par des murets, des parois de verre dépoli, des écrans de végétation et des aquariums de toutes tailles. La serre était décorée d'eau, de récipients cubiques sous les chaises, rectangulaires sous les bancs et les deux tables basses, enchâssés par petites touches ovales dans le plancher et les marches de l'escalier menant à la salle à manger, demi-cylindriques en hauteur sur les parois. Ils baignaient tous dans un délicat éclairage. À l'intérieur circulaient des myriades de characidés multicolores, qui détalaient par flopées dans un sens ou dans l'autre. Ils animaient le marbre de l'onde, empêchant que l'on confonde l'eau avec un bloc de verre.

Les milliers de litres désorientaient le citadin frais émoulu de la rue. S'élevait là une eau d'un vaste vase, si commodément étendue et embarquée qu'en son centre errant apparaissaient fugitivement l'élément marin, la touche de grands fonds et d'œil de noyé. Ce cœur sauvage avait été fortifié en y semant du sable et des algues, mais il serait resté une humeur sans le trouble de la quantité en suspension.

Plus nombreuses encore que les aquariums, des peintures de tous formats étaient accrochées aux murs de verre, à différentes hauteurs. Contrastant avec les petites et moyennes toiles aux sujets variés, on ne pouvait manquer une étonnante marine large d'au moins deux mètres, qui surplombait trois canapés ivoire disposés en U. Elle représentait une côte déchiquetée de rochers, avec des couleurs chaudes, extravagantes. Le reste était plus sobre, et chaque tableau semblait flotter sur le fond clair des feuilles de bambou, ou plus foncé des haies de laurier-palme et tin.

Jensen invita Geir à prendre place dans un large fauteuil en cuir vert. Il s'efforçait de faire bonne figure. Geir se tassa dans un autre fauteuil que celui indiqué. Il posa sa canne par terre.

– Et… vous avez fait bonne route ? demanda Jensen.

– Si l'on veut.

– Vous m'avez dit que vous auriez dîné, puis-je vous proposer des chocolats ?

– Si vous voulez.

Jensen revint avec un petit coffret de chocolats français vernis et brillants. Il l'ouvrit et lui tendit la boîte. La plupart étaient au chocolat noir, délicieusement aromatisés au jasmin, au thé vert ou au gingembre. Jensen se servit un digestif et se cala dans une liseuse face à son hôte.

– Vous me pardonnerez le côté improvisé de cette rencontre… Je suis aux prises avec un vrai lynchage médiatique…

– Désolé, dit Geir.

Le plongeur détaillait les mains et les traits de Jensen. Il lui paraissait inconcevable qu'il ait soixante-neuf ans comme on le lui avait dit. L'homme assis devant lui, mince, svelte, nerveux, en paraissait à peine cinquante. Une énergie juvénile l'animait, des trombes souterraines. Il sentait que ses eaux, dévouées et incompressibles, rampaient partout. Elles transmettaient le cours du monde, veillaient sur son sommeil d'opaque méduse, à la fraîcheur de ses veilles : dans le reflet de ses fontaines, c'était toute sa serre qui, impassible, se gondolait et se fracturait comme un nuage. Tombé à terre, le ciel courait dans ses ruisseaux. Il était l'homme élancé des eaux légères, et lui, Geir, empêtré dans ses eaux lourdes.

Jensen reprit un visage sombre, fit de l'ordre sur les canapés, mit un quatuor de Mozart qui couvrit la faible rumeur des pompes, proposa de l'alcool à Geir qui refusa, se servit un whisky, tria une pile de magazines avec, dans les gestes, une remarquable économie de moyens. Il finit par dire quelque chose :

– Ne soyez pas déconcerté, c'est simplement une serre et des aquariums.

– Je vois, dit Geir.

– Vous en avez entendu parler par les journaux, j'imagine ?

– Je ne lis pas les journaux.

Jensen hésitait à afficher une quelconque sollicitude pour la piètre santé, le corps délabré de Geir. Ils se turent, s'observant l'un l'autre à la faveur du quatuor. La respiration de Jensen était fluide et tonique, celle de Geir crachotait.

– Vous aimez la musique classique ? demanda Jensen.

– Un peu, répondit l'autre en écarquillant les yeux.

– Vous aimez Mozart ?

– Pourquoi m'avoir offert l'hôtel ?

– Vous venez de loin, c'est la moindre des choses. Êtes-vous à votre aise ? La réception vous a remis l'enveloppe qui vous revient ?

– Tout va très bien.

L'aluminium de la canne de Geir reflétait les spots accrochés au-dessus des tableaux.

– Je vais juste vous poser quelques questions, dit Jensen, et vous demander de m'aider.

– C'est cher payé pour des questions. (Il s'inquiéta subitement.) Vous n'êtes pas censé me guérir en plus ?

– Pour moi, vous êtes très bien comme vous êtes, répondit maladroitement Jensen.

Geir le regarda, stupéfait.

– Au fait, vous me reconnaissez, depuis le temps ? continua Jensen.

– Non, vous n'avez pas de visage. Vous avez été président de la commission d'indemnisation des plongeurs, qui m'a rapporté un paquet d'argent. Vous pourriez vous appeler John ou Ron.

– Vous semblez en conserver un bon souvenir, dit Jensen, souriant.

– C'est toujours de l'argent.

L'homme semblait vénal. Jensen tenait son allié, et voulait pousser son avantage.

– Et savez-vous si quelqu'un, parmi vos ex-collègues, aurait gardé une moins bonne impression que vous de cette affaire ?

– Quelqu'un qui aurait suscité les attaques contre vous ? demanda Geir. Je vous le dis tout de suite, je ne les vois plus.

– C'est bien peu probable, dit Jensen, contrarié. Après tant de combats communs ! Vous étiez un des leaders de l'Alliance des plongeurs.

– Je ne voulais plus continuer là-dedans. Ils l'ont mal pris, ils ont rompu toute relation. C'est de la vieille histoire. (Des souvenirs lui revenaient, il s'attendrit.) Alors c'est vous, le fameux « pas de délit, pas de faute, juste une responsabilité politique, la reconnaissance du royaume » ?

– Je constate tous les jours à quel point les haines sont tenaces, persistait Jensen. Vous avez tous dû m'en vouloir, à l'époque.

– On peut dire ça, dit Geir, renfrogné. Mais la plupart ne sont plus là pour en parler. Ils ne sont plus qu'une trentaine, cent vingt si on compte les étrangers qui ne vous ont jamais intéressé. Il y a aussi ceux qui ne faisaient pas partie de l'alliance.

– Je constate autre chose, continua Jensen d'un ton sec, le zèle des survivants à agir au nom des morts.

– Peut-être.

– Vous voyez bien, ricana Jensen. Qui particulièrement ?

– Qui quoi ?

– Tous ceux qui sont sur la petite liste de gens susceptibles de nuire à un projet qui me tient à cœur. Voici de quoi vous rafraîchir la mémoire, Lund, murmura Jensen en lui tendant une coupure de presse qu'il venait de sortir, tel un cilice, de sa poche revolver.

– Je suis désolé, je n'ai pas mes lunettes, bredouilla Geir.

– Vous avez tout prévu, Lund. Alors je vais vous le lire. Vous avez vos oreilles sur vous ? C'est un numéro de l'*Aftenposten* de cette semaine et c'est signé Helland. Je vous passe les détails.

Se levant et marchant, il lui lut le passage de l'article.

– C'est idiot de remuer tout ce passé, dit Geir après un long silence.

– Eh bien, continua imperturbablement Jensen, pour qu'un homme tel que Ronglie se permette de me parler du mal que j'aurais pu commettre, pour que Helland se déchaîne, il doit bien y avoir une raison, un puissant relais. Votre bande d'éclopés a réussi son coup. Votre petit lobby s'emploie à faire pitié, à rallier des plongeurs étrangers à sa cause, va devant la Cour européenne des droits de l'homme, et renoncerait à me nuire ? Ça ne tient pas une minute, Lund ! Je veux bien croire que vous n'êtes plus rien, mais dites-moi qui à votre avis tire les ficelles. Un nom, un seul. Il est forcément encore en vie.

– Je ne comprends rien à vos phrases, monsieur Jensen. Je suis désolé, je dois...

– Vous devez quoi ? cria Jensen qui s'était levé. Partir ?

– Je dois prendre des médicaments, contre la douleur et pour les bronches.

Jensen, magnanime mais frustré de sa tirade, lui indiqua le chemin de la salle de bains. Geir s'y traîna en toussant, dévisagé par les myriades de poissons. Jensen arrêta le quatuor et commença à faire les cent pas.

Quelques minutes plus tard, il entendit le bruit léger d'un objet tombant par terre. Il entra dans la grande salle de bains odorante où Geir, à quatre pattes, ramassait ses gélules éparses. Chaque semaine, Alexia, une des trente employés du Jardin botanique, lui offrait cinq ou six bouquets de simples dont il parfumait et décorait ses sanitaires.

– Mon pilulier, marmonnait Geir.

– Je vais vous...

La courtoisie professionnelle de Jensen fut stoppée net par la vue des rides profondes dans la nuque de Geir, stigmates de l'âge. S'il y avait un endroit du corps où Jensen n'imaginait pas de rides, c'était bien là. Puis Geir se mit à tousser, à se cambrer en un paquet misérable. Allait-il bientôt lui montrer son derrière en loques ?

Jensen haïssait les vieux. Il les haïssait soignés, dans leurs pantalons pastel à pinces qui leur montaient aux aisselles, dans leurs chaussures à grilles d'aération, dans leurs chemisettes à plis d'aisance, avec leurs cheveux rares ramenés en arrière à coups de peigne, dans leurs rassemblements immobiles. Il les haïssait négligés, bedonnants, galeux, couperosés, hérissés de poils tentaculaires, avec leur haleine à relents de vessie, leurs yeux chassieux à la Ronglie, radotant, levant leurs bras en signe d'impuissance, le regard furetant à l'affût d'un reposoir où caler leur masse, d'un isoloir carrelé où scruter leurs bas-fonds, torcher une purulence.

Jusque-là irrité, il se sentit soudain un appétit de représailles hors de proportion avec le comité Nobel. Tandis qu'un immense champ d'action se déployait dans ses poings, dans ses jambes, il dévisagea l'ennemi. S'appuyant sur le mur de la salle de bains, avec un sentiment d'impunité, il fit porter le poids de son corps sur sa jambe gauche et de la droite décocha un violent coup de chaussure dans la poitrine de Geir, comme s'il exterminait la dépouille de Ronglie. Puis, le corps s'étant effondré au sol, il renvoya un pied dans ses côtes, se laissant quelque peu emporter par son élan. L'odeur d'origan rendait léger son défoulement, il salivait d'excitation. Quelque chose comme dévorer une pizza devant un round de catch.

Lui revenait à l'esprit son dernier combat physique, il y avait près de soixante ans, dans une cour d'école où deux grands bruns l'avaient attaqué par-derrière pour lui arracher son manteau, en plein hiver. Ils ne lui avaient pris qu'une manche, et ils s'étaient tous retrouvés à l'infirmerie, nez en sang, bleus et griffures au ventre. Depuis, son corps avait été soigneusement entretenu par de la marche, de la course à pied, du tennis, sans compter la nécessité de séduire et la liberté de mouvement, avantages de la non-paternité. La chasse au renne procurait de bonnes sensations dans l'épaule, quand le coup partait ; et il fallait parfois courir après une bête blessée.

Égaré sur le carrelage de la salle de bains, Geir gémissait au sol, enveloppé d'effluves de romarin, au-dessus d'un large tube où trois poissons, deux rouges et un bleu, s'attardaient devant leurs mouvements muets. Il se releva lentement. À peine redressé, son torse prit de l'élan et il administra à Jensen un brutal coup de tête. Tels des marionnettes de papier huilé, ils s'agitaient dans le fracas de deux tablettes de bois et d'un flacon de lotion tombés à terre, dans le sifflement de serpent de la respiration de Geir.

Malgré sa douleur au nez et au front, Jensen jubilait d'être entraîné dans une rixe. Son nez saignait ; il se sentait fier et effaré. L'air était tiède, la lumière tamisée, l'adversaire consistant, la civilisation endormie. Qui dans son entourage pouvait lui offrir une telle plénitude ? Tous voulaient le préserver, l'embaumer, l'arroser de naphtaline.

Il continuait de jouir de sa sauvagerie retrouvée, il sentait briller les saillies contondantes de son corps, coudes, rotules, pieds et poings. Attaquer, encaisser, c'était la grande santé.

Geir était justement en train de lui donner un coup au ventre, et Jensen sentit que l'impact aurait bien pu mettre fin au jeu. Heureusement, l'adversaire semblait espacer ses attaques, comme s'il l'entraînait et attendait de juger sa riposte.

Dents serrées, Jensen prit le pommeau de la douche, régla au plus chaud et dirigea le jet sur Geir. Il profita de sa confusion pour lui infliger deux coups de voyou, une rotule grisante dans les côtes, un coup de coude jubilatoire dans l'oreille, et sa victime se tint la tête en gémissant, au-delà de toute espérance.

Jensen se donnait encore deux ou trois échanges virils et son adversaire disparaîtrait comme une prostituée officiant au coin d'un bois. Ici même, il prendrait un bon bain. Le lendemain matin, de la crème sur les plaies et sa vie éternelle reprendrait, toujours plus éclectique.

Brûlant, le corps du plongeur s'approcha et souleva celui de Jensen, encore engourdi par les chocs prodigués et reçus. On sortait des règles de l'art. Que faisait-il ? Pour la première fois, un cri de protestation monta en Jensen, sans franchir ses lèvres. Musculeux, Geir l'avait soulevé à un mètre du sol, au-dessus de la grande baignoire d'angle en marbre, et le prenait en tenaille au niveau du bassin. Sa tête mouillée d'eau et de sang, sur laquelle Jensen s'acharnait, semblait insensible. Pour se dégager, il en venait même à lui tirer les cheveux, sans aucun style, et à le taper d'un verre à dents.

Geir rabattit violemment le crâne de son gibier sur le rebord de la baignoire. Jensen amortit la collision de son bras gauche, la tête claqua néanmoins sur l'émail. L'effort avait épuisé Geir. Il relâcha le corps. Des traînées de dentifrice et de lotion pour cheveux maculaient le costume crème. Jensen gisait inanimé.

Au pied du corps, Geir reprit ses esprits. Il tâtonna et sortit de la salle de bains. Il s'affala sur un canapé, oubliant ses médicaments du soir dispersés dans le chaos de la rixe. La vue de l'eau des aquariums le calma, il tambourina en souriant contre une vitre, des poissons bleus et jaunes s'agglutinèrent. Les livres de géographie l'intriguèrent, il en feuilleta quelques-uns. Le temps était passé vite, les douleurs hétéroclites s'annulaient. Il s'assoupit une dizaine de minutes, puis se vêtit, reprit sa canne et quitta la serre. Il fit un petit salut devant la loge du gardien. Une ligne au-dessus d'un épisode houleux de l'Antiquité chinoise, l'historien enregistra son visage en sang qui passait majestueusement.

6

Chant du plongeur

À Tom Kirkham

Rentré à l'hôtel, Geir s'allongea en diagonale sur le lit *king size*. Les efforts de la lutte lui rappelèrent la tension de ses plongées sous Ekofisk.

Une des premières avait eu lieu il y a des décennies, dans les années 1990, l'époque des pionniers de la mer du Nord. Au début d'une de leurs missions, John, Tom, Rolf, Kjartan et Geir, les cinq athlètes en tenue légère, bien calés sur les banquettes de vieux métal, étaient restés silencieux. Ils avaient à peine entendu la rumeur de l'extérieur, les allées et venues qui laissaient croire qu'on profitait de leur absence pour s'offrir un marché aux poissons en pleine mer.

John, l'Américain qui avait fait la guerre, avait bâillé un grand coup en mugissant. Il avait regardé la cicatrice au cou de Tom, en face de lui, et avait commencé la mission. Il avait dit des mots pour faire passer le temps, des mots encore un peu forts, des mots de l'extérieur qui avaient où se dissiper dans l'atmosphère.

John était entré là-dedans avec un divorce au bout des lèvres. Le jour du départ, il n'avait pas osé prononcer le mot devant les enfants. Il aurait dû, elle aurait eu le temps de s'y faire, de le digérer. Mais est-ce qu'on divorçait à l'étranger ? Au consulat, à distance, cela aurait pris des airs de guerre entre États. Gwen y avait pensé aussi peut-être, rien ne s'était passé comme prévu, elle s'ennuyait en Norvège, malgré la bonne paye de John. Elle refusait d'apprendre cette langue de fous, et toute cette nature pleine d'embruns commençait à l'oppresser.

Les plongeurs avaient peu parlé. Il était inutile de finir les phrases trop prévisibles. D'autant que la voix de John, 1,92 mètre et 95 kilos, avait commencé à monter dans les aigus.

Rolf se redressa légèrement pour prendre un mouchoir dans son sac. Le studio-salle de bains-dortoir de 2,10 mètres de diamètre et de 6 mètres de long ne permettait pas de grands sauts au plafond. La capsule était parfaitement immobile. Rolf prit un livre avec son mouchoir. Il était entré là-dedans avec trois ou quatre polars, emballés dans du plastique blanc. Il bégayait. Il n'aimait pas parler aux autres, il aimait lire en murmurant le texte pour lui seul, là c'était fluide et les mots sortaient sans bloquer, tels que c'était imprimé. Comme les autres, son corps était une grue compacte qui ne se posait pas trop de questions ; plus que les autres, il aimait se retirer ainsi sous l'eau, cette fois plus longtemps que les deux semaines que ses parents allaient passer à Amsterdam.

Dehors ils avaient envoyé l'héliox, le mélange hélium-oxygène. Quand il faisait les dosages, le type qui s'occupait des bouteilles avait une tête et des gestes de fouine lissant ses moustaches.

Kjartan frottait ses mains l'une contre l'autre. Elles étaient bien amochées, mal cicatrisées. L'eau de mer chauffée à trente-six degrés, *peeling* gratuit, petits lambeaux de peau, fissures, une diseuse d'aventure ne pourrait rien en tirer. Ils étaient l'aventure. Elle aurait pu, tout au plus, lui révéler que dans dix ans on baptiserait ces desquamations « la main du plongeur », et il serait bien avancé. Kjartan était un ancien boulanger, il s'y connaissait en mains. Il était pourtant entré là-dedans avec l'envie d'en découdre et de rapporter des sous, bien plus de sous qu'en sortant du pétrin.

Le silence était revenu, mais si quelqu'un se mettait à parler, cela donnait une voix plus haut perchée, d'une ou deux octaves. On disait que c'était aussi dans l'hélium qu'un type avait inventé la voix de Donald Duck, au cinéma. La pression montait, ils devenaient des petites ballerines métalliques, des petits rats de l'Opéra de tout en bas, des pieuvres Dumbo aux longues oreilles.

John dit : « Vous avez déjà fait Ekofisk ? », tout en sachant que seul Tom répondrait, car les trois Norvégiens comprenaient l'anglais mais restaient mentalement groupés.

– Non, moi c'est surtout les ports jusqu'ici, répondit Tom après trente bonnes secondes.

– C'est des pros, tu vas voir.

– C'est bien, c'est bien.

– Les ports, c'est marrant, on voit des trucs bizarres au fond.

Personne ne lui demanda quels trucs bizarres.

Geir, le troisième Norvégien, le plus jeune, refaisait son lacet tout en se gonflant de gaz noble. Dehors, sur la plateforme, c'était la fin de la matinée. Le caisson hyperbare rutilait sous le soleil, couvé par deux opérateurs qui contrôlaient les niveaux. Grâce à sa bourse de l'assistance publique, Geir l'orphelin avait un peu étudié la comptabilité. Il était passionné de musique. Il avait commencé le piano, mais il avait été rattrapé dans la rue par son physique de lion. Un type du pétrole l'avait alpagué et lui avait parlé d'une formation rémunérée, d'un métier exaltant. Il aurait dit non s'il avait eu une copine, mais cette semaine-là il n'en avait pas. La comptabilité, ce n'était pas plus mal pour calculer les temps et les pressions. Geir était entré là-dedans avec des chiffres plein la tête qui lui faisaient croire que plonger n'était rien de plus compliqué que des colonnes recettes et dépenses à équilibrer, un jeu d'écriture avec les gaz.

Dans douze heures, par exemple, l'hélium sous pression serait dissous et leurs corps seraient saturés, en commençant d'abord par le mou, les poumons et les viscères, puis les zones graisseuses et les articulations. C'était léger, l'hélium. Sur terre, c'était ce qui faisait s'envoler les ballons des enfants. Sous toute cette eau, c'était ce qui remplaçait le bon vieil azote et leur évitait la narcose.

Cette fois, ils allaient inspecter le fondement de 2/4H, un peu bancal, réparer si possible, voir s'il n'y avait pas des fuites sur deux puits, et sans doute encore d'autres choses qu'on leur réservait pour plus tard. On avait le temps, vingt et un jours à 70 mètres sous l'eau, ça allait se rentabiliser en se relayant vingt-quatre heures sur vingt-quatre.

En début de soirée, John, le plus ancien, prit l'appel radio. Avec les opérateurs, ils auraient pu se voir et se toucher du doigt, mais ils n'étaient plus du même monde, de la même atmosphère. Devant le soleil couchant, ils étaient déjà gonflés à bloc, réglés sur les profondeurs, prêts à être jetés à la mer comme des figurants de péplum. La grue les trimbala avec tous les câbles ombilicaux, puis les immergea. Les hommes restés sur la plate-forme s'identifiaient et suspendaient un instant leur boucan infernal. C'était un petit moment qui ne coûtait presque rien à l'industrie pétrolière.

Tom sentit l'entrée dans l'eau. Les autres s'accrochaient mollement aux poignées d'acier. Dans une heure, ce serait lui qui commencerait. Il s'était enfermé là-dedans avec un petit regret. Il faisait beau, il avait organisé un chouette week-end pour dépenser son argent, il avait été averti au dernier moment, pour remplacer un type qui s'était fait porter pâle. Ancien pêcheur, il pratiquait encore mais le dimanche. Il aimait la mer, elle avait toujours donné du boulot à des gars comme lui, et si, depuis des années, le boulot se passait plutôt en dessous qu'au-dessus, pas de problème.

Geir grignotait une barre de céréales. John se massait le cou. Kjartan donnait à manger à ses mains, un grand tube de crème, il les caressait l'une avec l'autre, comme des chatons aux yeux fermés qu'on allait bientôt étouffer à l'éther.

La cloche se posa sur le lit de la mer. L'action commençait, même si c'était chacun son tour, six heures durant. Quelle économie pour le business que de pouvoir gonfler des types une bonne fois, les descendre tout au fond et les faire travailler des semaines : cela évitait les allées et venues, les compressions et décompressions interminables d'une plongée à l'autre.

John partirait, puis ce serait Tom, puis Geir, puis Kjartan, puis Rolf, et on recommencerait, pendant trois semaines. On ne pourrait pas trop s'emballer avec ce qui leur tomberait de la surface, des plateaux-repas figés et des programmes radio. Pour éviter les disputes, ils s'étaient mis d'accord pour un quart d'anglais, un quart de norvégien, un quart de musique, un quart de silence et ainsi de suite.

Sur la plate-forme 2/4 C, les deux opérateurs gardaient le contact radio, mais ils avaient fermé le micro. Le chef de mission de l'agence de plongeurs jeta trois boules de papier dans la corbeille. Plusieurs collègues lui avaient dit que de nouvelles réglementations circulaient concernant les temps de plongée, les tables de décompression. Mais dès qu'il téléphonait, pour en savoir plus, à l'autorité portuaire, à son contact au Directorat, personne ne savait rien, on leur faisait confiance.

Il avait certes entendu parler de ces nouvelles tables de décompression canadiennes, bien plus longues. Celles de la marine américaine marchaient très bien, il n'y avait pas de problème. Oui, certains gars étaient sonnés, on avait un mort ou deux, mais par négligence. Mauvais mélange de gaz (que de l'hélium, il fallait le faire) ou geste d'un incompétent qui ouvrait un caisson bien trop tôt. En cas de problème, le plus souvent un nouveau séjour en caisson rétablissait l'équilibre. On parlait aussi du type qui avait failli s'étouffer avec du talc resté dans ses tuyaux et son embout, mais c'était plutôt drôle.

Ça restait le Far West, une curieuse tambouille qu'on leur faisait faire.

Le chef de mission avait besoin de ce caisson dès que possible pour aller faire du repérage du côté du futur 2/4 J. C'était à lui de calculer, on n'allait pas discuter cent mille ans, on était bien loin des côtes, alors on ferait comme d'habitude. C'était l'Alaska ici, comme ils disaient.

En bas, dans le sas d'à côté, John avait revêtu sa combinaison, son scaphandrier, il vérifia son ombilical, commença à sentir l'eau chaude de la bouillotte dans laquelle il allait marcher sur les fonds comme un poussin dans la nuit, tour à tour effrayé et rassuré par ses seuls compagnons, les quinze kilos éventuels d'un gentil poisson loup à ocelles.

Sur plusieurs semaines, le caisson chaud et humide était un vrai bouillon de culture. Dans l'idéal, il eût fallu entrer purgé de toute sa merde, les boyaux passés à la Javel. Les coliformes ou les Pseudomonas prospéraient dans la moindre plaie, dans le conduit auditif. Les gars apprenaient à faire connaissance avec la flore de leur peau, débridée par le climat tropical de la boîte. Des champignons familiers tricotaient des infections et faisaient défiler des nuages sur l'épiderme.

Ils prenaient des douches avec des savons neutres, pour ne pas nuire aux bactéries protectrices ; ils se curaient et se séchaient les oreilles ; ils apprenaient à rompre très vite avec leur linge sale, lavé à quatre-vingt-cinq degrés. Ils s'inspectaient les uns les autres, recherchaient la petite infection, la couleur bizarre ; la pudeur n'était pas de mise. Les plis et replis où se logeait l'intimité devenaient un forum ; aisselles et entrejambes devaient être lavés et séchés, ils se récuraient l'anus sans un regard pour leurs selles, ils se brossaient les dents avec la vigueur de scieurs de bois et se passaient au fil dentaire. Ils ne se prêtaient rien, tout allait à la poubelle ou à la laverie. Ils nettoyaient les parties communes avec du liquide antiseptique qui puait et irritait la peau, pour la bonne cause.

Ils étaient des rats pelés.

C'était au tour de Geir de s'harnacher et de s'enfoncer dans leurs juteux abysses. À la montre, il était autour de 3 h 20 du matin. Pas question d'entrevoir la lumière du jour à travers la colonne d'eau. Il pénétra le monde de noirceur. Il fit six pas en avant, éclairé par ses deux lampes. On ne pouvait pas se tromper, il n'y avait qu'un objectif, les piliers de ciment de la plate-forme. Hormis cela, l'*aqua incognita* la plus épaisse qui fût. Il aurait bien fait une fugue, serait allé au nord fouler la mer de Norvège, dans ces forêts sans arbres. Puis il serait redescendu vers le plateau du Télégraphe, le bassin du Cap-Vert, se serait perdu dans la dorsale de l'Atlantique, dans les collines, les plaines et les vallées remplies de vies lentes et anciennes, en face de l'Amérique.

Et là, ses parents marcheraient sur le lit de la mer, vaporeux, produisant leur propre lumière, mous, le dos voûté par la pression. Geir les aborda d'en haut et se mit à leur dire à haute et intelligible voix, l'eau noire conduisant bien les sons : « Je suis l'enfant de quand vous êtes devenus père et mère. Ou étais-je un poisson pour que vous m'abandonniez ? Êtes-vous morts ? »

Geir se balançait doucement dans les courants marins. Il n'était qu'à la moitié de sa mission, un signal sonore retentissait à son oreille. On avait décelé son inactivité. Que lui arrivait-il ?

Il rentra dans le caisson, laissa partir Tom. Personne ne lui fit de remarques, ils étaient habitués à leurs dérives. On ne pouvait plus leur demander un comportement superficiel. Les jours passaient.

John parlait de moins en moins, traversé par des images de la guerre et de son divorce. Les autres le voyaient bien tenter de sortir de sa condition de cérate abyssal, mais n'osaient rien dire. Les mâles parasites comme lui s'accrochaient à une femelle avec leurs dents et ne servaient plus que de sacs à sperme. Comment partir ?

Rolf était toujours plongé dans ses polars qu'il relisait en boucle. Quand il descendait de sa couchette sans un bruit, pour laver son linge, c'était avec l'ondoiement de la pieuvre de cristal, transparente et versatile. Le plus souvent, derrière la couverture de son livre, des crocs de chauliode féroce lui poussaient, menaçant de crever ses yeux. Et son bégaiement était une invisible proie qu'il avait attrapée, trop volumineuse, qui ne pouvait être ni avalée ni recrachée.

Assis par terre, Tom, l'ancien pêcheur, continuait sa vie de méduse casquée, pullulait au fond des fjords, faisait le baiser de la mort aux saumons, et s'arrêtait parfois pour jouer au poker avec les autres.

Kjartan pensait à la paye et aux jours restant à mollir ici. Dès qu'il se mettait à parler, il prenait la forme du calamar bijou, agitant des tentacules, un œil immense, exorbité, tendu vers la surface et les eaux claires, l'autre, petit, enfoncé dans le corps, toisant avec crainte le sol sombre du caisson, le monde d'en dessous.

On les fit mariner quatre jours de plus que prévu, en les déplaçant comme des pions autour des piliers et des puits. Ils s'habituaient à leur capsule, mais ils s'habituaient aussi à l'idée d'en sortir, même si les journées en plus étaient payées rubis sur l'ongle. C'était comme avec les femmes, plaisantait Tom de sa voix de canard luminescent : à certains endroits, tes petites mains valent de l'or.

La radio demanda si tout allait bien. Ils étaient prêts à remonter. Un petit rayon de lumière du hublot leur annonça la sortie de la mer. On l'attendait mais, finalement, ce n'était rien, la lumière naturelle, bien moins que les six néons de la cabine.

Encore des jours à évacuer l'hélium pour retrouver son corps de mammifère terrestre, décompresser, des jours à jouer aux cartes, à se passer les polars aux reliures cassées, à se reluquer de leurs regards stagnants sur leurs couchettes, à écouter les actualités à la radio. C'était fou ce qu'ils pouvaient s'agiter, à l'air libre. On sentait qu'ils avaient trop à respirer. En ces dernières décennies du XXe siècle, toujours le pétrole qui continuait à battre ses records. Ça les faisait rire tels des marchands de canons, comme si on leur avait versé une prime en nature, avant même la sortie du sas. Ils feraient se pâmer de jalousie les marins.

Quand on les informa de l'ouverture prochaine du caisson, ils se réjouirent tous. Ils sortirent lentement, leurs membres ankylosés, un à un ; ils se redressèrent et respirèrent le vent. Il faisait froid, ils ne devaient pas s'enrhumer, on les couvrit, ils prirent une boisson chaude.

Le chef de mission les congratula. Encore une fois, ça prouvait bien que le corps était plus fort que tout ce que pouvaient dire les types de la côte. Leur mission, c'était comme un coup de poing de *saloon*, au pire on t'assommait et on te remettait la mâchoire. Après tout, on était des Donald, des *cartoons* qui d'un sifflement de pipeau tombaient dans les précipices, reprenaient leur forme et détalaient à un train d'enfer dans le canyon, la langue pendante, au son des cuivres.

Le chef était content, il était pressé, il leur faisait au revoir, le caisson devait être désinfecté, nettoyé et transféré pour une nouvelle équipe. Il avait encore moins de temps que prévu, les bateaux d'entretien et tous leurs experts débarquaient dans moins d'une semaine.

Quelque chose tomba par terre, c'était le corps de Rolf, le chauliode féroce. L'infirmier de bord l'ausculta, Rolf rouvrit les yeux, cela allait déjà mieux. L'euphorie était partie, ils se sentaient tous un peu grinçants. Geir découvrit ses pieds enflés, Kjartan avait des mains épluchées par l'eau de mer, ça fourmillait dans le dos voûté de John et tout cela disparut dans les vrais cafés et les rires sans échos du réfectoire de la plate-forme.

Bonne paye, hélicoptère, repos pour que la mort monte dans leurs corps. Tom y passa quelques années plus tard. À l'enterrement, sa femme, après le sermon du pasteur, leur lut une sorte de chanson qu'il s'était échiné à écrire.

Il y a des lois dans la vie du plongeur, des règles que tu dois toujours observer.
Une erreur dans tes réglages de cloche et tu pourris en profondeur.
Écoute, c'est un mort qui te parle.
Bien des gens descendent dans l'océan, pour mille raisons différentes, mais les plongeurs sont vraiment spéciaux.

Ils viennent de partout, des écoles, des usines ou des banques, ce sont des bouchers, des peintres, des ouvriers, épais comme deux planches.
La mer du Nord les tire de chez eux, d'Australie, de la Nouvelle-Zélande, d'Afrique, d'Irlande, de Lahore.
Alors regarde bien tes réglages, pas seulement un coup d'œil, prends ton temps, fignole, cette plongée pourrait être la dernière de quelqu'un.
C'est différent quand tu es dedans, attendant d'être hissé et espérant que le chef de mission ait cuvé son alcool, qu'il ne soit pas un camé congénital, copain avec un crâne d'œuf des bureaux, qui l'a collé là pour pas cher, et c'est ta vie qu'ils mettent sur le tapis, qu'ils jouent aux dés.
C'est si facile de ne pas vérifier les câbles, le gaz dans les bouteilles et les outils, ça peut servir de se rappeler les plongeurs crevés entre les mains d'abrutis.
On sait tous que les types de la sécurité angoissent, que les managers angoissent, mais leur angoisse n'est jamais aussi pressante que celle du pauvre type scotché dans sa cloche.
Parce que, pour chaque plongeur mort, quelque chose a été oublié quelque part, ou alors c'est un clown qui n'aurait jamais dû être là, ou juste quelqu'un qui n'a pas fait attention.
Le matériel que tu utilises bat de l'aile, change-le, la plongée est pleine aux as maintenant, et il y a de l'argent pour tout réparer, vérifie bien que c'est fait.
Regarde les portes, les sas et les poignées, les chaînes et les crochets sur les poids.
Et souviens-toi que dans leur boîte les saturés dépendent de leurs camarades.

Il y a un tas de technocrates sur la côte maintenant, des tonnes d'experts vissés à leurs bureaux, déposés là par un avion du gouvernement, refermant les écuries quand les chevaux sont partis.
Mais ici au cœur de l'eau, pas d'experts, juste toi et moi, nous faisons le gâteau dont ils s'empiffrent.
T'as remarqué qu'après un accident de cloche, qu'après la mort de plongeurs, cette bande de branleurs débarque et nous sort « l'erreur humaine » d'un air supérieur, devant les corps des copains.
D'accord l'erreur est humaine, mais l'exemple vient de haut, et depuis qu'ils ont créé la mer du Nord dans les années 1960, ils n'ont jamais su stopper les accidents, avec leurs enquêtes et leur bla-bla.
Alors prends bien soin de toi.
Et si ton fils veut marcher dans tes pas, décourage-le tout de suite, ne lui refile pas une vie de malheur, avec à la fin rien d'autre à montrer que des ombres de squelette, des articulations qui grincent et des poumons qui grognent, si déjà il a de la chance, parce que sinon c'est la mer qui lavera ses os.
Tu peux te marrer tant que tu te fais du blé, tant que tu es jeune et bien remonté, mais allez, regarde plus loin, trouve-toi un petit talent sur la côte.
Imagine-toi maintenant tout au fond, ton eau de chauffage se refroidit, et tu as foiré ton boulot, les lampes de la cloche ont pété, et tu es fatigué, épuisé, c'est une mauvaise plongée où tout est parti en couille, mais c'est la faute à personne.
L'équipe d'en haut gueule, se plaint de la bouffe, de la plate-forme et des impôts, du boulot, du chef et de ces gros culs d'Américains.
Tu le sauras quand tu auras tes premiers élancements, il est temps de rentrer sur la côte.

Mais tu regarderas ton compte en banque et tu y retourneras, juste pour un tour.
La cupidité, c'est ce qui te retient dans ce jeu sans merci, mais quand tu ne t'amuses plus, vieux, tu n'as plus du plongeur que le nom.

7

Éthique

Abandonnant les chignons chinois, l'historien s'arma d'un poing électrique de 200 000 volts, s'extirpa du fatras de nourriture, de papier et de livres pour courir après Geir, en vain. Il repartit dans le Jardin botanique, de mémoire, sans même s'éclairer. Il ouvrit la porte de la serre avec son passe. Le séjour était plongé dans une demi-pénombre. Seuls les aquariums étaient éclairés, les centaines de poissons flottaient mollement dans l'eau laiteuse, témoins indifférents au visiteur.

– Monsieur Jensen ? cria-t-il en se dirigeant vers la partie en appartement.

Un air d'opéra – du Wagner – semblait provenir de la salle de bains. Il poussa la porte entrouverte. Jensen vit le visage poupin du gardien. De quoi se mêlait-il à cette heure ?

– Vous m'avez fait peur, dites ! répondit Jensen en se retournant, finissant de boutonner le haut de son pyjama de soie verte devant un des deux grands miroirs.

Il prit une petite télécommande qu'il dirigea vers le plafond et baissa le volume de la musique.

– Vous avez été agressé ! dit l'érudit.

– En ai-je l'air ? répondit Jensen en plongeant ses lentilles de contact dans la solution de nettoyage.

L'historien ne comprenait pas. La lèvre du vice-président saignait légèrement, deux bleus s'épanouissaient sur sa joue gauche et de longues griffures sillonnaient son cou.

– Sauf votre respect, oui.

– Sauf qu'agresser n'est pas le mot, si jamais vous aviez à rapporter les faits.

– Quels sont les faits ?

– Les faits sont simples. Comme vous vous en souvenez, je préside une société de chasse au renne. Là-bas, sur le terrain, il y a parfois des différends qui naissent. Nous les réglons spontanément, en chasseurs. Comment dire ? À la hussarde. Parfois les choses n'ont pas décanté dans la nature et il est nécessaire de purger les passions en ville.

Le visage de l'historien s'éclaira d'un sourire.

– Je savais que la guerre était l'hygiène des peuples, mais là…

Jensen se lava une nouvelle fois les mains et eut un regard de sympathie pour son interlocuteur. Ce gardien était décidément à la hauteur.

– Vous avez compris le secret de ma longévité, répondit-il en riant. Sur ce, bonne nuit !

Une fois l'historien reparti, Jensen revint dans le salon, sans l'envie de dormir malgré l'heure tardive. Ses plaies picotaient et l'émoustillaient. Le maître est celui qui n'a pas peur de la mort, c'était bien simple. Il s'enfonça dans un fauteuil et alluma l'écran plat de la télévision, choisit la principale chaîne du royaume. Il tomba sur ce qu'il attendait : le spectacle jubilatoire des flashs incessants consacrés au saccage de SavannahOrg. Il secouait la tête, écoutant les comptes rendus, riant à la vue des champs calcinés.

À présent que le Fonds avait le vent en poupe, à présent qu'il était le plus doté qui fût, que SavannahOrg n'était plus que cette pitoyable débandade, tout, à ses yeux, lui donnait raison. Le Bien dont le royaume se faisait le champion n'avait de sens que dans une communauté liée par une langue, un sol, une histoire commune. Qu'était ce Bien platonicien, censé aveugler Africains et Chinois, jeunes et vieux, riches et pauvres, brandi par une tribu de nantis profitant du réchauffement climatique ?

« Et cet atome me mesure ! » pouvaient bien hurler les pays étrangers.

Et que savions-nous de ce monde au-dessous de nous ? Ce Bien sis sur les genoux des dieux, se laisserait-il communiquer au tout-Norvège dans les envolées chromatiques d'une cantatrice japonaise payée à prix d'or ? Par ces quinze jours annuels sur la côte méditerranéenne, tous frais payés à chaque foyer, par les bons soins de ces messieurs du FrP parvenus au pouvoir ? Par les rapports criards d'ONG européennes ? Par ce sacro-saint carré de navets africains ? Nous ne voulions même plus descendre dans l'arène pour sonder par nous-mêmes les reins et les cœurs.

L'euphonie musicale, l'harmonie du monde, la rectitude. « Être bon, c'est typiquement norvégien », avait dit Brundtland, l'ancienne Premier ministre. Province de vieilles dévotes, entourée de continents de jeunes hommes en colère.

Après tout, le royaume n'aurait dû s'employer qu'à convaincre les Norvégiens. Aujourd'hui nous devions nous justifier devant la planète entière, auprès des gouvernements de grandes puissances, des médias sarcastiques, des ONG insatisfaites, des mouvements de consommateurs allemands, des universités chinoises, d'on ne savait quels cercles de dirigeants brésiliens.

Il se leva, éteignit les aquariums, dit le bonsoir aux poissons. Son plongeur rossé, l'angélisme officiel en berne, il dormit du sommeil du juste. La lutte pour le Nobel reprendrait demain matin.

À son réveil, il appela Geir Lund et lui proposa de prendre un verre au Bristol en fin de matinée.

Les deux hommes se retrouvèrent dans le hall. Geir ne semblait pas surpris de voir Jensen vivant. Évitant l'alcool dès le matin, il avait commandé un jus de tomate au basilic. Jensen, amusé, fit de même. Enfoncés dans les fauteuils club du petit salon tapissé de livres, ils se regardaient comme deux amants engourdis. Les vases communiquaient, leurs eaux s'équilibraient. Geir était descendu sans sa canne, il plissait des yeux, la lèvre supérieure soulignée d'un trait de tomate, et il partageait avec Jensen un visage garni de bosses et de griffures, un faciès d'entre deux rounds. La veille, dans la tourmente, ses forces de plongeur étaient revenues, les coups exceptionnels qu'il avait reçus avaient gommé ses douleurs chroniques. Ulcéré, il avait presque retrouvé l'usage de ses facultés. Ressentir son corps d'athlète, se défendre par soi-même lui avait fait du bien. Le plus douloureux avait été l'oscillation latérale. Les articulations des hanches et des épaules lui faisaient payer cher ce service, depuis de longues années. Tous deux semblaient rajeunis et cabossés. Ils pouvaient faire affaire. Geir lut la proposition de tribune en sa faveur que lui soumit Jensen. Elle était acceptable, 8 500 signes payés rubis sur l'ongle. Ils se dévisageaient, apaisés. Sous les lustres du grand hall vitré, des élégantes faisaient trier leurs bagages par les grooms.

– Alors depuis, vous êtes arrivé dans l'argent du pétrole ? demanda Geir.

– C'est une façon de voir les choses, mais c'est à peu près cela.

– Vous y êtes descendu, j'en suis remonté. Nous devions

nous croiser un jour, rit Geir en se passant un doigt sur une zone douloureuse.

– Je vois que vous avez gardé le point de vue du sourcier, plaisanta Jensen.

Geir se rembrunit.

– Ce pétrole, il ne passe presque pas sur nos terres, et l'argent qu'il produit, vous devez en plus l'enfermer dehors. Est-ce que la logique n'aurait pas voulu qu'on le cache dès le début ?

– Le cacher ? demanda Jensen, intrigué.

– Ne pas flécher les ressources pétrolières, ne pas additionner dans ce Fonds unique l'aspect retraite, environnement, placements financiers, etc., mais tout mêler au budget de l'État, saupoudrer, par exemple dans un fonds de ceci, une réserve de cela, un renflouement, que sais-je ? Je n'ai pas les termes exacts, mes études de comptable ont été abrégées par ce que vous savez.

– Quantitativement, répondit Jensen du tac au tac, vouloir « diluer » cet argent dans notre économie, cela aurait été vouloir noyer un éléphant dans un seau. Le seau aurait explosé. Cela dit, nous nous sommes désendettés, et nous avons même annulé la plupart des dettes de pays débiteurs. Le problème est que l'argent n'a cessé d'affluer… Et puis qualitativement, il n'y a pas de vertu cachée, en tout cas pas longtemps. Vous connaissez l'histoire de l'homme qui trouve le moyen de se rendre invisible, il s'adonne à tous les vices. La transparence est une condition *sine qua non* de cette politique. Je sais bien que cela nous expose aux revirements de l'opinion, mais c'est le jeu.

– J'aimerais bien être votre homme transparent. Peut-être que je courrais moins de risques en m'adonnant à mes vices préférés.

– Par exemple ?

– Entre autres, taper sur la société qui m'a mis dans cet état...

Jensen sourit.

– Vous m'avez bien amoché, Lund, mais en honnête homme, lui assura-t-il paternellement en empochant sa tribune et se levant. Qu'allez-vous faire de votre samedi ?

– Je ne sais pas, murmura Geir.

Jensen allait lui serrer la main, l'enrober et le circonvenir comme il savait le faire, mais il se contenta de tourner les talons. Il lui souhaita une bonne fin de semaine à Oslo, à ses frais, et prit congé.

Comme tous ceux de la Norges Bank, Henryk Larsen n'était plus à ce qu'il faisait. Il avait assisté aux funérailles nationales des huit compatriotes tombés au champ d'honneur, écouté le digne discours de Sa Majesté Tormod – vu les larmes sincères de Vibeke rivaliser en gros plan avec celles de Hedda. Les projets avec le Nigeria avaient été suspendus – la tranquille coopération agricole s'était muée en aide humanitaire d'urgence. L'existence et le bien-fondé même de SavannahOrg étaient remis en cause. La volonté politique d'un nouveau départ, le consensus des partis feraient probablement défaut.

Une dizaine de jours après les funérailles, pour aller de l'avant, Sa Majesté et le Premier ministre jugèrent opportun d'annoncer enfin la découverte d'un nouveau champ pétrolier, Léviathan. Même avec un tel nom, il fallait rester sobre, apolitique, éviter de faire croire à l'effet d'aubaine. Cela prit la forme d'un entretien télévisé où le Premier ministre, entouré d'experts et de géologues, noya l'excitation des journalistes et d'un panel de citoyens dans la grisaille de descriptions de strates et de sous-strates sous-marines. Qui plus est, l'ampleur des réserves annoncées permettrait de s'offrir de nouvelles splendeurs humanitaires. Sur les marchés, le prix du baril de Brent baissa aussitôt de 3 dollars.

Henryk avait été mis au courant de l'importance de la découverte, mais se sentait agressé par l'annonce officielle, comme si cette soudaine pléthore rendait dérisoire son devoir de discernement. Puisqu'il y avait toujours plus de pétrole, investissons en tous sens !

Sur la fenêtre de l'application téléphonique ouverte en haut à gauche de l'écran de son bureau, la case de Mlle Oestby clignota. Henryk cliqua sur son nom et la voix de la secrétaire sortit des petits haut-parleurs.

– Oui ?

– J'ai en ligne M. Heston, de la National Ameritech Electronics. Je vous le passe ?

– Bien sûr.

– Monsieur Larsen ? Je ne vous dérange pas ?

– Aucunement.

Le ton de M. Heston était embarrassé.

– Écoutez, je ne suis pas censé vous appeler…

– Mais c'est un plaisir.

– J'ai gardé un excellent souvenir de notre conversation de Detroit. Voilà : nous sortons d'une réunion avec le président Frye et deux de nos plus gros actionnaires. Vous savez que d'un point de vue strictement financier la part de l'État norvégien est minime, à peine un demi-milliard de dollars.

– Nous ne prenons pas plus de 15 % de participation au capital des entreprises. Mais dans votre cas, c'est bien moins.

– Tout à fait. Je voulais vous dire qu'actuellement… Écoutez, vu les nouvelles opportunités au Brésil, la réponse à votre demande sera négative.

– Et la mise en conformité aux standards de l'ONU ?

– M. Frye, voyez-vous… M. Frye estime qu'il ne s'agit que

d'une mode qui ne peut faire l'objet d'une priorité. Les actionnaires principaux sont sur la même ligne. Nous avons d'énormes projets d'investissements dans le Maghreb et toutes nos équipes sont concentrées là-dessus. Nous ne pouvons pas sérieusement remettre en cause nos procédures alors que la loi américaine ne nous y contraint en rien.

– C'est dommage. Vos concurrents s'y sont mis…

– C'est de l'affichage. Ce n'est pas un avantage concurrentiel, nous ne produisons pas pour les particuliers. Vous recevrez un courrier du comité de direction dans une dizaine de jours. (Il laissa passer quelques secondes.) J'imagine que la décision de la Banque sera prise rapidement, et que comme d'habitude vous lui donnerez le maximum d'écho…

– Nous faisons ce que nous croyons être le mieux, dit Henryk, parfaitement à l'aise dans son rôle. La force des choix éthiques est d'être clairs et connus du plus grand nombre.

– *Name and shame*, comme toujours. Je préfère rester neutre, mes opinions personnelles ne recoupent pas entièrement celles de ma firme. Pour M. Frye, sachez-le, vous exagérez. En gros, d'après mes notes : votre État se comporte comme un petit porteur individuel, qui réagit dans l'instant, à courte vue.

– Dans l'instant ? s'étonna Henryk. Nous dialoguons depuis plus d'un an et demi, me semble-t-il.

– Pour M. Frye, un État souverain ne peut se fonder sur des rumeurs, des données non entièrement vérifiées. Votre Fonds est investi dans des milliers d'entreprises étrangères, il vous est impossible de disposer d'informations fiables sur les politiques internes, les données financières et sociales de tant d'entités. Vous vous fiez trop souvent à des rapports publiés par des ONG partisanes, comme si toute critique valait condamnation. M. Frye estime donc que vos décisions sont un outil de politique étrangère et ne servent pas les intérêts du Fonds.

De plus, il y perçoit un fort anti-américanisme. Et même une sorte de sanction de la transparence, car bien des pays où vous investissez n'offrent pas une telle disponibilité des données économiques.

– Je peux comprendre cette logique, dit Henryk, ce sont des reproches que nous avons déjà entendus.

– Tout cela n'a rien à voir avec l'économie, le plus absurde, bien sûr, c'est qu'il n'y a rien de plus banal que de vendre ou acheter des actions. Mais comme vous êtes ce que vous êtes, vos décisions sont très commentées, quel que soit le degré d'exposition de l'entreprise à l'opinion.

– Merci de nous le concéder.

– Vous rendez-vous compte que ce type de décisions met en jeu votre crédibilité ? commença à s'emporter M. Heston. Vos critères sont loin d'être inattaquables.

– Peut-être.

– Je ne vous retiens pas plus longtemps, monsieur Larsen. Une dernière chose, importante : nous aimerions savoir quelles sont les autres entreprises dont vous comptez vous désengager en mars. Il nous faut préparer notre communication *corporate*.

– À présent vous parlez en votre nom ou au nom de la NAE ?

Une certaine gêne dans la voix de M. Heston.

– De la NAE.

Henryk sourit en secouant la tête.

– Ce n'est donc plus entre nous ?

Heston ne répondit pas.

– Encore une fois, monsieur Heston, c'est très aimable à vous de me prêter autant d'influence, mais comme vous le savez, il y a une stricte collégialité dans nos procédures et…

– Je voulais juste vous dire que vous pouviez nous aider à gérer le petit désagrément que vous allez nous causer en nous donnant les noms des prochaines exclues, ce qui nous permettrait de relativiser l'impact médiatique.

– Je ne pense pas que cela soit possible. Vous voudriez faire cause commune avec les autres, et dénoncer l'arbitraire de nos décisions ?

– Peut-être.

– Monsieur Heston, je ne pense pas que cela soit si grave pour la NAE. Vous venez de me le dire.

– C'est à nous d'en juger, monsieur Larsen. Je vais donc contacter vos collègues du ministère des Finances et du gouvernement.

– Je ne pense pas que vous parveniez à vos fins.

– Nous verrons bien. Au revoir, monsieur Larsen.

– Au revoir, monsieur Heston.

– Une dernière chose, monsieur Larsen, et c'est une appréciation purement personnelle. Ce que vous faites, vous pouvez vous le permettre parce que vous êtes un confetti et que vous avez gagné le jackpot. Un grand pays ne pourrait se permettre d'être aussi léger dans ses relations internationales. J'espère que cela changera avec les élections à venir.

– C'est donc une chance pour nous, vous ne trouvez pas ?

– Profitez-en bien, monsieur Larsen. Restez conscients des contingences, voyez ce qui vous arrive au Nigeria ces temps-ci…

– Je suis au courant. Au revoir, monsieur Heston.

Une semaine passa. Henryk, le jeudi, participa à la réunion d'harmonisation où il sentit le vent tourner. Le directeur du NBIM fit comprendre qu'il fallait laisser du temps au temps, et qu'une sanction à l'encontre de la NAE serait précipitée. Le vice-président Kijewski, d'ordinaire intransigeant, sembla concentrer son attention sur un fabricant de ciment coréen, du menu fretin. Il évita tout regard. Ses mains se figeaient, ses lèvres se serraient comme un brise-glace entrant dans l'Histoire.

Henryk, malgré le soutien de ses collègues du conseil, fut prié d'écrire une note de synthèse positive sur trois cas litigieux, dont la NAE.

Accablé, il pensa donner sa démission. Il lui fallait parler à Kurt Jensen, revenir aux sources. Il obtint un rendez-vous le lendemain.

Le tronc figé derrière son bureau, Jensen était extrêmement tendu. Pour expliquer ses blessures au visage, il avait mis au point une histoire de chute en forêt, avec rochers et branches basses, qu'il répétait à qui voulait l'entendre et qui dorait son blason d'éternel jeune homme. Parue en première page du *Dagbladet*, la tribune signée Geir Lund avait produit forte impression, même Helland n'avait pas répliqué. Jensen pouvait commencer à prendre une posture de victime. Mais la rixe jubilatoire avec le plongeur n'était plus qu'un souvenir, d'autres nuages s'étaient accumulés à l'horizon. Contre toute attente, l'affaire des dépenses injustifiées était la plus coriace.

Dans le même temps, toutes ses relations s'émerveillaient du nom donné au nouveau champ pétrolier. Cela lui mettait du baume au cœur. Il ne pouvait qu'approuver en public, prendre l'air mystérieux, ne démentant pas la rumeur selon laquelle il était de ceux qui, au fond d'une nuit sur Ekofisk, avaient eu ce trait de génie. Il était décidément indispensable au royaume, pouvait-on penser. Et cependant, la dernière journée organisée par son club de chasse au renne avait rassemblé bien peu de monde et tué bien peu de bêtes.

En cette fin d'après-midi, son regard d'apprenti sorcier paraissait renier son poulain. Hanna venait d'apporter le thé et quelques fruits secs.

– Kurt, commença Henryk, il est évident qu'ils ont tout étouffé.

– Henryk, dit Jensen en prenant sa tasse, même si j'étais d'accord avec vous, je ne pourrais pas vous le dire. Vous n'avez pas totalement tort sur le fond.

– Je n'ai pas à écrire cela. Qu'ils en trouvent un autre.

En plus d'être jaloux de son idylle avec sa filleule, Jensen semblait toujours plus déçu.

– Henryk, il est très important que ce soit vous et personne d'autre.

– Pourquoi ?

– Vous avez été leur interlocuteur. Vous représentez la Banque. Ils savent que vous n'êtes pas dupe.

– C'est tout le contraire. Ils sauront que j'ai été entièrement désavoué.

– C'est un ultime avertissement, dit Jensen, ils savent que vous ne les perdrez pas de vue. Henryk, c'est un exercice d'écriture ! Jouez le jeu…

Henryk lui faisait tellement pitié qu'il se sentit provisoirement d'humeur badine.

– Henryk, je parle maintenant au philosophe. Soyez libre par rapport aux mots ! Prenez-les sur le papier du dictionnaire. Ils sont tous aussi égaux en dignité et en droit que les hommes dans la célèbre Déclaration de 1789. Il ne coûte pas plus d'efforts à notre langue ou à notre poignet d'écrire tel mot plutôt que tel autre.

– Et la morale ? demanda Henryk sans parvenir à l'interrompre.

– Par conséquent, nous devrions pouvoir les aligner, conter sans trêve et sans peine. Nous devrions pouvoir raconter en détail des aventures jamais vécues, des sentiments jamais éprouvés. Notre imagination devrait pouvoir réduire notre vie personnelle à la portion congrue. Excusez-moi, c'est pour vous donner le sentiment de notre liberté, vous dire que, non, ces mots que vous allez écrire ne feront pas de vous un renégat.

– Les principes éthiques ne devraient pas se prêter à tant d'accommodements, dit Henryk à voix basse, dédaignant le plateau.

– Ils ne sont pas faits non plus pour clouer au pilori des entreprises à des moments stratégiques de leur développement, répliqua sèchement Jensen en se levant pour arpenter son bureau. La NAE est en lice pour le plus grand appel d'offres public de ces dix dernières années. On ne saurait ignorer le contexte. La dure loi norvégienne peut attendre. Rappelez-vous Samuel Johnson : « L'existence du crépuscule ne veut pas dire qu'on ne puisse pas distinguer le jour de la nuit. »

Il entendit Henryk, tête baissée, lui reparler de morale et de sa foi luthérienne. Il ne manquerait plus qu'il pleurât, ses lèvres bredouillant Dieu. Comment Sigrid pouvait-elle s'intéresser à une telle poule mouillée ? À le voir, Jensen se confortait dans l'idée que la religion était destinée aux sourds d'oreille. Fallait-il mettre par écrit, dramatiser, contrôler le sens de la vie à ce point ? La seule maîtrise d'un art ouvrait la voie des mystères de l'existence, sans verbiage ni jactance. L'eau valait toutes les révélations. Heureux et solide comme un homme détenant un savoir-faire qui l'inscrit dans la matière. Ce silence des confiants et ce vacarme des croyants ! Quelle idée de l'avoir présenté à Sigrid, tout cela par défi, pour se mettre en valeur aux yeux de Katrin. Les deux hommes se quittèrent mécontents l'un de l'autre.

Sigrid avait invité son parrain Jensen, le surlendemain, à prendre le thé chez elle – plus exactement, dans le deux-pièces que Katrin lui avait légué. Du temps de leurs études, Karl, Katrin et Jensen lui-même y avaient souvent festoyé. Jensen avec une fille différente chaque mois, Karl et Katrin alors inséparables et constants. Pour Jensen, c'était toujours un bonheur de revenir voir sa filleule dans ce conservatoire offert par *Elle, Vogue* et *Cosmopolitan* réunis. Depuis le temps, la copropriété avait installé un bel ascenseur vitré, mais Jensen préférait monter à pied, comme autrefois, marche après marche, tout vice-président qu'il fût.

Elle lui ouvrit, rayonnante. Année après année, Jensen s'apercevait que Sigrid était plus qu'une beauté nordique. Certes, comme pour les beautés de son type, ses yeux semblaient naturellement écarquillés, ses cheveux blonds encadraient à merveille l'ovale de son visage, où se trouvaient solidifiées jubilation et gourmandise. La peau était si lumineuse qu'on jurait la voir au travers d'une laque protectrice. Sigrid était néanmoins plus grande que les Norvégiennes de son âge, et sa façon de s'habiller détonnait : des jeans robustes et épais, sanglés d'une large ceinture avec une boucle de métal, et des hauts moulants que cachaient des pulls informes aux tons acidulés. Ses vêtements étaient seyants et toujours légèrement abîmés. Elle était plus belle que Katrin à son âge. Jensen la suivait des yeux avec une pieuse convoitise.

Dans ce vaste deux-pièces que les vieux avaient hanté régnaient le plus grand désordre et la plus grande propreté. Meubles, CD sans boîtiers, draps rouges, bureau surchargé, chaises fluo de bébé, affiches d'exposition, livres, bonbons éparpillés semblaient soumis à un usage intensif. D'autres Sigrid devaient utiliser sa chambre vingt-quatre heures sur vingt-quatre en s'ignorant mutuellement, en se laissant tout au plus quelques messages sybillins, comme dans les boyaux d'un terrier collectif. Jensen frissonna néanmoins et se souvint que Sigrid, en bonne membre de la 59°F Earth League, ne chauffait qu'à quinze degrés Celsius, température moyenne à la surface de la planète, affichant ainsi son sens des responsabilités écologiques.

Jensen lui offrit le coffret de l'intégrale d'un chanteur cubain qu'elle appréciait. Elle lui sauta au cou avant même qu'il se fût débarrassé de son manteau. Elle lui proposa de goûter des restes de gâteau. Son prestigieux parrain aimait être traité sans façons. Tout en sirotant, elle s'assit au bord du canapé et ouvrit son portable pour lui montrer des photos d'un de ses derniers voyages. Un autre appareil gisait par terre, ouvert, vomissant des cartes vertes et noires. « Je suis en train de le réparer. » Avait-elle injecté de la gélatine dans l'écran ? La surface était étrangement molle, une pression des doigts de Jensen y laissait quelques instants des traces blanches.

Sur le papier peint du mur, à l'entrée, Sigrid avait punaisé le dessin d'une Vierge à l'Antéchrist. On trouvait ailleurs tout le rebut indispensable à la vie quotidienne (dont une carapace de crabe évidée servant de cendrier ou de poubelle de table), et le sol était une surface de travail et de rangement comme une autre.

Jensen lui fit remarquer, sur le ton du grand frère complice, le désordre ambiant.

– C'est mon ordre à moi, répondit-elle. Et ton Nobel ? Très bon pour toi, la tribune du plongeur !

– Oui, ça m'a surpris, pour tout te dire !

Il sourit, perché sur un tabouret de bar. Elle lui faisait le thé fermenté qu'il préférait. Jensen s'imaginait que Sigrid s'était préparée à sa venue, mais elle n'avait pas même commencé de passer l'aspirateur.

– C'est ça la nature, dit-elle en vidant le compartiment poussière dans la poubelle, ce truc magique qui te permet de voir revenir tes déchets avec plaisir. Poussière, poussière, allez, reviens-moi en plante, en poulet, en livre… Sans ça, on marinerait, non ?

– Tu n'es pas à l'étroit ici, au moins ? s'inquiéta le parrain.

– Pas du tout. J'en ai l'air ?

– Alors c'est moi, dit-il en reposant sa tasse de thé, encore trop chaude, sur une pile de CD. Tu as un lapin maintenant ? cria-t-il pour couvrir le bruit de l'aspirateur.

– Oui, enfin une moitié, un lapin nain. J'ai acheté ça, c'est pour un cadeau, entendit Jensen depuis l'autre pièce. Tu étais à l'étroit, à Stavanger, avant tes triomphes ici ?

– Oui, dit Jensen en souriant, après avoir attendu l'arrêt de la machine. Dans notre petite maison de pêcheurs familiale. Mon père partait parfois pour plus d'une semaine. Assis chez nous, on ne pouvait pas savoir quand il rentrerait. Debout sur le port, on avait la rumeur, la ligne d'horizon qu'on pouvait scruter avec les longues-vues et les jumelles. Alors que dans les maisons, le temps s'arrête.

– En parlant de temps qui s'arrête, dit-elle en revenant, tu ne peux pas dire à tes amis de la banque que tout le monde s'emmerde dans les stages ?

– À ce point ? dit Jensen, amusé.

– Tu n'imagines pas. Le groupe des étrangers a fini de s'extasier, ils sont dans l'hiver, ils n'ont plus envie de rigoler et c'est assez mortel, les exposés sur les processus d'investissement…

– J'avoue que moi-même, le pétrole ne m'inspire plus beaucoup…

– Mais on dit que c'est toi qui as trouvé « Léviathan », monsieur Jensen.

– J'avoue, se rengorgea-t-il.

– Il paraît que vous avez passé une nuit sur Ekofisk pour trouver l'inspiration, dit Sigrid en riant. Moi, tout ce que j'ai pu faire, c'est m'endormir et me faire remarquer par la PolEx…

– La plupart auraient aussi voulu dormir, mais il fallait un nom...

– Et tu t'amuses à ça, toi aussi...

– Je n'ai pas trop le choix, sourit Jensen. Plus tu montes, plus tu as affaire au pétrole.

– Pourtant on ne cesse de parler du déclin des réserves, dit-elle en se lavant les mains, et le gouvernement a créé le Fonds global en prévision de l'épuisement...

Jensen s'amusait à tapoter la cage du lapin.

– C'est très bien de le dire et de le faire croire, dit-il, car il y a un vrai danger, mais pas celui qu'on croit. Le problème, ce ne sont pas tant les réserves que le fait de les brûler. Avant de ne plus avoir de pétrole, on n'aura plus d'atmosphère. Le problème, c'est sa surabondance. Je suis convaincu que le pétrole n'est pas d'origine fossile, mais abiotique – minérale si tu veux. Il se reconstitue à mesure qu'il est pompé. En tout cas il vaut mieux partir de ce présupposé.

– Donc c'est presque de l'eau, tout va bien ! plaisanta Sigrid en détachant un morceau de gâteau de la moquette.

– Exactement, continua Jensen, charmé. La vraie valeur du pétrole, c'est l'eau qui le porte. L'eau prend la forme de son contenant, se stocke, se divise à l'infini, s'écoule où l'on veut, de gré à gré. Une puissance énergétique bénéficiant d'un état liquide naturel ne pouvait que s'imposer dans tous les usages. Sauf que le pétrole, chère amie, est une eau maudite qui nous dessèche au lieu de nous désaltérer.

– Je le ressortirai, sourit Sigrid, sans donner ton nom, bien sûr. Alors j'en conclus que le royaume s'enrichit en intoxiquant le monde... Ce n'est pas vraiment ce que raconte Henryk.

– Mais ne le répète pas ! dit Jensen, heureux d'enfoncer son protégé. Il y a bien pire encore ! Dans les années 2010, nous avons refusé d'abonder un fonds des Nations unies destiné à compenser la non-exploitation de ressources pétrolières en Équateur, dans le parc Yasuni – pas le crève-cœur gangrené et pollué qu'on connaît, le royaume de la biodiversité qu'il était avant. Et pourquoi ? Nous jugions hypocrite d'exploiter d'un côté, et de payer pour de la non-exploitation de l'autre. Par cohérence... Et surtout parce que ça aurait été reconnaître que ces pauvres Équatoriens faisaient preuve de plus de vertu que nous.

– Sois indulgent, dit Sigrid d'une voix plaintive, si nous n'avions pas l'argent du pétrole, nous ne pourrions pas être éthiques de façon aussi grandiose.

– Ni aussi timorés ! rit Jensen. L'idée d'affecter nos richesses au financement des retraites est assez géniale : moralement c'est irréprochable, cela évite de trop puiser dans la caisse et oblige à se projeter dans le futur. Cela permet aussi à chacun de s'imaginer en retraité. Les retraites pourraient être financées par plus de travail, plus de cotisations, plus d'épargne individuelle, ce serait plus moral. Mais nous avons hiérarchisé les vertus : la modération plutôt que l'effort. Et il fallait bien faire un sort à cet argent. Les populistes commencent à changer cela, d'une façon un peu chaotique. Ils veulent enfler l'État-providence, se faire élire par le pain et les jeux, tout en tenant un faux discours de contremaître.

– On tourne en rond en quelque sorte ? dit Sigrid, la mine boudeuse.

– La seule chose qui nous relie un peu à l'Histoire, poursuivit Jensen en s'asseyant par terre, ce sont tous les papillons de nuit que nous attirons, l'immigration, le sang neuf. Je ne vais pas te faire l'éloge de Sonya, mais si chaque Norvégien pouvait vivre avec une Pakistanaise ou une Égyptienne, ce pays redeviendrait intéressant.

Il n'était pas mécontent de saboter, par petites touches, les efforts de Katrin pour caser Sigrid avec un défenseur d'une vertu douteuse, Norvégien pure souche.

– Mais c'est une incitation à la débauche, monsieur le vice-président ! rit Sigrid.

Jensen sourit, fier d'elle. Il prit une voix railleuse :

– À mon âge, on ne se refait pas, mademoiselle. Et alors ? Vous vous êtes revus ?

– Oui, il est adorable, se défendit Sigrid et, dans sa bouche, cet « adorable » était du genre asexué.

– Tout va bien alors ?

– Tout va bien, dit Sigrid, avec un reste de pudeur.

Puis ils retournèrent leurs tasses respectives, les soulevèrent et les firent goutter dans les soucoupes.

– Celui qui a la dernière goutte est marié dans l'année, c'est d'accord ?

– Marié dans l'année ! renchérit Jensen.

Et leur rire sonna, clair et bref, le long des murs de l'appartement témoin de l'intraitable beauté des Halden.

8

Dans le doute, tu es un artiste

La soirée que Manuela, l'autre stagiaire norvégienne du groupe, organisait chez sa sœur Ester, commençait vers 20 heures. On en profiterait pour suivre à la télévision le grand débat électoral. Vers 18 h 20, Sigrid échappa à l'autoritarisme de son tuteur, un quadragénaire enrobé d'une sueur éternelle qui se déchaînait tout particulièrement sur les filles. Dans le hall de la Norges Bank, le stagiaire espagnol, Ignacio, qui avait réussi à attirer dans ses filets l'Indienne Sunitra, se promenait avec elle bras dessus bras dessous, en nouveau riche. Comme si son succès amoureux l'avait réveillé, Ignacio se chargeait d'informer le groupe des stagiaires des activités proposées par le Sports Club du NBIM. Le lendemain samedi, les garçons, cagoulés, d'épaisses lunettes aux yeux, s'adonneraient à un après-midi de *paintball* sur un des plus grands terrains du royaume.

Devant le Radhuset Sigrid retrouva Peter l'Anglais, que Manuela avait aussi invité. Ils prirent le bus pour rejoindre le quartier des Habitarbres. Les conservateurs, alliés *de facto* à une bonne partie des socialistes, avaient tout fait, depuis de longues années, pour empêcher l'extension d'Oslo, agitant le spectre du mitage urbain à l'œuvre dans la plupart des villes occidentales, et leur triste destin à la suite de la raréfaction du pétrole. Au royaume, la nature primait l'homme, la forêt n'était pas une réserve foncière. Il s'était même trouvé un géographe d'une quarantaine d'années, Carsten Oma, pour fonder un parti anti-urbain : ses livres et plaquettes connaissaient un succès certain. « La ville nuit à votre cerveau » était le slogan favori de ce petit lobby.

La mairie d'Oslo, confrontée au manque d'espace et à la frilosité de ses administrés, redoubla d'imagination et fit appel à un disciple d'un architecte belge pour un projet d'éco-quartier végétal, au nord de la ville. À un ministre de l'Environnement ébahi fut soumis le projet « Habitarbres » : 4 kilomètres carrés d'habitat écologique en fusion avec la forêt de la Nordmarka qui devaient offrir 4 000 nouveaux logements. L'architecte prévoyait qu'un bâtiment sur deux soit biomimétique, imitant la forme et la matière des arbres environnants. L'ultime argument qui emporta de justesse l'adhésion des riverains et des autorités fut le village d'artistes. Un cinquième des logements serait composé d'ateliers consacrés à la création contemporaine.

Sigrid et Peter descendirent à l'arrêt « Canopée », près d'une de ces usines reconverties en centres culturels. Chacune des maisons-arbres devant eux offrait des ateliers distincts, sur trois niveaux. Celui du milieu, correspondant à la plus grande circonférence de l'édifice et doté de la lumière la plus abondante, était réservé aux arts plastiques. Le bois restait le matériau le plus utilisé, mais l'ensemble était lissé par des silicones, des biotextiles et des panneaux de verre souple. Toute la frondaison était truffée de capteurs solaires, le tronc puisait de la fraîcheur dans la terre, et le bâtiment produisait l'énergie dont il avait besoin. En entrant dans la clairière, des bruits de violon, des échos de jurons et des odeurs de chou vantaient l'union harmonieuse de tous les arts. On s'introduisait dans l'arbre à artistes par une porte ronde découpée dans le tronc, qui ouvrait sur un ascenseur cylindrique.

Harald était plasticien et vidéaste. Selon sa compagne Ester, la sœur de Manuela, il avait un talent fou et réussissait bien. Selon Manuela, son coup de génie était d'être né au royaume. Quoi qu'il en soit, à trente-deux ans, la municipalité lui avait octroyé plus de cent mètres carrés dans un des tout premiers arbres, vingt mètres au-dessus du sol, pour faire ses preuves et nourrir les critiques.

L'ascenseur faisait office d'interphone et emmenait directement dans les logements. Après avoir suivi un petit corridor, ils entrèrent dans la grande pièce centrale, aux néons suspendus à la façon d'un atelier de confection. Un tiers de la superficie totale était réservé à un petit appartement privé. La lumière et le point de vue sur les autres arbres, vrais et faux, coupaient le souffle. Le haut plafond était entièrement couvert de miroirs. En plus de leurs reflets, une vingtaine de personnes étaient physiquement présentes au sol, déambulant mollement entre les installations du maître, sous les riffs hargneux d'un groupe à la mode que déversaient des mini-baffles *surround* accrochés tous les deux mètres. Une des œuvres, la plus proche de la porte, ressemblait à un immense gratin de pâtes, dans son plat, posé debout contre le mur. En y regardant de plus près tout en se débarrassant, Sigrid remarqua l'ingrédient principal, des bouchons d'oreilles jaunes et orange légèrement passés au four, qui tenaient lieu de gruyère fondu et donnaient son titre à l'ensemble : *Silence Cake.*

Accueillis par Ester, Sigrid et Peter entrèrent dans la partie appartement, un coquet deux-pièces en désordre. Des messages, écrits ou imprimés, flottaient au niveau des yeux, à destination d'un occupant semblant avoir abdiqué sa volonté, être sous tutelle ou comparer de bonnes résolutions pour retenir la plus réaliste. « Gym trois fois par semaine » était collé par un magnet sur le frigo, « Calme-toi » en carte postale posée sur la bibliothèque, puis « L'amour est obligatoire » était écrit à la main sur un Post-it, tandis que d'autres se superposaient, dont « Ferme-la » et « Nous sommes déjà la sagesse », scotchés sur la hotte au-dessus des casseroles qui s'entassaient dans l'évier. Dans un coin s'empilaient des numéros de *Read Me*, le magazine interne d'Ikea où Ester était chef de rayon. Ils jetèrent leurs manteaux sur le tas bariolé qui recouvrait déjà le lit. Près d'une porte, un sticker officiel vert et bleu indiquait que l'arbre était membre, comme l'appartement de Sigrid, de la très populaire 59°F Earth League.

L'œuvre maîtresse trônait au centre de la pièce, comme pour rappeler au visiteur, officiel ou familial, la raison d'être du locataire : une reconstitution d'un studio d'étudiant d'une dizaine de mètres carrés, avec chaise, table, armoire, lit, lampes, vêtements, canapé, corps d'homme allongé et corps de femme assise, les traits du visage effacés. Tout était taillé dans une mousse peinte couleur chair, parsemée de plaies, bleus et cicatrices reproduits avec réalisme.

Dans un recoin de l'atelier, près des baies vitrées, un masque africain géant, en plastique noir et jaune, dans la bouche duquel aurait pu se baigner un enfant, était gonflé et dégonflé par une pompe, lui donnant tour à tour l'allure d'un dieu courroucé et d'un fruit pourri ; puis d'étranges constructions métalliques, d'autant moins déchiffrables qu'elles avaient été amassées là pour faire de la place. Dans le reste de l'atelier, des sièges éjectables de chasseurs F-16, posés par groupes de deux ou trois, alternaient avec des poufs multicolores chuintants, fourrés de billes de polystyrène. Au creux de certains étaient nichés des bols d'olives ou de cacahuètes nigérianes.

Sigrid reconnut quelques personnes et se lança dans la course aux salutations. Elle s'assit enfin avec d'autres dans un coin de l'atelier, près d'un grand établi maculé de peinture, encombré d'outils aux poignées fluorescentes et d'un stock imposant de bombes de mousse de polyuréthane d'un demi-mètre de hauteur. Une forte odeur de brûlé se répandait sans alarmer quiconque : quelqu'un devait avoir laissé allumé un fer à souder, un réchaud, ou bien l'arbre prenait feu. Un certain parti pris artistique rendait indifférente cette concurrence des possibles.

Un Nils, muni d'effrayants sourcils ininterrompus, secoua vigoureusement la main de Sigrid. Ils furent bientôt six à faire cercle. Les garçons abandonnaient leurs postes pour ne pas trop s'éloigner de l'insondable puits de symétrie du visage de la blonde. Sigrid connaissait déjà Martin, de retour d'Italie, qui buvait un whisky Coca, travaillait à la fondation Bellona et avait des vues sur elle. Ester faisait de grands signes à Harald. Un Per s'avachissait et était comédien en partance pour Londres ; une Inge, sa compagne, négligeait ses cheveux et était peintre ; enfin le Nils était un ami d'enfance de Manuela et étudiait quelque chose à l'université. Peter l'Anglais resta poliment une dizaine de minutes, puis fit quelques pas en arrière et déambula le long des fenêtres de l'atelier, prenant un verre de punch au jus de fruits vitaminé.

L'arbre ne cessait de sonner : combien de personnes monteraient encore ? Dans l'encadrement de la porte, une jeune fille éprise du fils du deuxième pharmacien de la ville signalait ce projet subversif au moyen de cheveux verts dressés et enduits de gel. Un grand brun à veste en velours gris galonnée aux épaules posée sur un T-shirt blanc, aux yeux débordant de mascara rose, à bracelets indiens, à crâne rasé et bouc soigné, transpirait l'humour et la sérénité – son grand plaisir étant de critiquer les seins affaissés de ses conquêtes. Un rien, un pari moral, suffisait à habiller cette jeunesse – tracts d'une vie meilleure, oripeaux de saints, de chevaliers et d'ascètes.

Ils étaient déjà près d'une trentaine, la plupart entre vingt-cinq et trente ans, à l'exception de deux adolescents silencieux jouant aux dames à même le sol. La partie se finissait, le partenaire de gauche se leva en maugréant et partit. L'adolescent se mit à faire des petits tas avec ses pions, frôlé par les allées et venues de la petite foule.

Entre deux blagues juteuses, les visages d'un groupe assis près des baies vitrées restaient vacants, comme bannis d'une série à gros budget. Ce soir, ils tâchaient à nouveau de trouver du plaisir à l'interface humaine, de se satisfaire de l'audience confidentielle d'une conversation en tête à tête, tandis qu'à chaque minute vibraient dans leurs M-Phones des continents d'aubaines et de contacts qui donnaient tort aux corps présents. Secouant nerveusement une jambe, parcouru de vibrations venues des réalités augmentées, un grand brun pâle qui rejetait en arrière ses mèches roses pouvait avoir été victime d'un trop-plein de documentaires animaliers visionnés sans conviction ; un autre à ses côtés, maigre et voûté, devait peut-être sa rétine délavée aux milliers de clips entraperçus entre douze et vingt ans ; deux filles, l'une filiforme, l'autre au crâne rasé, dodelinant de la tête, avaient dû cantonner leur adolescence à la critique sans pitié d'un *reality show* dont elles n'avaient pas raté une seconde. Enfermés dès l'enfance dans le flan sucré de leurs yeux, ils semblaient souffrir comme d'une drogue délabrante de leur appétit de ricaner.

Regardant de l'autre côté, Peter vit que Sigrid parlait toujours avec animation. Il resta donc à observer les boursouflures de l'œuvre centrale, puis Sigrid vint vers lui quelques minutes plus tard. Ils rejoignirent le petit noyau dur, du côté du polyuréthane.

Ester était lancée dans une grande discussion avec Inge et Nils sur un célèbre vidéaste suédois nommé Erik Yurt.

– Il vient de se faire interner en clinique psychiatrique.

– Je le connaissais un peu, totalement timbré. Il fallait voir ses dernières vidéos.

– Jamais aimé ce type. Ça ne m'étonne pas que ça finisse comme ça.

– T'es jalouse ? s'énerva Ester. Il faudrait d'abord être bien dans sa peau pour créer ? On n'a pas le droit de vivre avant d'être normal ?

Martin se rapprocha d'Ester.

– Alors tu pars dans trois semaines, il paraît !

– Il paraît…

– Tu as signé ta décharge personnelle ?

– « Décharge personnelle » ? demanda Peter.

– Tu ne sais pas où tu as mis les pieds si tu ignores la décharge personnelle ! s'exclama Martin.

Malgré sa bonne maîtrise du norvégien, Peter fit un signe d'incompréhension. Par silences successifs, leur conversation périphérique était devenue centrale, le groupe abandonna le cas Yurt et se rapprocha d'eux.

– Cette décharge est obligatoire, dit Martin, elle indique que tu reconnais et approuves qu'en cas d'enlèvement l'État norvégien n'ira pas au-delà d'une certaine somme pour payer ta rançon.

– Quelle somme ? demanda Peter.

– Secret très bien gardé ! répondit Per.

– Ils font des distinguos selon l'âge, le revenu, la santé, et j'en passe, dit Nils.

– Sûr que pour ta p'tite tête l'État négocierait dix annuités avec livraison en fin de paiement, lança Martin.

Près de la porte, un groupe de filles faisait bruyamment son entrée. *Dirty Spoons, You, Silvana Andriuoli, Pink Lee, Factor 8, Black Digest, Stamp of Genius, Footmarks, Depths of*

Oblivion : comme si quelqu'un ne pouvait apprécier un titre plus de deux minutes, les chansons extraites de la *play-list* en libre-service s'interrompaient avant leur fin, alimentant une tonique ambiance de frustration et d'instabilité.

– Arrêtez, il ne va rien comprendre si quelqu'un ne lui explique pas calmement, dit Manuela.

– Et donc quelle valeur ? répéta Peter, tout en se resservant de cet étrange aquavit brun.

– Tout ce qu'on sait, expliqua Martin, les joues en feu, c'est que le montant est modifié chaque mois, et chaque mois déposé chez un huissier différent, pour éviter toute pression de la famille et des ravisseurs.

– L'État connaît ton prix, mais toi tu ne le connais pas. Ce serait trop tentant. Dès qu'on met un prix sur quelque chose… dit Nils.

– Trop tentant pour les mafias de tout poil, compléta Per en quittant son F-16 pour s'asseoir par terre.

– Mon père sait qui est cet huissier, dit Inge d'un air convaincu. Un peu d'eau, s'il te plaît.

– On te dit qu'ils en changent tous les mois ! dit Martin.

– C'est de l'intox.

– Bon, alors qui est-ce ?

– Je ne sais pas, c'est mon père qui sait. Évidemment il ne va pas me le dire. Merci.

– Encore l'homme qui connaît l'homme qui ne sait rien, ricana Nils en balançant sa tête au rythme de *Pink Lee*, le torse immobile.

– Le Norvégien est donc coté en Bourse ? demanda Peter.

– Le Norvégien enlevé, précisa Nils. Le Norvégien local ne s'attribue aucune valeur, il est effacé et modeste.

– Une Bourse secrète, avec des dizaines de cotations, dit Inge, qui avait repris le F-16 de Per.

– C'est l'argent noir, la revanche des damnés de la terre ! beugla Nils en resservant du mousseux tout autour de lui.

– Tout a un prix, dit Manuela. La hantise du gouvernement, c'est de ne pas avoir prévu le coup et de passer pour mesquin dans un procès de la famille contre l'État. Ils essaient de mettre un prix à tes comportements : si tu voyages en *freelance*, si tu es en voyage organisé, si tu as quitté le groupe de ton voyage organisé, si tu as traîné dans des quartiers louches. Ils se blindent contre le risque juridique. Pour nous, voyager, c'est comme passer sur le billard.

– On va peut-être arrêter, dit Martin, l'air protecteur, on fait peur à Ester, je vous rappelle qu'elle part en mission humanitaire pour le Nigeria dans trois jours.

– Ça va, répondit Ester avec un petit sourire de reconnaissance.

– Mais pourquoi ne passe-t-on pas par des assureurs privés si on veut se couvrir ? demanda Peter.

– Voilà une question sensée ! dit Inge.

– En tout cas, je trouve ça très bien d'aller les aider en ce moment, cria quelqu'un derrière Peter.

– La vraie question sensée, c'est pourquoi on ne laisse pas payer la famille, dit Martin d'un air docte.

– La réponse est la même, intervint Harald en ouvrant un petit paquet de chiques. C'est que nous devons tous être égaux. Surtout à l'étranger, nous représentons le pays.

– Pipeau ! dit Martin. C'est surtout que, depuis qu'il y a de vraies mafias de l'enlèvement, personne ne veut assurer un Norvégien, et aucune famille ne peut suivre à hauteur du PIB par habitant. L'État est bien forcé de se substituer. Après tout c'est de sa faute, le PIB.

– Bon, alors cette cotation du Norvégien, à votre avis ? demanda Nils.

– Les trois procès qui ont eu lieu depuis cette loi se sont tenus à huis clos, dit Sigrid, mais il y a eu des fuites. Je n'en sais pas plus.

– La valeur d'une vie humaine ? médita Martin tout en manipulant une bombe de polyuréthane. J'ai lu que cela dépendait de combien de personnes tu laisses au pays, de combien tu gagnes. Si tu te fais enlever par une guérilla marxiste brésilienne, mais que tu ne gagnes rien, que tu n'as pas d'enfants et que tes parents sont morts, c'est sûr que les gars ont fait une mauvaise affaire. Tu n'es pas une digne part du PIB, tu ne représentes que toi-même.

– C'est pour ça que l'État offre les vacances en famille ! ricana Nils. Ça permet à tout le monde de se faire enlever en même temps. Personne ne reste au pays pour faire des réclamations.

– Pour eux le cauchemar, c'est le quadragénaire père de famille travaillant seul dans l'industrie pétrolière en Afrique, dit Harald.

– Ou l'enquêteur associé du comité Nobel, compléta Martin.

– Vive le télétravail ! dit Manuela.

– La téléglande c'est pas mal non plus, dit Martin. Tu restes chez toi à rien foutre au lieu de faire ça au bureau.

Martin avait enlevé la protection de la bombe, appuyait sur le déclencheur et observait d'un air ravi la petite noisette multiplier cinquante fois son volume au creux de sa paume. Cela pourrait dérider Sigrid.

– Ils n'ont pas de vie, ces types, dit Nils. Ce sont des placements sur pattes.

– En tout cas, j'espère ne pas valoir trop cher, voulut conclure Ester.

– Toi ? lança Per. L'État te mettra le prix plancher.

– Tout de même, Ester, dit Nils, tu vaudrais plus que la victime lambda de Bhopal. Victime de quoi déjà ? Isocyanade…

– Isocyanate de méthyle, dit Harald.

– Chapeau, l'artiste, tu as la culture de l'empoisonneur, dit Martin. Il n'y en a pas au moins dans ce truc ? demanda-t-il en montrant sa noisette à Sigrid et en commençant à laisser la mousse lui enlacer les pieds. Petite taxe sur la mobilité – il y a quelque chose de pornographique à voyager, non ? dit-il tout en s'émerveillant de la robustesse du polymère. C'est pas mal, ce truc, ils en mettent dans les après-skis ?

– Notez qu'ils veulent des euros, pas de la foutue couronne locale, dit Nils.

Harald regarda l'heure à l'horloge de gare suspendue entre les néons.

– 19 h 40, les enfants ! Le débat commence bientôt et on n'a pas sorti la bouffe !

Sigrid sourit et suivit les aidants de la dernière heure. Elle revint avec des bouteilles d'alcool et commença à remplir des verres avec circonspection, les entourant de chips au paprika, de cacahuètes grillées à sec et des petits pains au fromage qu'ils venaient de terminer en cuisine. Les lourdes bouteilles s'entrechoquaient, chacune rendant le son de sa forme, de la force et de la viscosité de l'alcool qui descendrait et s'empilerait dans les veines. Elle n'appréciait pas les beuveries de groupe ; un samedi soir, alors qu'elle était encore petite, son père avait perdu un de ses collègues de travail. Elle avait surpris Katrin au téléphone, racontant à une amie, avec toute la verve et la cruauté des adultes entre eux, comment ce Sven avait été retrouvé noyé, braguette ouverte et membre flottant, en contrebas du quai où il était allé uriner, vers 3 h 30 du matin. C'était la première fois qu'elle entendait nommer un sexe masculin. Dans la bouche de sa mère, il lui sembla lourd, dur et rusé, une anguille qui entraînait au fond des eaux, l'équivalent masculin de la sirène, chants et écailles en moins.

On entendait les chuchotements et les rires des garçons enfermés dans la cuisine.

Une jeune femme à crête de punk se dirigea à lourdes enjambées vers Ester et lui chuchota quelque chose. Ester pâlit et avança vers le centre de la pièce, suivie de Sigrid et de Peter.

– Un problème ? bafouilla Peter.

Au centre de l'atelier, roulé en boule à côté de son plateau de dames où des pétales de chips avaient remplacé les pions, l'adolescent aux dames se tenait prostré et secoué de spasmes. Il faisait étonnamment peu de bruit.

– Il s'étouffe, dit Ester. Quelqu'un a appelé le 112 ?

– Les urgences ? cria Harald.

Il les bouscula, s'assit à côté de son cousin et lui tapa le dos tout en essayant de voir son visage, d'où sortait un râle continu qui se mêlait aux gémissements mélancoliques de Clyde 44, le leader cubain des Devil Flour. Quelqu'un alla jusqu'à baisser la musique. On entendit mieux un bruit de chiffons raclant dans un conduit de cheminée.

– Iver ! Iver !

– C'est pas vrai ! cria-t-on.

– La musique !

– Quelqu'un a appelé les…

– Mais bien sûr ! Dix fois !

– Ça va, on se calme.

Dans la foule quelqu'un se prit les pieds dans un pouf et cette fois la musique s'arrêta. Ester arrivait en trottinant avec un grand verre d'eau, tandis que des beuglements insouciants sortaient toujours de la cuisine.

– Quelqu'un a appelé les urgences ?

– Qu'est-ce que vous faites ?

– Qu'est-ce qu'il a au juste ?

– Qui a coupé la musique ?

– Il n'a pas joué avec mes produits au moins ? demanda Harald, sondant le groupe du regard.

Une intoxication en règle les eût presque rassurés. Le spectre des morts inexpliquées chez les moins de trente-cinq ans planait dans les esprits, leur enlevait le pain de la bouche, défroissait leurs vestes déstructurées, recousait les déchirures tendance, teignait de noir les écharpes fluo, glaçait le métal des piercings, incisait dans leurs fronts généreux une ride préparatoire à l'hypocondrie. Sans doute cette nuit-là secoueraient-ils moins leurs organes, seraient-ils moins ardents, et les plus ardents moins fertiles. Les miroirs du plafond offraient une vue à vol d'oiseau de l'attroupement en demi-lune, de leur verticalité d'arbrisseaux calcinés en morne plaine, des sommets de crânes, de certaines calvities naissantes sous lesquelles ils tentaient de ne pas se laisser aller à penser au vecteur présumé, *Rattus norvegicus*, contre qui le royaume avait dressé sa longue barrière.

Sigrid était paralysée et livide. Au bout d'une minute interminable, Iver se redressa lentement, son visage était cramoisi, mais il semblait avoir récupéré. Une dizaine de personnes l'entourèrent en riant. Les conversations reprirent lentement, les têtes se détournèrent.

– Une petite farce pour se faire remarquer ? lui lança Harald, très nerveux, lui passant la main dans les cheveux. Déjà ne joue pas avec les chips.

Il les enleva du plateau et les fit tomber dans un sac, comme autant d'objets contaminés.

– Il n'y avait personne pour jouer et...

– Pas la peine de te suicider.

– T'inquiète pas, en général je ne me suicide pas en public.

– Tu as intérêt.

La musique (*Depths of Oblivion*) revint, trop gaie, trop brutale, et quelqu'un changea encore de titre en effleurant l'écran de la console MPX (*Order Arms !*). Les deux grands écrans, privés d'images depuis quelques minutes, s'économisaient et diffusaient sur fond noir les noms et les salaires annuels de personnes piochées au hasard d'une base de données en ligne. À cette minute, on apprenait que Sven Romske avait gagné l'année dernière 642 335 couronnes. Au royaume, les revenus individuels relevaient du domaine public, et cet écran de veille où rebondissaient lettres et chiffres était un des plus populaires, comme si l'accoutumance permettait à chacun de conjurer les démons de l'envie.

L'ascenseur sonna. Trois secouristes bariolés et fluorescents, encapsulés dans la cabine, bourrés de tics altruistes, palpant en boucle les bosses de leurs équipements, se présentèrent, avec brancard, bouteille d'oxygène, défibrillateur et trousse en sac à dos surmonté d'un drapeau.

– Une overdose ? demanda leur responsable.

– Non, tout va bien maintenant, répondit Ester d'un air bourgeois.

– Pas à vous de le dire. C'est ce jeune-là ?

Ils gagnèrent le centre de la pièce en considérant les installations de Harald comme autant de nids à problèmes. Ils commencèrent leur happening médical autour d'Iver. Deux filles les prenaient en photo avec leurs M-Phones, avec pour fond le studio aux ecchymoses. Tension, température, rythme cardiaque, tout semblait en ordre. Ils le questionnèrent et restèrent un quart d'heure supplémentaire pour écrire un rapport, prendre des photos du paquet de chips ainsi que des bulbes d'uréthane que Martin traînait aux pieds.

– C'est une saleté, vous savez, dit l'un d'eux en repartant.

– Je sais, on ne va plus lui en donner, dit Harald.

– Même vous, vous ne devriez pas en prendre.

– D'accord, mais on ne vit plus, à ce compte.

Le secouriste sembla offusqué.

– On vit un peu plus. Au revoir.

– Au revoir.

Puis ils disparurent dans le tronc de l'arbre. Peter était allé aux toilettes et retrouva Sigrid, Nils et Per, qui parlaient politique pour détendre l'atmosphère.

– Dis-moi, ils sont tous artistes ? demanda Peter à Sigrid.

– On peut dire ça.

– Il y a beaucoup d'éducation artistique à l'école ?

– Pas plus que chez vous, je pense. Il y a surtout un statut intéressant.

– Un statut ?

– Tu vois Inge ? chuchota Sigrid. Elle est peintre. Elle ne fait rien, elle n'a pas de commandes depuis plus d'un an. Je ne sais même pas si elle propose des toiles aux galeries.

– Elle est peintre au chômage.

– Pas tout à fait. Quand tu n'as pas de travail, tu peux t'inscrire au régime chômage ou au régime artiste. Il faut avoir fait trois ans d'études, mais tout le monde a ça aujourd'hui.

– Et il faut être artiste ?

Martin s'approcha d'eux pour leur proposer un supplément de vin et tenter une nouvelle fois sa chance auprès de Sigrid.

– Moi qui suis animateur de campagnes chez Bellona – ça veut dire que je suis payé pour dénoncer le mieux possible les turpitudes de l'État –, je peux t'en parler. Le vrai objectif, c'est de nous transformer en contemplatifs, en pétrisseurs de pâte à modeler…

– Hein ? demanda Peter.

– Regarde ce que fait Harald, c'est pas mal, mais bon…

– Arrête, Martin ! chuchota Sigrid.

– Je n'ai rien dit. Disons qu'il est subventionné pour occuper un arbre. Si tu prends la plus grosse catégorie, ceux qui se déclarent écrivains, ils reçoivent des sous non pas pour écrire des livres, mais pour se demander s'ils ont du talent. Ou pour écrire quoi que ce soit, du moment que c'est en norvégien, et que ça donne du travail aux traducteurs. Tout ce qui sort est acheté à 2 000 exemplaires par les bibliothèques, pour faire vivre les imprimeurs.

– C'est dingue, dit Peter.

– Un type a pondu un roman où deux détectives privés rassemblent les preuves du talent musical d'un poivrot à l'agonie, pour que l'État paie l'hôpital marocain où il a échoué.

– On peut le lire en anglais ?

– D'autant plus que cet idiot l'a écrit directement en anglais, s'esclaffa Martin. Il a perdu son statut pour six mois. Bref, tu gagnes un peu plus que le chômeur, mais attention, il y a des obligations ! Si tu n'as pas d'œuvres à montrer, selon ta spécialité tu dois lire des contes à l'école, repeindre les murs avant de faire ta fresque, aller jouer du piano dans les maisons de retraite. Si tu veux sculpter du bois, il faut élaguer toi-même des arbres pendant un mois. Noblesse oblige !

– C'est effrayant, ajouta Sigrid. Comme tu peux déclarer n'importe quelle vocation et en changer chaque année, des soi-disant musiciens vont chez les vieux durs d'oreille juste pour pointer et répéter un morceau, des comédiens censés faire du *coaching* font apprendre leurs textes à des fonctionnaires.

– Et quand tu ne sais pas si tu es artiste ou chômeur ? interrogea Peter.

– Dans le doute, tu es un artiste, dit Martin.

– Ça crée des vocations, dit Sigrid.

– À ce compte-là, tout le monde est artiste ! s'écria Peter.

– Et le souci de se distinguer ? dit Martin. Le fin du fin, c'est de ne *pas* être un artiste. Et l'artiste n'est pas incité à se reproduire. Il y a une bonne couverture médicale, mais ça ne donne pas droit aux allocations familiales, ni au congé paternité. C'est quand on cesse d'être artiste qu'on devient vraiment adulte…

– Et qu'on fait de la recherche pour lutter contre la constipation des hamsters, dit Sigrid en riant.

Ester sonna le rassemblement.

– Pour ceux que ça intéresse, le débat va commencer ! Tout est prêt, s'il manque quelque chose, dites-le. N'hésitez pas sur les pizzas, il y en a deux dans le four et on doit nous en livrer encore cinq.

Un petit quart de l'assemblée se rapprocha ; les autres tournaient le dos et dansaient par à-coups. Peter se cala dans le canapé entre Sigrid et Harald.

Jan avait allumé l'écran plat, accroché à un mur entre deux toiles déchirées au cutter. Soudain silence, à droite se tenait Lindstrøm, la redoutable chef du FrP, l'air modeste et souverain par anticipation. À gauche s'agitait Lous, le très populaire président du groupe du Parti travailliste au Storting. Le décor était d'une sobriété luthérienne ; sur fond gris, chaque candidat était debout à un pupitre, tandis que le modérateur allait et venait, un paquet de fiches à la main. On avait dit à Peter que c'était le grand débat de la campagne, celui qui pouvait éviter que, pour la première fois depuis des décennies, un parti fût majoritaire à lui tout seul, performance jamais atteinte, même dans les années d'hégémonie des travaillistes.

– Plus fort, Jan ! lança quelqu'un.

Une dizaine de personnes, les plus âgées, se massèrent en bas de l'écran.

Lindstrøm se préparait à entrer dans la joute. En cette fin de campagne, un mélange de lassitude et d'excitation se lisait sur son visage alors qu'elle calait ses mains sur le rebord du pupitre, rappelant qu'elle avait toujours su parler des heures sans note aucune. Elle ne faisait qu'une avec ses paroles ; de sa sincérité d'oratrice, de son aplomb semblait émaner une santé mortifère pour autrui. N'avait-elle pas ébranlé, à elle seule, dans le comté du Telemark, une meule de foin à l'effigie de Hedda et Hallvard ? Ses yeux vifs brillaient derrière ses lentilles de contact, son chignon tirait ses cheveux vers l'arrière, son élégant tailleur gris convenait parfaitement à sa mince silhouette. Elle fêterait ses cinquante-huit ans à l'automne. Sportive, riche, heureuse, elle pouvait espérer vivre sans incapacité jusqu'à quatre-vingt-dix ans. Elle se passa la main dans les cheveux et se donna de la hauteur.

– Monsieur Lous, croyez-vous que nous soyons au pouvoir par hasard ?

– Je n'ai jamais dit cela. Vous avez été élus démocratiquement.

– Croyez-vous que nous soyons incompétents, que nous trompions nos électeurs ?

– J'espère pour vous que non.

– Alors, de grâce, cessez de caricaturer nos positions.

– Je vous…

– Je ne vous ai pas interrompu. Tout, je dis bien tout ce qui a été innovant dans notre royaume ces dernières décennies, tout ce qui a fait de notre royaume un royaume moderne, a été fait à notre initiative, en suivant des idées que nous avions émises. La fin du monopole de la télévision d'État ? C'est nous. L'ouverture des magasins le dimanche ? C'est nous, et vous aviez poussé les hauts cris. La concurrence entre opérateurs téléphoniques ? Nous la demandions depuis longtemps. Les électeurs ont fini par se rendre compte que si vous arriviez, avec vos alliés, à nous exclure du pouvoir, vous ne pouviez pas cacher le fait que nous sommes toujours la force de proposition, ceux qui mettent les Norvégiens au cœur de leurs décisions.

– Les conséquences ne sont pas toujours aussi heureuses que ce que vous dites.

– En quelques années, depuis notre accession au pouvoir, avec nos amis conservateurs, nous avons enfin fait construire et rénover les routes dont nous avions besoin. Nous avons baissé les impôts, les taxes sur le travail, l'essence, l'électricité, la nourriture, nous avons instauré la gratuité des cantines scolaires et administratives. C'est bien de vouloir être exemplaire, monsieur Lous, mais avouez que c'était devenu du masochisme. C'était le royaume des bonnes intentions ! Un seul exemple. Nous sommes tout de même le seul pays au monde à imposer aux entreprises de plus de cent salariés de choisir comme logo une espèce en voie de disparition et d'y consacrer 1 % de leurs bénéfices !

– Ça c'est vrai, dit quelqu'un dans l'atelier. J'ai un ami, son père a dû choisir une araignée à poils pour son entreprise de portage de repas à domicile.

– Et alors ? lança Sigrid, menaçante.

– La ferme ! beugla quelqu'un au fond, tandis que la grande masse dansait et conversait au son d'*Order Arms !*

– Avec vos collègues, continuait la chef du FrP, vous avez toujours voulu résoudre les problèmes en taxant. Dans un pays qui gagne, cette année, des centaines de milliards d'euros par son pétrole.

– Un pays ne peut vivre d'une rente, articula posément Lous. Vous avez entièrement supprimé l'impôt pour les trois quarts des revenus. Votre objectif, c'est de remplacer le produit du travail par le profit du pétrole, c'est de nous faire dépendre du pétrole comme d'une drogue.

– Il faut sortir de cette mentalité de pauvres, riposta Lindstrøm. Ce n'est pas une rente, c'est le sous-sol de notre royaume. Un peu de fierté, monsieur Lous. Ça vous gêne, que nos ingénieurs se démènent pour trouver ces richesses ? Mais vous avez raison, il ne faut pas s'en contenter. C'est pour cela que nous avons voulu, avec nos alliés, remettre au travail tous ceux que votre système avait découragés. Il faut se souvenir qu'il y a quelques années nous battions tous les records d'arrêts de travail ou de mises en invalidité. Nous n'acceptons pas cela, nous voulons que les Norvégiens se prennent en main. Voyez-vous, monsieur Lous, je crois que les individus sont la vraie richesse d'une société. Mais nous étions les champions de l'absentéisme et du congé maladie ! Si nous nous remettons au travail comme nous avons commencé à le faire, nous n'avons pas à rougir de profiter de nos richesses naturelles.

– Vous faites un mauvais procès aux salariés, interrompit Lous.

– Croyez-vous que les gens soient plus heureux en fuyant le travail ? Nous avons fait baisser les taux d'absentéisme et le nombre d'arrêts de travail et de pensions d'invalidité, 10 % de la population active ! Nous avons mis en place la rémunération au mérite chez les fonctionnaires, même si cela n'a pas été facile. Nous demandons le retour aux vingt-cinq heures hebdomadaires. C'est ce dont nous pouvons être le plus fiers. Cela a sans doute plus intéressé les Norvégiens que de replanter des forêts tropicales en Indonésie.

– Ce programme a fait l'unanimité chez nos partenaires, à l'ONU, dans…

– Et si nous vivions un peu plus pour nous-mêmes et un peu moins pour la communauté internationale ? Excusez-moi de parler d'un pays lointain qui ne vous intéresse plus, la Norvège.

– C'est grossier !

– Donc nous avons instauré la concurrence dans le secteur des maisons de retraite. Le politiquement correct, c'était de faire croire que seul l'État pouvait bien s'occuper de nos aînés.

C'était faux. Dans le domaine de la défense, nous avions malheureusement raison. C'est formidable d'envoyer nos troupes au bout du monde, dans des opérations internationales, pour éviter des conflits, mais pendant ce temps Oslo est devenue plus dangereuse que New York, nos plates-formes et nos raffineries font régulièrement l'objet de menaces terroristes, vous le savez bien, et les mafias de tout poil se développent dans nos villes.

Lous était remonté :

– Parlons de tous les effets d'aubaine créés par votre politique ! Vous dites que vous avez revalorisé le travail, mais vous dilapidez le Fonds en offrant des vacances pour tous ! Votre programme de privatisations ne fait qu'attirer la main-d'œuvre étrangère que vous aimez tant dénigrer par ailleurs. Vous obtenez de meilleurs taux de présence au travail, mais par un système de surveillance antisyndical ! Vous savez bien que la plupart de nos jeunes ne rêvent que de partir étudier à l'autre bout du monde, en Espagne, et vous incitez nos seniors à s'installer en Grèce ou en Tunisie. Qui va donc rester pour habiter ce pays, y travailler ? Plus vous laisserez couler l'argent, plus le royaume ne sera qu'une banque où l'on passe se servir, un décor en papier mâché pour fêter Noël. Vous critiquez l'immigration, mais vous êtes bien contents d'avoir les Russes, les Somaliens, les Pakistanais ou les Iraniens pour entretenir le royaume !

L'animateur était aux anges, soulagé de voir la joute s'emballer. Le travailliste semblait emporté dans son mouvement, et vouloir piétiner son adversaire.

– Enfin, voyons où Mme Lindstrøm et ses amis nous ont menés ces dernières années ! Vous avez fait litière de notre tradition pacifiste. Avec la volonté de dépenser pour dépenser, nous nous retrouvons avec trois immenses navires de guerre, une flotte de dix chasseurs supersoniques américains dont nous n'avons que faire, sans parler de cet extravagant projet d'extension de la base d'Ørland, ou encore de cette militarisation insensée de la PolEx, qui est devenue un État dans l'État, en l'absence de toute menace sérieuse ! Et que nous réservez-vous si jamais votre parti se retrouvait seul aux responsabilités ?

– Je ne peux pas laisser dire...

– Je ne vous ai pas interrompue.

– Ce n'est pas acceptable, dit-elle en se tournant vers l'animateur.

– Vous avez...

– Le niveau de nos revenus nous oblige à tenir notre rang. Je ne peux pas laisser dire que notre tradition pacifiste est bafouée. Nous devons être à la hauteur de nos alliances internationales, nous ne pouvons pas toujours être les gentils médiateurs aux joues roses. Une vraie capacité de projection sur des théâtres d'opérations ne peut que donner du poids à notre message de paix. Par ailleurs, je vous invite à débattre ici même (et elle plongea son regard dans les yeux du journaliste) de la PolEx, à qui je rends hommage, si par malheur nous étions visés par un de ces attentats qui frappent un grand nombre de pays pétroliers. Croyez-vous qu'on nous épargne sur notre bonne mine ? C'est à un colossal travail de surveillance que nous devons de ne pas encore avoir été touchés.

Martin était hilare.

– En fait ils sont d'accord. Dans ce pays, la réalité a enfoncé l'espérance. Pour rester des êtres humains, il faut partir.

Il fut content de voir Sigrid tourner la tête vers lui.

Passé la première demi-heure, il n'y eut plus que leur petit groupe pour s'intéresser au débat. Au milieu de la pièce, les plus déterminés des ivrognes ne voulaient plus baisser le son de *Pink Lee.* La télévision était à peine audible.

Peter riait en voyant les plus jeunes s'éclipser aux toilettes pour vomir. Des hurlements venaient également de l'écrivain d'origine chilienne du dessus et du guitariste de jazz du dessous. Il se fraya un passage parmi les fauteuils, les œuvres et les danseurs, pour gagner la fenêtre où Martin fumait avec un long fume-cigarette jaune.

– Ça va ?

– Ça va, dit Peter en fixant du regard la semi-forêt où s'ébattaient de jeunes couples.

– Le vendredi soir et le samedi soir, les gens sont un peu déchirés. Au XIXe siècle, c'était bien pire. Ils s'envoyaient des litres d'alcool pur, on ne buvait pratiquement que ça.

– Ça chauffe aussi à Londres.

– Il paraît. Mais nous, on a toujours peur de finir comme les Inuits. Alors grosses taxes, limite d'âge, campagnes d'information… Mais ça a changé depuis la coalition, ils ont baissé les taxes, pour libérer la responsabilité. La consommation repart en flèche, je crois qu'on est dans la moyenne européenne de la beuverie. Ça se passe bien ton intégration ?

– J'ai l'impression.

– Et Sigrid ? C'est une fille super. Elle te parle de moi parfois ?

– De toi ? sourit Peter, interloqué. Je ne sais pas.

– Elle est difficile à draguer, lui confia-t-il en lui déniant le statut de rival crédible. Il y a toujours eu des tas de garçons à lui tourner autour.

– J'imagine, dit Peter aussi courtoisement qu'il put.

– Que je sache, continua-t-il en bâillant, depuis deux ans, elle n'est restée longtemps avec personne. Elle est toujours dans ses angoisses. Les Norvégiens, elle les trouve trop lisses, trop confortables. C'est vrai qu'ici c'est la fin de l'Histoire, le dernier grand frisson, ç'a été le césium 137 échappé de Tchernobyl qui est venu taquiner nos moutons. Eh bien, essaie, toi, tu viens d'ailleurs, et puis maintenant elle a presque un métier. Tu es assorti.

Il enflait grotesquement sa voix. Peter prit ces sornettes à la légère.

– Je ne suis pas un aventurier…

– Tu parles anglais, ça fait western, rit Martin.

– À quoi ça tient…

Embrumé par l'alcool, Martin le regarda d'un air suspicieux, comme s'il se demandait s'il pouvait aller jusqu'au bout de ses confidences. Il dissimula à nouveau ses incertitudes sous un air de condescendance.

– Non, pour l'intéresser, je pense qu'il faut la mettre en danger. Je crois que j'ai trouvé quoi… Et elle est d'accord.

– Et ce serait ?

– S'attaquer aux symboles de cette foutue coalition.

– Quels symboles ?

Martin refoula à grand-peine un renvoi.

– Tu en entendras parler si ça marche, vieux.

Peter n'insista pas. Ils laissèrent passer de longues minutes dans le vacarme ambiant.

– Dis, Martin, tu as peur de mourir ? demanda-t-il.

– Tu penses à ces morts de jeunes ? demanda-t-il en reprenant un verre de la bière omniprésente.

– Oui.

– Mais non, tant qu'on boit, on est immortel ! dit-il en exhalant un peu de fumée.

– Et quand tu ne bois pas ?

– Quand je ne bois pas, ricana-t-il, je me dis que la nature nous montre la marche à suivre. Bientôt nous n'aurons plus de pétrole, donc il faut qu'on disparaisse !

– Vous ne vivez pas que par le pétrole !

– Voilà un langage très, très, très (et il eut enfin son renvoi) très diplomatique, cher ami. Mais ce serait difficile à prouver… On ne vit que dans ce flash ! Qu'on en finisse, que les jeunes crèvent d'abord ! C'est à eux d'incarner l'avenir ! Je crois que j'ai pris cinq verres de trop… Tu m'accompagnes prendre quelque chose à manger ?

Peter déclina l'invitation en riant et partit en bas rejoindre Sigrid. Le débat était terminé. Passant devant le studio boursouflé, il en profita pour voter pour l'appellation MARKÖR (il suffisait d'inscrire une petite croix sur un cahier). La pompe du masque africain avait été débranchée, l'homme et la femme en mousse n'étaient plus seuls à cicatriser dans leur studio, un peloton de jeunes filles habillées tout en noir leur scotchaient d'énormes compresses sur le bas-ventre et les seins et hurlaient « liberté, liberté ! ». Des bouteilles d'aquavit blanc et brun traînaient à terre, près des étaux. Iver dormait paisiblement, pelotonné dans un fauteuil F-16 dont l'autorité semblait le protéger des étouffements. Les allées et venues ne cessaient plus entre l'ascenseur et les fenêtres, le rez-de-chaussée et les bancs de la placette où l'on pouvait plus commodément fumer et partir s'allonger sous les arbres. Des petites bandes s'interpellaient. Trois gaillards forçaient quiconque voulant remonter chez Harald à boire deux verres d'alcool, un de rouge français, un de porto, selon ce qui restait dans leurs caisses.

Trois camps semblaient se partager la place de la Canopée, les artistes locataires des arbres, qui entassaient les bouteilles d'un air embarrassé, un modeste immeuble familial en forme de boîte à chaussures, rempli du commun des mortels, avide de sommeil, enfin les fêtards qui chantaient à tue-tête. Ces derniers n'allaient pas s'assagir puisque quatre énergumènes étaient revenus avec du matériel électoral d'on ne savait quel parti, mais qui réchaufferait la nuit de février. Tracts, affiches et cartons s'enflammèrent vivement dans l'alcool à brûler, et de grosses branches sèches ramassées dans la forêt pérennisèrent la flambée. Agglutinés deux par deux, les corps alcoolisés jonchaient l'herbe froide de Norvège. Partout ailleurs, au Sud, par-delà les mers infranchissables, les jeunes remplaçaient déjà le pétrole, abandonnant ces bulles de carbone qu'avaient été les études longues, la connaissance hyperbolique des choses, la jachère de leur force mécanique. Là-bas, ils étaient revenus à leurs doigts, à leurs muscles, à leur présence humaine si longtemps volée par les machines ; ils repeuplaient les champs, les fabriques, les hôpitaux, les écoles ; ils redevenaient le capital. Il eût même fallu que leurs neuves existences pussent éclairer, chauffer ou rafraîchir les pièces.

À quelques mètres de Sigrid et Peter, une vingtaine de danseurs s'ébrouèrent, les garçons paraissaient plus mous, l'heure tardive devait favoriser la souplesse et l'endurance féminines. Des Kari, Astrid et autres Nora se déhanchaient au son – prudemment étouffé par des chèches – de l'amplificateur d'un M-Phone capable de déverser toute la musique de l'humanité. Certaines filles empilaient les vestes au-dessus de leurs pantalons taille basse. Au fil des ans, une vaste tribu de boucles de ceintures, de colifichets, de perles, de micropeluches et d'épingles avait migré telle une algue toujours plus près de la source chaude des pubis.

Pour se donner une contenance, d'autres se concentraient sur leur M-Phone, devant un clip quelconque, s'agitaient des spasmes nécessaires à l'élimination de nazis au fond de la citadelle d'un jeu vidéo, ou se plongeaient dans les délices d'une conversation artificielle, une nouvelle application qui faisait fureur. Comme si elle était lasse de parler avec Peter, Sigrid pianota sur son appareil et appela un des treize robots-causeurs, celui réservé aux vendredis et samedis soir. Le programme d'analyse et de reconnaissance vocale permettait de mener une authentique conversation de poivrots, ponctuée de rots, d'insultes et de grasses plaisanteries sur le cul et les grosses miches de Sa Majesté Vibeke. Un autre robot proposait d'échanger exclusivement en norvégien-kebab, le patois de la jeunesse immigrée. Certaines conversations – notamment celles des robots de Nuts&Co.net, à la pointe de l'intelligence artificielle – avaient déjà été adaptées en livres et pièces de théâtre à succès. Peter essaya de proférer le peu d'insanités norvégiennes qu'il connaissait. Sigrid lui soufflait les répliques, hilare. Tout en conversant avec Johnny (le pochtron virtuel s'était présenté sous ce nom), ils regagnèrent la chaussée grouillante de monde et jonchée de canettes de bière.

9

Une ambiance de paix

Ce samedi matin, revenu plus riche de son entrevue avec Jensen, massant ses cheveux couverts d'une abondante mousse blanche, Geir se mirait dans le pommeau en inox de la douche, chambre 236 du Bristol. Les déformations grossières de son visage, celles d'un miroir de fête foraine, lui semblaient assez fidèles à ce qui l'attendait : en vieillissant, un nez et des oreilles qui croîtraient, des yeux qui s'enfonceraient, une conscience qui stagnerait dans un éternel petit matin.

Et cette lucidité qui lui permettait de s'épier impitoyablement ne le protégerait en rien d'une vie terne et d'une fin lamentable. Même les pierres en chute avaient un soupçon de conscience.

Au lever, à Marker, il passait le plus souvent une demi-heure sous la douche. Le soir, il lui arrivait de rester près de deux fois une heure sous le jet, avec une pause pour le repas. Il se finissait à une température brûlante, cela le distrayait de ses douleurs articulaires et d'autres venues des profondeurs. Il n'écoutait rien que la chute, un bruit de friture dont il ne se lassait pas, qui lui manquait tant après deux semaines de cloche sous la mer. Sa peau cuisait, se gondolait, se fripait, se couvrait d'une petite poudre blanche et le démangeait. Il s'enduisait tout le corps d'une crème pour ne pas passer la nuit à se gratter. Il s'achevait, s'infligeait le sort commun, le corps du plongeur. Tous les mois et demi, il redoutait sa facture.

Il continuait à tenter d'être adulte, à se maintenir dans cet entre deux âges, plus de trente ans, moins de soixante-dix. Errer sans talent en voiture, vêtu d'un costume lourd laissant croire qu'il concentrait des efforts quelque part ou qu'il croyait au pouvoir des tissus.

Jeune, il avait eu recours au Service d'accompagnement de l'exercice du droit aux relations personnelles du quartier de Tøyen. Comme il pouvait s'y attendre, une jeune bénévole l'avait assuré, l'air farouche : « Vous avez droit aux relations personnelles, vous avez droit au bonheur, vous avez le droit de parler, de partager. Nous allons y parvenir en cinq points. Nous commençons mercredi prochain, 11 heures. » La semaine suivante, à l'heure dite, un jeune homme moins optimiste l'avait remplacée, lui-même, étourdi de sommeil, et il n'était jamais venu réclamer son dû.

Il s'était à peine réjoui de la forte somme remise par Jensen. Il aurait voulu offrir quelque chose à ses filles qui le fuyaient. Profitant d'Oslo, il prit sa canne et il partit rendre visite à Steinar, une sorte d'ami rencontré dans le groupuscule, gardien de musée et membre actif du brillant coup de main contre le foyer de demandeurs d'asile.

La veille, on avait opéré ses jambes de quarante-sept ans de plusieurs énormes varices, maladies professionnelles des gardiens, vigiles ou autres agents à station debout. Steinar avait trop longtemps différé cette opération, en se persuadant qu'avec de nouvelles chaussures, plus de sport, une nourriture plus saine, des bains froids, il en viendrait à bout. Mais les douleurs étaient devenues telles qu'il s'était résolu à consulter un spécialiste. Il était trop tard pour les veinotoniques ou la sclérothérapie, des ulcères variqueux étaient à craindre.

– Comment cela s'est-il passé ? demanda Geir en refermant la large porte vert bouteille de la chambre d'hôpital.

Il baissa la voix en voyant qu'un autre lit était occupé par un malade qui leur tournait le dos, roulé en boule dans ses draps.

Au large sourire que fit Steinar, Geir devina qu'il était son premier visiteur. L'après-midi était pourtant bien avancé.

– Pas trop mal, à ce qu'on m'a dit. C'est très bien maîtrisé maintenant. Ils appellent ça le *stripping* !

– Le quoi ?

– On t'enlève la veine principale des jambes, et toutes les autres petites autour où se trouvent les varices. Enfin, c'est ce que j'ai compris. La circulation du sang se reporte à l'intérieur.

– Tu vas avoir des jambes de nageuse avec ton *stripping* !

– Comme ça, je me tirerai du musée en faisant des pointes. De toute façon, j'ai deux ou trois semaines d'arrêt pour réfléchir.

– Sérieux ?

– À ma place, qu'est-ce que tu ferais ? Bientôt dix-huit ans que je suis posté entre des croûtes, des installations, que je serre un talkie-walkie où bourdonnent des voix. La dernière fois que c'était pour moi, c'était en mars, il y a trois ans. Va-t'en rester debout, le dos voûté.

Steinar s'agita sur son lit, plein de rage, rêvant de s'en sortir à son âge. Geir resta encore une petite demi-heure. Puis il s'habilla lentement, demandant si ses parents viendraient demain.

– Ma vieille est programmée pour demain matin, si tout va bien. Ma sœur pourrait venir après. Elles ne veulent plus se parler, même pas autour d'un lit d'hôpital !

Geir était heureux de partir, il commençait à ressentir une parfaite indifférence. Pour une fois, il n'était pas le patient, mais cela l'indisposait davantage.

À peine sorti du bâtiment climatisé, il fut saisi par le vent glacial. Il posa sa canne contre un mur, s'adossa à un immeuble et contempla la rue étroite dans laquelle il s'était abrité. En enfilade, des petites maisons de ville coquettes, bien éclairées. Certaines n'avaient ni rideaux ni voilages. Chacune de ces demeures avait un prix ; par lui-même, jamais Geir ne pourrait en acquérir une seule, vide, et encore moins remplie de vivants. Chacune avait ses propriétaires, ses locataires, ses familles. Rien de public là-dedans. Il pensa à Eva, Rita, ses deux filles évanouies, à Monika, son ex-femme. Quel exhibitionnisme que ces salons sans rideaux ! Les familles l'encerclaient, avec leurs propriétés privées, leurs fenêtres, leurs rues réservées à la perpétuation de l'espèce, leur ghetto proliférant dans les villes. Leur odeur de soupe commune comme un jet d'urine dardé sur le passant.

Qu'était-il ? Il ne voulait quasiment rien. Pire qu'un clochard. Et ce Steinar qui lui racontait ses histoires, s'il savait. Pauvre type à varices avec qui casser de l'étranger, épaulé par des jeunes en survêtement. Il se revoyait avec lui, dans cette chambre d'hôpital, à profiter de la misère de leurs corps. Et pour qui, pour quoi cette lucidité ?

À qui dirait-il qu'à l'époque ils avaient eu tort de plonger au fond de la mer, que ce n'était pas naturel ? Que la nature montrait ce dont on avait besoin, les arbres, les fruits, les plantes, et qu'elle nous cachait le reste ? À qui dire que tout ce qu'ils déterraient finissait par les enterrer, les métaux, la monnaie, le brut ?

Il se remit à marcher, sa canne tintant sur le pavé. L'anesthésie de la rixe se dissipait, les douleurs revenaient. Il ne se battrait plus avec Jensen, qui avait obtenu ce qu'il voulait.

Partout dans les rues, les affiches électorales. Pas encore recouverts, les placards de campagne du parti conservateur dégoulinaient de colle, on y voyait Tormod en tenue d'apparat sourire avec Vibeke à ses côtés, et le slogan insidieux: « On peut changer d'opinion, on ne change pas de roi. » Il s'engouffra sans trop réfléchir dans une salle de cinéma. Le film dura bien plus longtemps que prévu et il se retrouva affamé à l'heure où fermaient la plupart des restaurants.

Sur une petite place, devant deux larges jardinières d'une rue piétonne, une installation attirait quelques badauds. Des écrans géants protégés par des plaques de Plexiglas passaient en boucle des dizaines de visages de passants filmés en plan serré. La plupart étaient impavides, certains serraient les mâchoires, d'autres glissaient un regard furtif vers leur gauche. Des joues de femmes tressautaient soudain, le pas s'accélérait sur leurs talons hauts. Des mentons se relevaient, des yeux se plissaient, deux ou trois têtes se tournaient franchement vers la gauche et esquissaient un faible sourire, d'autres au contraire se déportaient vers la droite et disparaissaient à moitié. Certains semblaient être complices les uns des autres. Était-ce un groupe de manifestants pour une grande cause ? Une sortie de bureaux ?

Au bout de deux minutes environ, avant que les curieux ne frissonnent et ne se lassent, le champ s'élargissait et, sur l'écran, la petite vérole de la Roumaine – ou Bulgare – apparaissait. Elle mendiait, assise dos au mur sur le trottoir, perpendiculaire aux trajectoires des citadins. Puis l'on revenait à l'étroitesse des visages glabres qui passaient devant elle et ses sacs de toile bourrés d'aliments et de vêtements. Déçu, Geir s'aperçut que l'installation était subventionnée par le parti travailliste. Signée d'un étudiant des beaux-arts de Bergen, elle s'appelait – il fallait contourner les panneaux pour trouver l'information – *To See or Not To See: Poker Faces.* La mendicité étant interdite dans ces rues, la voilà qui était offerte en spectacle de Noël. Pour les dons éventuels, une sorte de tronc aux couleurs de la Croix-Rouge était arrimé à un poteau de signalisation, pour une charité de rattrapage. Cela marchait: on avait plus pitié de soi-même que de la mendiante.

Geir avisa l'enseigne lumineuse d'un traiteur chinois. Il n'aimait pas particulièrement, mais il faisait trop froid. La porte vitrée remua un carillon, et il entra dans le local surchauffé. Un Chinois replet, au crâne dégarni, aux mains soignées et au nez brillant, sortit de l'arrière-boutique, un petit sourire aux lèvres.

Ils échangèrent des bonsoirs. Une terrible honte envahit peu à peu Geir, comme s'il venait d'entrer dans le plus poisseux des sex-shops. Seul, il paraîtrait égoïste, superflu. On mangeait trop quand on était seul, on prenait trop soin de soi, on s'offrait trop de sommeil, on se parasitait. Les animaux possédaient tout juste l'aplomb nécessaire à la solitude en ville. Encore un effort pour devenir un animal anonyme.

L'endroit, bien éclairé, était pourtant de belle présentation. Au mur à gauche, une cascade lumineuse n'en finissait pas de tomber d'une montagne en relief couleur caramel; dans l'air conditionné brûlaient deux bâtons d'encens enfoncés dans un bol rempli de sable fin.

Tout le temps qu'il prenait pour choisir un plat chaud, la honte ne cessait de monter.

Il regarda le menu affiché en grosses lettres sur la vitrine réfrigérée.

– Au fait, il faudra faire vite, dit-il, c'est pour plusieurs personnes, à emporter, je n'ai que dix minutes, ça va aller?

Nerveux, regardant tour à tour le menu et à travers la vitrine, la rue où tant d'êtres ne l'attendaient pas:

– Comptons deux ou trois. Oh mais... attendez... je ne sais pas si ça va vraiment...

– Je peux vous faire un canard laqué pour trois, si vous voulez, dit le Chinois.

– Avec du riz ?

– Avec beaucoup de riz, ce n'est pas un problème !

Le Chinois ouvrit son immense *rice cooker*.

– Je crois qu'en fait ça leur est égal, se reprit Geir. L'important, c'est que… enfin c'est très bon le canard laqué, tiens faites-en pour moi, ils se débrouilleront, mais vite, on n'a même plus dix minutes !

Le Chinois repartit vers l'arrière-boutique chercher des emballages. Geir fit mine d'ouvrir la porte et de jeter un œil dans la rue.

– Donc toujours seulement pour vous, monsieur ? dit le Chinois en revenant.

– Oui. Non, pas pour moi. Pour une personne.

Geir partit d'un rire forcé. Le Chinois faisait de grands allers-retours.

– C'est ce que j'aime avec vous, les étrangers, en fait, vous êtes plus là que les Norvégiens, vous êtes toujours ouverts…

– Ah voilà, j'ai fini dans deux minutes, monsieur ! dit le Chinois en s'engouffrant à nouveau dans son arrière-boutique.

Geir se défit avec précaution, pour ne pas réveiller les contusions et l'inflammation des articulations. Il s'assit confortablement à une table, dos à la rue. Le Chinois revenu avec le dîner empaqueté marqua sa surprise à voir son client attablé, d'un air dégagé.

– Oui, finalement vous pouvez le déballer, dit-il, excusez-moi, je vais manger ici, puisque vous êtes tout seul !

– Et vos amis ?

Il consulta sa montre et prit un air faussement contrarié.

– Eh bien c'est trop tard ! C'est comme ça ! Mais j'ai quand même très faim.

Le Chinois revint avec une assiette de canard laqué et un grand bol de riz sur un plateau.

– Il y a trop de riz dans ce bol, dit Geir avec tristesse. Maintenant que j'y pense, il faudrait que vous m'aidiez, hein ! ?

Le Chinois rit nerveusement.

– Très aimable, mais j'ai dîné tout à l'heure !

– On peut toujours avaler un peu de riz, non, quand on est chinois ?

Le Chinois ricana machinalement. Geir commença lentement à manger son plat.

– Je ne connais rien de la Chine, dit-il, le regard rivé à son bol, mais ça a l'air très beau. Sauf que le riz, je n'aime pas, c'est trop facile à faire. Ça vous remplit, on ne sait pas pourquoi. Vous voyez, je suis content que vous soyez là, même si vous ne mangez pas à la même table parce que vous avez vos principes. C'est un plaisir de se nourrir, même un peu n'importe quoi. Vous êtes d'accord ?

– Bien sûr, monsieur.

– Mais quand on se fait un petit plaisir sans quelqu'un comme vous à côté qui fait la même chose, il y a de la gêne ! Même si on ne se connaît pas très bien...

Le Chinois se tenait près du téléphone, et cela devint clair pour Geir.

– Vous ne pensez pas que je veuille quoi que ce soit, de l'argent ?

Sans canne, il se leva et avança légèrement vers le Chinois qui décrocha le combiné et commença à composer un numéro. Geir lui arracha le téléphone des mains. Il prit une chaise qu'il remua plus qu'il n'aurait voulu.

Il renversa la table, le riz s'étala sur le carrelage, le bol se brisa nettement en trois morceaux qui partirent tournoyer loin les uns des autres. Il se mit à hurler.

– On croit que c'est parce qu'il vous cause qu'il est dangereux, qu'il a de grands projets de vous envoyer en enfer ?

Le Chinois accourut avec une balayette pour ramasser les déchets. Tout en nettoyant, il marmonnait comme pour lui-même, froidement.

Geir le frappa du pied comme il aurait frappé un sac de farine, emporté, poursuivant la lutte victorieuse dans la salle de bains de Jensen. Il se déséquilibra et se retrouva sur ses fesses à grimacer. Le Chinois tomba à la renverse, se cogna violemment la tête contre le rebord d'une chaise et se redressa souplement, avec un supplément de sang à la lèvre. Il fit deux pas, empoigna le téléphone et composa le numéro de la police. Geir, pris d'une douleur atroce au dos, restait assis par terre, un pied dans le riz.

– C'est drôle, hein, de n'avoir qu'un seul client ?

Le Chinois s'était armé d'une louche en acier et ne le quittait pas des yeux.

– Je veux dire qu'on n'a pas l'impression d'être dans un magasin, marmonnait Geir tout en se redressant pour s'asseoir, il est tard, tout le monde est couché à cette heure. Là, vous ne travaillez que pour moi… Pour un seul client, à la fin de la journée, vous pouvez en mettre un peu plus, un peu moins, ce n'est plus du commerce.

Le Chinois réussit enfin à obtenir un opérateur. On lui promit l'aide de la patrouille la plus proche. Geir était content pour lui.

– Vous n'êtes pas en train de travailler, là ? J'ai l'impression que vous êtes chez moi, qu'un chien a juste mis un peu de désordre.

Du bout du pied il tenta de rassembler la traînée de riz et les morceaux du bol.

– Je suis désolé, je vous ai fait mal, dit-il en secouant la tête, comme s'il découvrait seulement la joue contre laquelle le Chinois plaquait un coin de nappe. Regardez, on est chez nous, maintenant, non ? Il n'y a jamais eu un désordre comme ça chez vous ? On ne fait pas trop attention quand on est chez soi. Le désordre, ça vient vite !

Le Chinois, muet, regardait tour à tour son délinquant et la rue à travers la vitrine. Les policières, d'origine orientale, n'avaient pas mis la sirène, on distinguait simplement les flashs du gyrophare. Deux d'entre elles entrèrent avec d'inutiles torches à la main, une dizaine d'outils de maintien de l'ordre pendant à leurs ceintures.

– C'est vous qui avez appelé il y a dix minutes ? demanda la première au Chinois.

– Ce monsieur m'a agressé, il a commandé, puis il a voulu que je mange avec lui, et il m'a fait tomber...

Les deux corps féminins l'entourèrent. Geir ne semblait pas bien comprendre la situation. Il y eut un double contact, une tendresse irréelle. Il se laissa faire, elles l'embarquèrent à l'arrière de la voiture et prirent ses affaires. La plus gradée resta dans le restaurant pour prendre la déposition du Chinois.

Geir murmurait en s'adressant vaguement aux deux femmes qui l'encadraient, assises à l'arrière du véhicule de service. Toutes les trente secondes, des messages nasillards sortaient du poste radio. Le chauffeur avait coupé le gyrophare. Geir tentait d'incliner sa tête contre l'épaule à sa gauche, mais d'un coup sec la policière le remit à sa place.

– Mesdames, dit-il doucement, vous savez, c'est bon de vous savoir là. (Et les policières tendaient à peine l'oreille.) Ça veut dire que tout est calme. J'ai toujours voulu que vous soyez partout, avec vos uniformes. Quand j'étais petit, chaque fois que je voyais un policier mouillé par la pluie, j'étais très déçu qu'il n'ait pas pu empêcher le mauvais temps. Chaque fois que je vous vois, je ralentis le pas pour passer devant vous, et chaque fois que vous ne dites rien, que vous me laissez aller, je me sens plus honnête, bien que je préfère que vous me posiez des questions. J'ai parfois marché des après-midi entiers pour croiser de nouveaux policiers et me nettoyer…

Les deux femmes le regardaient vaguement. L'une d'elles, aux traits orientaux, s'était enfoncé dans l'oreille droite l'écouteur de son baladeur numérique et agitait la tête en cadence. Geir s'étant mis lui aussi à chantonner faiblement, elle s'arrêta, prit un chewing-gum sans lui en proposer. La gradée sortit du restaurant et monta dans le véhicule. Ils se retrouvèrent quelques minutes plus tard au commissariat de quartier.

On lui demanda ses effets personnels. Il ne pouvait garder sa montre et ses lunettes. On l'introduisit dans une pièce sans fenêtre où, dans un grand lit moelleux, dormait un ivrogne. Une heure plus tard (il devait être près de minuit) arriva le commissaire, homme calme et respectueux des procédures, qui du regard détailla sa canne, son visage esquinté, avant de froncer les sourcils et de se tourner vers ses subordonnées :

– C'est la victime ou l'agresseur que vous m'avez amené ?

– L'agresseur, il paraît, répondit la plus gradée.

– Bien, murmura-t-il en lui faisant signe d'entrer dans son bureau. Dans son état, il a du mérite. Et tout cet argent liquide ?

– Aucun vol n'a été signalé par le gérant.

Les deux hommes prirent place dans un petit bureau rempli de classeurs.

– Monsieur Lund, vous auriez agressé un commerçant chinois en fin de soirée. Il y a dépôt de plainte contre vous pour coups et blessures volontaires. Si vous voulez bien, je vais prendre votre version des faits, mais nous allons commencer par identité, âge, profession…

Geir répondit machinalement, tout en le regardant comme l'aurait fait un inspecteur des services, pour s'assurer que les fonctionnaires faisaient bien leur travail, y compris pour un cas aussi banal que le sien, y compris un samedi soir où la délinquance augmentait mécaniquement. Une fois ses titres déclinés, Geir enchaîna :

– Je disais à vos collègues que quand je vous croisais vous m'avez souvent déçu, monsieur, et pas seulement quand j'étais tout petit. Parfois, je fais des dépenses inutiles, certes avec de l'argent honnêtement gagné, mais là n'est pas la question, vous n'avez rien dit, vous n'avez même rien senti. Ah non ! Encore une fois rien d'illégal, mais ça me pesait, parce que je n'avais pas résisté à la réclame, aux étiquettes, à tout ce qu'on nous propose, à tout ce qu'on vous propose à vous aussi, mais on vous a sans doute appris à résister aux tentations, c'est indispensable pour des gens comme vous, qui doivent maintenir l'ordre.

Ayant profité du temps mort pour trier une pile de formulaires à gauche de son bureau, le commissaire le fixait maintenant d'un air impatient.

– Monsieur, vous avez agressé un homme ce soir, le reste n'est pas de mon ressort, vous le comprenez bien, dit-il avec un dernier reste de politesse. Nous allons prendre votre déposition, ensuite vous retournerez en cellule.

Distraitement, Geir confirma la totalité de la déposition du Chinois. Le commissaire se détendit et lui proposa un café.

– Je tenais à terminer, monsieur le commissaire. Quand je me perdais dans les rues, à la recherche de je ne sais trop quelle saleté, c'était des revues cochonnes, ou du sel, ou du sucre, ou de la graisse, là non plus, vous n'avez rien dit... Je sais bien que cela ne se voit pas, qu'on ne peut pas tout voir, que vous avez du travail, mais ça m'a bien déçu, vous auriez dû m'aider à parler. (Il s'arrêta puis continua en bégayant.) Pas si tard, dès tout petit, parce je n'ai pas connu mes parents.

Les bras croisés, le commissaire le regardait en souriant.

– Mais je garde du respect pour vous. Depuis que vos collègues sont venues, je me sens beaucoup mieux. Quand je vous sens près de moi, il ne peut plus rien se passer de mal... Quelqu'un va enfin voir, quelqu'un va noter, ça me soulage... Je ne sais pas quelle série policière vous regardez, mais moi j'aime ces moments après les crimes, quand les cadavres sont recouverts et couchés sur les civières à la lueur des gyrophares, quand les inspecteurs discutent entre eux sur le trottoir à voix basse, quand les experts ramassent soigneusement les cheveux, les fils, les mottes de terre, comme font les enfants avec les coquillages sur la plage ; on fait des dessins par terre, on illumine le sang, on se prend en photo, on s'écoute, on tend une clôture avec une bande de plastique rouge et blanche... On parvient à se concentrer, à s'apaiser. Des appareils ronronnent dans des mallettes d'aluminium, il y a quelque chose de compréhensif et de puissant dans l'air, un tel respect pour la vie, un tel recueillement. Tous ont l'air heureux, il n'y a que des gens doux, attentionnés et compétents. C'est là-dedans qu'il faudrait s'installer, dans cette ambiance de paix... Voilà la vraie société, vous ne trouvez pas ?

Le commissaire avait décidé de lui poser une dernière question, avec un soupçon de tendresse, comme s'il eût accepté l'orphelin devant lui.

– Monsieur Lund, vous êtes content d'avoir blessé un homme, d'avoir créé cette ambiance, comme vous dites ?

– Oh, vous voyez, je n'ai pas fait grand-chose. Ça n'a rien de comparable avec ce que je viens de vous dire, c'est vraiment une surprise de vous voir. Ça devait rester entre lui et moi... Mais sans doute il n'a pas compris, c'est un Chinois. (Il sembla se mettre en colère.) On va me poser toutes les questions, vous allez savoir tout ce que je lui ai dit, c'est dommage, ça devait rester entre nous, depuis le début. On fait gonfler les chiffres de la délinquance en y ajoutant les petits conflits privés…

Geir se tut un moment. Le gradé avait sorti de son ordinateur la preuve du casier judiciaire vierge du pauvre bougre.

– Vous m'écoutez ? lui lança-t-il. Je vous parle de ce qui va vous arriver maintenant.

Geir se ressaisit. Le fonctionnaire de police reconnut alors la banalité d'un employé, d'un semblable.

– Il y eut un temps, vous vous en seriez tiré avec un paquet de travaux d'intérêt général et une surveillance judiciaire. Aujourd'hui, avec des voies de fait sur un étranger en situation régulière…

– Aujourd'hui ? Combien ce serait ? dit Geir, à moitié absent.

– Je dirais que vous risquez entre deux et six mois de prison ferme. Et puis n'espérez rien : les taux d'exécution des peines sont redevenus exemplaires.

– Entre deux mois et six mois ? Ce n'est pas du tout la même chose, dit-il d'un ton plaintif.

– Vous avez retrouvé vos esprits. Il y a une justice, vous l'avez rencontrée. Elle décidera quoi faire de vous. Bonne nuit tout de même, monsieur Lund.

10

HoneyPark

Février

Avant de s'installer à la terrasse de la brasserie, Sigrid et Henryk avaient passé une demi-heure au centre d'Oslo à choisir un restaurant pour déjeuner. Le droit d'asile, la politique d'accueil des opprimés de la terre entière avaient favorisé, dans chaque quartier, l'éclosion de restaurants étrangers qui faisaient oublier la morne cuisine locale. Le Norvégien de souche pouvait toucher en nature, et à prix raisonnable, les dividendes de sa belle âme. Certaines rues étaient en mesure de raconter la tragique histoire des dernières décennies : on y servait une *world food* assaisonnée d'un brin d'exil, d'ennui et de solitude. Des techniciens, des ingénieurs, des lettrés, des ambitions pointues, des rêves de gloire, de paix et de démocratie s'étaient reconvertis dans le silence des papilles, rétractés dans la confection de nouilles, cachés dans des chaussons, un *polow*, un *maglouba* ou un *foul*. Comme si Henryk s'était soumis à un devoir de réserve à l'égard du vaste monde, Sigrid et lui avaient finalement jeté leur dévolu sur le HoneyPark le plus proche, institution purement norvégienne. Ce choix bien terne avait déçu Sigrid. À deux, on devait pouvoir mieux faire.

Sous l'immense cloche de Plexiglas, l'air était délicieusement humide. Des corps, la plupart brillants et cuivrés, assidus des douches autobronzantes, jonchaient les étendues de gazon synthétique du HoneyPark. Des jeunes du FrP déguisés en Shoroki, ces petits raviolis bleus vedettes d'un dessin animé japonais, distribuaient des tracts exposant le programme du parti (baisses d'impôts, injection de l'argent du pétrole dans des ponts, des routes, des crèches, brevets de citoyenneté et permis de séjour à points pour les immigrés), à croire que le spectacle des réformes politiques devait avoir lieu ici même, au-dessus des enfants barbotant dans l'eau bleue, le 9 avril, jour du scrutin. En face, des jeunes du parti conservateur, en simple bermuda multicolore, cherchaient à attirer le chaland en offrant des boissons fraîches et des casquettes. Les deux groupes, se croisant, se tapèrent dans les mains. Dans cette campagne, ils avaient jusqu'ici réussi, en exagérant leurs divergences, à monopoliser le débat et à marginaliser le parti travailliste.

D'un même mouvement, ces jeunes loups concentraient leurs efforts sur les quelques retraités affalés dans des transats, qui faisaient figure d'intrus dans ce temple de la jeunesse. Pourquoi n'étaient-ils pas sur les côtes méditerranéennes ? Les militants les toisaient avec insolence, semblaient prendre des notes sur des petits carnets siglés, faisant un rapport sur ces aînés dédaigneux des généreuses dispositions à leur égard.

Après un débat public sur la morale comme les aimaient encore les vieilles générations, le gouvernement avait autorisé la construction de sept HoneyParks géants, les quatre plus importants se situant à Bergen et Oslo. Le projet le plus audacieux fut basé à Tromsø, tout au nord, près du cercle polaire. L'alliance avec les conservateurs fut mise à rude épreuve, car le FrP était viscéralement contre les « profiteurs » du Nord, parasites subventionnés qui n'avaient qu'à déménager, alors que le consensus des partis ayant gouverné jusque-là défendait un aménagement du territoire profitant à toutes les régions. Au bout du compte, un des députés bègues du parti conservateur eut raison des cinq députés du FrP (dont deux femmes aveugles). Tromsø eut son HoneyPark, à la plus grande joie des milliers d'étudiants de l'université. En contrepartie, on inciterait fortement les immigrés en situation régulière – et leurs enfants – à s'installer tout là-haut.

Sur les sept sites, les opérateurs avaient dû respecter un cahier des charges implacable. Ces dômes de verre et de Plexiglas abritant piscines, toboggans, fontaines et végétation luxuriante seraient chauffés principalement au gaz. La chaleur dégagée par des fermes de serveurs informatiques installées en sous-sol suffirait à chauffer l'ensemble des vestiaires. Cette hérésie environnementale devrait être compensée par des plantations d'arbres en Asie, des fermes d'éoliennes, ou des centrales de recyclage du méthane, s'alignant sur l'effort du royaume tout entier pour rester neutre en carbone, à l'égal du Vatican, premier État propre grâce au don providentiel d'une forêt hongroise.

À peine attablés, Henryk offrit à Sigrid un collier en perles de tagua.

– On l'appelle aussi l'ivoire végétal, lui glissa-t-il à l'oreille.

– De l'ivoire végétal ! rit Sigrid en l'embrassant. Comment fais-tu pour être aussi irréprochable ?

Ce midi, elle espérait fermement ne pas s'ennuyer. Henryk souhaitait toujours s'isoler avec elle, refusait poliment de côtoyer les amis de son âge, invoquait son agenda chargé. Avait-il peur de paraître vieux ? Sigrid n'imaginait pas l'amour en dehors d'une petite bande de couples et de célibataires délurés. Elle serait bien allée avec lui à la soirée de l'atelier de Harald, mais elle savait qu'il se serait forcé, qu'il aurait fait pâle figure, et que de jeunes idiots l'auraient pressé de questions qu'il aurait prises trop à cœur.

– Monsieur le président, qu'est-ce que tu prends ? demanda-t-elle, cachée derrière la haute carte en plastique du menu.

Henryk se décida pour un plat de pâtes au saumon d'élevage. Au bord de la plate-forme en béton qu'on apercevait depuis la terrasse, un adolescent hésitait encore à avancer sur le plongeoir. C'était le plus haut, dix mètres au-dessus de la surface de l'eau. Puis il renonça et redescendit.

– Tu es très élégante, dit Henryk timidement.

– Merci, Henryk. Tu es sûr que c'est ce que tu voulais dire ?

– Je ne sais pas, dit-il après une hésitation.

– « Désirable ». Il faut dire « tu es désirable », sourit-elle, comme soucieuse de le ramener vers elle.

Il rougit, regarda le ciel bas à travers la couche de Plexiglas.

– Toi, l'homme des bonnes pratiques, plaisanta Sigrid, il faut t'aligner sur les standards internationaux.

Il laissa passer quelques secondes. La serveuse prit leur commande et repartit.

– Comment va Katrin ? demanda-t-il.

– Elle fait son week-end perso…

– Où cette fois ?

– Elle ne nous dit jamais rien à l'avance, puis elle ne nous raconte que ce qu'elle veut au retour, c'est le week-end *no kids, no husband*.

– J'adore Katrin ! s'exclama Henryk, comme si la mère était quelque part encore contenue dans la fille. Mais j'ai l'impression que leur intérieur est un peu… surchargé pour toi.

Sigrid hésita un instant entre l'agacement et la gratitude. Elle choisit de sourire.

– Ma mère veut du solide. Moi, je profite juste de leur rêve. Ce ne sont pas toujours ceux qui possèdent qui profitent. Eux, ils sont emmurés. Il faudrait déjà beaucoup de bonheur pour remplir un tel cadre.

– Elle n'a pas su le remplir ?

– C'est plutôt qu'elle n'a pas su le vider, sourit Sigrid. Ma grand-mère disait qu'en affichant sa chance on tente le diable. Et toi ? Si tout ça était à toi, qu'est-ce que tu ferais ?

– Je ne sais pas.

– Accumuler à ce point, c'est presque s'obliger à être heureux, à coller au décor. À rendre heureux tous ces objets.

– Rendre heureux des objets ? demanda Henryk.

– Les nettoyer, les faire durer. Et ça peut te prendre toute la vie.

Elle fixait du regard deux gamins qui faisaient des bombes, le corps ramassé en boule.

– Et tu imagines un inceste, s'enflamma Sigrid, une séance de torture, un meurtre dans la villa ? Même une scène de ménage, ce serait plus horrible que dans un bidonville.

– Pourquoi ?

– Parce que toi tu souffres comme un chien, dit Sigrid, presque agacée par la question, et tout ce luxe et ce doré sur tranche te regardent d'un air impuissant en te disant : « On vous a été donnés en dernier ressort, c'était votre dernière chance d'être heureux. Dehors, c'est pire… »

– Cela veut dire que tu n'as jamais vu tes parents se disputer ?

– Jamais, ça pourrait faire tomber quelque chose !

– Vous êtes tous condamnés à être heureux alors ? plaisanta Henryk.

Elle se mit à rire en regardant de son côté.

– Oui, pour des raisons purement esthétiques, répondit Sigrid en lui retournant son sourire.

Puis ils parlèrent Platon, vins, avenir de la Banque, élections. Il était incessamment doux et d'accord avec elle.

En contrebas, sur de multiples affiches figurait le programme d'animation de la semaine à venir : les éliminatoires d'*extreme ironing*, concours de repassage de chemises au fond de la piscine, comme si les HoneyParks ne servaient que de salles d'attente. Les jeunes y comptaient les jours qui les séparaient des vacances, du vrai soleil auquel ils avaient droit. Après l'effondrement du trafic aérien et de l'industrie automobile, le royaume n'avait eu aucun mal à acheter à bas prix les centaines de milliers de mètres carrés de complexes touristiques pieds dans l'eau, principalement sur les côtes grecques et tunisiennes.

L'argent du pétrole devait revenir aux sujets du royaume, tel était l'impératif de justice sociale. Mais l'afflux de pétro-couronnes ne devait pas entraîner une surchauffe de l'économie nationale et relancer l'inflation, tel était l'impératif économique. Il suffisait donc de dépenser cette manne à l'étranger, et, tant qu'à faire, là où il faisait chaud.

Ce furent, comme promis durant la campagne de la coalition FrP-conservateurs, deux semaines de congés annuels offertes par foyer (maximum quatre personnes), vol inclus, en demi-pension, sur les côtes, au choix, de la Grèce ou de la Tunisie. La formule fit fureur ; les ministères des Transports et des Affaires étrangères, chargés conjointement du dossier, ne relevaient que 8,5 % de foyers n'ayant pas profité de l'offre. Les sondeurs les traquaient pour les assaillir de questions.

L'aubaine offerte aux vacanciers se complétait d'une offre à destination des retraités : sur ces côtes, de cossues « résidences-sérénité » avaient été achetées à leur intention par le gouvernement. On leur proposait la prise en charge d'un déménagement et une forte réduction sur les frais de pension en maison de retraite, avec deux vols gratuits annuels pour revoir la mère patrie. Des clubs norvégiens, des écoles norvégiennes, des médecins norvégiens avaient migré dans leur sillage. Sur ce pourtour méditerranéen, des villages entiers étaient tombés sous la domination d'une gérontocratie norvégienne. Tout le monde y gagnait, le fardeau des retraites s'allégeait. Dans les familles, la décision était bien plus lourde à prendre ; mais les ministères, après seulement quelques années d'expérience, affichaient un taux de départ de 37 % avec un taux de retour dans les six mois inférieur à 20 %, ce qui était inespéré.

Les observateurs les plus avisés firent le parallèle avec un épisode peu glorieux de l'histoire nationale. Dans la seconde moitié du XIXe siècle, les autorités avaient trouvé un moyen fort efficace de lutter contre la pauvreté : offrir aux plus nécessiteux un aller simple pour les États-Unis, accompagnant l'émigration massive de plus de un million de Norvégiens vers le Nouveau Monde. La mesure fonctionna, malgré le feu des critiques qui accusaient l'administration de considérer ces terres lointaines comme un « dépotoir pour les pauvres » et autres faibles d'esprit. Cent cinquante ans plus tard, le problème était inverse : exporter les richesses et les jouissances. C'était à croire que le royaume manquait de contenance, trop vite vidé, trop vite rempli par les aléas de l'Histoire.

– Je ne vais pas te poser une question originale, lança soudain Sigrid, mais est-ce que l'exploitation du pétrole n'est pas au fond incompatible avec l'éthique ?

– Effectivement… commença Henryk.

– Nous voulons être neutres en carbone, mais nous vendons aux quatre coins du monde des hydrocarbures sources de CO_2. Est-ce que nous ne sommes pas comme un dealer qui prend soin de ne pas consommer ce qu'il vend ? De même que nous gardons nos revenus dehors, nous enfouissons soigneusement le CO_2 que dégage notre industrie. Mais nos critères environnementaux ne devraient-ils pas nous interdire d'investir dans nos propres compagnies pétrolières ?

– Oui, commença-t-il.

– Et puis nous tirons des profits colossaux de la hausse des prix des carburants, qui a jeté des millions de personnes dans la pauvreté.

– Tu as parfaitement raison…

– Bref, continuait-elle à toute vitesse, comme pour lui donner toutes les chances de la rassurer et passer à autre chose, est-ce qu'il n'y a pas un tour de passe-passe ? Nous transformons des substances préhistoriques en avenir catastrophique, le vice en vertu, selon nos intérêts.

Henryk, incapable de se défaire de sa mission, se raidit.

– En d'autres termes, dit-il, est-ce qu'un État peut être moral, ou se donner des objectifs moraux ? La morale ne doit-elle pas rester le pré carré des individus ?

– Ce n'est pas aussi éthéré que cela, répondit-elle, impitoyable.

– Sur le plan philosophique, il est évident que n'importe qui ne peut pas être sujet moral. Les intérêts et les capacités d'un individu sont bien plus restreints que ceux d'un État, il lui est plus facile d'être « pur ». Nietzsche a appelé l'État un « monstre froid » : il doit gérer des intérêts contradictoires sur de longues périodes, il ne peut être sur le mode du tout ou rien. La moralité des actes n'est pour lui qu'un élément d'une vaste équation où l'on trouve la sécurité, l'économie, la paix sociale… Par exemple l'État n'a pas d'émotions – sauf celles qu'il veut bien afficher. À partir de là, un des ressorts de la morale disparaît…

– Tu ne réponds pas, monsieur le président.

– Mais si le royaume est critiquable, dit-il en durcissant son personnage, qui ne le serait pas, Sigrid ? Qui veut être comparé avec nous ? La Chine ? Les États-Unis ? L'Angleterre ? C'est une forme de purisme nihiliste qui met tout dans le même sac. On nous critique parce que nous avons des objectifs éthiques. Ils ne sont pas tous respectés ? Et…

Il s'interrompit, quelque chose remuait dans le grand sac en osier de Sigrid.

– Ah, il s'est réveillé !

– Réveillé ?

– Geronimo, répondit-elle en sortant d'une boîte en carton le lapin nain couleur paille. Geronimo, Henryk. Henryk, Geronimo.

– Enchanté, balbutia Henryk, et il est à toi ?

– Non, c'est une amie qui me l'a confié, elle part en vacances deux semaines. Mais dans mon appartement, il boufferait tout, et maman serait furieuse.

– Pas si tu l'enfermes, dit Henryk.

– Je n'enferme pas les animaux, asséna Sigrid.

– Et à Bygdøy, chez tes parents ?

– Ça va, le chien a assez à manger… Mais dans ta maison en forêt, il y a tout ce qu'il faut, non ?

– Ma maison ? s'écria Henryk, interloqué.

– Juste deux semaines, le temps qu'elle rentre, minauda-t-elle.

– Enfin, Sigrid, je suis souvent en déplacement…

– Henryk, c'est juste un lapin. Tu lui mets des granulés, du foin et de l'eau, j'ai apporté tout ça.

Elle lui mit la boule de poils dans les mains. Le lapin tournait la tête en tous sens, les narines frémissantes captant l'odeur des pâtes toutes proches, dans le plat de Henryk.

– Deux semaines, pas plus ?

– Tu me sauves ! Te voilà casé, Geronimo, dit-elle en reprenant l'animal et en l'embrassant sur la tête. Mais alors, quand les prix du pétrole montent, on pourrait donner les excédents aux pays en développement ?

– Nous sommes précisément le pays qui donne le plus à l'aide au développement, dit Henryk tout en se frottant les mains dans sa serviette. Quel pays n'a pas ses mauvais côtés ? Ces travers font partie du modèle capitaliste. Mais au moins, chez nous, ces profits sont équitablement distribués !

– C'est très optimiste...

– Je reviens à l'éthique du pétrole, dit-il d'une voix qui se voulait apaisante. Le paradoxe n'a échappé à personne, rassure-toi. Nous sommes censés être les *cleanest guys* dans un *dirty business*. Mais ce dilemme du dealer est celui du monde dans son ensemble. On a beaucoup trop vite annoncé la fin du pétrole. Il reste la principale source d'énergie dans le monde. La consommation a baissé, mais sa part dans l'énergie finale utilisée est restée la même, parce que dans bien des cas il est insubstituable. Il faut donc en trouver, en produire, car nos sociétés ont besoin d'énergie. Dans le même temps, combattre le réchauffement climatique est une nécessité absolue. Le stockage et la séquestration du CO_2 me semblent être une réponse prometteuse à ce dilemme. Tu sais, plus ton pied est grand, plus tu risques de marcher dans la boue. Il ne serait pas très malin de le retirer du sol, ce serait perdre toute influence.

– Le stockage de CO_2, enfin, Henryk ! dit-elle, déçue. Mais ça concerne surtout les sites de production d'énergie, c'est inapplicable pour le consommateur ! Nous nous donnons encore en exemple alors que nos solutions ne sont pas transposables ailleurs.

– Il ne faut pas être aussi pessimiste, dit Henryk avec un grand sourire.

– Je ne suis pas pessimiste, je suis informée.

– Au moins nous sommes au cœur du sujet, reprit-il. Excuse-moi de répéter toujours la même blague, mais je crois que nous avons affaire à ce que j'appellerais le syndrome d'Oslo.

– À savoir ? demanda-t-elle.

– Tout le monde connaît le syndrome de Stockholm. En 1973, un évadé de prison prend en otage quatre employés d'une banque pendant six jours. Au moment de leur libération, ils prennent fait et cause pour leur ravisseur, puis ils témoigneront en sa faveur au procès et iront même lui rendre visite en prison. C'est une sorte de fraternisation avec le bourreau, une tactique de survie, une façon de combattre la peur par l'empathie. Sous la menace, le monde extérieur, même sous la forme d'un sauveur, n'est alors qu'une source de perturbation. Eh bien le syndrome d'Oslo, c'est l'inverse. Un gentil monsieur vous fait du bien et promet de continuer, et vous le détestez, le harcelez parce qu'il n'en fait jamais assez. Et inversement, vous invoquez sans cesse l'état du monde pour démontrer l'insignifiance de sa vertu. Comme dit Machiavel, il est plus sûr – et plus facile – de se faire craindre que de se faire aimer.

En contrebas, les nuées d'adolescents se pourchassaient en courant, se poussaient dans l'eau bleutée. Sigrid regardait Henryk parler, bouger les lèvres, former des mots, finir ses phrases. Est-ce qu'elle lui dirait au sujet de demain ? Non, elle ne lui dirait pas. Elle aurait aimé qu'il la lutine, mais il restait irréprochable. Elle aurait voulu ressortir de la Banque, du Fonds, être le lapin, pour qu'il lui dise quelque chose de plus simple, de moins malin. Alors elle aurait su si elle devait le craindre ou l'aimer.

11

Rattus norvegicus

Le rendez-vous avait été donné, en fin d'après-midi, en bas de chez Nils. Après l'arrivée de Martin et de Sigrid, les portières de la Volvo électrique, toute d'aluminium et de liège, se refermèrent. Ils se mirent silencieusement en route vers Kongsvinger, avec la détermination des nouveaux convertis à l'action. On avait chargé les lampes, les jumelles, les tabourets de chasse, deux échelles télescopiques en aluminium, les pinces, les scies à métaux, les Thermos de café et de thé, les paniers-repas. Sans maquillage, Sigrid avait un air farouche qui lui allait à merveille et Martin était plus que jamais sous le charme.

Deux années plus tôt, la goutte d'eau qui avait fait déborder le vase fut la mort d'un des fils d'Olaf Brøske, un des plus influents députés du FrP, le 231e cas de mort atypique. Les enquêteurs crurent tout d'abord à un accident de voiture, jusqu'à ce que l'enquête démontre que la mort avait causé l'accident, et non l'inverse. On crut à une rupture d'anévrisme au volant, jusqu'à ce que l'autopsie conclue à un arrêt cardiaque. À vingt-six ans – à nouveau un moins de trente-cinq ans –, un sujet sobre, sportif et en pleine santé.

On ne savait que faire. On n'allait pas en rester aux généralités sur l'affaiblissement de la race, la décadence, la consanguinité qu'invoquaient certains observateurs. Il fallait agir intelligemment et n'importe comment, l'un n'excluait pas l'autre. Au Parlement, Olaf Brøske fut le rapporteur d'une loi sanitaire qui prévoyait des bilans de santé gratuits et obligatoires pour les quinze-trente-cinq ans, l'installation de défibrillateurs semi-automatiques en libre-service dans les plus grands lieux publics, commerces et administrations, dans chaque grande artère d'Oslo, de Bergen et de Trondheim, puis la formation d'un millier d'enseignants et de personnels socio-sanitaires, la promotion du végétarisme dans les universités, les écoles et les boîtes de nuit, enfin le lancement d'une campagne d'information sur Internet. La mesure qui éclipsa le reste fut l'érection provisoire d'une clôture préventive le long de la frontière avec la Suède.

– Qu'avez-vous d'autre à proposer ? vitupérait à la tribune du Storting le Premier ministre conservateur Arnesen, la cinquantaine joufflue et délabrée, d'ordinaire courtois et conciliant. Attendre le prochain mort ? Il y a un lien certain (*huées dans les travées*), certes encore non entièrement établi, entre la peste aviaire transmise par les rongeurs venus du continent et ces décès inexpliqués. Et rien ne nous garantit, à l'heure où je vous parle, d'une transmission directe à l'homme (*derniers sifflets*). En protégeant nos poulets biologiques, nous protégeons notre jeunesse. Le devoir d'un gouvernement est d'anticiper.

Ils étaient arrivés à Kongsvinger, où ils firent halte pour voir la forteresse joliment éclairée. Martin, sorti de son silence de conspirateur, fatiguait Sigrid avec des discours enflammés, des références aux anarchistes russes, aux guérilleros, à la Résistance norvégienne face aux nazis. Il n'avait pas non plus de mots assez durs contre le pétrole, qui selon lui avait causé le plus grand déficit d'énergie humaine de l'histoire, un complet déclin du courage. Elle eût aimé plus d'humilité. Ils progressèrent en direction de la frontière, cachèrent la voiture le long du Mitandersforsvegen et s'enfoncèrent dans la forêt enneigée, s'éclairant de leurs lampes torches.

À l'époque, le projet de loi parlait de « barrière antirongeurs ». Les autorités prétendaient mettre dans le même sac les ragondins, les lemmings et les rats bruns, tous supposés être des vecteurs de contamination, tous devant être combattus et tenus à l'écart. Mais *Rattus norvegicus* (rat brun ou rat d'égouts), avec sa queue dépourvue de poils, son pelage, ses petites oreilles enfouies dans sa fourrure, était le plus dangereux, vu sa prédilection pour les établissements humains et son nom latin qui faisait honte au royaume. *Rattus norvegicus. Rattus norvegicus.*

Le principe de la clôture semblait acquis. Elle serait élevée de Halden jusqu'au-delà du cercle polaire. Pour la gauche, le débat sur sa hauteur fit tomber les masques. L'étude Sirevåg-Kijewski (universités d'Oslo et de Stockholm) montrait que *Rattus norvegicus* ne pouvait sauter à plus d'un mètre. Or, le grillage que proposait le gouvernement conservateur, extrêmement fin, non agrippable, constituerait une clôture de 2,20 mètres, de quoi empêcher le passage des humains.

– Et n'est-ce pas un merveilleux appui pour votre lutte insensée contre l'immigration ? tonnait lentement le travailliste Strøm, un barbu bègue et sans cravate, membre de la commission des affaires de santé, sous le lustre de l'hémicycle.

Plusieurs évêques de l'Église luthérienne avaient appelé à une politique plus clémente à l'égard des demandeurs d'asile. « La riche Norvège ne devrait pas devenir une forteresse autosatisfaite et indifférente aux malheurs du monde. »

– J'en appelle au calme et à la dignité, répondait Brøske sous les sifflets d'une partie du public dans les tribunes (*même les quatre muets de l'assemblée tapaient des mains contre leur pupitre, chose interdite en temps normal*). Mesdames, messieurs, pensez à nos morts. Les Norvégiens attendent mieux de l'opposition. Pas de procès d'intention. Évidemment, tous les trois kilomètres, il y aura des portes pour le passage des biens et des personnes. (Les clés de ces portes seraient conservées par des gardes-chasse qu'on pourrait rencontrer sur rendez-vous, et des barrages filtrants seraient installés sur les routes.)

– Votre amalgame est scandaleux, lançait une collègue de Strøm, femme forte aux beaux restes et pour l'occasion aussi rouge que le velours qui tapissait le Storting. Au nom de la sécurité sanitaire, vous créez un nouveau mur de Berlin !

– Mur de Berlin ! Savez-vous au moins de quoi vous parlez ? hurlait Brøske, flottant dans son costume et laissant tomber ses notes au pied de la tribune. (Et ses propos flottaient immédiatement à deux mètres au-dessus de lui, surtitrés à l'intention des sourds de l'hémicycle.) Vous n'étiez pas née que j'assistais à sa démolition. Je n'ai pas de leçon à recevoir sur les murs de Berlin ou les murailles de Chine de la part de socialistes. Il faut savoir raison garder. D'ailleurs, chère collègue, l'étude Sirevåg-Kijewski, qui est votre bible dans cette affaire, date de 2011, convenez que ce n'est plus de la première fraîcheur. Le monde a changé, les rats sautent plus haut. Plusieurs études américaines et polonaises font état de rats bruns capables de sauter bien plus que cette hauteur d'un mètre que vous sacralisez. Les zoologues de l'université de Bergen recommandent plutôt 1,80 mètre.

La nuit était tombée. La progression n'était pas facile dans le froid, les racines attrapaient souvent les pieds. Lorsque le petit groupe arriva en vue des premières traces de travaux, Martin ôta son sac à dos. Ce n'était pas la frontière officielle avec la

Suède : le ministère de la Santé, en accord avec le ministère de l'Environnement, avait eu l'intelligence de donner une marge d'un à deux kilomètres en retrait pour l'édification de la clôture, selon la topographie et le cadastre. Presque opaque dans la lumière des lampes, la clôture se tenait bien là, à la hauteur finalement votée, 2,10 mètres. Ce provisoire durait sans qu'une étude d'impact sur la santé ait été diligentée. Les décès insolites continuaient au même rythme. « Et pourquoi *Rattus* est-il *norvegicus* ? » demanda naïvement Nils.

– Monsieur le député, continuait Brøske du haut de la tribune, c'est vous qui faites cet amalgame navrant, alors qu'il s'agit d'un débat sur la santé de nos compatriotes. (*Faisant mine de quitter l'hémicycle, les travaillistes se levèrent d'un seul bloc, en ordre dispersé, car les députés du Storting n'étaient pas regroupés par affinités politiques, mais selon les dix-neuf circonscriptions électorales.*)

– C'est honteux, répondit l'orateur travailliste aveugle quand vint son tour de répondre, après qu'un appariteur l'eut longuement guidé jusqu'à la tribune. Personne n'est dupe et vous le savez bien ! Ce sont des manœuvres en vue des prochaines élections, vous êtes aux abois, vous êtes tombés bien bas pour en arriver là !

– Sondage après sondage, répliqua Brøske au bord des larmes – le débat lui rappelant la mort de son fils, ce qui intimidait l'opposition –, vous savez que notre politique est approuvée par une majorité de nos compatriotes. Vous tentez d'exister en polémiquant sur des mesures que vous auriez prises si vous étiez aux responsabilités.

– Taisez-vous, Brøske ! scandaient les travaillistes, relayés par les tribunes au-dessus, fixant du coin de l'œil les caméras de télévision qui retransmettaient en direct (*des appariteurs étaient pourtant montés pour calmer le public et évacuer les trublions*).

L'intervention suivante, celle d'un député travailliste souffrant d'un handicap psychique, fut terminée par le président de séance après les dix minutes dont avait disposé le malheureux pour former une phrase.

Le Premier ministre et le président du Storting, sentant le cours des événements leur échapper, demandèrent à Brøske de laisser place à Traavik, le plus aguerri sur le thème de la politique d'immigration. Hémiplégique, sa chaise roulante en fibre de carbone rouge et vert était familière aux électeurs. Comme d'autres, il était entré en politique à la faveur d'une loi électorale imposant à chaque parti, en plus d'une stricte égalité entre hommes et femmes, un quart d'élus handicapés (la notion de handicap avait été étendue au grand âge). Mauvais sang ne saurait mentir : le FrP avait vite compris tout le profit qu'il pourrait tirer de malheureux pour défendre ses positions les plus controversées. La chaise roulante de Traavik ou, chez d'autres, le bégaiement, la cécité, l'obésité, la sclérose en plaques, la surdité, le handicap mental, la sénilité faisaient planer sur les débats parlementaires du royaume une indéfinissable mélancolie, une couleur pastel de jugement dernier. Le temps politique n'était plus celui de l'agilité, de la ruse machiavélique, de la repartie brillante. Afin de ne pas pénaliser les élus handicapés, les groupes politiques disposaient d'une réserve quasi infinie de droits de suspendre les séances ou le décompte des temps de parole.

En soi, les débats démocratiques étaient lents, au royaume ils devenaient interminables. Le cercle des décideurs assoiffés de jeunesse, de santé et de brio semblait s'être sabordé, élargi aux quasi-morts, aux faibles, aux vaincus. Ces nouveaux venus diluaient la violence de la politique en offrant sous les lambris du royaume le spectacle des dérélictions de l'être humain, comme autant de langues étrangères à traduire, dans une assemblée faite de Norvégiens incapables de bouger, de se voir, de s'entendre, mais tentant de se comprendre. La lenteur respectueuse de l'entendement et des infirmités de chacun avait quasiment éradiqué l'humour, la finesse, la complexité. Des sociologues insinuaient que, depuis cette loi, la carrière politique n'attirait plus qu'un prolétariat, que les forces vives du royaume fuyaient vers l'industrie pétrolière, la finance ou l'étranger.

Vraie teigne à roulettes, Traavik n'en avait cure, et tout le haut de son corps aspirait à frapper et à être frappé de façon paritaire.

– Tout doit être vu dans la globalité, commença ce rouquin en costume sombre, avec le calme provisoire du nouveau venu. Nous avons toujours insisté sur un contrôle efficace de l'immigration. Nous voulons une immigration véritablement intégrée, pas des immigrants accueillis par charité socialiste et livrés à eux-mêmes par négligence socialiste. (*Bronca indescriptible dans les rangs travaillistes, particulièrement chez le quart des handicapés, dépourvu d'inhibitions.*) On connaît les résultats, surtout pour tous les immigrants en provenance de pays hors Union européenne. Oui, disons-le, nous ne laisserons pas la *charia* s'appliquer chez nous.

– *Rattus norvegicus*, c'est une erreur d'un naturaliste anglais, répondit Martin à Nils. Il pensait que la bête était arrivée en Angleterre à bord de navires norvégiens. En fait, *Rattus* viendrait plutôt de Chine ou du Japon. On n'a même pas ça pour nous.

Dans le silence de la forêt, Nils, Martin et Sigrid prirent un café. Sigrid trouvait déplacées la logorrhée et l'excitation de Martin. Elle aurait rêvé d'abnégation, de moines-soldats. Ils déployèrent une des deux échelles puis l'adossèrent contre la clôture qui bougea à peine. Tant de solidité pour quelques rongeurs. Quand il s'agit d'y monter muni, pour commencer, de la longue scie à métaux, les trois autochtones eurent un imperceptible mouvement d'hésitation. N'allaient-ils pas enfreindre la loi de leur pays ? N'avaient-ils pas l'âge de mourir d'un rien, bien avant l'heure ? Martin, soucieux d'incarner l'aventurier, plaisanta sur son immunité diplomatique (il avait la double nationalité norvégienne et hollandaise) et monta en premier. Effectivement, il fallait commencer par scier ce grillage d'acier enrobé de plastique, fabriqué par les Suédois de chez Hads au même titre que les balançoires, les bancs ou les Abribus des centres-ville.

Au cœur de cette session historique, Traavik s'essuya furtivement le front et continua, s'adressant hypocritement à son propre groupe politique pour rester concentré.

– Mes chers collègues, connaissez-vous les abeilles ? (*Rires et huées.*) Juste une minute, s'il vous plaît. Les ruches peuvent se faire attaquer par des frelons, mais aussi par des souris, l'hiver. Comment aider une ruche faible, une ruche par exemple attaquée par une autre colonie ? En rétrécissant ce qu'on appelle son *trou d'envol*, le trou par lequel les abeilles entrent et sortent. De façon que les abeilles aient un tout petit espace à défendre. Pour notre pays, c'est pareil, voyez-vous. (*Ricanements plus faibles et plus forcés.*)

L'analogie avec le trou d'envol était un des arguments que rodait le parti en vue des prochaines élections. Traavik n'était pas mécontent de son effet et continua :

– Il y avait plus d'immigrés qui entraient dans le royaume que de naissances ! Un pays ne construit pas son avenir sur un tel déséquilibre ! Nous avons fait notre devoir, nous avons accueilli tous les damnés de la fin du XXe siècle : Pakistanais, Irakiens, Vietnamiens, Somaliens, Iraniens, Serbes et Croates… Même à l'adoption, nous privilégions des petites Chinoises ou des Coréennes : il faut revenir à nos intérêts !

– Nous ne les accueillons pas, nous les déportons ! cria une députée travailliste bien portante, le dos tourné dans un conciliabule avec un collègue de quatre-vingt-sept ans portant autour du cou un masque à oxygène.

– Vous évoquez certainement les colonies de peuplement au nord pour les étrangers… Tenez-vous vraiment à revenir sur ce débat-là ? Croyez-vous que cela soit dans votre intérêt ? demanda Traavik avec gourmandise.

La scie patinait sur le plastique. Martin, aveuglé par ses compères qui l'éclairaient par en dessous, comprit qu'ils n'avaient pas vraiment réfléchi à l'opération. Il soupira, demanda qu'on l'éclaire de plus loin afin que le faisceau fût plus horizontal, et reprit le travail. On entendit une chouette. Après une dizaine de secondes de clignotements, une des lampes s'éteignit, faute de piles. Nils se proposa, mais Sigrid partit en chercher de nouvelles dans le coffre, à près d'un demi-kilomètre. La promenade lui laisserait un répit entre deux accès de jactance de Martin. À défaut de révolutionner le royaume, elle prendrait au moins un bon bol d'air.

– Vous avez toujours dit, continuait Traavik, et c'est tout à votre honneur, que vous vouliez aménager le territoire, mettre toutes les régions sur un pied d'égalité, ne pas livrer le Nord à lui-même. C'était l'occasion de le faire. Vous ne voulez jamais aller jusqu'au bout de vos bonnes intentions. Ces régions se dépeuplent, nos compatriotes affluent vers le sud et nous pouvons les comprendre. Ils sont libres de leurs choix. Nous avons proposé aux candidats à l'immigration, aux demandeurs d'asile, de redynamiser certaines villes du nord comme Salangen, Bodo ou Narvik qui sont à présent florissantes. (*Huées.*) Cela me semble être le bon sens le plus élémentaire. Considérez bien que nous ne pouvons avoir un droit d'asile automatique, que nous ne pouvons laisser les musulmans devenir majoritaires dans ce pays. Il y a un refus d'intégration. De toute façon, l'essentiel des migrants arrivent par avion (*« Mensonges ! Et les Roumains, et les Russes ? Vous ne voulez que des Africains au compte-gouttes pour vous donner bonne conscience ! » cria quelqu'un, caché par la ronde des assesseurs*.)

– Cette clôture est un symbole désastreux, répondit la députée travailliste. Vous êtes déjà entrés en campagne électorale, voilà la vérité !

Le président du Storting estimait que le débat avait trop dérivé.

– Je vous rappelle, mes chers collègues, que l'amalgame n'est pas de mise ici. Nous cherchons avant tout à prendre des mesures de précaution contre une maladie d'origine inconnue et dont la gravité n'est contestée par personne. Mieux vaut prévenir que guérir. Cette clôture que vous mettez en question est évidemment une solution provisoire, dans l'attente d'une meilleure connaissance de la maladie. Nous sommes pragmatiques. Il y aura rapidement une étude d'impact pour s'assurer de son utilité. Vous disposez donc de toutes les garanties voulues. (*Huées à gauche.*) Nous pouvons procéder au vote. Merci de regagner vos places, je vous en prie…

Par endroits, les fougères montaient à mi-cuisse. La forêt, massant ses arbres dans l'obscurité, était inquiétante. Sigrid cassa quelques branches pour avoir des repères dans le faisceau de sa lampe. Mélèzes d'Europe, sapins pectinés et épicéas la guidèrent et après de petites hésitations elle arriva à la Volvo. Elle prit les piles. Quelques-uns des tracts qui les avaient incités à agir se trouvaient au fond du coffre. Le FrP ne s'était jamais à ce point soucié de prophylaxie, il fallait lui reconnaître ce mérite. Chacun des trois tracts était illustré de photos de rongeurs en action. De plus, on pouvait voir des personnes en train de nettoyer ici une piscine, là un terrain communal, ou entassant des rats empoisonnés devant une école. Elles étaient de type arabe ou asiatique. Le lecteur était sans doute invité à les remercier d'être là pour accomplir une besogne répugnant aux natifs du royaume.

À nos chers administrés. Prévention.
Nous rappelons qu'il faut mener une lutte sans merci contre les rongeurs. Rendre les bâtiments étanches en bouchant toutes les ouvertures au niveau de la structure. Supprimer les abris et les nids possibles en évitant l'accumulation d'objets et de débris. Empêcher leur ravitaillement en plaçant la nourriture et les déchets dans des contenants hermétiques. Pour votre information, vos conseillers municipaux…

À nos chers administrés. Informations de base.
Le rat brun est un parasite qui cause des dommages considérables aux structures et aux équipements en les rongeant. Il contamine également la nourriture par ses excréments et propage différentes maladies transmissibles à l'homme, comme la fièvre jaune, la rage, la dysenterie, ainsi que des parasites comme les poux, les puces et les acariens. Il est fortement soupçonné d'être un vecteur de la maladie qui s'attaque actuellement à notre jeunesse. Le rat brun se nourrit de déchets divers, mais il a une préférence pour la viande, les grains, les produits à base de céréales, les œufs

cuits et les pommes de terre. II commence ses activités au crépuscule et les poursuit jusqu'au milieu de la nuit. Lorsque la nourriture se fait rare, il peut aussi être actif pendant le jour. Pour tout renseignement, vos conseillers municipaux…

À nos chers administrés. INFORMATIONS COMPORTEMENT.
Le rat brun emprunte souvent les mêmes pistes entre ses cachettes, les sources de nourriture et les points d'eau. Ces pistes longent habituellement les murs et les tuyaux, ou passent par les amoncellements de marchandises où il se dissimule facilement. II est un très bon sauteur et grimpeur. Les scientifiques s'accordent à dire que ses sauts peuvent atteindre bien plus d'un mètre cinquante. II grimpe avec agilité sur les tuyaux, les fils et les murs rugueux. II est, en plus, un très bon nageur : il utilise les tuyaux de drainage des planchers de sous-sol et les égouts. À l'extérieur, il construit son nid dans des trous ou des terriers. À l'intérieur des édifices, il s'installe dans les murs, entre les plafonds et les planchers et partout où s'accumulent les déchets. Il vit en colonies de plusieurs individus soumis à une hiérarchie sociale.
Pour toute question, vos conseillers municipaux…

Marchant sur ses brisées, Sigrid avait plus peur qu'à l'aller. Dans ce sens, elle s'enfonçait dans l'inconnu, le noir, la broussaille, l'aventure frelatée imaginée par Martin. Pas à pas elle sortait de sa vie, se rapprochait de toute la chair en décomposition qui nourrissait les arbres. Qu'attendait-elle pour se saisir du monde au grand jour ?

Presque déçue, elle retrouva facilement son chemin et vit les garçons en train de boire un thé accompagné de biscuits. Martin se permit de lui passer la main sur les épaules pour la réchauffer, puis, galvanisé, remonta sur son échelle, éclairé à deux mètres par les faisceaux convergents. La lame de la scie patinait moins à présent. Il demanda la cisaille guillotine qu'ils avaient achetée. Sa position était instable, l'échelle bougeait, malgré les efforts de Nils. La clôture se dégrafait progressivement dans un bruit de tôle froissée. On fêta cette première trouée par un petit verre d'aquavit brun, incontournable dans de telles circonstances. « À la révolution ! » fanfaronna Martin.

Ils avaient prévu quatre « sabotages ». Ils passèrent au deuxième, quelques centaines de mètres plus à gauche, devant un petit cours d'eau. Nils se dévoua : une entame à la scie, puis on continuait à la cisaille. La troisième attaque, toujours plus à gauche, se passa bien jusqu'à ce que Nils, s'énervant dans un passage difficile, bascule sur la gauche et s'effondre sur Martin, la cisaille lui échappant. Sigrid, éclaireuse à deux mètres, ne put rien amortir. Une des deux lames caressa le gant droit de Martin, lui causant une estafilade, avant de se ficher dans le sol enneigé. Les yeux du rebelle brillèrent, il avait sa blessure de guerre, la forêt paisible s'était muée en champ de bataille. Ce n'était rien de grave mais la pénombre exagérait l'effusion de sang, et Sigrid insista pour qu'ils renoncent au quatrième assaut, mettant un terme à l'offensive. Ils rentrèrent sur ce maigre bilan.

Quelques jours plus tard, Jensen alla prendre le thé à Bygdøy, chez les Halden. Son vieil ami Karl avait pris fait et cause en sa faveur, libérant pour lui deux fins d'après-midi par semaine. Le mardi et le vendredi, ils recevaient leaders, parlementaires et journalistes et tenaient ainsi conciliabule dans le grand salon. À cette heure inhabituelle, Katrin les accueillait dans sa maison comme deux invités de marque. Karl semblait découvrir leur logement, et à quel point il n'était, à cette heure de l'après-midi, qu'un prolongement du corps de sa femme.

Sur leurs 850 mètres carrés habitables, dans le réseau des tables, des bibelots, des tapis, des tableaux, des équipements électroménagers, des rangements, des rideaux, des chauffages, des lampes, des plafonniers, des guéridons, des secrétaires, des lits, des armoires vitrées, des rampes d'escalier, des niches aménagées, des mezzanines, des coffres à jouets, des vases, se dessinaient pour les mains, les pieds, le regard, les hanches, les doigts, les bras, le cou de Katrin des dizaines de chemins familiers, de même que l'électricité était conduite dans l'âme des fils sous les plinthes, les faux plafonds et dans les saignées des murs.

Quand Katrin revenait chez elle, ses clés guidaient sa main et se suspendaient aux crochets dorés de l'armoire en merisier ouvragé vissée dans le mur du hall. Quand elle allait dans le petit salon, elle oubliait ses soucis en alignant ses pas sur les motifs du long tapis du couloir, prenant soin de ne pas mordre sur les lignes horizontales. Puis elle rectifiait le tombé d'un napperon, se dirigeait magnétisée par le déploiement du bouquet d'orchidées devant la fenêtre, s'adossait quelques instants dans le giron du piano à queue.

Habiter cette maison qu'elle chérissait, c'était cheminer délicieusement, en chicanes protectrices, d'étui en boîte, de tiroir en couloir, de fauteuil en livre relié, de bouteille en pot, d'armoire en lustre. Année après année, elle s'imprégnait de son intérieur, circulait, traçait et lubrifiait ses sillons d'une huile permanente et invisible, roulait sur ses rails, jouissait des filets fluides, du délié des glissières ascendantes et descendantes, des fermetures et ouvertures Éclair qui cliquetaient à son passage. Solidement encadrée, elle s'enchantait de ces mille barrières, de ces bornes de porcelaine, de soie ou de chêne, tout comme ses jambes encore belles jouissaient de leurs butées tibia-rotuliennes.

Elle s'épanouissait dans les interstices généreusement laissés par les objets. Son pays, le royaume lui-même, lui paraissait exigu, renfermé et capitonné à ravir.

Ce mardi, Jensen et Karl avaient eu une envie soudaine de vin, de pain et de fromage. Au premier coup d'œil, Katrin vit que le bourgogne qu'avait apporté Jensen était somptueux. Elle demanda à la domestique de sortir les plus beaux verres à vin.

Très vite, la conversation reprit sur le travail de l'opinion, qui conditionnait l'avis des quelques députés chargés de désigner les nouveaux membres du Comité. Le plongeur s'étant retrouvé en prison, sa tribune parue dans le *Dagbladet* risquait de faire l'effet d'un pétard mouillé. Karl était d'avis que son arrestation pour une peccadille ne changerait pas grand-chose. Il était question du passé, et Jensen n'était pas responsable de la moralité de chacun des plongeurs de la mer du Nord. On se quitta optimistes tout en restant sur le pied de guerre.

12

L'Aveugle

Geir fut transféré à la prison de Lyse, près de Bergen, un établissement récent où la règle était l'encellulement individuel, vécu par beaucoup comme une punition, si bien que l'administration regroupait certains détenus deux par deux, par affinités.

Classé peu dangereux, il put s'inscrire à la musculation, à l'atelier informatique, aux jeux d'échecs. Cinq heures par jour d'activités, sans compter les deux heures de sport collectif et de jardinage. On proposait pêle-mêle art floral, peinture, arts martiaux, sculpture, travail à façon, atelier musical, psychothérapie individuelle, cercle de parole, alphabétisation, cours de cuisine, atelier d'écriture, revue de presse, cours de langues, etc.

Ce pour quoi il avait été condamné faisait ricaner les gars. Bousculer un Chinois, deux mois de prison ! Et après ? Certains pensaient qu'il était là, comme tant d'autres, pour être au chaud, ou qu'il était un journaliste en immersion dans son sujet. Ils voulaient qu'il cite leurs noms, qu'il les prenne en photo.

La plupart avaient été pincés pour trafic de drogue, violences en réunion, crime organisé ou d'autres choses plus personnelles qu'ils taisaient. Russes, Polonais, Iraniens, Lettons, Égyptiens, ils parlaient mieux l'anglais que le norvégien. Ils semblaient tous en vacances dans cette prison qui dépensait dix fois plus pour eux que leurs États respectifs pour des étudiants.

Geir apprit que les ruines d'à côté étaient celles de la première abbaye cistercienne du royaume, construite au début du XIIe siècle. En 2012, Larske, un ministre de la Justice socialiste, avait décidé de créer sur le site une nouvelle prison modèle, en pleine nature. Les ruines seraient entretenues par les détenus – l'accueil des visiteurs restant confié à des intervenants extérieurs. Le bâtiment était spacieux, bien tenu, entouré par la forêt ; ils circulaient librement de 9 à 20 heures, la vidéosurveillance était omniprésente mais discrète. Il n'y avait pas de fouilles, tout passait par les caméras infrarouges, les détecteurs de chaleur, les *body scanners*. La technologie et l'argent créaient une agréable ambiance de pension de famille.

Un séjour dans un de ces « centres de détention » était une telle aubaine que le gouvernement avait dû imposer un *numerus clausus*. Sans places disponibles, l'administration se réservait le droit d'entasser les détenus dans des centres de transit. Là, les conditions de vie étaient aux standards internationaux – abjectes et éprouvantes. Le provisoire justifiait les pannes d'électricité, la nourriture froide et immangeable, la promiscuité. Un sas qui faisait son travail d'épouvantail.

Cela ne suffisait pas à décourager les candidats. À Oslo, certains se faisaient payer pour effectuer les démarches d'une victime, simuler une agression, un viol ou un cambriolage et permettre ainsi aux nécessiteux trop vertueux de s'offrir un séjour entre ces murs. La lassitude s'installait chez les surveillants. Face aux soupçons, la prison était pleine de détenus clamant leur culpabilité.

Dans ces havres exemplaires, l'administration pénitentiaire s'amusait alors à mêler au commun des mortels des détenus dangereux, quitte à s'excuser mollement et à corriger son erreur après le premier incident. Ces petites négligences aidaient à ternir le standing de l'incarcération. Il fallait que l'on sût ce que l'on risquait, qu'il restât une étincelle d'inhumanité dans ces édifices bénis des organisations internationales.

C'est ainsi que Geir entendit parler de l'Aveugle.

Il n'y avait pas foule de Norvégiens de la classe moyenne parmi les condamnés. Il eut droit d'emblée à la prison et à une des meilleures cellules individuelles, avec coin-cuisine, télévision, banquette, rangements, tiroirs, toilettes privatives. Il fallait respecter en lui l'honnête citoyen de souche – il était à même de prétendre aux droits de l'homme. Il repensa à ses semaines dans quelques mètres carrés à cinq ou six, tout jeune, sous l'eau des plates-formes, et partit d'un grand rire. En comparaison, Lyse était un parc d'attractions.

Sa première nuit fut une délivrance du monde libre, de Murmester. Il était enfin dans le périmètre, entouré de hauts murs et de plastique rouge : un homme coupable. Au clair avec lui-même. Son voisin Olaf était coupable, Krisztof était coupable, la certitude d'avoir affaire à des pécheurs était un soulagement. Étaient-ils d'ailleurs des pécheurs ? Simplement des hommes rattrapés par la vérité. La prison, coopérative d'hommes vrais. Chacun tentait de s'élever, une saine atmosphère. Des miroirs en pied étaient d'ailleurs disponibles un peu partout, pour partir d'une bonne image de soi.

Sans doute pour les aider dans ce sens, l'Église luthérienne avait apposé dans la prison des extraits de la règle de saint Benoît, même si elle leur avait déjà été distribuée avec le guide du prisonnier et les divers dépliants des organisations humanitaires qui, de loin, veillaient sur leur sort. Lars, un de ses surveillants préférés à l'étage, avait l'air d'avoir étudié la question depuis sa mutation ici. Les cisterciens se voulaient plus observants de cette règle que les autres moines de l'époque, les clunisiens. Tout ça se passait dans le Sud, en France. Pour les édifier et par sympathie pour ces premiers protestants qui refusaient tout ornement dans leurs églises, les luthériens de Norvège avaient eux aussi pesé pour qu'une prison modèle s'ouvrît sur le site de l'abbaye.

Il y eut quelqu'un à punir, on lui donna la cellule de Geir, débarrassée de ses attraits. Geir se retrouva avec Krisztof, un Polonais. Dans un anglais laborieux, il lui expliqua les petits trafics et les récidives qui lui avaient valu deux ans ici.

On mangeait bien. Krisztof était propre. Geir faisait des progrès aux échecs, remusclait prudemment son dos. Dans la salle de gymnastique, depuis laquelle on avait une belle vue sur les ruines du cloître, tous les gars se tâtaient les biceps en connaisseurs, tout juste s'ils ne s'enduisaient pas d'huile d'olive. Le kinésithérapeute passait – délicate attention – pour éviter que soulever de la fonte leur tordît les os, leur écrasât les articulations – bêtise qu'on laissait faire dans le séjour en centre de transit. C'était ce qu'il fallait se dire : ici on n'était pas gâtés, on réparait ce qu'on avait cassé ailleurs. Au-dessus d'un des meilleurs vélos, on pouvait lire et relire un extrait de la règle (en norvégien, russe, anglais, arabe), artistiquement calligraphié, de sorte que cela fasse couleur locale et ne se confonde pas avec les consignes officielles : « L'oisiveté est l'ennemie de l'âme. Les frères doivent donc à certains moments s'occuper au travail des mains, et à d'autres heures fixes s'appliquer à la lecture des choses de Dieu. »

Un jour, au réfectoire, on montra du coude à Geir un homme au visage défiguré.

– C'est l'Aveugle, un Norvégien. Un de ceux du dispositif « Violences entre détenus », dit Olaf en ricanant du coin de la bouche.

– Il n'a pas l'air méchant, comme ça.

– Certains qui sont passés entre ses mains ne seraient pas d'accord.

– Et puis il est aveugle, fit remarquer Geir.

– Façon de parler, lança un autre en finissant sa soupe, il en sait assez pour t'amocher.

Le repas se termina, ils partirent tous se promener dans la cour. Geir posa une dernière question à Olaf :

– Il est aveugle de naissance ?

Olaf devait repasser dans sa cellule pour changer de chaussures, il lui lança :

– C'était un gros intermédiaire au service de la mafia russe, il a voulu prendre son indépendance, ils lui ont arrosé les yeux de déboucheur d'éviers et l'ont balancé. Tu dois en voir de toutes les couleurs, dit-il en partant d'un rire gras.

La promenade tourna court en raison de la pluie. Dans le hall où ils s'amassaient, les deux plus grosses caméras de vidéosurveillance (infrarouge, détection de chaleur) étaient toujours braquées sur eux. Au-dessous d'elles était placardée la règle suivante : « L'homme doit être persuadé que Dieu le considère du haut du ciel continuellement et à toute heure : qu'en tout lieu ses actions se passent sous les yeux de la Divinité, et sont rapportées à Dieu par les anges à tout moment. »

Cinq jours passèrent. Aux échecs, Geir apprit à bien se servir d'une tour, à ne pas rater une ouverture. Son meilleur partenaire était un compatriote sans le sou condamné pour viol conjugal – un des prétextes les plus courants pour obtenir l'asile économique en prison, il suffisait de convaincre la concubine. Geir se sentait toujours délivré de Marker. La nourriture était remarquable – hier encore, on leur avait servi un excellent saumon d'élevage.

Ce fut pourtant à cause de cette nourriture qu'il se retrouva en huis clos avec l'Aveugle. On leur servit un jour au déjeuner un délicieux gâteau à l'allemande, une sorte de forêt-noire. Des gars en voulurent plus, pour leur goûter, ils en réclamaient, en piquaient aux voisins, commençaient à se frapper à coups de grandes cuillers. C'était un danger ici, les trop bonnes choses. Geir s'interposa, on le cogna, il vit qu'il était dans l'œil du cyclone, matière à défoulement, d'autres arrivaient juste pour le plaisir, il y en avait déjà qui saignaient mais avec des grands sourires d'enfants en voyage. Il n'avait rien compris au jeu, avait servi de prête-nom à leur mêlée. Barbouillé de crème, il fut ceinturé par deux gardiens, il passa devant Pier, le surveillant de l'étage, qui lui annonça, comme si Geir avait tous les éléments pour comprendre, qu'il passerait deux semaines dans la cellule de l'Aveugle.

Ici, même les brutes les plus épaisses voulaient être au courant des règles du jeu, et on discutait beaucoup de la valeur des règles placardées. Mais Pier, le surveillant, y croyait très fort, car c'était de sa propre initiative qu'il avait imprimé et punaisé, entre une note de service et une paire de seins nus : « Mais ceux qui sont mauvais et durs de cœur, superbes et désobéissants, il les réprimera par les verges et autres châtiments corporels, dès qu'ils commencent à mal faire, se souvenant qu'il est écrit : “Celui qui est dépravé ne se corrige pas par des paroles.” »

Accompagné par deux surveillants, Geir entra dans une cellule lumineuse, très propre, dépouillée d'images ou de papiers personnels, rangée comme seul un bon voyant pourrait le faire.

– Bonjour, dit-il. Je m'installe dans le lit du bas ?

Les trois premiers jours, l'Aveugle ne lui répondit rien. Il semblait étudier son ombre, sa façon de se déplacer, le bruit de sa canne contre le sol. La plupart du temps, il était torse nu. Son corps était couvert de cicatrices grumeleuses qui pouvaient contenir toute une quincaillerie. Geir lui parlait pour l'amadouer, en vain, comme s'il était concentré sur autre chose.

Arriva le premier vendredi. Par on ne savait quel moyen – sans doute la complicité des gardiens – l'Aveugle s'était procuré du whisky. Dès la fermeture des portes, il commença à boire et à rire. Il s'approcha alors de lui et le frappa pendant plus d'une demi-heure. Geir n'avait pas pour habitude de se laisser faire. Il essaya de se défendre, de lever une main, mais l'Aveugle lui fit aussitôt une vigoureuse clé de bras, ce fut une douleur inouïe, en silence, à titre d'information. L'Aveugle était dans sa cellule, il en connaissait les moindres recoins, il avait étudié le volume de Geir, et sans doute sa densité d'infirme. Il assénait ses coups méthodiquement, sans un cri, fermant les poings ou du tranchant de la main. Les appels à l'aide de Geir ne recueillaient que des ricanements de l'autre côté des murs. Ils étaient pourtant quarante à l'étage. Geir s'habituait lentement à ses coups, à son haleine, et il l'entendit lui parler pour la première fois : « Respire, respire. » Puis il monta sur le lit supérieur et se coucha. La bouche en sang, Geir se traîna sur son matelas et sombra dans le sommeil.

Le lendemain matin, il se sentit contusionné, les côtes couvertes de bleus, un pot-pourri de douleurs nouvelles avec un curieux sentiment de travail bien fait. Il découvrit l'Aveugle tout droit assis par terre dans un coin, en tailleur sur un coussin, l'air absorbé, sous ce poste de télévision qu'il n'allumait jamais.

Geir prit sa canne et partit pour l'atelier d'informatique. À son retour, il demanda à voir le médecin. Le dermatologue était de garde. Il le reçut dans son cabinet, les bras croisés, d'un air de comptable. À sa droite trônait un saladier en aluminium rempli de somnifères aux plantes biologiques. Sur le mur, derrière lui, était apposé un énième extrait de saint Benoît : « Que les malades considèrent de leur côté que c'est pour l'honneur de Dieu qu'on les sert, et qu'ils ne contristent pas par des exigences superflues leurs frères qui les servent. »

Le dermatologue était populaire. Grâce à lui, les gars avaient des peaux superbes et n'avaient plus peur de pourrir. À son étage, les documentaires sur l'état des autres prisons d'Europe faisaient même frémir certains esthètes.

– Que vous arrive-t-il ?

– Mon voisin de cellule m'a frappé hier soir, dit Geir.

– Montrez voir. Qui est-ce ?

– Je ne connais pas son nom. On l'appelle l'Aveugle.

– L'Aveugle ? Parfait. Rhabillez-vous !

– Comment ça ?

Le gardien derrière lui ricana : « C'est votre collègue, docteur ! » Le médecin lui jeta un coup d'œil complice puis se repencha sur son cas.

– Vous avez pu venir jusqu'ici ? C'est qu'il ne vous veut pas de mal.

– Il me frappe, je veux changer de... Je veux que vous m'examiniez.

Le médecin semblait être déjà passé à autre chose.

– Écoutez, il sait ce qu'il fait. Vous m'excuserez... Gardien ?

Le gardien lui fit signe de le suivre. Geir exigea un transfert en cellule individuelle. L'employé lui répondit qu'il y penserait, que le prochain mouvement aurait lieu la semaine prochaine.

Après le déjeuner, Geir rentra craintivement dans la cellule. L'air empestait un encens indien étouffant. L'Aveugle était toujours assis sous la télévision. Il ouvrait la bouche et exhibait des dizaines de dents parfaitement alignées.

– Tu veux du saucisson ?

Il lui en passa une tranche et mastiqua formidablement la sienne.

Le lendemain matin, au retour de la musculation, on apprit qu'Olaf s'était fait violer dans les douches par deux Polonais probablement séropositifs. Il y avait pourtant des parloirs sexuels tous les mois pour les condamnés à des peines de plus d'un an.

Geir en parla à l'Aveugle, pour entendre sa réaction.

« Encore un viol dans les douches ? Ils croient humilier, mais c'est un début d'amour, l'herbe qui pousse entre les pierres. » Et il partit d'un grand rire, en répétant « l'herbe qui pousse entre les pierres ».

Le soir venu, dans cette prison modèle, l'absence de rumeur était inquiétante. On eût juré que les autres étaient en paix, se vidant de leur sang dans leur matelas ou de leur sperme dans des femmes télévisées. Geir n'arrivait pas à trouver le sommeil, et soudain l'Aveugle l'interpella, perché au-dessus, comme s'il savait : « Tu entends les acrobaties de ton cœur qui bat ? »

Au matin, Geir ouvrit les yeux. L'Aveugle était toujours là, en tailleur, le visage tourné vers lui, et il l'aurait vu si ses yeux fonctionnaient.

Il lui demanda qui il était, et Geir lui parla tout en se recroquevillant contre le mur. L'Aveugle était très doux, ses questions étaient précises. Il ne semblait pas rebuté par la banalité de sa personne. Il ne fit aucune remarque sur ses missions de plongeur, comme s'il était normal, au royaume, d'en passer par là.

– C'est un vrai travail d'arriver ici, parfois cela prend toute une vie. La plupart n'y arrivent pas.

– C'est plutôt bien pour eux, dit Geir.

– Tu ne crois pas à ce que tu dis. C'est ici que tu dois être.

– Et ceux qui sont séparés de leur famille ?

– Dans ce royaume, on s'occupe bien des enfants et les femmes sont indépendantes. Les hommes peuvent se consacrer librement à la prison.

Il se leva, se fit ouvrir et partit vers la salle de musculation.

Olaf le mal-aimé avait été immédiatement entouré de psychologues, il obtint plus de desserts, le droit à un parloir supplémentaire. Mais il ne parut pas au réfectoire, ne vint plus rencontrer sa famille.

Au repas, Krisztof, l'air atterré, demanda à Geir comment se passait sa cohabitation.

– J'ai été salement rossé. C'est sa conception de l'amour. Le médecin m'a dit que c'était un traitement de faveur.

Krisztof semblait ne pas l'entendre et vouloir uniquement le protéger.

– Plains-toi…

– C'est ce que j'ai fait.

– Plains-toi le plus souvent possible, de temps à autre ils le mettent au trou. On dirait qu'il tape les gens rien que pour y partir dix jours. Tu finiras ton temps tranquille. Et en prenant des cachets, tu feras mi-peine.

– Mi-peine ?

– En pionçant douze ou quatorze heures par jour, tu t'évades d'autant.

– Aucune envie.

Et Krisztof le regarda à nouveau comme s'il était bel et bien ce voyeur payé par quelque magazine ou chaîne câblée.

On refusait du monde au potager. La plupart y allaient d'abord pour l'horizon, éviter la myopie de celui qui n'avait que des murs à contempler. Puis ils prenaient goût aux légumes, demandaient à travailler en cuisine, d'où cette douce odeur de soupe qui flottait dans les couloirs. À ce que lui avait dit un gardien, le potager faisait grandement baisser la consommation de pornographie.

Au dîner – repas qu'ils prenaient dans leurs cellules –, ils se retrouvaient avec l'Aveugle.

– Je sais que tu es heureux d'être ici, Lund.

– Comment ?

– Ta manière de recevoir les coups.

– C'est possible.

– C'est ici que tu dois être. Mange, dors, apprécie le décor.

Le lendemain, à midi, les nouveaux arrivants firent parler d'eux, des ouvriers hongrois employés sur une plate-forme pétrolière. Ils avaient participé à un gigantesque piquet de grève pour la revalorisation des salaires. Au bout du cinquième jour de la deuxième semaine, la police était intervenue – les détenus avaient vu les images à la télévision – et des échauffourées avaient éclaté. Les pauvres bougres, atterris directement ici par la grâce des médias, semblaient tout fiers – on se pressait autour d'eux pour avoir des détails. Le gréviste victime de la police volait presque la vedette au braqueur de banques tueur de flics. Mais bloquer une plate-forme, n'était-ce pas braquer une banque ? Seuls les étrangers semblaient disposer de cette énergie et de cette audace.

C'était à nouveau vendredi soir. L'Aveugle sortit son flacon de whisky – toujours neuf –, rit et s'avança vers Geir pour le frapper, malgré tout le bien qu'il lui voulait. Geir avait moins peur, la séance sembla durer moins longtemps. Il saignait toujours de la bouche.

L'Aveugle était encore là, le lendemain matin, en tailleur, à épier son réveil avec ses oreilles perpendiculaires à son lit. Il se passait enfin quelque chose. Quelqu'un s'intéressait à Geir. Il se sentait plus important que dans un centre commercial.

– Regarde l'amour avec lequel cette cellule a été construite, dit l'Aveugle en passant ses doigts sur les murs. Ces plinthes, ce crépi...

– Tu ne vois rien, toi.

– Regarde mieux. L'architecte, le maçon, le peintre, le plombier, le cahier des charges de l'administration pénitentiaire, l'exigence d'humanité.

Pour lui, il y avait de l'amour partout. Et chaque vendredi, un débordement à son intention. Geir devait avouer qu'il dormait mieux après avoir été rossé.

Un mardi, c'est l'Aveugle qu'il retrouva à l'atelier échecs. Il l'invita à faire une partie. Évidemment, il ne voyait pas l'échiquier. Il se contenta de lui dire: « Dis-moi chaque fois où tu as joué. » Il le regarda réfléchir, ses yeux semblaient bouger sous les amas de peau, comme des souris coulées dans des crêpes.

Geir fit une des ouvertures qu'il avait apprises. Il répliqua rapidement, méthodiquement. Sans les voir, il savait où étaient les pièces. Geir le battit d'extrême justesse. L'Aveugle le félicita en le prenant en étau dans ses bras.

– Lund, vois comment les jeux nous rapprochent. Comment nous nous enfonçons dans les jeux.

Une douleur sans nom: Geir eut l'impression qu'il saisissait son foie entre ses doigts.

–Vois comment tes organes se pressent les uns contre les autres pour jouer leur partition. Pense un jour à les disperser.

Geir retrouva à grand-peine sa respiration. L'autre lui sembla plus fort que jamais. Des années d'exercices quotidiens, trois ou quatre gars tués, selon la rumeur. Dans la pièce, les six autres joueurs faisaient comme si de rien n'était. Et puis on n'attaquait pas lâchement un aveugle.

La nuit suivante, Olaf le mal-aimé se suicida en se pendant avec un drap, bien que tous les tissus donnés par la prison fussent élastiques et qu'on eût plus de chances de détériorer son sort que d'y mettre fin. Pour le surveillant Pier, ses collègues étaient allés trop loin en le laissant seul aux douches avec les Polonais. Geir fut peiné, mais la nouvelle le rendit léger, cela donnait du rythme à ses semaines, le reliait à la nature. Sans morts, le temps passerait moins vite.

– Ce viol était quand même ignoble, dit-il à l'Aveugle en revenant du sport.

– Des maladresses d'amoureux. De la timidité.

– De la cruauté. Ils ont juste fait quelques jours d'isolement.

– Détends-toi, imagine-toi sous la douche, profitant d'un beau corps, t'offrant à ton tour. Un viol réciproque, et on retrouve l'amour.

Dans les couloirs, les deux Hongrois grévistes étaient l'objet de toutes les attentions. Malgré tout, l'un d'eux, Piotr, n'en menait pas large, entre ses lampées d'aquavit, ses bouffées de shit et ses matches de basket. Il restait quelque chose de subtilement infamant dans cette prison cossue. La perspective d'en sortir un jour ?

Depuis qu'il lui avait tenu le foie, Geir jouait deux fois par semaine avec l'Aveugle et ses coups lui étaient plus doux. Il prenait souvent sa revanche aux échecs. Ses hurlements après s'être défoulé sur lui continuaient à le glacer. Il le soupçonnait d'être dépressif et suicidaire. Comme s'il avait lu dans ses pensées, l'Aveugle se mit à lui parler alors même qu'il devait garder en tête la position de dix-sept pièces.

– Tu es un brave, Lund. Si tout va bien, tu mourras vite.

– Merci du conseil.

– Je ne veux pas dire que tu mourras prématurément. Avec de la chance, tu mourras juste à temps, libéré.

– Sorti de prison ?

– Mieux que ça, libéré. Sorti de ta colonne de distillation, Lund. Tu y es toujours. Qu'est-ce qu'ils font de cette bouse que tu es allé chercher au fond des eaux ? Ils la font chauffer dans la colonne. En haut monte le plus léger, le gaz, puis l'essence, le kérosène, les gasoils pour les moteurs, le fuel et puis toi, tu es là : le résidu lourd, le bitume, pour qu'on te marche dessus. Mais tu peux te volatiliser, Lund.

Ce matin-là, l'Aveugle remporta une victoire facile, car Geir avait bêtement pensé qu'il ne verrait pas, qu'il oublierait un de ses fous, bien placé en début de partie.

Alors eut lieu le débat électoral sur les prisons et la politique pénale, avec le ministre lui-même, Odd, et des députés du FrP, des conservateurs et du parti travailliste. La chaîne avait installé le studio d'enregistrement dans le réfectoire, c'est pourquoi ils mangèrent dans leurs cellules le matin et le midi. L'administration avait soigneusement évité de choisir des têtes d'étrangers dans le panel de prisonniers invités sur le plateau : un Norvégien et un Polonais bénédictin, bien blancs. Comme d'habitude, le député du FrP lut avec gourmandise une liste de leurs « privilèges », demanda que les services publics ne fussent pas d'aussi bonne qualité pour les assassins « du monde entier » que pour les honnêtes gens d'ici, asséna que nos prisons étaient d'un confort indécent, promit qu'en cas de victoire son parti recentrerait toute la vie carcérale autour du travail. Puis il invita les vieux Norvégiens démunis à taper sur leurs enfants (surtout s'ils le méritaient) pour bénéficier d'une maison de retraite si bon marché et chaleureuse. Les collègues prisonniers furent exquis avec tout le monde, et Odd se dit émerveillé par l'application bénévole de la règle de saint Benoît, qu'il promit de lire une fois rentré chez lui – cela l'incita même à se demander s'il ne fallait pas implanter davantage de prisons sur des sites historiques. Alors que courait déjà le générique de fin, le député du FrP lança en rigolant qu'il proposait un site, les oubliettes d'un château près de Bergen, et qu'il trouvait que cette règle pleine de bon sens devrait devenir obligatoire, avec flagellations et repentances.

À l'étage, personne ne voyait plus le jeune Piotr, le Hongrois rebelle. Il prenait ses déjeuners dans sa cellule. Un jour, Geir avisa sa tête verdâtre dans le couloir de l'infirmerie, les mains pleines de comprimés pelliculés. L'euphorie de son arrivée s'était bien dissipée. Geir ne savait pas pourquoi il se confiait à lui. Norvégien, il devait sans doute représenter la loi et l'ordre jusque dans le dernier cercle de l'enfer. Dans un anglais miteux, il lui fit comprendre qu'il voulait sortir d'ici au plus vite, que durant l'occupation de la plate-forme il avait subtilisé trois dossiers et des DVD de données, cachés chez un ami, que la police avait lancé une enquête éclair, qu'il s'agissait de documents confidentiels. Il ne voulait pas aggraver son cas. Lui, bientôt sur le point de sortir, ne pouvait-il pas le débarrasser de ce boulet, reprendre ces documents et les déposer de nuit devant n'importe quelle mairie ? Sur l'ami, il lui donnerait des détails qui l'aideraient à montrer patte blanche.

Geir accepta. La sortie approchait. Jamais il ne retournerait à Marker. Murmester l'avait licencié. Il avait déjà rendez-vous avec l'assistante sociale d'un service de réinsertion, qui prendrait le relais des deux éducateurs maison. Depuis son passage au Service d'accompagnement de l'exercice du droit aux relations personnelles, il était terrifié par les sauveurs, leur mine de dernier recours, le fait qu'ils fussent payés pour connaître sa faillite et ordonner sa liquidation. Il avait envie de les entasser les uns sur les autres pour faire le mur, leur passer dedans comme dans un cercle de papier.

La réinsertion lui faisait honte, la réhabilitation serait une aumône. Il voulait disparaître, se fondre dans le décor. Après le Chinois, quelqu'un, à nouveau, devait le faire sortir du monde. Il se mit à écrire à Jensen.

Vous êtes quelqu'un de bien, Monsieur le Vice-Président, je ne vais pas trop mal. La prison, c'est de la plongée sans risques, j'aurais dû y penser plus tôt. Passer ma jeunesse ici plutôt que dans vos cages sous pression. Vous êtes quelqu'un de bien, Monsieur le Vice-Président, apparemment votre réputation s'est améliorée depuis votre tribune à mon nom. Vous êtes quelqu'un de bien, à l'époque, vous et votre commission merdique avez graissé la patte à Hampfield, à Boye, à Herfoss. Puis vous avez fait psychiatriser Hardmark et Juul, tout à coup cela vous arrangeait bien qu'ils soient dérangés. Dommage que Kirkham soit déjà mort, vous auriez pu essayer avec lui. Et puis trois faux témoins, cela ne vous a pas fait peur non plus. Tout cela pour vous blanchir et nous arroser d'argent, ce qui vous tient lieu d'humanité. Vous nous avez noyés dedans. Bref. Ça m'a vraiment fait plaisir de vous taper dessus, de vous voir bien amoché sur votre carrelage avec vos poissons. C'est bien que vous n'en ayez plus parlé après, j'aime bien les gens qui ne se plaignent pas. Je vais sortir, Jensen, on n'a pas chauffé ma chaise à Murmester. Personne ne veut d'un invalide à 40 % en réinsertion, franchement vous pourriez faire quelque chose pour moi, un travail jusqu'à la retraite, je n'ai plus un sou et je dois deux loyers. Si je ne vous intéresse pas, j'ai des documents confidentiels pour vous, ça a été volé, c'est sur le pétrole, merci de ne pas me dénoncer, ça vous retomberait dessus. Je vais manger.

Votre plongeur.

L'Aveugle savait comment envoyer des lettres sans qu'elles fussent ouvertes et lues par l'administration. Il fallait juste à Geir une réponse, une promesse.

Avec l'Aveugle, ils respiraient bien plus que les autres. Il l'avait entraîné par terre, assis avec lui. Parfois, ils sautaient un repas à observer le soulèvement de leurs tripes. Les gardiens-cuistots jetaient un œil à travers l'œilleton puis s'en allaient.

Parfois l'Aveugle refaisait empester son encens et se lançait dans des élucubrations de gourou.

– Trente-deux pièces enfermées dans un échiquier, les poignets ligotés de ceux qui se battent au couteau, les animaux de batterie qui grandissent les uns dans les autres, les quatre angles de ton bureau, le porno à bout portant, disait-il d'une voix morne. Avoue que cela tient chaud.

– J'avoue.

– Tu es venu au monde dans cette chaleur. On t'a envoyé ici pour cette chaleur. Qu'est-ce qu'on reproche à ceux qui tombent dans l'illégalité ? Être dans l'intimité des choses. Être dans la promiscuité, se prendre de plein fouet les causes et les effets. Alors un tour de vis en plus, on guérit le mal par le mal.

– Est-ce qu'on le guérit ?

L'Aveugle sembla irrité non par la passivité de Geir, mais par ses propres paroles.

– Et jusqu'où cette vie compressée ? De l'autre côté des murs, Lund, tu as l'école, l'usine, l'hôpital, l'étreinte des femmes, les terrains de jeux aux lignes parallèles, au-delà desquelles la balle est en faute. Tout ce qui veut bondir et rebondir sur toi, t'enfermer et s'enfermer avec toi. Même les notes de Mozart dans leurs portées, les phrases d'un polar, ton corps, ton fric, le ventre de ta mère. Ce qui t'a mitonné, ce qui t'excite, t'est utile, te maintient dans ta forme. Tout ce qui abolit l'infini entre chaque seconde.

– Oui, dit-il mollement.

– Et ces paroles aussi, Lund, dit-il d'une voix triste. Jusqu'où cette vie compressée ? Quand vivra-t-on en dehors des lignes ?

– Je ne sais pas.

– Dès qu'un homme sait faire quelque chose, il court s'enfermer avec ses semblables, ermites avec ermites, artistes avec artistes, crapules avec crapules. C'est ici qu'on le voit le mieux, c'est tout. Jusqu'où cette vie compressée, Lund ? Sortir ne changera rien.

Geir ne pouvait lui répondre. Il pensait que malgré les gâteaux, la musculation et le jardin, la réclusion ne faisait pas tant de bien à l'Aveugle, qu'il irait mieux s'il sortait vraiment, mais il en avait encore pour huit ans. Et on ne lui imputait pas les gens qu'il avait malaxés pour relever la virilité des lieux.

Le soleil se leva à nouveau sur les ruines de l'abbaye, après la courte nuit laiteuse. Il était évident, et c'était un problème pour la direction, que certains détenus, les plus fragiles, prenaient à la lettre le folklore local, la règle de saint Benoît. Ils se précipitaient dessus comme sur le seul règlement capable de leur redonner confiance et dignité – sans doute de leur éviter le suicide, les premiers mois, malgré toutes les bonnes choses dont ils étaient entourés. On les reconnaissait facilement, ils ne mangeaient pas le matin, se taisaient le plus souvent, ne contestaient aucune décision des autorités, visaient à atteindre les douze degrés d'humilité du texte. Ils étaient parmi les plus jeunes. Ils monopolisaient le jardinage et le travail à façon. La binette et le sécateur leur étaient dus, pour éliminer les mauvaises herbes dans les ruines. Ils restaient entre eux, une grosse minorité avait même fondé une « Fraternité bénédictine » qui demandait à être reconnue en vertu du droit d'association. L'Aveugle disait à Geir que ces élans étaient cycliques, que ça allait et venait. On était en phase particulièrement aiguë cette année. La plupart n'avaient rien de chrétien, certains étaient musulmans, ils étaient simplement fascinés par la règle. C'était l'endroit qui leur poussait dans la tête. Ils ne demandaient plus d'aménagement de peine, de réductions pour bonne conduite. Ils se conduisaient bien, point. Ils s'habillaient en T-shirt et survêtement blancs. C'était pitié de voir comme l'incarcération rendait les gens influençables.

Aujourd'hui, ainsi que chaque quinzaine, ils recevaient les scolaires, qui en profitaient pour visiter l'abbaye. Des enseignantes d'Oslo, mais aussi suédoises, danoises, décidées, décontractées, aussi fières que si elles se lançaient à l'assaut d'un des derniers bastions du sexisme, conduisaient des meutes silencieuses, accueillies par des détenus de confiance à l'étage du dessous, qui servait de couloir témoin. Les cellules avaient été nettoyées, rangées, des bouquets de fleurs suspendus dans les cabines vitrées des surveillants ; le directeur en bras de chemise ne cessait de rire aux éclats. On leur faisait goûter la crème de courgettes. Deux enfants d'une dizaine d'années voulaient jouer au basket avec les prisonniers, et un grand à lunettes eut un sifflement d'admiration devant leurs ordinateurs flambant neufs. Les M-Phones crépitaient. Un enfant demanda en vain à un des bénédictins s'il se trouvait bien ici. Puis la visite continua vers les panneaux solaires, les chaudières à bois, la petite basse-cour où s'ébrouaient les canards, les poules et les oies qui faisaient tant de bien aux toxicomanes. Les gamins partiraient, persuadés que les détenus étaient ici avant tout pour effacer leur empreinte écologique, payer leur dette à la terre. À la fin de la matinée, au moment de partir, Geir en vit un dont les yeux étaient embués de larmes. Et s'ils étaient la société idéale ? C'eût été problématique : il avait fallu tant de pétrole, tant d'argent et tant de crimes.

Geir avait l'impression que le corps de l'Aveugle pourrissait. À ses cicatrices multiples s'ajoutait la dilatation de l'alcool qu'il ingurgitait chaque semaine. En même temps, il était musclé comme personne. On lui aurait difficilement donné un âge. Des barres de fonte dans un sac de peau, voilà ce qu'il était.

À la revue de presse qu'animaient deux jeunes étudiants en droit de Bergen, on parlait actualité, politique, élections, des incendies de forêt au Brésil, qui semblaient incontrôlables. Hedda et Hallvard, le couple royal proposé par le FrP, faisaient toujours chavirer les cœurs. Certains avaient placardé dans leurs cellules des photos déshabillées de Hedda, du temps où elle posait en lingerie fine. Une reine bien balancée, ça changerait. Les plus âgés se plaignaient qu'ils n'aient pas encore d'enfants, que cela ferait tout de même plus roi et reine. Était-elle stérile, un beau bout de femme comme ça ? Dans ce cas, on réfléchirait avant de voter pour elle. Ou peut-être qu'ils ne s'aimaient pas tant que cela. L'autre devait quand même se la faire dès qu'il pouvait, non ? En tout cas, on ne voterait pas pour réinstaller les rois bourgeois travaillistes et leur hangar à oiseaux.

Un matin, alors que Geir aidait l'Aveugle à monter l'escalier vers l'atelier échecs, ils entendirent un bruit de lutte et des cris étouffés. Le chef abbé des membres de la Fraternité, un Égyptien nommé Hamza, avait exigé l'interdiction de tous les jeux dans l'enceinte de la prison. Ce jour-là, les plus extrémistes étaient passés à l'action. D'après les témoins, une dizaine d'entre eux avaient fait irruption dans le local et déversé leurs plateaux-repas. Effectivement, l'Aveugle et Geir trouvèrent les tables et les échiquiers jonchés et maculés. Après les avoir expulsés, les deux surveillants de l'étage, prenant des airs supérieurs, leur demandèrent de tout nettoyer, tout en promettant que les responsables seraient mis à l'isolement d'office.

L'Aveugle s'assit comme à l'accoutumée et demanda à Geir de lui décrire l'échiquier.

– Une portion de fromage, une flaque de compote, des crudités…

– Quelles crudités ?

– Deux bâtons de carotte, trois radis.

– Continue.

Geir finit d'énumérer les reliefs tourmentés sous ses yeux, au moyen desquels leurs bénédictins montraient leur dégoût du jeu et des nourritures terrestres.

– Bien, on peut commencer, dit l'Aveugle.

Des doigts il devina les positions des divers objets cités. D'un air décidé, il fit avancer d'une case le sachet de sel.

– À toi.

Geir prit d'emblée sa compote. Puis son sachet de cacao menaça un de ses deux radis. Il interposa sa plaquette de beurre. Après réflexion, il écrasa du poing le yaourt nature et prit ainsi possession du quart du plateau de jeu. Après de longues minutes, il fit reculer ses trois sachets de thé, essaya de faire monter progressivement une serviette. Geir était ravi qu'il ne fût plus question de fous, de reines, de tours, d'un combat médiéval amidonné, mais d'éléments vivants, de territoires, de transformations continuelles et imprévisibles. Le plus difficile était, à chaque coup, de décrire la situation à l'Aveugle.

Geir fut tenté de prendre en renfort un bout de pain à ses pieds, mais il savait que l'Aveugle entendrait et noterait immédiatement l'intrus. Sa petite cuiller avança vers sa plaquette de beurre. Geir préféra faire reculer un de ses radis et l'annonça.

– Tu ne peux pas faire ça.

– Pourquoi ?

– Les radis ne reculent pas.

C'était aussi bien. Geir continua de faire progresser sa serviette pour résorber son yaourt. Après un temps interminable, l'Aveugle prit un de ses sachets de thé, mais Geir prit en retour son gâteau sec, à moins qu'il n'eût cherché l'échange. L'Aveugle réfléchit, joua un coup insignifiant. Geir versa alors lentement la minuscule barquette de miel sur sa petite cuiller, ce qui la rendit très difficile à utiliser.

La partie s'arrêta progressivement, quand toutes les zones de l'échiquier eurent été couvertes d'aliments divers, plus ou moins reconnaissables. Lui ôtant les mots de la bouche, l'Aveugle décrivit fidèlement à Geir le tableau final, qui leur rappela les phases principales de l'affrontement. C'était l'égalité parfaite dans l'informe, ils éclatèrent de rire et ils échangèrent une poignée de main poisseuse. Puis ils nettoyèrent toutes les tables avec de grosses éponges.

Quelques jours plus tard, après la séance d'informatique où il avait vu tant d'images du monde extérieur, Geir sanglota, pris d'un irrépressible besoin de sortir. Ce cordon de prévenance, de petites attentions et d'activités de collégiens imberbes était fait pour les étourdir.

Rentré dans sa cellule, il dit à l'Aveugle que certains des bénédictins avaient développé une forme d'attention aux autres, qu'ils prenaient moins de médicaments, qu'ils l'avaient convaincu qu'il fallait nourrir son esprit de façon plus rigoureuse que cette laïcité occupationnelle. La réponse de l'Aveugle arriva doucement :

– Cours-y. Va t'enfermer.

– Ils font de bonnes choses.

– Eux aussi sont enfermés dans le Bien.

– C'est une planque idéale, non ?

– Quand tu t'évades de tout cela, tu vois que le trajet n'est pas plus long entre le Bien et le Mal, il est tout aussi minuscule.

– Pourquoi faire l'un plutôt que l'autre alors ?

– Tu ne fais rien plutôt qu'autre chose.

– Et alors ? dit Geir, agacé de devoir le relancer en permanence.

– Sans vouloir tu fais chaque jour tout et son contraire. C'est parce que tu es tout près que je te fais du mal, parce que tu es tout près que je te fais du bien.

– Je ne savais pas que tu me faisais du bien.

– Tu es une foule trempée dans les foules, Lund. Dès qu'il y a mouvement il y a une infinie justice, une infinie injustice qui s'annulent. Rien de tel que ce petit vent frais.

La veille de la sortie de Geir, un petit pot de départ fut organisé par les surveillants et la Fraternité. On lui lança des plaisanteries, on lui souhaita bon vent, on lui rappela qu'il était un bourgeois bien installé, des petites boîtes de chocolats sortirent d'on ne savait où. Il y avait là tout à coup plus de bienfaits qu'il n'en pouvait recevoir.

Avec l'Aveugle, cela se termina comme cela avait commencé. Il se tut, ne répondit plus à ses questions, semblait l'observer pour toujours.

13

Vacuité

Il ne fallait pas insulter l'avenir. Jensen avait le lendemain un rendez-vous avec le couple de prétendants FrP Hedda et Hallvard. La perspective de la victoire populiste rendait certaines courtoisies élémentaires, et il tenait à voir à quel point cette Hedda pouvait être affriolante.

Lund était sorti de prison, hébergé à ses frais à l'hôtel. À l'accueil, la grosse enveloppe de documents volés par le Hongrois et récupérés par le plongeur, scotchée de toutes parts, avait été remise, comme convenu, à l'attention d'un agent d'entretien. La secrétaire avait pour consigne de l'intercepter dans son casier et de la monter au bureau. Dans sa course incertaine au comité Nobel, Jensen ne pouvait exclure aucune piste, pas même les plus dérisoires.

Quoi qu'elle contînt, Jensen tenait à assurer ses arrières. En fin de journée, fourrant le paquet dans sa sacoche, il gagna le ministère de la Justice et de la Police où Hanssen, une vieille relation, commissaire divisionnaire, l'accueillit avec empressement dans un bureau vacant. Il y avait également là le bedonnant Slyngstad, un compagnon de route du temps de StatKraft, expert en prospection pétrolière qui s'approchait de la retraite.

– Alors, tu fais dans l'espionnage maintenant ? lança Slyngstad en lui serrant la main.

– C'est très probablement de la daube, sourit Jensen. Mais ça fait une occasion de se revoir !

– Partager ta daube avec nous, délicate attention ! rigola Hanssen.

– Rassure-toi, quoi qu'il arrive, il y a une table pour nous au Bagatelle à 20 heures, trompeta Jensen, magnanime.

– Daube en entrée, puis luxe et volupté. Je préfère dans ce sens. Comment va, sinon ? s'enquit Slyngstad. Toujours avec ta beauté orientale ?

– Toujours.

– Tu ne m'avais pas dit qu'elle avait une sœur cadette ? Avec mon divorce, ça pourrait m'intéresser.

– Bien sûr, après manger tu pourras prendre le bus de nuit et aller la draguer à Téhéran, riposta Jensen. Ton côté bien nourri va la faire fondre.

– Vous avez vu cette histoire de Huitfeldt qui annonce sa conversion au bouddhisme ? lança Hanssen, un hebdomadaire à la main.

– Qu'est-ce que les conservateurs vont encore inventer pour ne pas se laisser dépouiller ? s'écria Slyngstad. Ils ont des conseillers en emmerdements !

– On le savait depuis longtemps, fit Hanssen en tendant l'image à Jensen, mais là il se laisse photographier en train de faire ses trois prosternations, regarde derrière, la petite fumée.

– Et c'est ministre des Transports et des Communications, soupira Jensen.

– Remarque, il a le droit d'être bouddhiste, dit Slyngstad en se frottant les mains.

– Oui, il a le droit, ricana Jensen. Je l'ai pratiqué, à l'époque, le Huitfeldt. Depuis, j'ai compris que les bouddhistes sont des abandonniques…

– Des quoi ? demanda Slyngstad, peu habitué à entendre Jensen utiliser le jargon psychiatrique.

– Des types qui à tout bout de champ se sentent abandonnés, y compris par la miette de pain qui tombe de leur sandwich. Cette manie de croire que tout passe ! L'impermanence ! Le vrai problème de la vie, c'est l'inertie des choses. Tout n'est pas aussi fuyant qu'ils le voudraient.

– Et si on ouvrait ton paquet-cadeau ? demanda Slyngstad.

– Ce Hongrois ne devait pas savoir ce qu'il prenait à la va-vite sur cette plate-forme, prévint Jensen. Je ne m'attends à rien.

– T'es bouddhiste au fond, s'esclaffa Hanssen.

– Sait-on jamais ? dit Slyngstad d'un œil amusé.

– Je te laisse faire ton office, dit Jensen.

Le commissaire s'arma d'un cutter. Une liasse de listings et trois DVD se répandirent sur la table de réunion.

Slyngstad introduisit les disques dans le lecteur de son portable, tandis que Hanssen et Jensen compulsaient les dossiers. Une dizaine de minutes plus tard, leurs regards se croisèrent. Ils laissèrent tout son temps à Slyngstad qui n'arrêtait pas de faire clapoter ses joues, couvrant son écran de postillons. Puis il se tourna vers eux.

– Alors ?

– Rien de passionnant, murmura Hanssen. On a là trois dossiers papier sur une fuite du terminal de Snøhvit. À moins d'ajouter des photos de techniciens forniquant avec des ours polaires, ça ne va pas passionner grand monde.

– Pas de fornication non plus, dit Slyngstad en rajustant ses lunettes, mais ça risque de passionner.

– C'est-à-dire ? sursauta Jensen.

– Il y a un disque de données brutes d'exploration, sans aucune indication, et les deux autres ne sont rien de moins, messieurs, que le dossier Nausicaa. Et d'après les coordonnées et la géomorphologie, c'est le champ mirifique dont on nous parle à la télévision.

– Léviathan ?

– Le nom de code du champ était Nausicaa. Ils ne savaient pas encore que cela s'appellerait Léviathan.

– Un chouette nom d'ailleurs, dit Hanssen à Jensen. Bravo !

– Moi, je l'aurais appelé Flouse, dit Slyngstad tout en continuant à tapoter sur son clavier. Il faut en finir avec les chichis littéraires.

– En tout cas c'est le dossier Nausicaa. Quoi de renversant ? demanda Jensen.

– Le renversant, c'est qu'il n'y a rien de renversant, dit Slyngstad en contemplant Jensen d'un œil admiratif. Vieux, comment fais-tu pour dégoter des scoops pareils ?

– Explique-moi, je te dirai après.

– Eh bien, c'est du classique, des relevés topographiques de l'anticlinal, des carottages, des diagraphies, des études d'impact. Ce qui me chiffonne, c'est que le dossier a l'air complet.

– Il doit être complet, dit Hanssen, nerveux. Ils ont marqué DVD 1 sur 2, DVD 2 sur 2.

– Merci, garçon. Mais s'il est complet et date du mois dernier, il y a un problème.

– Quoi donc ?

– Ce qu'ils ont découvert, c'est une grosse poche, à peine plus qu'un prospect.

– Et une grosse poche de pétrole, s'impatienta Hanssen, ça s'appelle un champ.

– Et une grosse poche sans pétrole prouvé, ça s'appelle comment ?

– Comment quoi ? s'exclama Jensen.

– Un gisement putatif. C'est tout ce qu'ils ont. Je ne vois pas de forages complémentaires pour évaluer, pas d'essai de production. Il n'est peut-être pas dans ce dossier, mais je ne vois pas non plus trace d'un programme d'appréciation. Ça commence à faire beaucoup, d'autant que tout est daté d'il y a deux mois à peine, et barré de « Confidentiel » à chaque page. On ne distribue pas cette paperasse à la sortie des écoles, mais de là à tout estampiller, j'ai rarement vu ça. J'ajoute – voyez la lettre du ministère – qu'une circulaire interne ordonne de suspendre la suite des explorations jusqu'à juin prochain. Cela tombe bien.

– Mais ce champ existe, s'emporta Jensen, j'ai passé toute une nuit à essayer de lui trouver un nom ! J'y ai même goûté !

– Oh pardon ! répliqua Slyngstad. S'il a un nom, tout va bien, il n'y a plus qu'à trouver les chiffres qu'on veut qu'il nous rapporte ! Et peut-être que tu as tout bu, c'est toi, Léviathan !

– Les morts aussi ont des noms, Kurt, rit froidement Hanssen. Donc Léviathan n'est qu'un pétard mouillé ?

– Ça en a tout l'air, conclut Slyngstad. De toute façon, depuis l'arrêt des noms de poissons, la plupart des appellations sont fantasmagoriques… La politique n'est pas ma tasse de thé, mais là ils sont tombés très bas, les gars du FrP. C'est du jamais vu. On n'aurait jamais dû leur confier les clés du pétrole.

– Et si on découvre à quel point c'est sec, dit Jensen, ils pourront toujours invoquer les aléas de l'exploration des puits.

– Et surtout réclamer l'exploration dans tout le Grand Nord en disant qu'on chauffe, les gars, conclut Slyngstad. Chez les vendeurs d'aspirateurs sans sac, ça s'appelle la tactique du pied dans la porte.

Hanssen restait silencieux, classant et reclassant les feuilles de papier.

– Je n'arrive pas à y croire, dit Jensen.

– C'est ton copain Huitfeldt qui va être content, se moqua Slyngstad, on est en plein dans la vacuité orientale.

– On n'est jamais déçu avec toi ! dit Hanssen d'une voix tremblante. Alors bien sûr cette petite réunion n'a jamais eu lieu. Je ne veux pas d'ennuis. Je te conseille de me confier ça, Jensen, je t'en débarrasse vite fait. Avec tout le respect, ça nous dépasse un peu.

Jensen semblait partagé entre jubilation et effarement.

– Je ne sais pas quoi faire. Je vais reprendre tout ça et réfléchir.

– Comme tu veux, dit Hanssen en détournant le regard, tu as de quoi faire sauter trois fois la coalition, mais ne joue pas à ça.

– Et pourquoi pas ?

Hanssen chercha ses mots un instant.

– Les gens ont envie d'y croire, c'est tout. Et qu'est-ce que tu veux prouver ?

Jensen le regarda d'un air mauvais, comme s'il avait fait une grossière allusion à son âge.

– Il paraît qu'on va se bâfrer ? demanda Slyngstad, diplomate, en repliant son portable.

Un taxi les emmena au Bagatelle. Ils prirent place dans le salon privé qu'avait réservé Jensen. Hanssen choisit l'agneau au thym et à l'ail, Jensen le plat de coquillages et Slyngstad le flétan grillé dans sa sauce béarnaise. Ils parlèrent imperturbablement de chasse au renne, d'amis communs et de voyages. Chacun se demandait à quoi ressemblerait le royaume après dîner.

Slyngstad, le plus goulu et le plus dilaté des trois, cala néanmoins devant le sabayon aux poires, plus par compassion inquiète que par manque d'appétit. Jetant un regard en biais à son voisin, il semblait découvrir, malgré la grande forme du vice-président, toute l'horreur de la vieillesse. Comment Jensen pouvait-il ignorer que Hanssen n'était plus le paisible divisionnaire d'il y a dix ans, vous parlant biberons, layette et vacances ? Depuis son divorce (sa femme l'avait trompé avec un collègue plus jeune), il avait substitué à l'amour une ambition féroce et chacun savait qu'il s'employait à devenir un des sous-directeurs de la toute-puissante PolEx. Pour lui, sept années à ce poste, ses sept années avant la retraite, ne seraient pas de trop pour le dédommager de ses déboires conjugaux. Jensen aurait pu poser directement les documents enrubannés dans le hall d'entrée de la Police ou sur le bureau du ministre FrP, c'eût été plus rapide et moins douloureux.

Le lendemain en fin d'après-midi, le taxi de Jensen s'arrêta devant le Bristol qu'il payait à Geir, fraîchement sorti de prison. Jensen voulait l'emmener au conseil de guerre qu'il tenait à Bygdøy, pour le présenter à Karl et lui trouver l'emploi qu'il réclamait. Il ne lui serra pas la main, le pressa de questions sur son séjour en prison, rit à ses anecdotes. Il n'osait toucher son corps de voyou, martyrisé, battu et increvable, mais à ses côtés se sentait lui-même invulnérable et canaille. En chemin, Geir l'interrogea sur le contenu des documents volés par le Hongrois.

– De la comptabilité analytique sans intérêt, répondit Jensen avec assurance.

Geir partit d'un grand éclat de rire.

– Vous ne m'en voulez pas au moins ? Je ne pouvais pas savoir. Vous n'allez pas me laisser tomber ?

– Bien au contraire, Lund. Nous allons vous trouver quelque chose aujourd'hui même.

Jensen avait besoin, pour lui, d'une place décente qui ne l'impliquât pas personnellement. L'entreprise de Marker l'avait licencié d'office, on lui devait bien ça.

Geir eut un sifflement d'envie devant les grilles de la villa des Halden.

– Vous ne vous embêtez pas, Jensen !

– Ce sont des amis d'université, Lund.

– Ça commence toujours comme ça, trancha Geir.

Karl fit bon accueil au plongeur. Geir clignait des yeux devant la prolifération des meubles. Les trois hommes passèrent dans un salon et se mirent aussitôt à envisager les diverses voies qui s'offraient. Katrin, invisible, préparait le thé en cuisine.

– Lund, dit Jensen, Karl peut vous avoir un poste de gardien de parking dans une de ses grandes surfaces. Mais ça ne commence que dans un mois.

Karl allongea ses jambes.

– Ce n'est pas le seul souci, dit Karl. Si jamais la presse apprend que tu l'as pistonné, on repart de zéro.

– C'est aussi ce que je me disais, dit Jensen.

– Combien de temps, ce poste de gardien ? demanda Geir.

– Au parking, trois nuits par semaine, répondit Jensen. Tu aurais autre chose, Karl ?

Dans la cuisine, Katrin jouait à la domestique. Elle avait disposé les trois tasses sur le plateau, essuyé les gouttes d'eau sur la théière, aligné les biscuits au gingembre. Il ne manquait plus que les serviettes et les soucoupes pour recueillir les sachets de thé de chacun. Tout était posé sur un plateau ovale argenté aux larges poignées dorées. Elle s'élança, munie du plateau, dans le large couloir qui menait à ce salon ; intriguée par le son d'une voix qu'elle ne connaissait pas, elle arriva à hauteur des portes vitrées.

Dans le feu de leur discussion, les hommes ne perçurent qu'un bruit sourd. Karl laissa Jensen finir sa phrase puis se leva lentement, traversa le salon et manqua glisser sur la flaque d'eau fumante, où gisaient couverts, assiettes en morceaux et autres douceurs. Dans le petit salon, un des quatre guéridons plaqués acajou, citronnier, palissandre, pourtant très stables, était renversé. L'onéreux vase en cristal Daum Ginkgo était brisé en trois parties égales et les fleurs fraîches de chez Kramer jonchaient une partie du parquet sensible à l'eau. Katrin avait disparu.

Affolé, Karl s'excusa auprès de ses hôtes, sortit voir. La voiture de Katrin était partie. Son M-Phone ne répondait pas. Jensen et Geir s'éclipsèrent, on reparlerait du sujet une autre fois.

Katrin roulait comme une ivrogne au milieu des rues du paisible quartier résidentiel. Elle se reprit bientôt, hantée par le visage vieilli de Geir, entraperçu en allant au salon. Elle se gara, partit s'asseoir dans un de ses salons de thé préférés, commanda un thé, s'assura que personne ne la regardait et emporta la théière aux toilettes. Au-dessus de la cuvette, elle s'en versa le contenu entier sur le pied gauche, pleurant silencieusement de douleur à ces sensations nouvelles.

Tout pouvait commencer, d'ordinaire, par une exposition qu'elle visitait seule, en semaine, de l'art contemporain morbide comme on l'aimait tant au Astrup Fearnley Museet ou au Museet for Samtidskunst. À l'heure où il était plongé dans le travail, l'image du corps massif de Karl se perdait entre des têtes de mort en sucre, des photographies de galaxies dégoulinantes de sang, des peintures ou des collages aux relents zoophiles qui l'étourdissaient et lui donnaient un sentiment dionysiaque d'élasticité, de compatibilité avec l'univers. Le soir venu, son pauvre mari se mettait à sentir le cirage, la cire d'abeilles, le détartrant. Au lit, ses attributs prenaient la couleur mate des meubles, ne dépassaient pas leur entre-deux cuisses. Aussi gorgée de sang fût-elle, la verge officielle lui paraissait rangée comme un savon, moignon d'un corps glorieux qui s'était évanoui.

Puis c'était un débat policé sur la pauvreté des migrants, organisé par ChildFlower, l'association qu'elle présidait, avec plusieurs intervenants mal habillés, aux noms imprononçables et aux odeurs poivrées. Elle y entendait des histoires de solitudes, d'exils, de viols et d'incestes directement liés à des revenus faibles, des injustices et des aberrations urbanistiques. Tout en les déplorant, elle trouvait les inégalités sociales, les mondes parallèles, les hommes souffrants particulièrement érotiques. L'envie la prenait de s'habiller en noir, couleur discrète, d'une contenance infinie. Il ne lui en fallait pas moins puisqu'elle imaginait se faire écarteler par des chevaux sauvages, se faire tresser comme une réglisse, déposer son visage et se dissoudre. Erik la conduisait alors à proximité des quartiers immigrés de l'est de la ville. Elle disait partir faire du shopping. Elle entrait dans les bars pour épier derrière un livre. Dans les braderies, elle remuait des jupes froissées et des soutiens-gorge d'occasion sous l'œil goguenard d'une Irakienne dont la main touchait la sienne en lui rendant la monnaie. Mais elle ne se sentait pas le courage de fauter dans Oslo.

Quelques jours pouvaient passer, puis l'appel de la frontière suédoise retentissait, annuel, invincible. La commande était passée, il fallait l'honorer. Katrin se paraît de ses atours, mettait ses papiers et objets de valeur dans une consigne de gare, programmait à 24 heures sur son M-Phone l'envoi d'un message d'urgence à Erik, et prenait la voiture vers la frontière, retournait dans des bars, des restaurants. Elle y rencontrait des hommes, notamment Geir, un beau spécimen, une forte carrure usée par la mer, un marin rugueux et affriolant. Elle connaissait donc déjà ce prénom, le corps qui allait avec, la peau, la poitrine, les fesses, la toux persistante. Le chemin qui menait à la maisonnette de Geir – « quel joli nom », lui avait-elle soufflé dans l'oreille – bifurquait deux fois, puis il ne fallait pas se tromper, c'était à gauche, le hameau n'était plus indiqué. Dans un bar de Marker, une ville dont elle ne se souvenait plus, il l'avait tout de suite attirée : une carrure, un teint hâlé, un mélange rare de finesse, de douceur et de violence athlétique. Au lit, dans la chambre de sa maison, il lui avait raconté l'ennui à Murmester. Il toussait beaucoup, grimaçait en bougeant une fois dissipées l'excitation et la décharge d'endorphines. Elle lui avait raconté sa vie de galeriste à Bergen, fable contre fable. Puis il lui avait joué de jolies choses au piano, elle se serait crue dans une marine teintée de nostalgie – la musique au moins ne mentait pas. Ce fut un beau moment de solitude, comme elle les imposait à sa famille pour leur bien-être à tous.

Et aujourd'hui, dans le grand salon de la villa, l'athlète au corps vieilli avait surgi, à quelques centimètres de Karl et de Jensen. Elle avait lâché le plateau, s'était cachée dans l'office pour reprendre ses esprits. Ils lui avaient toujours parlé du plongeur Lund, pas de Geir dont elle ignorait le nom de famille. Comme tous ses amants, Geir était le chaînon banni entre Karl et Jensen. Si tous les Geir qu'elle s'était dénichés s'amusaient à revenir dans leur salon, qu'est-ce qui l'empêcherait d'aller directement à Jensen ? Les trois hommes tournoyaient, se mêlaient en un torse unique. L'abîme s'ouvrait à ses pieds.

Katrin appela Karl une heure plus tard, s'assurant que les visiteurs étaient partis. De retour, elle expliqua à son mari avoir glissé, s'être ébouillanté la jambe et avoir couru chez le pharmacien. Karl contempla, horrifié, l'emplâtre de crème le long du tibia et sur le pied de sa femme.

– On ne t'a pas entendue crier, s'étonna-t-il.

Katrin grimaça joliment, le regarda avec un air de défi, comme si elle était l'homme de la maison revenu d'une lutte avec un chêne centenaire ou que Karl l'interrogeait sur sa flore intestinale. Elle était à l'abri dans sa douleur. Elle pouvait avoir l'air défait.

– Et votre réunion ?

Karl lui expliqua le dilemme de Jensen, la situation du plongeur.

– Un travail ? demanda-t-elle, espérant une sorte de prescription des faits. Mais enfin, n'a-t-il pas déjà l'âge de partir à la retraite ?

– Il doit avoir plus de soixante ans, dit Karl en posant un châle sur ses épaules. (Elle s'était calée dans une des liseuses du grand salon.)

– Kurt va à la catastrophe. S'il l'aide, il est évident que cela se saura, commença-t-elle hâtivement. Il pourrait partir en Grèce, dit-elle d'une voix flûtée, comme tout le monde.

– Apparemment, dit Karl, il voudrait travailler plus longtemps pour arrondir son pécule.

– Pourquoi pas le Nigeria ? bredouilla Katrin, submergée par la peur. (Grâce à Karl, elle ne l'avait plus connue depuis plus de vingt ans.)

– Le Nigeria ? demanda Karl en fronçant les sourcils.

– Oui, enchaîna-t-elle, c'est un plongeur, non ? Un type qui doit aimer les grands espaces. Je ne l'imagine pas enfermé dans un parking. Vous savez bien que là-bas on recrute à tour de bras pour des missions humanitaires. Il va se rendre utile.

– Éventuellement, dit Karl, étonné. Je vais lui en parler. C'est très délicat à toi de t'inquiéter.

– Pas de bêtises, chéri, sourit-elle en lui faisant passer un ballotin de chocolats.

Jensen revit Geir quelques jours plus tard à l'hôtel. Il l'emmena en voiture se promener autour de Holmenkollen-Bakken, le tremplin de saut à ski.

– Vous ne voulez pas me jeter de là-haut, au moins ? demanda Geir.

Ils déjeunèrent au Frognerseteren, où Jensen avait réservé. Le projet d'exil au Nigeria suggéré par Katrin déplut fortement à son ancien amant.

– Vous n'avez pas changé, Jensen, vous avez toujours besoin que je vous tape dessus, rit-il, c'est parce qu'il n'y avait rien d'intéressant dans le paquet du Hongrois que vous voulez m'envoyer chez les zèbres ? Désolé, en prison, même la drogue n'est pas fiable.

Au dessert, aucun d'eux n'avait plus faim, ils partagèrent une coupe glacée tout en profitant du panorama sur Oslo.

– Si vous étiez plus en forme, Lund, et si je ne devais pas prendre un minimum de précautions, je vous emmènerais bien dans une des chasses au renne que j'organise.

Geir le regarda avec une nuance de mépris.

– À moins que vous ne me payiez chaque semaine deux tribunes chantant vos louanges, je dois travailler, Jensen, je ne suis pas là pour m'amuser. Encore un peu de travail avant de devenir un petit rentier.

Puis il se radoucit :

– Si vous me trouvez quelque chose, je viendrai vous tirer dessus dans votre club de chasse, promis.

14

Land art

Mars

Jensen actionna discrètement une relation au ministère de la Santé et des Soins. En attendant mieux, il trouva à Geir un emploi temporaire sur le chantier de la dernière portion de la clôture antirongeurs, tout au nord de la frontière suédoise. Hads, le fabricant de plaines de jeux, l'embaucha et son contrat se terminerait début mars. Katrin était ravie de savoir Geir revenu aux frontières, loin de Jensen, loin de Karl.

Geir dut juste faire un détour à Oslo pour l'inscription et les formalités. Dans les locaux de Hads, l'employée, qui ressemblait à une des policières qui l'avaient arrêté, avait commencé à lui répéter très fort les mêmes mots anglais puis, entendant sa réponse à voix basse dans leur langue, s'était tue et lui avait fait signer les papiers.

Avec une trentaine d'autres, ils furent acheminés en bateau jusqu'à Narvik, dans le comté du Nordland ; de là, des engins tout-terrain les emmenèrent dans les montagnes, sur la route E10.

Le chantier itinérant rappela à Geir la cour de promenade de la prison. Les mêmes étrangers, les mêmes têtes brûlées. Il remplaçait le magasinier, responsable du stock de boulons, de planches et de pièces de rechange pour les bulldozers, les niveleuses et les excavatrices. Il avait un beau casque blanc sur la tête, il devait empêcher les pertes, les vols, le désordre au cœur de la forêt.

Occupant les mains des ouvriers comme un permis de jouir, l'essence des tronçonneuses Stihl lançait ses lames contre les anneaux de croissance des troncs. Les temps se confrontaient brièvement, la détente brutale des fossiles l'emportait sur la vie de l'aubier et du bois parfait. Puis les hommes inquiets s'engouffraient dans la brèche creusée par magie. Ils n'étaient que les exécutants du pétrole, marée noire au cœur des forêts.

Le ciel les abritait ; entre chaque coup de griffe contre la forêt boréale, chaque extraction de souche, entre les moteurs des machines et du groupe électrogène, les ondulations de la clôture qu'on déroulait, le silence faisait inlassablement irruption. Steinar, le gardien aux varices, parlait du doux anonymat de la grande ville, que dirait-il de l'anonymat des arbres ? Geir ne s'ennuyait plus ; dépaysées, ses douleurs se faisaient discrètes. Il profitait de ses pauses pour déambuler sans canne entre les sapins, s'enivrant de leur station debout.

Ils dormaient tous dans de spacieux préfabriqués rouges, posés dans des clairières. Au moment d'éteindre, Geir regardait tendrement ses collègues étrangers. Leurs yeux pétillaient comme des nœuds dans le bois. Ses agissements xénophobes n'avaient sans doute été qu'une lutte contre la solitude. Il n'y avait pas eu assez d'inconnu autour de lui.

En fin de semaine, ils allaient tous se détendre à Narvik. Savoir Marker si éloigné enivrait Geir. Il écrivit à Jensen qu'une fois rentré il serait prêt pour la chasse au renne, un véritable homme des bois.

À la télévision qu'ils recevaient dans les baraques, sur les M-Phones, le FrP avait lancé son dernier coup médiatique, festif et destiné aux jeunes, à quelques semaines du scrutin. Un pêcheur des environs dit à Geir qu'il s'était douté de quelque chose, que les prix avaient bizarrement augmenté. Toujours était-il que leur slogan « Buvez du lait ! » rebattait les oreilles de chacun. Dans des petits films de trente secondes, des groupes d'adolescents au teint rose, sur fond de fjords et de montagnes, en avalaient de grands verres. Conclusion : votez FrP. Dans les rues des villes, ils en distribuaient de folles quantités en briques, au point que les ventes en magasin fléchissaient, que les syndicats et les coopératives les accusaient d'affaiblir la filière. Des affiches géantes concluaient la séquence : on y voyait Hedda et Hallvard se baigner jusqu'aux épaules dans un bassin lacté. Comme toujours, le décolleté de Hedda était avantageux, et il s'en fallait de peu qu'on ne vît un téton émerger de la surface comme la bouche d'une fontaine. Les jeunes s'amusaient ; pour les adultes le message était clair : la blancheur immaculée, c'était la santé, la pureté, la vie au grand air. Rester une société écrémée, ne rien gober d'impur et suivre leur regard. D'après l'*Aftenposten*, les travaillistes avaient pensé répliquer par des distributions de lait cacaoté certifié feu SavannahOrg, mais s'étaient reportés sur le fromage. Ils avaient contacté le fabricant Tine et commandé quelques tonnes de *brunost* à pâte cuite au lait de chèvre, qui devait son teint basané à une légère caramélisation. Une encre comestible aurait permis d'imprimer un argumentaire percutant sur les tranches, mais Lous, le président du groupe travailliste au Storting, avait préféré que le tractage reste dans le registre non verbal.

La campagne électorale faisait moins recette, les médias se lassaient. Il était temps de passer au vote. À court terme, l'annonce de la découverte de Léviathan semblait avoir accablé aussi bien les travaillistes que les conservateurs ; la surabondance était têtue, implacable, un destin. Léviathan confirmait qu'ils étaient bien ce pays béni dans un univers de désolation, qu'ils avaient les citoyens les plus égaux, la démocratie la plus solide. Sur terre, les générations à venir se seraient damnées pour naître en Norvège. Alors pourquoi ne pas se payer l'aventure, le grand frisson que promettait le FrP ? Il fallait laisser les partis classiques, la gestion austère aux peuples anxieux n'ayant que leurs bras pour vivre.

Un troisième ours albinos était né là-haut, au zoo de Tromsø. Les gardiens l'avaient baptisé Givre, mais des spécialistes s'inquiétaient de la fréquence de cette dépigmentation. Ils y voyaient l'effet d'une pollution atmosphérique ou des radiations cosmiques. Enfin, loin de l'Europe, la roupie indienne continuait à s'effondrer, provoquant des faillites par milliers qui s'ajoutaient aux cruels épisodes de sécheresse.

Le chantier de la clôture était démesuré, à la hauteur du budget à dépenser. Comme sa finalité officielle, repousser des rongeurs, n'était guère convaincante, les autorités locales y adjoignaient progressivement d'autres utilités insoupçonnées : un observatoire de la biodiversité, un site préservé de toute pollution lumineuse pour les astronomes, un sentier de randonnée.

Hans, le chef de chantier, aimait bien haranguer ses ouvriers chaque matin, debout sur le siège de l'imposant compacteur monocylindre. Il ne voulait savoir ni pourquoi ni comment, mais il avait vite vu que Geir, n'étant ni russe, ni turc, ni finlandais, était arrivé là par des voies peu naturelles.

Son adjoint Mats, un grand brun d'une quarantaine d'années, vendait de l'alcool au marché noir, en fin de journée. Geir se souvenait de l'haleine de l'Aveugle et avait déjà trois fois refusé ses offres. Un soir, Mats ouvrit une des bouteilles qu'il voulait lui vendre et lui parla de la clôture, heureux de pouvoir se confier à un compatriote. À Bodø, dans les bureaux du comté du Nordland, les fonctionnaires Andor Vethe et Dagrun Holm pilotaient la mission. Ils étaient bien trop jeunes pour ce travail, disait Mats, mais peu importait, la loi votée leur laissait une grande marge de manœuvre, on avait l'impression que seuls le matériau et la hauteur préoccupaient Oslo. Le modèle que se donnait le comté était celui de la plus longue barrière jamais construite, la clôture antilapins érigée pour protéger une partie de l'Australie, suite à la prolifération de l'espèce au début du XXe siècle. Elle mesurait alors 3 256 kilomètres. Pour empêcher les bêtes de creuser des tunnels, une partie du grillage avait été enterrée, enduite de dérivés pétroliers comme le goudron et le kérosène pour l'empêcher de rouiller. De même, le cahier des charges accepté par Hads prévoyait que le plastique vulcanisé employé provînt du brut national. Au moins, tout leur pétrole ne partait-il pas en fumée, loin d'ici.

Les Australiens avaient patrouillé le long de leur barrière à bicyclette ou à dos de chameau. Ces chameaux sobres furent les vraies sentinelles des lapins. Ici, le comté se contenterait d'une surveillance par caméras infrarouges. En attendant, aucun ouvrier n'avait vu le moindre rat, mais ils n'étaient pas leur cœur de cible, ils avaient tous plus de trente-cinq ans. « Les rats ! Ils sont sans doute au chaud à Oslo, comme tous les immigrés », grognait Mats.

Geir regrettait de ne pouvoir rester plus longtemps sur le chantier, car trois artistes avaient débarqué la veille pour incarner la « multifonctionnalité de la clôture », comme l'avaient dit Vethe et Holm lors de leur dernière entrevue avec Hans. Ces créatifs de Trondheim et de Hammerfest avaient obtenu 4 200 mètres carrés de clôture (une longueur de 2 kilomètres). Sur cette portion, la pente était douce et la végétation clairsemée, ce qui assurait à leur œuvre à venir une bonne visibilité. Durant les premières réunions de présentation, on les sentit gênés de devoir mettre la main à la pâte avant de créer, comme le prévoyait leur statut. Manifestement ils étaient ici malgré eux, pour continuer à bénéficier de l'allocation: ils n'auraient pas demandé mieux que de rentrer peindre à l'acrylique, loin des bûcherons et des terrassiers. Le deuxième jour, ils se blessèrent aux jambes et aux bras en ramassant des rondins et se firent insulter par Piotr, le Polonais conducteur d'engins. Comme il y avait peu de possibilités de s'isoler, Havard, le plus jeune, était tombé du faux plafond d'un bungalow où il cherchait à se ressourcer. Tous trois regardaient la surface qui s'offrait à eux avec un mélange de fascination et de dégoût. Pour s'exprimer, jamais peut-être ils ne retrouveraient un tel créneau forestier. Un des rares Norvégiens du chantier s'emporta, leur demanda pourquoi ils n'étaient pas fichus de travailler dans l'agriculture biologique qui manquait cruellement de bras. Mais à leurs bredouillements on sentait que le mal était fait: telle quelle, la nature les agressait, elle avait été remplacée par les écrans et les fictions qu'on attendait d'eux. Qu'ils créent ou non, comme la plupart ils étaient irrémédiablement artistes.

Ils étaient arrivés en pensant peindre une fresque animalière, un hommage à la faune et à la flore, y compris à *Rattus* qui occuperait une place de choix. Mais dans cette éventualité, ils auraient dû broyer eux-mêmes des kilos de pigments naturels, pour éviter toute pollution. Un soir, ils décidèrent alors de s'extraire des catégories urbaines et de s'engager plus audacieusement dans le *land art*. Tout était déjà là, disait Conrad, le plus exalté, en venant fureter dans le local de Geir, la clôture du royaume devait devenir un manifeste politique, une protestation contre l'arbitraire géologique (« abattons cette terre ») et la tyrannie de tous les murs érigés de par le monde. Ils n'avaient pas dû beaucoup s'intéresser à la vie politique de ces dernières années, car ils furent gênés d'apprendre que la clôture n'était pas temporaire, contrairement à ce qui avait été suggéré lors du vote de la loi. Cela s'opposait à leur conception d'un *happening*. L'idée d'une postérité les effrayait.

Pour Conrad, ni Hads, le maître d'œuvre, ni les gouvernants d'Oslo, passés depuis longtemps à autre chose, n'étaient capables de saisir la portée de leur propre décision. La signification de la clôture variait de toute façon avec la latitude. Il était évident, continuait-il, que ce qui est politique au sud devient poétique au nord, prophylactique ici, pur événement là-bas, tantôt de droite, tantôt de gauche, barrant le passage à des rongeurs, à des hommes ou à des pommes de pin.

Il n'y avait pas de mystère. Si les créatifs ne voulaient pas broyer leurs pigments, les principaux matériaux qui restaient à leur disposition étaient la terre, les racines, les souches et les grumes, plus deux heures par jour de disponibilité des engins. Comme le titulaire qu'il remplaçait revenait le lendemain, Geir ne put en savoir davantage que le vague projet de Conrad d'empiler les grumes sur la clôture pour en faire une pyramide fraternelle, un poste d'appâtage qui permettrait une rencontre des *Rattus* du monde entier, loin des hommes.

Sans parler du coût et des grues supplémentaires à mobiliser, Geir doutait que le comté acceptât l'idée en l'état. Il dut les laisser entre eux discuter de l'avenir. Il reviendrait dans un foyer de travailleurs d'Oslo, attendrait que Jensen lui offre à nouveau une évasion.

Quand Geir vit les larges épaules de Jensen se dessiner devant le comptoir d'embarquement du petit aéroport de Narvik, il faillit ne pas le reconnaître – l'élégant ingénieur lui offrait tout à coup le visage de ses filles, de son père inconnu, d'un homme à ses côtés. Geir fit des efforts pour bougonner. Jensen avait découvert que Geir avait habité à Stavanger et lui proposait d'y faire un petit détour avant de revenir aux choses sérieuses, à Oslo. L'avion les sortit du cercle polaire et ils passèrent deux jours dans la ville natale de Jensen. Tous deux habillés de prétentieuses vestes de marin, ils visitèrent le musée de la Conserve, dédaignèrent les pilotis du musée du Pétrole. Jensen lui montra l'emplacement de sa demeure natale, démolie depuis longtemps, Geir la façade ravalée de son ancienne maison familiale. Jensen préférait ne pas aborder la question de sa famille engloutie. Il lui posait des questions sur ses douleurs articulaires. Geir lui répondait qu'elles le rajeunissaient, qu'il se sentait comme un enfant découvrant jusqu'où l'on peut souffrir. Il trébucha et tomba par deux fois sur la digue, non loin de l'eau, mais Jensen resta inerte et interdit devant sa masse, et Geir se releva sans mot dire. Jensen répondait à quelques appels téléphoniques concernant sa candidature. Une fois, il raccrocha d'un air soucieux puis demanda à Geir si, « toutes choses égales par ailleurs », il voterait pour lui. « Certainement pas, Jensen. » Puis ils allèrent dévorer des platées de poisson dans le vieux port, devant une mer d'huile.

De retour à Oslo, Jensen, sans même passer par un psychiatre, obtint à Geir un rendez-vous avec Hegre, un des meilleurs rhumatologues à l'hôpital de l'université. Geir renâcla, habitué à ses souffrances et échaudé par le corps médical. La visite avait lieu à 17 heures, un jeudi, et Jensen tenait à accompagner le malade. À 17 h 15, le médecin n'était toujours pas apparu et Jensen le prenait personnellement. « Pas de cirque, Jensen, ma vie ne va pas devenir un miracle parce que vous êtes là. » Ils furent enfin appelés. Jensen s'entretint quelques instants avec Hegre, puis lui confia son protégé.

La salle d'attente était agrémentée de quelques plantes vertes, d'une table basse débordante de revues où s'affichaient rois et reines en puissance. De quart d'heure en quart d'heure, la nuit tombait. Les deux jeunes secrétaires médicales, inutilement affriolantes en cette terre d'arthrose, lui proposaient régulièrement thé ou café, en vain. Jensen répondit aux premiers appels qu'il reçut, à Sonya, puis se contenta de regarder défiler les noms des correspondants, ses chances de grande vie après la Norges Bank. Le cadre de l'hôpital, qui d'ordinaire l'apaisait, commençait à l'étouffer. Il n'avait jamais eu affaire à la rhumatologie et craignait soudain d'entrer dans son champ d'examen, redoutait qu'on ne lui trouvât un quelconque symptôme, en plus des spéculations sur son cœur. Que lui faisaient-ils si longtemps ? Lui revenait à la mémoire le pavillon des cancéreux, à quelques centaines de mètres de là, où le bas-ventre de Nagell s'était décomposé. Il laissa passer l'heure de deux réunions, prit son manteau pour se rendre à la troisième, voulut toquer à la porte du médecin, mais en fut dissuadé par les gros yeux d'une des jeunesses. Soupirant, il voulut partir, renoncer à voir Geir s'extirper des griffes de Hegre. Il donna son numéro aux secrétaires. Il s'arrêta finalement à l'étage du dessous, s'installa dans l'espace d'accueil du service d'hématologie clinique. Il avait besoin d'attendre ailleurs. Il avait fait les sièges de la stomatologie et de la virologie quand on lui signala la sortie de Geir. Jensen l'entraîna dans le hall, prit dans ses bras sa carcasse et pleura sans honte. Touché par l'eau des larmes, Geir tentait de se dégager : « Vos ambitions vous mettent dans des états lamentables, Jensen. »

15

Coquillages

Jensen se laissa de nouveau happer par ses affaires. Il avait espéré que le petit dîner des membres du club de chasse au renne dissiperait sa méchante humeur, mais tout semblait se liguer pour lui signifier sa lente éviction du cercle des puissants. Le ministre Odd s'était fait excuser, alors qu'il était le clou de la soirée et que les convives s'attendaient à quelques croustillantes indiscrétions en fin de repas. La désignation officielle des deux nouveaux membres du comité Nobel devait avoir lieu dans quelques semaines. Jensen n'avait pas réussi à écarter sérieusement la candidature de Berit Meier, qu'il soupçonnait d'être le candidat officieux du FrP. Sans trouver de solution, il se demandait comment et auprès de qui monnayer les documents explosifs sur le pseudo-Léviathan, son filleul mort-né.

Le dîner au Bagatelle donna droit à du réchauffé et à quelques évidences. Lancée par Jan, le directeur au ministère des Finances, la pétition de hauts fonctionnaires anonymes mettant en garde contre une nouvelle chasse aux sorcières était parue sans émouvoir les leaders d'opinion. Elle fut reprise en brève par deux journaux et fournit matière à une chronique humoristique matinale à la radio. Par ailleurs, Jan avait eu un contact avec Paris et confirma que, si l'inscription du Fonds au patrimoine mondial de l'Unesco n'était pas encore promulguée, depuis la perte de SavannahOrg elle ne faisait plus de doute pour le comité intergouvernemental. Les conservateurs, se moqua Jensen, avaient réussi à placer en lieu sûr, à l'étranger, Sagesse et Modération, deux vieilles dames en promenade sur les quais de la Seine. Elles liraient des nouvelles du pays assises sur un banc et mourraient bien sèches au soleil. Le dîner terminé, il prit un taxi, se fit déposer à l'entrée du Jardin botanique. Il aimait rentrer dans la nuit, traverser la pénombre végétale et se retrouver dans ses grands espaces éclairés d'eau. Il salua à peine le gardien, occulté par une muraille de livres anglais, français et allemands.

Le lendemain en fin d'après-midi, maussade, il prit part à un nouveau conseil de guerre avec les Halden. Katrin était mutine, charmeuse, sa jambe ébouillantée guérissait rapidement. Elle prenait plus de temps pour embrasser Jensen. Sa souffrance librement consentie avait suffi à l'alléger, à effacer la liste d'amants annuels qu'elle s'octroyait. Elle se considérait à nouveau sans reproche. À force de gâteaux, de thé et d'attentions délicates, minaudant comme devant un objectif, multipliant les remarques et les suggestions, prenant à cœur comme jamais les affaires de Jensen, Katrin s'était imposée dans leurs spéculations hebdomadaires. Concernant Geir, elle eut assez de bon sens pour ne pas évoquer à nouveau le Nigeria.

Chaque semaine, Jensen voyait Geir et lui faisait un petit compte rendu de ses tractations. À ses côtés, Jensen ne semblait plus croire à l'innocence nécessaire pour être reçu au comité Nobel, mais s'en inquiétait moins. Karl le réconfortait, l'assurait que les semaines restantes étaient décisives. Katrin jugea le moment opportun pour revenir sur le cas du plongeur. Que voulait-il ? De l'argent et un travail tranquille au grand air. Le chantier de la clôture lui avait plu. Or le *pool* de recrutement de l'industrie pétrolière proposait trois emplois de magasinier, deux à Frøy, le dernier à Ekofisk. Jensen et Karl s'étonnèrent de son zèle. Pour l'occasion, Katrin exagéra l'influence de son poste de présidente d'honneur de ChildFlower, laissant entendre que tous les déshérités étaient ses enfants.

– Ekofisk ? soupira Jensen. Il n'acceptera jamais. C'est là-bas qu'il a plongé pendant six ans, avec le résultat qu'on sait.

– Tu oublies une chose, chérie, ajouta Karl, je vois mal les DRH et la PolEx accepter la candidature d'un repris de justice.

– Pas si cette candidature est appuyée par Kurt, enfin ! s'exclama Katrin, proche du but. Pas si le repris de justice est quelqu'un à qui on doit certains égards.

– Je vais essayer de ce côté, dit Jensen, au grand étonnement de Karl. Ce type mérite mieux qu'un travail de tâcheron. Mais je doute qu'il accepte, Ekofisk ou pas.

– Oui, dit Katrin, ce type mérite mieux. En tout cas, je ne l'imagine pas en ville, il serait malheureux.

– Je ne veux pas qu'il soit malheureux, dit Jensen, comme s'il s'entraînait à la remise d'un prix.

– La plupart des gens ont besoin de plus d'amour qu'ils n'en méritent, dit-elle d'un ton définitif à Karl qui la dévisagea, pétrifié.

Quelques minutes plus tard, Sigrid débarquait dans le petit salon, les bras chargés de DVD qu'elle devait rendre à son frère.

– On conspire ? lança-t-elle à la cantonade.

Elle embrassa Karl, Jensen puis sa mère. Ses joues étaient fraîches, la pensée de l'infirme à caser s'éloigna des esprits. Katrin trouvait que l'amour – ou sa docilité du moment – la rendait belle.

– Tu es toute mignonne, ma chérie ! Tu veux quelque chose ? On avait fini de toute façon, dit-elle, se dispensant de l'approbation des hommes.

Sigrid, voyant Kurt sur le départ, proposa de le raccompagner.

– Sois gentille, ton parrain a des soucis, lui souffla Katrin.

Ils allèrent dans un salon de thé à la devanture de mercerie. Jensen avait l'air hagard. Le serveur prit la commande de deux thés, leur apporta un échantillon de pain et viennoiseries et s'éloigna. Jensen faisait mine de découvrir les prix sur le menu et de se mettre à la portée de Sigrid.

– Pourquoi tout est si cher chez nous ? minauda-t-il.

– Ce n'est pas cher, Kurt, dit Sigrid tout en confectionnant une tartine de beurre, c'est *the most expensive country in the world* ! Tu as l'honneur et l'avantage de manger le pain, la confiture, le thé les plus chers du monde... Encore un peu de fric ?

Elle lui tendit la tartine beurrée.

– Voilà, mange, conclut-elle, c'est cher, donc c'est rare, donc c'est bon.

– Merci bien, répondit-il en esquissant un sourire, en ce moment, je n'ai aucune appétence pour le gras. Je me sens éléphant, juste des fruits et des légumes.

Sigrid eut une moue de dépit.

– Quel dommage, tu as de si belles dents ! Je suis heureuse que tu ne sois pas un éléphant.

Il la regarda avec tendresse, tandis que les deux tasses fumantes arrivaient sur la table.

– Et pourquoi donc ?

– Durant la vie entière d'un éléphant, poursuivit-elle avec enjouement, six molaires se succèdent par demi-mâchoire. Lorsque la dernière molaire est complètement usée, elle empêche toute mastication, et l'éléphant meurt.

– Et alors ? demanda Jensen, que ces détails inquiétaient malgré lui.

– Imagine le corps de l'éléphant : 4 ou 5 tonnes, une peau de 3 centimètres d'épaisseur...

– J'imagine très bien, dit-il en retirant de l'eau son sachet de thé.

– Et cette trompe qui sait cueillir l'herbe, et ce corps en pleine santé, qui pourrissent à cause de la bête usure d'une seule molaire. Aucune synchronisation !

– Ce qui prouve que la vie est une question de flux, pas de stocks, trancha Jensen, avec sa perspicacité de gestionnaire.

– Tu n'as rien compris à la tragédie de toutes ces matières qui s'ignorent alors qu'elles font partie d'un même corps, sourit Sigrid en secouant la tête.

– Peut-être... Et Henryk ?

– Un trop grand homme pour moi, chuchota-t-elle.

L'œil de Jensen étincela.

– Et sinon ? demanda Sigrid. C'est pour quand le Nobel ?

– Pas pour demain, grimaça Jensen, il y a un abcès de fixation sur la serre. C'est grotesque, la presse s'acharne là-dessus, c'est leur petit fait vrai.

– Ça passera, j'ai lu des choses pas très flatteuses sur Berit Meier, ton concurrent. Le tour des autres va arriver.

– Ce serait bien de ne pas être le moindre mal.

– Tu seras mieux que ça.

– Que Dieu t'entende, ma belle.

Pour la troisième fois, un huissier proposa à Henryk un verre d'eau, une bière ou une petite collation, vu l'heure. Henryk aurait aimé qu'on baissât la musique d'ambiance du couloir. Il avait rendez-vous à 11 heures avec le ministre du Pétrole et de l'Énergie. Il était bientôt midi et demi, l'heure du repas. Le chef de cabinet, un petit brun agité, venait régulièrement le voir et l'apaiser, comme si cela avait été sa mission du jour.

– Vous savez que M. Lorenzen attache la plus grande

importance à ce rendez-vous. Cette réunion n'en finit pas. C'est incompréhensible.

Puis il virevoltait sur ses talons et disparaissait.

Le ministre était FrP, et alors ? Henryk allait lui exposer son cas de conscience, lui montrer que cette fois, avec l'indulgence accordée à la NAE, le camouflet était trop fort, même s'il avait accepté de rédiger et de signer la note.

À l'heure dite, il tenait prêtes une vingtaine de phrases bien senties, ni désobligeantes ni insipides. À présent, près de trente se bousculaient, à la fois plus mielleuses et plus acides. Il estimait qu'avec le retard on lui devait une entrevue plus longue et plus attentionnée.

– Je vais peut-être aller manger, suggéra Henryk lors de la réapparition du chef de cabinet.

– Pensez-vous ! Au contraire, il va arriver d'une minute à l'autre. On ne va pas vous laisser sécher sur pied.

Le fonctionnaire prit discrètement sa veste et rejoignit le flot d'employés montant à l'étage de la cantine du tout nouveau site « passif » du ministère, conçu pour ne rien consommer, selon les normes les plus strictes, à l'aide de tuiles solaires, d'isolation Thermos et de mini-éoliennes. Le pétrole se ferait brûler ailleurs, au prix fort.

Le ministre allait-il le recevoir sans son chef de cabinet ? Un quart d'heure s'écoula, la musique s'était envolée et Henryk s'absorbait dans la contemplation de ses mains. Une secrétaire passa lentement, le regardant avec des yeux complices – mais de qui et de quoi ? Deux jours auparavant, le lapin nain de Sigrid s'était échappé par la fenêtre de sa cuisine. Henryk l'avait cherché une heure durant, à la tombée de la nuit, et n'osait encore lui en parler. La faim le ferait sans doute revenir, s'il ne se faisait pas dévorer par un prédateur. Dès la première minute chez lui, quand la bête jaune sortit de son carton, détala et traversa par petits bonds le carrelage de sa salle de bains, il avait senti son esprit trop vaste et trop lâche pour un problème aussi local, aussi peu attesté dans la littérature déontologique qu'un lapin.

Dans le couloir du ministère, le béton peint du sol reflétait grassement la lumière des baies vitrées où se découpait un rideau de plantes vertes. Les finitions sentaient encore le neuf. Le long des murs étaient accrochées des photographies de plates-formes du royaume, d'équipes étrangères, d'enfants hilares dans les bras d'ouvriers casqués de rouge et de vert.

Un jeune employé approcha, finissant d'avaler une barre chocolatée. Henryk l'interpella :

– Savez-vous où est M. Brantenberg ?

– Le chef de cabinet ?

– Oui.

– Il ne va pas tarder, lança-t-il en poursuivant du même pas.

Ne pas tarder semblait tenir lieu de présence. Dix minutes s'écoulèrent encore. Henryk, la bouche pleine de plaintes et de justifications, ouvrit une porte et se dirigea vers ce qu'il pensait être le bureau du ministre. Effectivement, les pièces étaient plus spacieuses, la moquette plus soyeuse, la décoration plus recherchée. L'étalage de paperasserie et de fournitures diminuait spectaculairement. Dans le deuxième bureau, on ne voyait plus traces d'agrafeuses, de Post-it, de tableaux aimantés, de posters, de cartes postales de Méditerranée. Dans le troisième, deux grandes tables ovales se faisaient face, la lumière était délicatement tamisée par des rideaux bleutés, les ordinateurs ultra-fins n'étaient reliés à aucune imprimante et on avait du mal à trouver des prises de courant. Pas non plus de corbeilles, comme si le droit à l'erreur et l'erreur elle-même avaient disparu.

Enhardi, Henryk poussa la double porte de la dernière

pièce, à l'angle de l'immeuble, l'antre du ministre. Le premier regard était désorienté, car aucun des meubles ne touchait le sol. L'immense bureau design en merisier avec lampe intégrée, couvert d'un grand repose-main et de quelques stylos plume, sortait du mur comme une langue. Les fauteuils flottaient au bout de bras d'acier scellés dans la maçonnerie, et les deux tables basses pendaient du plafond comme des chevaux de manège. Une grande collection de coquillages gris, roses et bleus, principalement des columelles et des nautiles, s'égrenait sur une étroite étagère qui faisait le tour de la pièce, à hauteur d'épaule. Avec leurs orifices, ils étaient les seuls objets dotés d'intériorité – le bureau non plus n'avait pas de tiroirs. Le sol, représenté par une moquette verte et grenat, semblait lui aussi passif et économisé. Un mécanisme ingénieux devait permettre au ministre d'arriver sans mettre pied à terre, portant simplement à son oreille tel coquillage qui lui racontait le gargouillement des fonds sous-marins, tel autre lui chuchotant l'état des marchés de la planète. Dans cette pièce se calculaient sans doute aussi les prix des Norvégiens enlevés, selon les régions, les circonstances et le rendement du Fonds. Le grand homme assimilait tout sans en laisser traces ni reliefs.

Henryk se sentit presque honteux de souiller cette paix. Il revint dans son couloir, attendit encore quelques minutes puis partit.

Affligé d'une migraine, Kurt Jensen avait écourté un dîner avec d'anciens membres du conseil d'administration d'Aker Solutions et ouvert la porte de sa serre bien plus tôt que prévu. Était-ce la raison pour laquelle les pristellas, les *Tetras* aux yeux rouges, les *Tetras cardinalis* et même les cœurs saignants, tous poissons grégaires et paisibles, avaient disparu des aquariums du salon ? Même quand l'un d'eux mourait dans une des pièces, ils ne désertaient pas à ce point.

La lumière des aquariums suffisait à délimiter la pièce, à révéler la marine au-dessus des canapés, et à teinter de couleur laiteuse les feuilles lancéolées des bambous. Après s'être déchaussé, Jensen gagna la salle de bains pour y prendre un cachet. Il détestait la migraine. Il savait que, demain, ses selles seraient brouillées, illisibles, pires qu'un marc de café. Il n'allait pas pourrir par la tête, gâcher tout son corps comme l'éléphant de Sigrid. L'absence des poissons ajoutait à sa contrariété : sans eux, l'eau semblait ne plus circuler et son crâne le tourmenter davantage. À peine assis sur le rebord de la baignoire, il eut un petit sourire. Il se releva et commença paisiblement à faire le tour des pièces.

Lund, seul Lund pouvait séduire à ce point les poissons. « Lund ! cria-t-il en entrant dans la cuisine, vous pourriez vous annoncer, mon vieux ! » Personne ne paraissait. Une petite dizaine de *Tetras cardinalis* firent irruption dans l'aquarium du dessus de la porte du dressing, mais les centaines d'autres ? Étaient-ils repartis en Amérique centrale ? La migraine s'amplifiait de minute en minute. Tourner en rond à chercher les poissons rétrécissait sa serre. Et c'était de cela qu'on se faisait les gorges chaudes ? Cette cabane de verre allait-elle l'empêcher d'accéder au Nobel ?

Recevoir le coup sur l'arrière de la tête eut d'abord le goût d'un remède souverain, offrant un véritable soulagement, mais Jensen n'eut pas le temps d'en profiter pleinement, de le relier à un quelconque projet. Il n'eut pas le temps de profiter de quoi que ce soit, ni d'avoir le mot de la fin, ni de ciseler une dernière parole, ni d'esquisser un plan détaillé de ses Mémoires, ni de faire le deuil de lui-même ou de se regretter. La seconde avait fait une farce au petit siècle qu'il se promettait : on lui épargnait les années de coquetterie entre soixante-dix et quatre-vingts ans, les années de gravité pontifiante entre quatre-vingts et quatre-vingt-dix ans, l'examen de la couleur de milliers de selles, le danger de faire vieux, le décorum du déclin. Il eut simplement le temps de constater la précipitation avec laquelle quelqu'un lui donnait la mort – la fraîcheur de l'impact, la joie furtive, peut-être partagée avec son agresseur, de finir en pleine santé. Rien n'avait pourri en lui. Le coup prouvait que la mort était restée dehors, il venait de loin, plein de sève, de savoir-faire, de superlatifs. Un tel coup était le dernier clin d'œil complice que lui faisait la vie – Jensen aurait pu parvenir à cette conclusion, mais, inanimé, il n'était déjà plus qu'un jeune enfant réclamant la parole sans avoir rien à dire.

On ouvrit le couvercle du plus grand des aquariums du salon. Le corps fut tassé laborieusement dans l'eau pâle. La tête saignait abondamment et le liquide se répandit rapidement dans les milliers de litres du réseau.

S'il avait pu garder les yeux ouverts malgré le coup fatal asséné par un instrument contondant, Jensen eût été satisfait de l'affluence à son enterrement, une semaine plus tard. Bravant la pluie fine, près de cent personnes s'étaient rassemblées au cimetière de Voksen, sans compter la dizaine de journalistes appâtés par la personnalité du mort et les modalités de la cérémonie. À la radio, Lindstrøm elle-même eut un mot de condoléances, qui lui permit de rappeler que l'insécurité à Oslo exigeait des mesures plus audacieuses que ce que permettait le cadre de la coalition.

D'un regard, Jensen aurait mis un nom sur la plupart des visages cachés par une mer de parapluies noirs. Un des directeurs du ministère du Pétrole et de l'Énergie représentait le gouvernement, rendant hommage à l'ancien directeur de cabinet d'un Premier ministre. Le président de StatKraft en personne avait fait le déplacement, flanqué de deux directeurs généraux. Le gouverneur de la Norges Bank, à l'étranger, s'était fait représenter par Ihme et Fossedal, entourés de l'ensemble du conseil de surveillance, dont Inger l'ambigu et Reidar le grossiste. Tønseth, par discrétion professionnelle, s'était abstenu de paraître. Un représentant du Petroleum Directorate avait fait le déplacement, comme si, après avoir baptisé un champ, mourir avait été le mieux à faire. On comptait encore une dizaine de membres du cercle de chasse et d'autres coteries où Jensen s'affichait, un échantillon des conseils d'administration dont il avait été membre. Voûté, Henryk ne se sentait plus de parrain, de passé ; il croyait devoir se tenir au côté des intimes : Sonya, qui portait de grandes lunettes noires, Jan et sa femme Ingrid, et Hanna, la secrétaire, enfin Sigrid, Karl et Katrin, abrités sous un large parapluie gris. Geir Lund, pour l'heure principal suspect, était resté dans un foyer de travailleurs, sous surveillance judiciaire.

Dans son duffle-coat brun, le commissaire divisionnaire Hanssen se tenait à l'écart, trempé, attristé et inquiet pour sa carrière. Le témoignage du gardien et les premiers éléments de l'enquête parlaient indistinctement d'un règlement de comptes entre membres du club de chasse dont Jensen était président, ou d'un cambriolage qui aurait mal tourné, ou de la vengeance du plongeur que Jensen avait fait témoigner en sa faveur. Hanssen craignait que les enquêteurs ne fassent le lien avec la pomme de discorde, les documents dérobés et récupérés on ne sait comment par la victime. En révélant l'affaire à la PolEx, Hanssen imaginait que Langemyr prendrait courtoisement langue avec Jensen, et non pas qu'il lui arriverait malheur. Tout cela sentait le roussi pour son avancement et ce poste en or de sous-directeur. La PolEx était pourtant *the place to be*.

Le reste des amis de Kurt Jensen l'avait devancé sous terre. Selon ses volontés écrites, son corps avait été incinéré, rassemblé dans une urne à destination de la parcelle du cimetière concédée à l'association Bifrost, qui regroupait quelque 5 000 fervents de mythologie nordique. Les pontes du royaume furent donc contraints de se masser inconfortablement devant le grand drakkar de pierre élevé par les adeptes de Thor et d'Odin, qui renfermait déjà les cendres d'une petite centaine de défunts. Par pudeur, l'antique bière des Vikings avait été bue et les anciennes poésies nordiques lues avant l'arrivée des non-pratiquants. Ainsi Kurt Jensen s'était-il assuré de toujours faire partie d'un cercle d'initiés.

Henryk, de retour dans sa *hytte*, tomba sur un reportage rappelant le parcours exemplaire du mort, ingénieur, chef d'entreprise et grand commis de l'État. Il sanglota en voyant les images impudiques de la serre que Jensen s'était fait aménager au Jardin botanique. Le confort ambiant, les tableaux – deux avaient été dérobés – étaient complaisamment filmés, et la presse populaire ne s'était pas lassée de photographier le cadavre de l'hydraulicien flottant dans l'eau noire de ses aquariums hors de prix. Henryk avait pris sa décision : il démissionnait de la Norges Bank et réintégrait l'Université, sans même attendre le résultat des élections.

16

Buffet à volonté

Sigrid se posa sous les baies vitrées de la salle du centre de documentation de la Norges Bank, lieu idéal pour cuver un réveil brutal, suite à une nuit d'insomnie. Le fantôme de son parrain hantait les lieux. Un portrait encadré de noir avait été placé dans le hall ; on avait fermé la Banque une journée entière, et une veillée commémorative s'était tenue quelques jours plus tôt en l'honneur du vice-président. Les chroniqueurs de la radio publique avaient accusé la presse à scandale et la télévision d'avoir diffusé des images du domicile de Jensen, au moment de l'annonce de sa candidature au comité Nobel. Ce voyeurisme aurait ainsi livré le domicile en pâture aux curieux, aux rôdeurs, aux criminels. Sigrid était sans force ; les messages navrés, emphatiques de Henryk s'accumulaient sur sa messagerie sans qu'elle y réponde. Revenus en quelques heures à leurs manœuvres électorales, les médias et le royaume tout entier lui semblaient obscènes.

Pour se changer les idées, elle cherchait en vain une dépêche, un article, une brève, mais, comble de malheur, leur action de sabotage de la clôture antirongeur n'avait eu aucun écho. Quelqu'un s'en était-il même aperçu ? Leur petit groupe n'avait sans doute pas compris que la classe politique était depuis longtemps passée à autre chose, que la clôture n'était plus qu'un pensum administratif. La cible avait été mal choisie, faisait valoir Nils, trop perdue, trop forestière. Pour défendre les damnés de la terre, il fallait plus d'éclat. Martin, dépité, parlait de conspiration et n'avançait en rien dans le cœur de Sigrid.

Vers 11 heures, Sigrid était studieuse, la tête entre les mains, à moitié cachée par les revues américaines qui avaient succédé à la presse locale, ses cheveux blonds mi-longs ramenés en arrière par une pince papillon. Son M-Phone sonna, c'était Katrin.

– Maman ? Ça va ?

– On s'occupe, ma chérie, dit-elle d'une voix incertaine. Est-ce que midi et demi t'irait aussi ? Parce que dans ce cas Erik a appelé, ils ont deux places chez…

– Maman, c'est l'heure ou c'est le lieu que tu veux changer ? répondit posément Sigrid, lassée de ses manœuvres naïves pour obtenir gain de cause, manger chez Balouchian, le restaurant le plus chic aux abords de la Banque, plutôt que chez Forno, l'italien des étudiants.

– Pas du tout, on fait comme on a dit, dit Katrin d'un air dégagé. Tu veux aller à la pizzeria, on ira à la pizzeria.

– Ça te changera.

– Chérie, je ne sais pas si j'ai besoin de ça en ce moment. Tu as réservé, au moins ?

– On ne réserve pas, désolée.

– À la guerre comme à la guerre !

L'heure était venue. La Mercedes attendait à la sortie de la banque. La pizzeria était à deux pas, mais Katrin força Sigrid à entrer dans la voiture. Il faisait vraiment trop froid. Erik les abandonna deux cents mètres plus loin et elles entrèrent dans le restaurant. Depuis le fond de la salle décorée aux couleurs italiennes, se faufilant parmi les tables où trônaient bouteilles de vin, bouteilles d'huile pimentée et paquets de gressins, un serveur aux cheveux coupés ras vint à leur rencontre.

– Mesdames, bonjour ! Vous avez ici deux places, et je vous laisse accéder au buffet à volonté…

D'une main molle, le serveur désigna une large table couverte de nombreux *antipasti*, de parts de pizzas rutilantes sous des lampes à bronzer, de trois vasques de mousse au chocolat encore intactes, d'une corbeille de petits pains, de six saladiers remplis de *penne* aux poivrons grillés, de spaghettis *carbonara* et de petits raviolis. Sur une desserte trônaient enfin une profonde salade de fruits barbotant dans du sirop et un large plat de *tiramisu*.

– Un buffet à… s'étonna Katrin, habituée à une nourriture statutaire juchée au centre de l'assiette. C'est original, ça, ma chérie.

Le serveur conclut son entrée en matière en regardant fixement un des angelots grassouillets peints aux coins du plafond.

– Notez que le *carpaccio* de bœuf est disponible sur demande uniquement, conformément à la loi. C'est un plat déconseillé aux enfants, aux personnes âgées et aux personnes sensibles.

Le restaurant se remplissait et deux hommes en costume attendaient derrière elles. Elles s'assirent à quelques mètres de la vitrine, dans la zone ingrate, sans nappes ni plantes vertes. Katrin cachait ses yeux rouges derrière de grandes lunettes noires Dior. Sa voix déraillait plus encore qu'au téléphone. Sigrid lui prit la main. Elle n'avait jamais vu sa mère aussi affectée. Elles restèrent silencieuses dans le brouhaha. Katrin se sentait veuve de Jensen, du parfait soupirant qu'on se plaisait à garder près de soi. L'aura de Tønseth, le thérapeute qui reliait leurs secrets, en avait pâti. Elle avait manqué des séances et ne parlait plus aussi volontiers. Au nom de qui prendrait-elle désormais des amants ? Elle ne pouvait s'empêcher de voir en Geir l'oiseau de mauvais augure, l'instrument d'une injuste punition.

Sigrid posa ses affaires, se leva et se dirigea vers la pile d'assiettes. Elle se servit et revint s'asseoir. Elle attendit le retour de sa mère pour commencer.

– Comment a été ta matinée ? demanda Katrin.

– Correcte…

Katrin reprit son souffle avant de se lancer.

– On a un peu réfléchi avec ton père (et cela annonçait des décisions mûries par elle seule). Il vous faut respirer, faire une pause.

– Qui ça, « vous » ?

– Henryk et toi, ma chérie. Vous avez tous les deux beaucoup perdu. Faites-vous plaisir, on vous offre une semaine sur la côte. Il y a deux ou trois maisons superbes, regarde déjà celles-là, dit-elle en se baissant pour fouiller dans son Vuitton.

– Je ne pense pas que Henryk puisse prendre de vacances.

– Il peut, je lui ai posé la question. Regarde ce descriptif, dit-elle en sortant une brochure de huit pages et en repoussant du coude son assiette. Évidemment, il y a plus de place chez Balouchian. Ce n'est pas toujours contre toi que je te fais des suggestions, ma chérie, tu vois bien.

– Tu fais avancer les choses, maman, dit Sigrid.

– Tu reconnaîtras…

– C'est formidable comme tout s'arrange avec toi.

Katrin lui lança un regard inquiet et poursuivit :

– Celle-là, avec la piscine en sous-sol, elle est magnifique ! Mais c'est vous qui choisissez, évidemment. Sinon il y a celle entièrement en bois, je ne sais pas si tu aimes…

– Maman, je pars au Nigeria.

Katrin referma lentement les pages de papier glacé, et ses doigts lissèrent nerveusement la pochette.

– Au Nigeria ?

– En mission humanitaire.

– Je comprends que tu veuilles changer d'air, chérie…

– Merci.

C'était un affront personnel que lui faisait sa fille. D'instinct, Katrin se chercha des alliés.

– Je ne pense pas que la Banque te laisse partir, ma chérie.

– Je leur ai posé la question, ils me laissent partir.

– Tu as parlé de Kurt, sans doute. Tu les as apitoyés. Tu profites des circonstances. C'est bien.

Katrin enleva ses lunettes, laissant voir ses yeux gonflés, ses quelques cernes. Elle se leva et alla se resservir des *antipasti* à volonté. Sur le point de voir un de ses enfants lui échapper, elle ne résistait plus à la profusion offerte. Avec l'âge, elle perdait peu à peu ses mensurations idéales, avoisinait les soixante kilos.

Depuis quand n'avait-elle pas vu d'inconnus tourner autour d'un buffet, convoiter sa nourriture ? Elle se sentait menacée et sommée d'affirmer son territoire. Elle reprit une quatrième part de pizza, la tranche de melon qui restait, alors que rôdait la main d'une femme corpulente en robe à fleurs. Elle cala un peu de tomates *mozzarella* au bord d'une de ces assiettes assez petites pour que les plus timides n'osent se déplacer dix fois de suite, assez creuses pour que les plus gourmands craignent de voir s'emmêler les goûts, les sauces et les textures. On jouait ainsi à faire passer son assiette par-dessus celle du voisin pour gagner un point de protéines. Katrin regardait les autres par en dessous comme le zèbre de la savane lapant l'eau d'une flaque. Qui part aux melons perd de la mousse, qui racle le gratin de courgettes est exclu des mini-artichauts à l'huile.

Katrin alla chuchoter un mot à l'oreille du serveur dédié au buffet. Il renouvela les plats avec lenteur, s'appliquant à être le dernier informé de l'état des lieux et le premier surpris par l'appétit hivernal de milieu de journée. Les clients – la dame en fleurs, Katrin, un couple de sportifs suédois, un garçon de dix ans, trois adolescentes aux cheveux frisés – avaient du mal à contrôler leurs gestes, l'ambiance était à une incivilité douce mais ferme, on cherchait l'emplacement d'où les bras pourraient balayer la plus grande variété de plats, les droitiers s'essayaient à leur main gauche, on tentait de saisir du sphérique avec des cuillers et de soulever du plan avec des fourchettes, on s'excusait mollement d'avoir gagné, à une seconde près, le droit de cuissage sur le plat qu'on pouvait vider à volonté, on rebondissait immédiatement ailleurs si l'on avait perdu l'escarmouche locale. On était privé ici et on privait là. Tout était si cher au royaume, se souvenait soudain Katrin.

L'heure tournait, d'autres faisaient irruption, ils avaient faim, les ratisseurs devenaient minoritaires, la pression des nouveaux augmentait, ils étaient sincères, innocents et agressifs, sûrs de leur droit en cas de litige et de retour de la rareté. Mais dans leurs rondes, les goinfres allaient directement aux bonnes choses, avaient déjà cuillers et fourchettes, savaient ce qui dérapait au fond de l'assiette et ce qui adhérait, ce qui s'affaissait si on y posait quelque chose et ce qui résistait, les associations de goûts tolérables, les déplaisantes. Ils savaient s'asseoir peu, rester debout, manger vite, se faufiler de profil entre deux balourds pour reprendre une galette de polenta. Ils connaissaient la topographie du terrain, avaient dans la peau le rythme d'arrivée des plats, avaient repéré la porte d'où ils surgiraient et les emplacements où ils seraient posés. Car, quand bien même l'abondance eût duré, le temps de chacun pour en jouir était limité.

Katrin revint, entama son assiette aux contours effacés par

l'entassement de nourriture. Elles passèrent deux minutes en silence.

– Tu avais faim, dit Sigrid. Heureusement qu'on est venues ici.

– Mais c'est bon, en plus.

– En plus de quoi ?

– En plus qu'on peut se servir autant qu'on veut. Tu crois que tu trouveras cela partout ?

Katrin, heureuse de ses prises sur le buffet, se sentait à nouveau d'attaque.

– Et tu emmènes Henryk en Afrique ? demanda-t-elle d'une voix ironique.

– Je n'emmène personne.

– C'est pour combien de temps ?

– Trois mois, *a priori*.

– Il t'attendra, j'en suis sûre.

– Je ne lui demande rien.

– Vous vous êtes disputés ?

– Il n'y a pas matière.

Katrin fut atterrée. Elle avait désiré de la sexualité, de l'irréversible entre eux.

– Tout de même, ma chérie, Kurt serait fâché…

– Il appréciait la liberté, si j'ai bien compris.

– Mais avec Henryk… Et l'éthique ? Ça ne te plaît pas ? bafouilla Katrin.

– Je vous laisse l'éthique.

– Tu sais combien cela me chagrine. Tu aurais pu choisir un autre moment.

Elle ne parla pas de Karl, qui sans doute soutiendrait sa fille. Elle mit sa tête entre ses mains, tira la peau dessous les yeux. Elle avait besoin de se lever à nouveau pour repartir du bon pied. Elle descendit aux toilettes où elle dut attendre son tour. L'hygiène était douteuse, il n'y avait rien pour s'essuyer.

Elle maudissait sa fille tout en se recoiffant, cela la revigorait, elle la maudissait lâchement, mais sans grande efficacité – elle trônait toujours là-haut, au-dessus d'elle. Elle se sentait dépossédée. Elle ressortit et remonta pour une nouvelle razzia au cœur de la foule compacte qui masquait à présent le buffet, dans ce chassé-croisé de volontés mangeantes, plongées dans un mutisme truffé de tintements de couverts, de salivations, de chuintements de semelles pivotant sur le carrelage et de borborygmes hypocrites, dans la lumière crue qui mettait en valeur les petites gouttes de graisse.

À partir de quand devenait-on propriétaire de sa tranche, puisque possession valait propriété ? Du moment où l'on regardait, du moment où l'on posait son instrument sur la chose, où cela atterrissait dans l'assiette ? Personne n'était là pour distribuer, limiter, châtier. Il était dangereux de s'en remettre à l'insatiable corps humain, aux mains et aux yeux. Chacun pouvait faire disparaître toute la marchandise d'un coup de fourchette. Il fallait un pays repu pour décréter l'égalité de tous devant les plats : un tel buffet se dressait sur un siècle de civilisation, sur l'instruction gratuite et obligatoire, la morale familiale ; il fallait que la peur de manquer fût chassée par une peur de grossir inoculée par cinquante ans de presse spécialisée.

Jamais Kurt n'aurait invité Katrin dans un tel bouge. Elle se sentait haineuse, livrée à elle-même ; elle aurait voulu piocher dans l'assiette en construction du voisin. Il aurait fallu changer les règles : lâchons les assiettes, on ne possédait que ce qu'on parvenait à manger sur place, ou ce qu'on emportait à mains nues. Elle aurait voulu stocker dans ses joues, cracher dans les plats pour que les autres reculent de dégoût. Un petit garçon, à l'avant-garde des pulsions, se servait n'importe comment ; la salade de pâtes ne ressemblait plus à rien, les aubergines grillées étaient recouvertes de mousse de mortadelle, des poivrons fourrés au thon étaient tombés dans les beignets de chou-fleur. Seules les pizzas prédécoupées gardaient un peu de tenue.

D'allées en venues s'affichait le mépris de la marchandise. Certains creusaient le cœur des légumes en laissant la peau, les petites boules de *mozzarella* avaient disparu des salades de pâtes, le *tiramisu* suintait, et des postillons de crème flottaient dans le sirop de la salade de fruits. Quel désordre régnait en dehors de la villa !

Katrin revint, avec ses malédictions fraîchement proférées, ses assiettes de desserts et ses coupes qu'elle avait sauvées. Elle regarda sa fille, elle connaissait sa détermination. Elle se demandait à partir de quand on prenait et on perdait possession d'un enfant. En face d'elle, Sigrid l'accablait de détails sur la misère nigériane, les besoins, les douleurs de cette masse, l'exposait avec délectation à tout cela. Katrin n'entendait que les vagissements d'un nouveau-né, comme si elle accouchait à nouveau de cette progéniture, non plus pour lui donner vie, mais pour s'en débarrasser.

Épilogue

1

Plate-forme

Geir avait fait bon accueil à l'offre d'emploi dénichée par Katrin. Il se souvenait des salaires copieux qu'on servait sur les plates-formes. L'idée lui avait aussi plu au vu des risques que Jensen courait en appuyant sa candidature malgré son casier judiciaire. « C'est très aimable à vous, Jensen, vous m'envoyez sur les lieux du crime et c'est vous qui criez. Vous êtes comme une petite femme pour moi. Vous méritez le Nobel de médecine. » Puis ils étaient revenus dans la serre, et Geir s'était à son tour amusé à se faire grignoter les peaux mortes par les nuées de *Garra rufa*.

Geir se soumit aux contrôles imposés par la PolEx aux nouveaux personnels, à leurs trois jours pleins avec questionnaire psychologique, enquête de moralité, prélèvement d'ADN, mesures morphologiques, cartographie de l'iris, test d'effort, bilan de santé. La police l'avait considéré comme le principal suspect, il avait été relâché après avoir subi quatre interrogatoires de plusieurs heures. Il était heureux qu'on n'ait pu ni l'accuser ni l'innocenter du meurtre. Son alibi était faible ; il disait avoir passé la soirée du crim seul à son hôtel, sans que personne l'ait vu. Il avait embrouillé les enquêteurs ; il avait fanfaronné, leur avait confié qu'il avait de bonnes raisons de s'en prendre à Jensen, qu'ils s'étaient battus dans sa salle de bains, mais qu'à l'heure où la victime trépassait il était convaincu de somnoler *incognito* dans son lit.

Au *pool* pétrolier, la condamnation pour agression du Chinois avait fait tiquer, mais en ces circonstances tragiques, le parrainage de Jensen en imposa aux recruteurs, comme s'il s'était agi d'une des dernières volontés du vice-président. À sa décharge, Geir entrait dans le quota de 10 % de handicapés que l'industrie se faisait un point d'honneur de respecter. Aucun des jeunes employés ne reconnut en lui un des anciens plongeurs de l'époque héroïque.

Au bureau de recrutement, dans la matinée des résultats, Geir vit deux candidats recalés, jeunes et gros gars de Trondheim, pleurer à chaudes larmes sur un banc : les critères étaient impitoyables, le surpoids semblait être un obstacle à la fluidité des opérations *off shore*, un trop grand amour des choses terrestres. Dix jours après l'enterrement de Jensen, Geir s'envolait pour Ekofisk avec le sentiment que justice était rendue. Leur chasse au renne était terminée. Quand l'appareil se posa sur l'héliport, il eut plaisir à se retrouver à cette altitude, dans l'innocence et l'impunité. Des dizaines d'années de folie et d'ennui, à Stavanger et à Marker, pour ce retour et cette ascension de 140 mètres au-dessus des fonds. Il reconnut la forme à peine amincie de 2/4 H. Il avait vu ses fondements, la connaissait mieux que tous ces sbires qui se contentaient de la protéger.

Il devint *store man*, employé permanent à la logistique. Il assistait deux fois par jour aux changements d'équipes sur la plate-forme : deux travaillant, la troisième au repos sur la côte. Rotation tous les quinze jours. Travail de 11 heures à 23 heures, puis de 23 heures à 11 heures. Rythme ininterrompu. Geir avait le sentiment de vivre deux journées en une, de voir deux fois plus proches leur avidité, leur ardeur, leur peur, leur nostalgie de la terre ferme, leurs yeux clos tintant comme des câbles contre les piliers d'acier.

Sur la plate-forme, la pâte humaine était diluée – pas compressée, comme disait l'Aveugle. Le monde vide, disponible, à peine utilisé. Ils étaient des invités ballottés sur un radeau.

Geir passait ses journées à contempler le ciel. La rareté de l'homme, l'engourdissement de son esprit le comblaient. Les humains lui avaient fait craindre le silence. En réalité, ils l'avaient inquiété, l'avaient fatigué de peur et d'espoir, dans leurs fourmilières.

Seule dans la mer, la plate-forme simplifiait abondamment. Elle était en amont de tout le royaume. Elle remettait Geir en contact avec la masse, la sève, l'absence de forme qui souriait dans toute forme. À deux longues heures des côtes, sa silhouette de grille-pain décarcassé révélait la sueur, les efforts d'une génération d'hommes pour intimider la suivante. Elle abritait des acteurs privés de spectateurs, négligeables sur les tréteaux de mer qu'ils s'étaient aménagés. Une relique, un temple en ruine enroulé dans une jungle de vents.

Les plus hautes réalisations, les simagrées, le ton grand seigneur rapetissaient ici immanquablement. Depuis 2/4 H, les prétentions de l'humanité étaient comme un dé à coudre de paillettes dissipé par les pales des hélicoptères. Tout cela était fabriqué par un *driller* qui ne se cachait plus derrière la pompe de ses ouvrages.

Geir était dans des coulisses dépourvues de scène, en amont des jugements, des émotions et des croyances. D'ici, il voyait se maquiller de blanc les fantômes, les gouttes de lait sortant des oreilles des dictateurs, les petits ongles aux orteils des géants. Il entendait la vente à la criée des atomes sommés de se faire molécules. Il lui semblait voir monter la mer, sous l'effet du réchauffement, de la combustion du pétrole tiré d'en bas.

Avec ses structures à nu, ses boulons, ses écrous géants, la plate-forme perdue sur les flots était le pur besoin de construire, l'affabulation. C'était la pensée à bout de bras, toutes tripes dehors, une idée fixe sur un terrain vague. Depuis elle, il entendait tourner comme du lait le ciment naïf des demeures arrogantes, des palais, des châteaux, des sièges sociaux, des gratte-ciel du continent, réduits où se faisait l'histoire humaine.

Perché au-dessus de la mer, Geir voyait moucherons et visages prétendre être eux-mêmes, s'afficher complets, se tenir immobiles comme en dehors du temps – et l'écume d'en bas, les vents d'en haut les appeler à disparaître, à rendre à l'eau leurs costumes de moelle.

Et il se sentait faire partie de cette tendre et naïve composition des existences. Sa conscience, sa soif d'un univers ne le torturaient plus, ne lui semblaient ni dérisoires ni grandioses.

Il fit la connaissance de Mme Seim, une jeune veuve qui s'occupait de vendre des meubles et des bibelots aux équipes désœuvrées. Son mari avait disparu dans la nature, c'est-à-dire ici même. Au début, Mme Seim se méfia du nouvel arrivant. Mais Geir faisait l'effort, méritoire avec sa canne, de venir prendre le thé chaque jour chez elle, de l'aider à ranger sa boutique.

Un courriel de Mats, l'adjoint du chef de chantier de la clôture, près de Narvik, lui apprit que le comté du Nordland avait recadré les artistes. La pyramide aux rats n'avait pas convaincu, les autorités avaient indiqué qu'elles souhaitaient un monument propitiatoire, la reproduction en bois, grandeur nature, d'un derrick américain des années 1880. Douterait-on des réserves du sous-sol national ?

Geir adressait un tiers de sa paye royale à ses filles Rita et Eva. Elles ne lui répondaient pas. Il croyait les revoir, certains soirs, dans les tressautements de babines, de pattes et de moustaches des deux chats endormis sur les fauteuils de la salle à manger. Il espérait qu'une Lund continuait à jouer du piano, car les salons d'Ekofisk, à l'image des esquisses qui les tenaient hors de l'eau, n'offraient qu'un vieux Bechstein vidé de sa table d'harmonie.

Avec Mme Seim, ils avaient découvert une passerelle de service, réservée à la maintenance, de la taille d'un grand balcon, tout de grilles à grosses mailles, 70 mètres à pic au-dessus de l'eau. Ils y passaient des heures, quand il ne pleuvait pas, à se repaître de l'air marin. Comme l'accès était malaisé, s'ils avaient des envies pressantes, ils se délivraient sur place, sans honte. Parfois leur semi-nudité les excitait et ils copulaient doucement, le regard perdu dans l'horizon. Ensuite, ils allaient manger à la cantine.

Leurs selles se formaient vite dans leurs corps d'amoureux. Puis il leur fallait en moyenne dix secondes pour excréter. Bien qu'elles fussent leurs enfants de tous les jours, leur sortie leur répugnait. Elles leur étaient propres à l'intérieur. Soudain elles n'étaient plus à personne, irresponsables.

Depuis la passerelle, il leur fallait bien six secondes pour tomber à la mer. Geir et Mme Seim tendaient le cou et les regardaient chuter avec fascination. Elles allaient nourrir les grands fonds. Dans quelques millions d'années à peine, elles seraient le pétrole nouveau que leurs fantômes pomperaient.

Ils s'amusaient à dire aux ingénieurs de boue, aux grutiers et aux mécaniciens qu'ils vidangeaient la terre, purifiaient le monde, que leurs torchères étaient de merveilleux pets allumés. D'ici, on ne pouvait que succomber à un sentiment de toute-puissance et penser que la terre ferme ne portait que des bouffons scatophages, opiomanes. « Ils font de leurs excréments sacrements », répétait Mme Seim.

Pendant que les cris des équipes retentissaient et que les

bateaux tournaient en rond pour les repêcher en cas de chute, Geir passait avec elle des après-midi dans un long couloir de service de 2/4 A. Ici et là, la peinture des murs était rongée de sel. Chacun se postait à un bout du couloir et avançait, le plus lentement possible, pied après pied, comme des bébés qui tentaient leurs premiers pas, d'une nuance de rouille à l'autre. Enfin, après des heures d'approche, ils se couchaient et s'embrassaient.

La plate-forme n'était pas suffisamment entretenue. On aurait juré que tout l'argent passait au nord, dans l'avenir. Un des moteurs de la pompe était à changer, et ils eurent une grosse fuite qui les obligea à suspendre l'exploitation trois bonnes heures. Une petite flaque de brut d'environ 3 000 mètres carrés flottait à droite de 2/4 H. Ils n'auraient rien dit, personne n'aurait rien su. Mais la politique de transparence voulait que tout fût communiqué au public. Il y eut donc de belles photos. La semaine d'avant, un tableau électrique avait pris feu, deux hommes avaient été grièvement brûlés, évacués d'urgence par hélicoptère. Comme souvent, Geir profitait de l'aller-retour dès qu'il y avait une place libre, non pas pour revoir la côte – arrivé à Stavanger, il ne sortait pas de l'habitacle –, mais pour le ciel. Ils s'envolaient, comme une feuille, à plus de 300 mètres au-dessus des eaux. À côté du bras et du thorax brûlés du manutentionnaire malgache et du soudeur anglais qui le regardaient avec leurs yeux malicieux, l'orphelin se demandait si le bleu était la couleur naturelle du ciel ou s'il était la couleur de l'infini. Ivre de sentir toujours plus d'espace sous lui, il faisait s'élever la machine. Il y avait là-haut des couloirs secrets permettant d'aller plus vite pour disperser les souffrances.

2

Le modèle

Lorsque Knudsen, la directrice de cabinet, le reçut dans son bureau du ministère, il y avait plusieurs jours que Henryk avait envoyé au ministre des Finances la notification de sa démission de la présidence du conseil d'éthique. Quelques minutes avant de le recevoir, elle relisait son argumentation, dans cette prose qui était une des vitrines du royaume à l'étranger.

> *Longtemps, la part des revenus pétroliers dans les revenus de l'État est restée constante, autour de 30 %. Elle nous submerge maintenant à 77 %. En valeur, le secteur pétrolier représentait déjà plus de la moitié de nos exportations, à présent ce sont les trois quarts.*
> *Le miroir flatteur que nous tend le monde ne fait qu'aiguiser les convoitises, comme si notre phase vertueuse était derrière nous, que nous avions déjà fait notre devoir, que nous nous étions lassés de faire le bien.*
> *Les derniers gouvernements ont très largement fait entrer les revenus du pétrole dans l'économie. C'est un danger : on laisse s'écouler dans l'édifice de la société des revenus disproportionnés. Le caractère naturel, providentiel de cette richesse est pernicieux. On noie le mérite de la société dans l'aubaine, les salaires dans la rente. Le travail a l'immense avantage de révéler les talents, de mesurer le mérite et de*

permettre une distribution naturelle des richesses. Mais avec le pétrole et le gaz, le travail de 50 000 personnes suffit à réaliser la moitié du PIB et du bonheur disponible.
Par les hasards de l'Histoire, notre petit bas de laine de peuple marginal, issu des décisions d'un Parlement de moins de 200 personnes, est devenu le plus important au monde, ses hauts et ses bas défraient la chronique financière mondiale. En valeur, il représente 134 % de notre PIB. Je dirais que nous n'avons pas de mérite particulier, que cela manifeste surtout l'imprévoyance, l'absence de repères, la folie des grandeurs de la plupart des pays à notre époque. Faut-il à notre tour imiter ceux qui, même incapables de se l'appliquer, vantent notre régulation ?

Knudsen invita Henryk à prendre place dans un fauteuil carré, tandis qu'elle faisait servir deux cafés. Henryk sentait qu'elle se contraignait à ralentir son rythme, qu'elle l'incluait dans une longue pause, censée néanmoins produire tous ses effets.

– Henryk, nous avons bien eu votre lettre.

– C'est parfait, dit-il en hochant la tête.

– Je comprends tout à fait votre dilemme, commença-t-elle avec une empathie teintée d'agacement. Les grands écarts se multiplient, la collecte des informations auprès des entreprises devient de plus en plus difficile, la coopération des États baisse, c'est une tendance lourde. Sur l'affaire de la NAE, c'est presque caricatural, et cela n'a pas échappé au ministre, sachez-le.

– Ma demande n'est donc pas sans objet, se hasarda Henryk.

Elle fit un grand sourire de commande.

– Elle a ses raisons.

– Comme je vous l'explique dans la lettre, l'élément nouveau est l'importance grandissante de la politique, en interne et à l'international. Je ne m'y reconnais plus. La mission du conseil doit être redéfinie.

– C'est très juste, dit Knudsen, irritée par l'incapacité de Henryk, pourtant membre de l'élite et grassement rémunéré, à jouer le jeu du moment. Vous pourriez nous aider dans ce sens.

– Pas de l'intérieur, avertit Henryk.

– Je crains qu'il ne vous faille honorer vos engagements, dit-elle en se faisant morale à son tour, si c'était ce qu'il cherchait.

– Jusqu'aux élections ? C'est un compromis acceptable.

– Jusqu'au terme de votre mandat, termina Knudsen en joignant ses mains.

– Je ne vois pas ce qui m'y contraindrait, répliqua-t-il, pincé.

– Nous n'avons tout simplement personne d'aussi qualifié que vous.

– Vous manquez à ce point d'honnêtes gens ? ironisa-t-il.

– Peut-être, vous êtes d'une espèce rare, répondit-elle d'une voix aigre, en le fixant dans les yeux.

– Je ne veux pas servir de caution à certaines dérives.

– Bien, dit-elle, se remettant à accélérer. La situation est donc la suivante, vous l'aurez compris. Le ministre refuse votre démission. Avec la mort de Jensen, cela déstabiliserait encore notre dispositif. Vous êtes un interlocuteur central pour tous nos partenaires. Votre sortie doit être préparée et annoncée au moins une année à l'avance. Cela aussi est une affaire de décence et d'éthique, ajouta-t-elle.

– Eh bien, je me passerai de son accord et je vous annonce mon départ pour le lendemain des élections.

– Vous ne gagnerez rien à partir ainsi, dit Knudsen en détournant son regard.

– Je ne cherche plus à gagner quoi que ce soit, madame.

Il lui serra la main et quitta son bureau. Sa dernière réplique lui valut un souverain mépris de la part de la directrice de cabinet.

Cette semaine-là, les incidents sur Ekofisk eurent quelques échos dans l'actualité. Quand on sut que l'origine de l'incident était électrique, que la fuite avait cessé et que le bilan humain n'était que de cinq blessés, la fièvre retomba.

Quelques jours plus tard, dans l'émission politique « De vous à moi », le député FrP Traavik, après avoir assuré les blessés d'Ekofisk et leurs familles de toute sa compassion, aidé de sa chaise roulante et de son corps semi-vivant, osait plaisanter sur les images de la mini-marée noire. Il commença sur un registre sérieux d'homme d'État.

– Cette tragédie appelle deux remarques. Quand on voit ces hommes et ces femmes qui travaillent d'arrache-pied, jour et nuit, au péril de leur vie, je trouve honteux – je dis bien honteux, répéta-t-il en fixant dans les yeux la journaliste, que certains, et non des moindres, puissent parler de « rente » pétrolière. Je leur suggère d'aller se rendre compte par eux-mêmes de la difficulté de la tâche, et d'aller ensuite expliquer que nous ne méritons pas le fruit de notre travail.

Il fit une pause stratégique, se redressant sur sa chaise fluorescente, sur une roue de laquelle il laissait reposer la main droite comme sur une bible de tribunal.

– Par ailleurs, excusez la plaisanterie, mais si personne ne souhaite une pollution par les hydrocarbures, avouez qu'à l'heure où les Cassandre nous prédisent l'épuisement de nos champs, cette mini-marée noire sortie du plus vieux champ du royaume et la découverte de Léviathan devraient nous réconforter ! Et on nous dit qu'on en manque ! Regardez, c'est même distribution gratuite ! conclut-il en s'esclaffant, avec l'aplomb de l'homme répétant les mots soufflés par son public.

– À ce sujet, l'entreprit la journaliste de la NRK2, que pensez-vous de l'initiative du Premier ministre de faire inscrire la gestion du Fonds au patrimoine de l'humanité ?

– Je serais très étonné que l'Unesco cautionne ce type de manœuvre politique, qui n'est rien d'autre qu'un déni de démocratie.

– Que feriez-vous dans le cas contraire ? Cela démontrerait que la communauté internationale est attachée au modèle norvégien.

– La communauté internationale est libre de s'attacher à ce qu'elle veut, principes de gestion ou bonnet péruvien. Il revient aux Norvégiens de décider de quel modèle ils veulent et même s'ils veulent être un modèle.

– Cette idée de modèle, vous la contestez ?

– Madame Snilsberg, dit-il sur le ton du secret, nous n'avons pas vocation à être d'éternels donneurs de leçons. Si on considère que le royaume est un modèle, qui dira ce qui est à imiter ?

– Expliquez-vous…

– Madame Snilsberg, rugit-il, pourquoi se contenter d'inscrire le Fonds au patrimoine mondial ? Pourquoi ne pas breveter notre société ? Par exemple proposer que la population de la planète soit redistribuée, comme nous, en pays de 5 millions d'habitants maximum ! J'ai calculé, cela ne ferait que 1 400 pays sur terre.

– Vous plaisantez…

– Pas du tout, madame Snilsberg, continua Traavik. Nous avons ouvert un site sur lequel les internautes peuvent voter pour ce qu'ils veulent breveter. Nous proposons par exemple d'inscrire au patrimoine mondial notre température moyenne annuelle, car apparemment il faut vivre au nord pour garder la tête froide, et tout le monde doit nous envier notre modèle climatique. Ou encore l'étirement géographique, nous pourrions candidater conjointement avec le Chili et le Vietnam, qui nous ont le plus imités, et nous proposerons évidemment une assistance technique à tous les pays dépourvus de côtes mais qui voudraient se découper en lanières. Ou autres possibilités : breveter notre monarchie totalement élective, les statuts de l'Église luthérienne, et pourquoi pas l'hydroélectricité ?

– Je crois que nous vous avons compris, rit légèrement la journaliste, craignant d'être prise en défaut. Si vous n'obtenez pas la majorité à vous seuls, pensez-vous pouvoir à nouveau travailler main dans la main avec les conservateurs ?

– En période électorale, il est bien normal que chacun insiste sur ses spécificités. Mais nous sommes d'accord sur l'essentiel. L'avenir dira quelles sont les possibilités.

– Je vous remercie.

Katrin éteignit l'écran plat d'un des salons de la villa où Traavik venait de s'égosiller. Elle s'apprêtait à dîner avec Karl et Sigrid. Erich assistait à une représentation de *Billy Budd* à l'Opéra.

Sans en parler à Karl, Katrin, avec l'orgueil d'une justicière, voterait FrP. C'était une façon de se venger de Sigrid qui s'apprêtait à s'envoler de l'autre côté de la planète pour d'obscures raisons humanitaires.

La Norges Bank avait officiellement accepté d'interrompre l'année d'intégration de la stagiaire et de la laisser rejoindre la mission humanitaire au Nigeria, en tant que comptable. Katrin ne voulait pas entrer dans les détails. Sigrid leur demanda s'ils allaient mieux. Karl semblait ailleurs. La mort de Jensen l'avait vieilli. Il mangeait distraitement une cuisse de poulet au citron.

– Tu sais bien que quand tu veux partir… dit Katrin sans raison. Alors pourquoi nous demander notre avis ? Heureusement, il nous reste Erich et Gro. Je t'avais dit qu'il fallait trois enfants, tu n'étais pas convaincu à l'époque, geignat-elle en se tournant vers son mari. Et puis, nous n'allons pas te faire pitié ? dit-elle, revenant vers Sigrid. C'est eux qui souffrent tout là-bas, conclut-elle en haussant les épaules.

Sigrid regardait froidement sa mère.

– Tu as vu les images ? demanda-t-elle. Ces gens qui attendent, leurs vies sont par terre. Ça me ferait du bien que vous soyez un peu plus sensibilisés à cette situation. Je me sentirais soutenue, ça ne serait pas plus mal.

Exceptionnellement, Katrin avait renvoyé en cuisine la domestique et rangeait elle-même les couverts.

– Tu pourrais te demander si j'ai envie d'être sensibilisée à tout ce qui t'arrange.

– Ça ne m'arrange pas que les gens meurent, maman.

Katrin baissa les yeux. Elle secouait la tête en tous sens, et ses mains froissaient presque la toile cirée du salon. Le silence de Karl l'insupportait.

– Il faut être sensibilisé ! À l'éducation des enfants, à la prévention de ceci, à la misère de cela, à l'égalité, à la justice, aux risques, à la pollution, et je ne sais quoi encore.

– On n'a plus ton âge, chérie, ajouta doucement Karl, obéissant malgré lui à une répartition des rôles. On vient de perdre Kurt…

– Et quoi encore ? continuait Katrin, le rouge aux joues. On va se peler la peau pour mieux comprendre le monde ?

Sigrid la toisa avec un profond mépris.

– C'est le style norvégien. Vous êtes débiles, leur lança-t-elle tout en enfilant son manteau.

– Et je me ferais même insensibiliser, rugit Katrin, tout en empilant pour la troisième fois les assiettes à dessert qui, à cet instant, avaient peu de chances de servir.

– Ne dis pas des choses pareilles, murmura Karl. Laisse-la partir.

Sigrid quitta la villa en prenant soin de refermer doucement la porte.

Une dizaine de jours plus tard, et une semaine avant les élections, un entretien des plus tendus devait se tenir dans le grand bureau carré de Odd, le ministre conservateur de la Justice et de la Police. Les circonstances l'empêcheraient sans doute d'aller, comme chaque lundi et chaque mercredi, chercher ses deux filles à la sortie de l'école. En fin de matinée, Odd avait prié son directeur de cabinet d'être présent au rendez-vous et de prendre toutes les notes qu'il jugerait nécessaires. Il avait par contre refusé à Langemyr, le directeur de la PolEx, l'assistance du moindre collaborateur.

Le haut fonctionnaire parut donc seul, plus assuré que jamais, comme pour une promenade de santé. Son avant-bras droit était plâtré, ce qui désarma Odd un instant.

– Je suis désolé, on ne m'avait rien dit, lâcha Odd à contrecœur, en rabaissant sa main tendue.

– Rien de grave, rassurez-vous, sourit Langemyr, un incident pendant un entraînement avec mes hommes.

– Une tasse de thé, un café ? demanda le directeur de cabinet, les mains posées sur un grand cahier à spirale.

– Volontiers, un café, s'il vous plaît.

– Où vous entraînez-vous en ce moment ? demanda Odd, tandis que le café était commandé par interphone à la secrétaire.

– Le plus souvent sur la base d'Ørland, dit Langemyr nonchalamment. Avec 8 000 hommes qui tournent en équipes de 300, il faut de la place.

Odd attendit que la secrétaire fût repartie.

– Bien, Langemyr. Ni vous ni moi n'avons beaucoup de temps

à perdre. Le directeur de la Police m'a fait un point détaillé de l'enquête sur la mort de Jensen. Effraction, et bagarre qui aurait mal tourné. Sauf qu'il n'y a pas traces d'effraction.

– Oui, j'ai lu les journaux. Il pourrait aussi avoir été tué par ce plongeur. Une sordide histoire de représailles. Mais ce n'est pas de notre ressort.

– Je suis bien d'accord avec vous. Et vous n'êtes pas homme à vous contenter des journaux.

– Pas toujours.

– Selon un témoignage qui m'est parvenu, il y aurait eu ordre de votre part d'aller récupérer certains documents compromettants au domicile de Jensen.

– Quelle idée ! dit-il dans un sourire.

– Quels documents, Langemyr ?

– Quel ordre ? répliqua le policier tout en caressant son plâtre.

La façon distraite dont Langemyr écoutait ses questions agaçait Odd au plus haut point. Il jeta un coup d'œil à son collaborateur, but une gorgée de café et reprit la question à zéro :

– N'avez-vous pas l'impression que, notamment sous votre impulsion, les activités de la PolEx font tache d'huile sur terre ?

– C'est ce que certaines personnes peu informées prétendent.

– Mettez-moi dans le lot, dit sèchement Odd.

– Je n'oserais pas, monsieur le ministre, dit Langemyr en prononçant son titre avec emphase, comme si les six jours qui lui restaient avant les élections étaient du plus grand comique.

Odd comprit à cet instant que Langemyr, proche du FrP, se retrouverait, selon toute probabilité, dans son fauteuil, mais avec le surcroît de pouvoir d'un gouvernement aux couleurs d'un seul parti. Le silence s'éternisant, le directeur de cabinet, la plume levée, toussota légèrement.

- Je vous propose un exercice de théologie négative, Langemyr, dit Odd, reprenant ses esprits.

– À votre convenance.

– Dites-moi donc que vous n'avez pas ordonné de mission au domicile de Jensen.

– Je vous le confirme bien volontiers, dit Langemyr tout en semblant savourer par anticipation la vue depuis la fenêtre.

– Dites-moi donc que cette mission n'a pas dégénéré et que l'action de vos hommes n'a pas causé la mort du vice-président du conseil de surveillance de la Banque centrale, dit sentencieusement Odd.

– Inutile de me rappeler qui était Jensen. Vous me demandez de nier dans le détail ce que j'ai réfuté en bloc. Avec tout le respect que je vous dois, cela n'a pas de sens, ricana Langemyr.

– Dites-moi que vos plus qu'excellentes relations avec Lorenzen, mon collègue FrP au Pétrole et à l'Énergie, ne vous ont pas conduit à commettre de graves imprudences.

– Je vous le dis, répéta Langemyr.

– Vous êtes un homme d'une grande probité, Langemyr, continua Odd d'une voix douce.

– Je l'espère.

– Confirmez-moi que vous n'êtes pas actuellement tenu de ne rien dire par un ministre que, par le hasard des affinités partisanes, vous jugeriez être votre véritable autorité de tutelle.

Langemyr laissa passer quelques secondes, comme jugeant de la qualité du silence des lieux, puis osa rire franchement.

– Monsieur le ministre, pour une simple affaire de vengeance privée, en une période électorale qui doit être harassante, je vous trouve plein d'imagination et de fantaisie.

– Vous ne répondez pas.

– Si vous avez des preuves, je suis prêt à les examiner, dit effrontément Langemyr.

– Je n'en ai pas, mais l'enquête avance, faites-moi confiance. Je veux tout d'abord m'assurer de la nature de ces documents.

– C'est très consciencieux, dit ironiquement Langemyr, en homme sûr de son fait. Prenez tout le temps qu'il faudra.

Le directeur de cabinet lui-même eut du mal à réprimer un sursaut de colère. Odd croisa le regard de son collaborateur et, d'un commun accord, les deux hommes décidèrent de mettre fin à l'entretien. Langemyr se leva en même temps que Odd, qui le raccompagna négligemment à la porte.

– Une dernière chose, monsieur le ministre.

– Langemyr ?

– Nous nous voyons sans doute pour la dernière fois… cette semaine.

– Probablement, dit Odd en fixant son regard sur son bras valide.

– Laissez-moi donc vous souhaiter bonne continuation… et revenir sur un point.

– Dépêchez-vous, dit-il sèchement, j'ai une enquête à diligenter.

– Votre conception très orthodoxe de la mission de la PolEx peut paraître contestable. Dans un pays où tout repose sur la mise en valeur des hydrocarbures, la distinction mer/terre est de moins en moins opérante. Je suis convaincu que dans l'avenir la PolEx aura compétence sur tout le territoire. Nous avons vocation aussi bien à assurer la sécurité des installations en mer qu'à écarter les périls émergents sur terre. Je ne pense pas que les terroristes soient très à cheval sur le distinguo.

– C'est une profession de foi, sans doute ?

– L'expérience du professionnel, dit Langemyr en souriant, les yeux dans le vague.

– Quoi qu'il en soit, conclut Odd, vous nous aurez préparés efficacement à cet état de fait.

La secrétaire aida Langemyr à enfiler sa parka noire et il disparut dans les couloirs bleutés du ministère.

3

Amazones

Avril

Katrin, jusqu'ici fidèle électrice du parti conservateur, gardait des scrupules de démocrate. Le mépris de Karl envers le FrP l'intimidait encore. Un des derniers *meetings* avec cette diablesse de Lindstrøm se tenait quelques jours plus tard dans un gymnase d'Oslo, et elle décida d'aller l'écouter pour en avoir le cœur net. À l'heure dite, elle prit son manteau noir, un chapeau, dit aux domestiques qu'elle partait faire une course et s'apprêta à prendre la voiture, remontant son col. « Je sais où elle va », glissa Erik, dont elle avait refusé les services, à Nils, l'homme à tout faire.

Quoique rénové, le grand gymnase choisi pour un des derniers événements de la campagne du FrP ne payait pas de mine. Les plus âgés occupaient déjà les vingt premiers rangs, au plus près de l'estrade. Plusieurs centaines de curieux étaient debout, bavardant modérément en attendant leur championne. N'eussent été les quatre caméras de télévision montées sur un podium, le rendez-vous eût passé pour une assemblée de parents d'élèves. À 19 h 30 précises, la chef du FrP fendit la foule au son du *Printemps* de Vivaldi, embrassant les enfants, serrant les mains, souriant tous azimuts sous les flashs. Elle monta sportivement les quelques marches conduisant au pupitre de Plexiglas surmonté d'un calicot aux couleurs du parti.

Dès son bonjour à la salle, le brouhaha retomba.

– Chers amis, les échéances se rapprochent, il ne reste que quelques jours à nos concitoyens pour se décider.

« Il y a une chose que je ne répéterai jamais assez : nous devons sortir de la mentalité du début du XXe siècle, où nous n'étions que pauvres pêcheurs et marchands de bois. Nous devons entrer une fois pour toutes dans le XXIe siècle. Certains font finir le XXe siècle en 1989, date de la chute du mur de Berlin. Pour nous, le XXIe siècle a commencé vingt ans plus tôt, en 1969, avec la découverte d'Ekofisk. C'est alors que nous sommes devenus une puissance pétrolière. Mais nous ne le savions pas encore.

« La gauche, qui a quasiment monopolisé le gouvernement au XXe siècle, a tout fait pour nous maintenir dans cette ignorance. Elle a réussi à nous garder la tête dans le carcan hérité des temps anciens, le temps des paysans pour qui un sou est un sou. Il fallait être prudents, bornés, ne pas croire à ce que nous savions. Il était de bon ton de tenir à distance nos nouvelles richesses.

« Mais notre argent est arrivé, il n'est pas resté au fond de la mer.

« Notre argent, ils l'ont tristement lesté de devoirs, comme s'il fallait le mériter une infinité de fois.

« Notre argent, ils l'ont à nouveau fait couler dans un fonds obscur, tentaculaire, le fonds de la mauvaise conscience.

« Ils nous ont forcés à nous lancer dans une croisade morale.

« On ne peut pas dépenser, car il faut penser à nos retraites. C'est une idée de vieillard, vieux avant même d'être jeune.

« On ne peut pas dépenser, car il faut sauver le monde. Et ils jouent nos richesses en Bourse, sur les marchés financiers qui fluctuent au gré des attentats. Mais attention, il y a de l'éthique dans ce casino, ils en profitent pour faire la morale au monde entier et nous brouiller avec des pays amis.

« On ne peut pas dépenser, car cela surchaufferait notre économie. Mais en cas de crise boursière sur leurs marchés financiers, tout va bien, on est bien contents de puiser dans notre bas de laine, qui, la crise aidant, s'est pourtant rabougri.

« On ne peut pas dépenser, car nous ne serions plus solidaires avec la planète. À défaut de catastrophes économiques, ils nous ont intimidés avec des apocalypses écologiques qui ne nous concernent pas. Nous avons fait plus que notre devoir dans ce domaine, et nous n'avons de leçons à recevoir de personne.

« Il leur fallait du malheur, alors ils nous ont fait un devoir de porter la croix du monde, en important la misère du monde avec un droit d'asile délirant. Cette immigration a fait beaucoup de mal à nos concitoyens. Elle les a empêchés de se sentir riches, d'être sereins. Les enquêtes montrent que la plupart de nos compatriotes estiment avoir un niveau de vie correct, sans plus – parce qu'ils ont légitimement peur de déchoir, parce qu'on ne peut partager indéfiniment notre prospérité avec ceux qui, ignorants notre histoire et nos douleurs, ne viennent que pour l'aubaine.

« Mais en réalité cette gauche voulait nous dire : on ne peut pas dépenser, car c'est mal. Ils ont régné par la peur, par des ombres qu'ils agitaient, par tout ce vieux fond de crainte, de peur de manquer, de peur de l'avenir.

« Vous savez sans doute que la finance islamique qui prolifère à travers le monde interdit les prêts à intérêts, les investissements dans l'alcool, le jeu ou l'armement, tout ce qui est proscrit par la *charia*. Avec tous leurs scrupules hypocrites, nos gouvernants nous ont imposé depuis la fin des années 1990 de semblables œillères. Je le dis calmement : nous en avons assez de la *charia* de la Norges Bank.

« Heureusement, avec l'argent qui jusque-là dormait sur des comptes américains ou chinois, et peut-être musulmans – qui sait ? ce qui se ressemble s'assemble –, nous avons commencé à financer les routes, les hôpitaux, les crèches, les écoles, la police, l'armée, les services publics dont nous avions besoin.

« Heureusement, nous avons mis à distance les camps de demandeurs d'asile, par respect envers eux, afin de leur éviter de lourdes déceptions et des accès de xénophobie.

« Heureusement, nous avons tout mis en œuvre pour choisir nos immigrants et non pas être choisis par eux. C'est la garantie d'une vraie intégration.

« Nous avons offert à chacun le droit de voyager, de créer en toute quiétude s'il en a envie.

« Nous avons permis à nos aînés de finir leur vie au soleil, dans la beauté. Cela a stimulé notre économie en développant le secteur des services.

« Nous avons continué l'exploration pétrolière, source d'emplois et de compétitivité, tout en préservant l'environnement.

« Si nous sommes élus et en situation de gouverner, nous utiliserons 50 % de notre fonds pétrolier pour continuer de changer notre pays. Nous offrirons une prise en charge psychologique tout au long de la vie ; nous développerons le télétravail ; nous subventionnerons toujours davantage l'agriculture biologique ; nous investirons dans les énergies renouvelables ; nous permettrons aux jeunes parents de bénéficier des mêmes conditions de repos que nos retraités.

« Et qu'on ne nous parle pas de désengagement humanitaire, de frilosité internationale, alors que nous avons acquis du matériel de pointe, que nous agrandissons nos bases, que nous créons de nouvelles filières universitaires pour les ingénieurs, que nous nous portons volontaires pour toutes les missions de défense de la paix et de la sécurité dans le cadre de nos alliances, que nous contribuons à faire émerger une industrie de la défense forte et respectée.

« N'est-ce pas cela le progrès ?

« Nous avons commencé à rendre la richesse à notre peuple. Et nous allons continuer. Car enfin qu'est-ce que la richesse, si ce n'est la joie de donner, la joie de se sentir en sécurité, la joie de partager ensemble, dans la même langue et sur un même sol, les fruits de la bonne fortune et du travail ?

« Et croyez-moi, il ne faut pas tant de témoins que cela pour être heureux. Vous n'invitez pas l'immeuble tout entier quand vous fêtez un anniversaire.

« Qu'on ne nous dise pas que cela est du luxe ! Il faut en finir avec le misérabilisme. Comparaison n'est pas raison.

« Un petit Africain ne devrait pas s'instruire parce que la plupart de ses compatriotes sont analphabètes ?

« Un petit Américain ne devrait pas manger bio parce que la plupart mangent de la nourriture industrielle ?

« Nous ne devrions pas être heureux parce que le monde est plongé dans le chaos ?

« Le progrès ne peut être immédiatement partagé, mais il doit être immédiatement incarné. C'est le rôle des pionniers. C'est notre responsabilité.

Katrin rentra chez elle, dans l'air clément des premiers jours d'avril.

– Vous voyez bien que c'est la femme qu'il nous faut, chuchota Erik alors qu'elle lui rendait les clés de la Mercedes.

Katrin rougit et lui dit :

– Peut-être, Erik, peut-être, répondit-elle comme si elle venait de prendre un nouvel amant.

Le reste est bien connu et ne sera mentionné que pour mémoire. Le 9 avril, la participation fut en hausse et le FrP obtint – au scrutin proportionnel – 53,26 % des suffrages. Un ressort longtemps comprimé s'était détendu. Face au danger, l'armée de réserve de la démocratie, appelée de leurs vœux par la gauche et le centre, cette minorité silencieuse dont on attendait un sursaut décisif, ne s'était pas plus dérangée qu'auparavant. Même Tønseth, l'ancien Premier ministre, n'avait pas signé les appels à l'union sacrée, restant dans sa réserve d'analyste.

Le roi-philosophe Henryk Larsen aspirait lui aussi à se retirer du jeu. Le doyen de l'université d'Oslo fut embarrassé en recevant sa demande officielle de réintégration pour la rentrée de septembre. Tant de manœuvres autour d'un même homme ! Une des dernières instructions reçues du ministre de l'Éducation et de la Recherche sur le départ le concernait et demandait expressément le gel de son poste. Quand les deux hommes se retrouvèrent dans une brasserie du centre-ville, Henryk, inquiet, sentit le coup venir.

– Cet ex-ministre n'a plus de pouvoir, se rassura-t-il devant son aîné. Je ne pense pas que les nouveaux arrivants tiennent à moi.

– Faute de quoi, soupira le doyen en hochant la tête, vous êtes prisonnier du conseil d'éthique pour les deux prochaines années. Il y a des choses qu'on a du mal à imaginer ! Revenez-nous vite !

Et il lui fit une gentille accolade.

Certaine de la victoire, Lindstrøm avait préparé un gouvernement d'amazones, aux trois quarts féminins, du jamais vu dans l'Histoire, avec un gros tiers de handicapé(e)s, ce qui lui valut les félicitations de la communauté internationale. Même la terne Mme Hoel, du conseil de surveillance de la Norges Bank, décrochait le secrétariat d'État auprès de la ministre de la Pêche et des Affaires côtières. Langemyr, longtemps mis en concurrence avec un des quadragénaires du FrP, devint le nouveau ministre de la Justice et de la Police. Le premier objectif de son cabinet fut la rédaction du projet de loi élargissant les missions de la PolEx à l'ensemble du territoire, puis le nouveau ministre donna informellement la consigne de conclure à un acte de malveillance et d'ordonner le classement de l'enquête sur la mort de Jensen. On avait suffisamment à faire comme cela.

La cérémonie d'intronisation de Hedda et Hallvard Ier, conçue et organisée par un designer espagnol, battit tous les records d'audience. Puis la rapidité des changements surprit la population. Parmi le premier train de mesures, le Storting vota la suppression de la publicité des salaires. « Il faut en finir avec l'envie, la curiosité malsaine – contentons-nous de faire en sorte que chacun obtienne ce qu'il mérite », triomphait à la tribune Traavik, devenu président du Storting. Puis le démantèlement du Fonds pétrolier commença. Dans l'euphorie des premières semaines, le FrP supportait mal tout obstacle à la volonté populaire : la Norvège renonça à son statut de membre de l'Unesco. « Comme les États-Unis en 1984, ni plus ni moins, ne nous faites pas de procès d'intention ! insinuait la députée Aud Lein, il faut donner à une organisation la chance de se réformer. » Un subtil argumentaire détaillait la destination de l'argent économisé : réfection des routes, défiscalisations diverses, nouveaux ponts, logiciels offerts aux enfants des écoles, nouveaux instruments de prospection pétrolière, nouvelles indemnisations aux accidentés du travail dont les anciens plongeurs encore en vie, etc.

Quant à Henryk, il semblait soit qu'on l'eût oublié, soit que son maintien en poste rendît service, évitant l'accusation de chasse aux sorcières. Aux deux requêtes adressées au ministre de l'Éducation et au nouveau ministre des Finances, il fut répondu, dans un bel ensemble, que les nécessités de service empêchaient malheureusement son retour à l'Université. Et le mot « nécessités » avait pris un nouveau sens avec le triomphe du FrP : pour banaliser le Fonds et pouvoir le ponctionner à loisir, la notation (*negative screening*), sous l'impulsion des nouvelles équipes, était désormais réduite à sa portion congrue. Henryk et ses quatre collègues furent pressés d'avaliser tous les dossiers en suspens – à l'exception des secteurs de l'armement et du tabac. Désabusés, les gardiens du temple validaient les dossiers soumis par le NBIM, toujours moins nombreux, puisqu'il ne s'agissait plus d'investir mais de dépenser. L'incertitude et l'irrésolution de Henryk s'accommodèrent de la situation, le président étant en proie à une incessante préparation mentale à la vie.

Le lapin nain n'était jamais revenu de la Nordmarka. Les rares fois où Henryk revoyait Sigrid, il lui assurait l'avoir adopté, vouloir le garder. Loin de chez lui, il prenait plaisir à rester dans des cafés avec des étudiants en économie, à jouir de leur obséquiosité. Au-dessus de la banquette en demi-cercle où ils prenaient place, un petit écran plat diffusait les dernières actualités. Alors qu'on leur apportait des bières et des jus de fruits, les uns et les autres ne tardaient pas à lui demander d'appuyer leurs dossiers de candidature dans une prestigieuse université allemande. Henryk écoutait poliment, évitant de promettre quoi que ce soit. Sur l'écran, s'affichaient, interminables, des pelouses de football et une anthologie de buts spectaculaires de la saison anglaise ou italienne. Passe au centre et but. Coup franc et but. Seul contre dix et but. Corner, tête et but. Schéma vainqueur, geste gagnant, tête en or, pied d'argent. Puis la longue course du buteur, sa joie nette sur fond flou de tribunes en liesse, bientôt enseveli par les maillots de ses coéquipiers dans une de ces trajectoires rectilignes propres à ceux que le pétrole propulsait. De telles victoires n'étaient-elles possibles que dans le monde physique ? Quittant la Banque et la philosophie, Henryk aurait voulu se faire footballeur, potier, cuisinier. Contempler entre ses mains, devant ses yeux, la pureté dont il parlait.

Enfin, un soir, sur un bateau du port de Hammerfest, Eide, la nouvelle ministre de l'Énergie, parut navrée d'annoncer que Léviathan n'était qu'un gigantesque puits sec. « Avec un tel nom, c'est bien dommage ! Il faut croire que la malchance fait partie du jeu », plaisanta-t-elle devant les caméras de télévision. Elle exhorta ses compatriotes à soutenir l'effort de prospection dans les Lofoten, dans la mer de Barents, et dans le plus strict respect de l'environnement. Les progrès techniques permettraient même de se passer des plates-formes en pleine mer : de simples tuyaux arrimés sur les fonds aspireraient fluides et gaz directement vers la côte, et c'est incognito que les hydrocarbures continueraient à contracter le temps et l'espace.

La semaine suivante, Lindstrøm annonça que l'argent versé par l'institut Nobel ne serait plus abondé par l'État. « Même s'il sollicite l'avis de nos élus, le Nobel de la paix doit redevenir ce qu'il a toujours été, une initiative privée. » Les 5 000 enquêteurs associés furent réduits à 500, priés de faire usage des nouvelles technologies de l'information plutôt que de voyager pour traquer la vertu. Nul doute que si le royaume avait pu se détacher du continent, Mme le Premier ministre n'eût pas hésité.

L'opposition, où se retrouvèrent tous les autres partis, semblait galvanisée. Sous le vernis de leurs déclarations contrites, un regain d'énergie semblait animer Lous, rendre plus sincères les anciens ministres, les chefs de parti, les députés rescapés du scrutin. Ils reprenaient contact avec leur cœur, leurs poumons et leur bile.

Si le royaume avait trop visiblement résolu le problème de la pénurie, s'ils avaient tous, jeunes, vieux, hommes d'affaires ou artistes, longtemps cherché une tâche exaltante, une raison de vouloir renaître norvégiens, elle surgissait à présent devant eux : remonter le temps, chasser du pouvoir le FrP. Occupés à préparer la restauration, ils avaient enfin retrouvé un sentiment de plénitude.

4

Noir

Août

Dans le jet qui les conduisait de New York vers le Kentucky, Karl, Katrin et Erich Halden s'effrayaient du débraillé, de l'anxiété de leurs semblables, hommes d'affaires, vedettes de la télévision et de la politique, fiers d'être réunis en l'air. Les Étasuniens les abordaient avec une amabilité agressive, les questionnaient sur les ressorts de leur business, tout en leur proposant de trinquer et de se faire filmer avec eux par les caméras d'une télévision locale. Karl, septième fortune du royaume, faisait mine de ne pas maîtriser l'anglais. Aux plus collants, il parlait à toute allure en norvégien. Il se montrait aussi soucieux de faire le calme autour du petit Emil.

Passé l'atterrissage, précédé de deux motards, ce beau monde se faufila parmi les longs embouteillages campagnards de Princeton Road. Le cortège des quatre bus climatisés se soumit à une dizaine de contrôles policiers, franchit les deux cercles de barbelés, les tranchées spécialement creusées pour décourager d'éventuels émeutiers, et arriva vers 11 h 30. Cela leur laissait le temps de prendre un déjeuner champêtre sous une tente que quadrillaient des nuées de serveurs en grande tenue. L'air était lourd, mais le ciel restait dégagé. Des odeurs de friture sortaient des centaines de baraques construites en plein champ ;

des barbecues géants sponsorisés par de grandes marques de lunettes, de vêtements et de bijoux offraient des steaks et des saucisses. Dans la chaleur de l'été, un grand traiteur new-yorkais avait dressé un buffet de 70 mètres, rempli à craquer de mets acidulés et rafraîchissants. Le vice-président des États-Unis était annoncé sous toutes réserves, tandis que grouillaient déjà tous ceux qui voulaient être vus à ses côtés. Le nouveau secrétaire d'État, rayonnant, se mêlait à une foule triée sur le volet, dans laquelle il avait reconnu quelques homologues européens. Des boutiques de chapeaux extravagants étaient prises d'assaut par de grandes femmes. Des toilettes de campagne, précédées d'amples vestibules et plaquées de fines plaques de marbre, allégeaient de leurs selles ces âmes contemplatives. Au sommet des longs camions blancs garés près d'un bois, les antennes paraboliques des télévisions d'une quarantaine de pays pointaient leur nez vers les mêmes satellites. Dans les environs, de l'autre côté des fortifications, des terrains avaient été loués aux agriculteurs deux ans à l'avance, afin d'héberger les pèlerins venus des États riverains, à pied ou en car. De nombreuses familles avaient fait de ce jour la conclusion d'un tour du monde en vélo, en train ou en bateau.

On distinguait au loin une banderole rouge et bleue, tendue dès l'aube par des dizaines d'adolescents, où il était rappelé que le 10 août, onze jours plus tôt, marquait cette année l'Earth Overshoot Day, date à partir de laquelle l'humanité vivait au-dessus de ses ressources écologiques. Bien entendu, elle reculait d'année en année. Le calcul avait intrigué Erich. Il se tourna vers son père, qui arborait un imposant chapeau texan : « Papa, pour les personnes il y a sans doute aussi un *âge* au-delà duquel on vit au-dessus de ses ressources écologiques ! » Katrin lui fit de gros yeux en souriant, Karl le toisa et grogna : « C'est élégant, Erich. »

Le saint des saints, un périmètre de trois kilomètres, restait réservé au gotha. Vers 13 h 15, les dizaines de milliers de personnes présentes commencèrent à pousser des cris d'excitation.

Depuis près d'un an, les journaux avaient publié sur tous les supports (agendas, posters fluorescents, cartes postales, autocollants, fonds d'écran) les étapes de sa tournée, à la minute près. Il y avait les États dotés et les États orphelins, les villes par lesquelles elle passerait, celles qu'elle ne ferait que frôler avec dédain. Il y avait ceux à qui elle s'offrirait en totalité, et ceux à qui elle ne montrerait qu'une portion d'elle-même. Eh non, Portland ne serait pas sur son trajet, bougez-vous les fesses ! Laissez tomber, les gars, dans le Montana, elle ne ferait que survoler des zones perdues… Dans le Wyoming, elle donnerait un spectacle étourdissant au sud du Grand Teton National Park. À Kansas City et à Saint Louis, elle se livrerait du bout des lèvres, mais à Nashville elle se lâcherait comme la star de *country* qu'elle était ! Atlanta n'était pas sur l'itinéraire, c'était bien triste pour tous ceux qui seraient retenus au travail, mais c'était la vie. Enfin en Caroline du Sud, Greenwood, Charleston et Columbia seraient les dernières grandes villes où elle se produirait, avant de traverser l'Atlantique et de disparaître au large de l'Afrique.

Ne perdez pas votre temps, faites-vous plaisir ! Elle ne reviendra pas de sitôt !

Katrin regardait son mari avec gratitude. Ce voyage frivole était un des nombreux agréments qui, à ses côtés, allaient de soi. Un signe de générosité, de bonne santé, de continuité. Même si plus de vingt-cinq ans les séparaient, Erich et le petit Emil bondissaient de joie, leurs casquettes à visière géante vissées sur le crâne. Erich, toujours grinçant, avait calculé le coût de la minute de spectacle, même s'ils avaient prévu de séjourner encore quatre jours à New York.

Gro était restée à Oslo avec Espen, Andreas et Merethe dans l'attente de son accouchement. Son quatrième enfant naissait peut-être à cet instant, alors qu'un clair-obscur corrosif se préparait à envahir les visages chargés de lunettes de carton, vendues depuis des mois dans tous les kiosques.

Chagrinant ses parents, Sigrid ne donnait plus de nouvelles depuis son départ pour le Nigeria. À sa demande, elle avait été affectée dans l'État de Bauchi, où les dégâts humains étaient les plus considérables. Tous y appréciaient sa gentillesse, sa disponibilité; à la stupéfaction des hommes, elle savait réparer un moteur, une pompe, un téléphone portable, une radio. Les plus jeunes l'appelaient « grande sœur ». Près de son unité, une dizaine d'agriculteurs, dont quatre demandeurs d'asile pour le royaume, étaient alités sous une tente, souffrant d'avoir inhalé l'infect mélange de soufre et de chlore déversé de nuit sur les cultures de SavannahOrg. Cantonnée à la logistique, Sigrid n'avait pas à les soigner. Indifférente à sa valeur, elle ne se lassait pas de passer entre les blessés, de scruter les côtes en dents de scie des enfants. Ils ne lui faisaient plus peur. Il y avait leur odeur, toujours omise par les caméras, leurs sourires, leurs vêtements de carnaval, leur joie intacte quelques heures à peine après une amputation ou un refus de visa pour le Grand Nord. Des heures durant, sous les tentes, dans des veillées éclairées par l'électricité des panneaux solaires allemands, elle racontait le royaume aux réfugiés, jeunes et vieux, effrayés par sa beauté pâle, comme pour les bercer et les endormir.

Dans l'Oregon, l'Idaho, le Wyoming, le Nebraska, le Kansas, le Missouri, l'Illinois, le Tennessee, la Géorgie, la Caroline du Nord et du Sud, le Kentucky (et cette zone au nord-ouest du chef-lieu du Christian County était l'endroit privilégié où le phénomène durerait le plus longtemps, deux minutes et quarante secondes), une chaîne ininterrompue de millions de personnes s'était massée le long du trajet courbe de l'éclipse, prête à côtoyer les champs, les lacs, le plein air, les mauvais quartiers, les insectes étonnés et gloutons, pour trouver le noir le plus profond. C'était ce ciel qui disparaîtrait, qui produirait l'effet spécial, ce ciel ancien sans ondes ni transistors. Le Path of Totality était le *must*, l'endroit où il fallait disparaître en plein après-midi. À l'épicentre du Christian County, pour plus de solennité, les organisateurs avaient donné la consigne d'observer religieusement le silence.

Sans l'avoir repéré, Katrin savait que, comme d'autres Norvégiens doués d'ubiquité, son analyste était quelque part parmi eux. Tønseth le lui avait annoncé lors de l'avant-dernière séance et elle s'était amusée de la coïncidence. Lui aussi avait rejoint les *happy few* du Kentucky, ceux qui achetaient à prix d'or quelques secondes de noir supplémentaires. Sans doute lui et ses collègues thérapeutes, auxquels le FrP triomphant allait fournir un peuple entier d'analysants, étaient-ils les mieux placés pour connaître le prix du temps.

Au même instant, là-bas, l'embarras de richesses, à tant par habitant, par foyer, par minute, ne cessait de sourdre des entrailles de la Terre, de s'abattre sur le royaume. D'innombrables familles avaient dû agrandir leur toit, repousser leurs murs, s'encombrer. La jeunesse avait été poussée à l'exil, les bonnes volontés découragées, le pays pris de fièvres opposées, chauvine, morale, cynique. Il était à présent sur les rails.

Vers 13 h 20, à quelques minutes de l'événement, Katrin ajusta ses lunettes. Cette première moitié d'année avait été éprouvante, elle avait risqué sa famille, perdu Kurt ; les élections avaient usé, presque discrédité le pays. Elle se souvenait bien des résultats, de qui gouvernait, de ces nouveaux corps revêtus de la pompe royale. Le *peeling* improvisé de sa jambe n'avait pas laissé de traces. Elle avait su remettre dans sa boîte le fantôme d'un ancien amant, elle avait su garder son rang.

Elle appréciait de se tenir à l'écart du royaume, dans le Sud, parmi cette humanité pittoresque qui leur était due, sous l'égide d'Hermès et de Poséidon, du Fonds qui ne manquerait pas de venir les sauver au moindre péril. Elle voulait cette intensité de noir réservée aux meilleurs, cet oubli offert par la nature. Elle attendait de l'ombre portée de la Lune qu'elle lisse et emballe la planète. Elle se retenait de crier d'aise, la taille toujours plus enrobée, tenant la main de son mari et d'Emil, perdue dans les champs du comté, occultée et vaillante, invisible même pour Tønseth. Elle se sentait mieux encore que dans le moindre recoin de sa villa, la plus éclairante séquence de son analyse, les bras du plus bel amant. Et ces millionnaires qui l'entouraient avaient eux aussi casé le froid cosmique entre deux rendez-vous, avaient prévu de devenir des oiseaux silencieux. Eux aussi s'étaient massés dans la plus longue pénombre pour se soulager, fuir les regards, avant de goûter aux ténèbres du manque, de retomber au fond des puits vides. Quelque temps encore, tous jouiraient de leur fantaisie pétrolière, de l'or noir qui les irriguait, s'irisait dans une vermicellure de couleurs, accolait leurs désirs aux réacteurs, leur faisait voir double, multipliait leurs corps, taillait des univers dans le plastique enfantin des dînettes. Plus que quelques minutes et Katrin verrait le voile de l'éclipse partir plus à l'est. Que ne pouvait-elle en couvrir à jamais Oslo et le royaume, afin que le monde les oublie, les abandonne à leur bonheur.

Remerciements

Que soient ici remerciés Aline Barbier, une des muses bienveillantes des ateliers d'écriture Aleph, mon éditeur Frédéric Mora, pour son exigeant enthousiasme, et mon amie Claire-Sophie Beau, pour son exemple et son écoute.

Table

Deuxième partie

RÉALISATION : PAO ÉDITIONS DU SEUIL
IMPRESSION : CPI FIRMIN DIDOT AU MESNIL-SUR-L'ESTRÉE
DÉPÔT LÉGAL : AOÛT 2011. N° 103061 (105302)
IMPRIMÉ EN FRANCE